柿子红了

每到春暖花开的季节，柿子树发芽了，柿子花开了，老远就能闻到柿子花甜甜的香味，整个村庄很快掩映在柿子树青翠的绿色之中。秋天来了，全村的几百棵柿子树的叶子由绿慢慢变红，满树的柿子也从青翠变成了金黄，有些熟透了的软柿子鲜红鲜红的，在阳光的照耀下，远远望去，棵棵柿子树就像大朵大朵美丽的晚霞，一颗颗金黄的柿子像一盏盏的小灯笼挂在树梢。

宋彬 著

敦煌文艺出版社

图书在版编目（CIP）数据

柿子红了 / 宋彬著. --兰州 ：敦煌文艺出版社，2014.11（2024.1重印）
ISBN 978-7-5468-0772-0

Ⅰ.①柿… Ⅱ.①宋… Ⅲ.①中篇小说—小说集—中国—当代②短篇小说—小说集—中国—当代 Ⅳ.①I247.7

中国版本图书馆CIP数据核字（2014）第264808号

柿子红了

宋彬 著

责任编辑：王 倩
装帧设计：蔡志文

敦煌文艺出版社出版、发行
本社地址：（730030）兰州市城关区读者大道568号
本社邮箱：dunhuangwenyi1958@126.com
本社博客（新浪）：http://blog.sina.com.cn/lujiangsenlin
本社微博（新浪）：http://weibo.com/1614982974
0931-8773084（编辑部） 0931-8773235（发行部）

三河市嵩川印刷有限公司印刷
开本 787 毫米×1092 毫米 1/16 印张 22.5 插页 2 字数 324 千
2014 年 12 月第 1 版 2024 年 1 月第 2 次印刷

ISBN 978-7-5468-0772-0
定价：48.00 元

如发现印装质量问题，影响阅读，请与出版社联系调换。
本书所有内容经作者同意授权，并许可使用。
未经同意，不得以任何形式复制转载。

文学:一种情结和力量(代序一)

正 雨

"热爱是人生最好的老师。"宋彬孜孜以求于文学,源于他心底无法排解的文学情结。于是,就有了他的作品。

这是一部小说集,汇集了作者近二十年来创作的一些作品,洋洋洒洒反映了上世纪九十年代初至今社会生活的发展状况,将经历过却又淡漠了的人生往事生动形象地铺展在我们眼前。作品较为宽泛地揭示了社会生活各类现象和人物情态,呈现了我们熟悉而又陌生、或远或近的现实生活,读后使人觉得进入了繁复发展、生机盎然、百态丛生、思虑重重的现实境地,让我们萌生感悟、站在一个欲言呐喊的高地认读社会,审视生活,检讨人生。

作者选取的是他熟悉的极具现实意义的生活题材,表现的是从社会实践里提炼出来的使人共鸣的人和事。作者从相对独立的立足点思考问题,力图揭示改革开放以来社会发展的万象画图、人生百态。他将农村与城镇、人与人、人与社会、人与生活、人与自然的生活画面,用细腻生动的笔触描述于我们眼前,让我们的思绪循着作者铺展开来的故事一一回望,从中得到不平凡的精神享受。让我们从文学的魅力与力量当中获得文化的馈赠、精神的浸润,将人生的层次提升一个台阶。

作者的童年和少年时代在农村度过,参加工作之后,从事行政工作,积累了较为丰富的人生阅历,练就了较为敏锐的观察社会的能力,提高了认知问题的深度,拓展了思考生活的视觉感,奠定了从容反映和塑造文学形象的功力。从作品中可以看出,作者一直深切关注社会发展的脉搏,探究与我们息息相关的生活现状和热点,关切人的精神世界和命运未来,以担当社会责任为己任,将人生思考的触角和对文学的热爱情结深深熔铸于每一篇作品里面。作者力图透过对人物形象的塑造,故事情节的描写,陈述社会的各类矛盾,将思考的笔触延伸至农村发展变化过程中的现实问题、教育实践当中的前沿问题、党政机关工作中的一些敏感问题和社会生活里的凡人琐事当中。小说极尽表现人伦、道德、品行、情感、追求、爱好、交往等方方面面。同时,不忘伴随他成长的自然风光、生活情趣、文化遗存、家乡情结,用浸入骨髓和魂灵的挚爱淋漓尽致地描绘渲染,显示了让人向往的一角胜景。

小说给人留下了深刻印象,有些作品触动了我的思维神经,掩卷之余,还在久久回味思索人物的命运结局以及生活的明天,不得不为一些严肃的社会话题耿耿于怀。

短篇小说《冰雹过后》《修渠》《抢水》《枇杷结果》《大树防虫》等,再现了当年农村改革中的一些现实问题,看了之后,不由得会回顾那些五味俱全的绵长岁月,熟悉当年农村工作的人一定会有亲切感。《滑档》《转学》则反映了教育发展过程中遇到的实际问题,一些上清下通的情理问题,竟也要经过长期的阵痛才能分娩出一个新的生命。由此,我想到了陪着孩子四处求学奔波的家长们含辛茹苦的辛酸背影。《请客》《上任》《选举风波》揭示了当前官场生活的一些不良现象。

作者在中篇小说中展现出的厚重娴熟的表现功力,更是引人入胜。《回家,回家》反映了在深圳工作的冯超因为父母亲和乡情的召唤,兴致勃勃回家过年,短短几天里,却因为家庭房产继承分配和哥嫂之间出现矛盾,将血浓于水的骨肉之情推向了人性里最为美好的亲情底线,产生了痛苦的利益之争。瞬间,一个十分和谐美好的家庭因房产分配即刻陷入难以排解的尴尬境地,令人唏嘘不已。

《看儿子去》真实细腻地讲述了一个从农村长大后到城市工作、建立了温馨小家庭的主人公海文,与生养自己的农村父母如何相处生活的现实故事。作者娓娓道来两代人之间温馨美好的生活情趣,又适时地将矛盾推到我们面前,我们没有理由怀疑它的真实性、现实性。作者从一个侧面提示我们,城镇化的大潮之中,人们生活水平日益提高的同时,生活理念、行为文明、意识变化也应伴随着跟上,需要迫不及待地提升人的素质和行为意识,当前,我们生活里的不文明现象和问题,很多方面已经严重地影响和妨碍社会健康前行,成为一个个不易超越的障碍。生活的细节问题,不良习惯现象,在不经意间也许会造成大的矛盾。也许会影响生活的质量和社会的安定。然而,我们却不以为然,不被社会重视和解决。小说揭示的仅是社会生活中的九牛一毛。随着社会发展速度加快和文明程度的滞后,各类矛盾不期而至,生活矛盾会造成很多公共矛盾,使人们的生存发展产生一些新的阵痛。经济发达的繁华社会也许会变成一个畸形的产儿。我们在人性的天平上怎样才能将伦理亲情与道德处置得和谐稳当,让中华民族的传统美德源远流长、发扬光大,让生活更加美好,让社会健康发展,当下,这确是一个难以绕过、亟待我们重视的现实鸿沟。

《意外祸事》将当前一个值得高度关注、应彻底纠正的社会问题推到我们面前。作者揭示了今日社会上有些人利用朋友关系、同事关系、同学关系、亲情关系、交际关系等打麻将赌博,骗钱害人,甚至违法犯罪的丑恶现象。小说里,单纯持家的农村媳妇小燕,被行为不端的邻居菊红设圈套上了麻将桌子,误入歧途。出外打工刚刚回来的丈夫,因她打麻将输钱欠账,被讨债上门的恶棍用刀刺伤,使人痛心不已。这个社会究竟生了什么病,这些作品,让我们看到了生活中人性丑恶的一面,也为目前难以排解的社会乱象、道德滑坡、精神猥琐深深担忧。作者警示我们,千万不要忽视阳光下的阴影,它会陷人于深渊。

我们如何整治这种日益泛滥的社会弊端,将一些行至罪恶边缘的人挽救回来,根治社会毒瘤,唤醒人性良知,升华社会文明,共创美好未来,这是我们一代人、几代人的责任。宋彬试图用文学担当,这是一个作家良知的体现。

作者对生活、社会的观察思考是严肃深刻的,他以文学的责任感、正义感歌颂真善美,鞭挞假恶丑;他以严谨的人生态度观察生活、解读社会,描绘心中的感悟;他以自立的认读刻画人物,展示矛盾,勾勒情节,给人以咀嚼回味和感念。他运用较为自然流畅娴熟的笔法,图解人生、矛盾、现实,包括未来。一个仍然在领导岗位上的人,用文学、用小说、用理性、用我们身边的人和故事伸张正义、揭示矛盾、鞭笞丑恶、坚持真理、唤醒人性、歌颂良善、呼吁道德、淡漠安危、追求信仰、实现美好梦想,这需要勇气胆识,包括自信。

  作者在文学的道路上,以一种执着不悔、义无反顾的性格和挚爱情愫塑造了他追求的信念和理想。他以有别于常人的灵魂世界构筑自己的文学家园、精神家园、写作家园。是文学的血液、文学的精灵、文学的力量支撑他一路走下去,尽管这条路很长、很远、很不平坦,但是,他一条道路走到底。

  文学是精神的高地、思想的高地、灵魂的高地,也是语言文字的高地、思维文化的高地。攀爬这座高地,崎岖、陡峭、曲折、坎坷、难受,还有鄙视、误解、不屑、排斥等等伴随着我们,还有作品的个性化、深刻性,语言的文学性、凝练度,情节的曲折复杂合理等要素需要不懈努力,着力构建自己的作品风格。相信宋彬的能力、自信和努力一定会使他到达更高的目标。是为序。

正　雨

二零一四年八月十九日于知还书院

（刘醒初,笔名正雨,甘肃文县人,中国作家协会会员,原甘肃省文史研究馆馆长）

读宋彬小说札记(代序二)

李世仁

对于文学爱好者来说,无论是希腊缪斯还是罗马的卡墨娜,都是心目中的一盏神圣明灯。曾经的发烧友,即使是为生存或是为理想而一度沉寂,都把文艺女神安放于心灵,不离不弃,宋彬如是;一番摸爬滚打之后,女神之幽灵又一次点燃了心中明灯,宋彬如是。

人生只有一次,它的经历极简单。来过世间,与芸芸众生一起生活过,体验过无数春夏秋冬,不想被平庸淹没,给生命留下信息,使生命消逝后还能碰撞出火花,这梦想,只有文学能抵达,宋彬应如是。

在陇南文县的文学爱好者群体里,宋彬是为数不多的中文系科班出身,也是寥寥可数的几个省作协会员之一。扎实的文艺理论功底、深厚的文学修养和执着的爱,使他于多种文体,小说、散文、评论,都能得心应手,尤其是评论,别具一格。近年以来,在省市县的报纸杂志上连篇累牍展现他的短篇小说、散文和文学评论。出炉之快,令人惊讶,成了业内人士热议的话题。

宋彬的作品有的是未发表我先读,有的是发表后再读,给我一次次激动,一次次震撼。从他的系列散文中知道,他从小跟爷爷奶奶在农村长大,上学之余,学耕地,学种庄稼,饱尝农民的艰辛。长大后虽然离开了农村,但对农民的生存现状反倒更加关注。随着文学作品阅读量的增加,对人生的体悟也更进了一步,因之自觉地与浮泛的时尚保持着距离,在冷静观察所见所闻所感之余,毅然拿起手中的笔歌唱乡村歌唱农民。他写农民精神与生存方式的变化,写村庄留守者,写走出村庄的人,写至亲至爱的人。他所演绎的各色人物及家长里短喜怒哀乐,所阐释的合理欲望与文明愚昧的冲突,都想力图表达真相,其中心思想是围绕平等和温暖展开的,体现了现当代的主流价值观。所以,有农村生活背景的人,读他的作品感到亲切,没有陌生感;没有深入过农村的人,也能从中看到真正的农村,真实的农民。

宋彬是潜入到了当今农民的精神世界里了,表现在细节描写的生动、直感,艺术地再现了时代进步中城市文明与乡村传统观念之间的摩擦。《看儿子去》中的叶玉兰和进城看儿子的公公婆婆之间,由于卫生习惯差异发生的不愉快;《稻子熟了》通过用收割机收割稻子,还是用拌桶拌稻子这个看似简单的矛盾冲突,展示了新旧村干部不同的工作方式和思想境界,反映了改革中农村悄然变化的人际关系;《走,跳舞去》讲的是男人们外出打工或进县城搞副业,留守妇女的闲暇时间慢慢被麻将占据,疏于家事料理,引起男人们不满,子女有意见。在困惑中,唤起人们心灵愉悦的健身操在不知不觉中由城镇渗透到农村。于是颓废消沉的活动,让位给了积极向上的娱乐,为农村的健康文明注入了新的活力。

宋彬的小说叙述的都是平常事,"因为极平常,所以和我们更密切,更有大关系。"(鲁迅语)在《转学》中作者讲述初一学生小惠,在家乡一幢崭新的教学楼里上课,班上只有十三个学生,她名列前茅,父亲托关系拜门子将她转入县城接受更好的教育。可城里的学校,一个教室六七十人,叽叽喳喳,听不清讲课,无奈中小惠又回到乡村学校。慕名而去,失望而归。情节简单,话题沉重,留给读者一个不能不认真思索的问题:十三个,这个数字说明了什么?而六七十个又是一个多么费解的数字啊!我读它,有种"隔云见钟,声中闻湿"的感觉。《回到婆家去》写的是家庭琐事,在宋彬笔下,让我们看见一个可亲可敬的父亲形象。《飨族》说的是春节祭拜先人,是民俗民风,也是仅存的乡村传统文化残遗,它的积极意义在于既可凝聚人心,又可通过这一古老形式,教育青年人。《柿子红了》讲的是清水湾村民把成熟的优质柿子卖给贩子,贩子收来山里的次等柿子加工成柿饼冒充上等货去赚昧心钱,以桂花嫂为代表的村民知道真相后,决定自己加工优质柿饼,身体力行保护名牌产品声誉。在看似简单的故事情节中弘扬了良知和正义。《下乡记》中讲述了一位退休领导干部,在职期间帮扶村民栽植了一片核桃树,有收益了,村干部背来一袋核桃并请他到乡下去做客的故事。说明只要为人民做了好事,人民是不会忘记的。《收麦时节》演绎了旧思维与新理念的抵牾,两代人之间的代沟在特定时间、特定环境、特定地点的弥合,独具匠心。《金色麦田》《月光遍地》里歌颂了一位勤劳善良、乐于奉献、可亲可敬的女性形象。这种人性之美,对当今生活重压下的人们是心灵的一次抚慰、净化和升华。

中篇小说《秧苗青青》讲的是当下农村两代人之间,因时代的局限和思想观念的不同而发生矛盾的故事。好在随着时代的发展,老少之间因观念和误解引发的矛盾在社会进步中化解了。这篇小说的题材是真实可信的,要不,在广大的农村,因鸡毛蒜皮之类的小事引起的许多邻里纠纷怎么都化解了呢?《看儿子去》近三万字,把一个极平常的故事写得发人深省,令人浮想联翩。父母进城看儿子,儿媳对待公公婆婆的态度既有文化上的反差,又有道德上的缺失,同时我们还可以看出城市与农村的隔膜。这篇小说不但有现实意义,而且有深度。掩卷之后,一幅幅画面、一个个场景仿佛还在眼前。小说语言朴实如行云流水,不经意中就把你带入一个清新的境界,使你心灵愉悦,仿佛自己已在其中,那种田园风光,农民质朴的生活状态如一杯美酒入口,给人全身舒坦通泰之感。作者对生活与人生的深深思索,极富穿透力,不是复制生活,是作者情感和思想的记录。《回家,回家》中,作者真实地反映了在南方城市拼搏的冯超与乡村亲人之间的认识距离,在各自利益面前的态度,发人深省。

中篇小说《上任》是宋彬这一时期创作的重头戏,它的可贵之处在于坚持对光明面的描写,讴歌正能量,从正面观察事物、理解事物,着力描写人物内心活动,写王东对工作的态度,写他在勤勤恳恳的同时心里所隐隐泛起的期盼与惆怅。所以我们面前出现的是活生生的人,有血有肉的人,现实在改变,官场也在变革之中。这篇小说不是把不经审视的生活直接照搬,而是对官场生活提出自己的见解。正如福楼拜说的:"对你所要写的东西,光仔细观察还不够,还要能发现别人没有发现和没有写过的特点。如你要描写一堆篝火或一株绿树,就要努力去发现它们和其他的篝火、其他的树木不同的地方。"这点宋彬把握得非常好,可以说,官场所能折射出来的现实是别的许多生活达不到的。因此,能够写好官场生活,实际上已经把握了这个时代与社会的根本特征。官场的现实生活无疑是非常丰富的,而它显露的也恰恰是这个时代与社会的敏感部件。时代的症结在王东身上体现得最为充分。通过对王东上任前后的描述,我们可以触摸到隐藏在背后的社会真实。宋彬笔下的王东,是个有独立思考能力、正派的、实事求是的、一心为民的、有潜力、敢于担当的干部,在监督渠道尚不健全的今天,时代需要这样的干部,人民群众需要这样的干部。从王东身上我们看到了作者对正义的褒扬。《选举风波》是作者又一部反映乡村干部生活的力作,真实,有深度。他把触角伸向基层,乡村一级的干部到底在干些什么?农民们到底在想些什么?像刘清明这样一位有良知和正义的干部到底在官场如何生存?

无论王东也罢,刘清明也好,都描写得细致入微,这些官场生活是实实在在的,然而为一般人所忽视,更被文学所忽略,这里显然有其特殊原因。这原因就是我们常常想当然地把官场险恶化、黑暗化,不敢涉及。宋彬涉及了,而且给人展现的是主流的、阳光的,而不是阴暗的。自然,要是我们再往深里想,他还传递给人们"以学干禄","官有十条道,九条民不知"的寓意。也让人联想到用人体制上还有很多值得改进的地方。它的弦外之音在于提醒世人"国家之败,由官邪也,官之失德,宠赂章也"。虽然没有看到酣畅淋漓的深度描写,但我们可以想象得到其中蕴含着心知肚明的东西,难道不发人深省吗?

《合木》摄录的则是当下农村生活很真实的几个场景。根发老汉老伴去世,生活发生了变化,面对自己的两个儿子祈求多活几年,但农村残酷的现实生活把他气得昏死过去。再现了农民生活富裕了,在精神层面隐含的矛盾却又爆发出来了。

尼采曾说:一切文学,我爱以血书者。《想起逝去的亲人》是一篇纪实小说,是一曲对逝去亲人的哀婉凄美的赞歌。作者采用了散文笔法,其情感像启开的闸门喷涌而出,一泻千里,如泣如诉。作品突出了一个"情"字,写了抚养他长大成人的爷爷、奶奶,写了第一次见面就抿嘴一笑的岳母,写了过早被病魔夺去生命的表妹。小说是作者含着泪写成的,尤其是爷爷,作者的挚爱,养育作者成长,在作者心目中是不可替代的神圣。他告诉人们,做一个正直的人、善良的人虽死犹生。这篇小说类似汪曾祺的小说风格。

《大树防虫》《枇杷结果》两篇精短小说把当下农村农民自私、狡黠却又真诚的处世状态表现得活灵活现,也表现了村干部与村民打交道中的尴尬和无奈。

宋彬深知:"书不尽言,言不尽意"的妙处,他的小说给人留下无尽的回味。通过简单的故事,不多几个人物,让人可以窥测到故事背后的深意,能让我们联想到自己或周围的生活,咀嚼亲历的乡村生活差异,品尝味外之旨,象外之象,趣外之趣。

语言是小说成功的关键,不光是形式,它应该是技巧。宋彬作品的语言里可以看出他的文学功力。小说《转学》如一篇优美的散文,作者用大段文字描写清水河畔的风景,来赞美小惠的生活环境,小惠的心情。告诉人们,静谧、美丽、一尘不染的乡村更适合小惠成长,县城的那种嘈杂和喧嚣,小惠不适应,她只习惯于优美的自然环境。小惠要去城里念书的事定下来之后,对小惠的心理描写也很精彩,要离开王老师、张老师,离开小伙伴儿小梅、小菊,听说城里的男生很坏,心里越发不安起来。小鸟、桃花、香樟树、黄色教学楼都使小惠恋恋不舍。

《飨族》中冬生与树根的对话,勾起人无限遐思。"冬生啊,你当上村主任后,大家对你有意见,你往乡上跑得多,村里的事管得少,大家说你爱巴结上面。"树根说。"唉,树根叔,这你也是知道的,我也没有办法!"冬生叹口气。

我以为,文学作品呈现的形象或过程是对读者心智的启迪,灵魂的洗礼。作家应当充满爱心,始终怀着同情心和怜悯心,以启发人的荣誉感、保持人的尊严为己任,而不是以宣扬仇恨、暴力、堕落、贪婪、冷漠、自私为快事。宋彬的小说都是写人们熟知的生活,是积极向上的,读他的作品是对读者心灵的抚慰。诚然,我没有从修辞手法和技术层面分析作品,如词语组合、暗示、象征、隐喻、情节等,以阅读作品时的记录为序,仅以个人表层体验为主,不可能准确地把握作品意蕴。我认为作者还未发挥到极致,希望多向大师学习,像莫泊桑、欧·亨利、契诃夫甚至门罗。努力探索、不断创新、求新求变,从一般生活中走出来,向历史和人性中更富有挑战性的目标迈进,把人们灵魂深处的东西表现出来,朴素中见深度,更上一层楼,不断给读者奉献难忘的艺术形象。

我期待他更多的好作品问世。

(李世仁,甘肃文县人,甘肃省作家协会会员,中国散文家协会会员)

目 录
CONTENTS

001 月光遍地
005 收麦时节
009 冰雹过后
014 修渠
018 抢水
022 金色麦田
026 枇杷结果
030 柿子红了
035 稻子熟了
039 社火
048 走,跳舞去
054 回到婆家去
059 大树防虫
064 飨族
071 合木

084 初为人师
091 转学

100　桃夭
109　滑档

130　请客
144　下乡记
150　上任
186　选举风波
219　秧苗青青

245　回家,回家
269　看儿子去
299　意外祸事
317　想起逝去的亲人

346　后记

月光遍地

初秋的夜,月亮高悬,风清气爽。在清水湾村一家农家小院里,一位少妇趁着明亮的月光收拾着院中的杂物,她就是这家小院的主人——桂花嫂。桂花嫂收拾完院中的杂物后走进厅房,电视机正在播放着晚间新闻联播。但在县城打工装修房子回到家的丈夫已经躺在沙发上呼呼睡着了,电视机遥控器也掉在地板上。桂花嫂把遥控器捡起来,轻轻放在桌上,关了电视机,顺手扯过一件搭在沙发扶手上的衣服,轻轻盖在丈夫身上。桂花嫂看着丈夫睡觉时的一脸憨态,疼爱地笑了。也真是,在县城打工装修房子累了半个月,今晚才回家,就让他好好睡吧,今晚去上坝给玉米地放水我去就行了。桂花嫂又走进隔壁的睡房,看到一双子女也在床上睡了,八岁的儿子还在说着梦话呢……桂花嫂轻手轻脚地拉上门,在院子里取了锄头走出了院门。

村子外的月光真好啊,如诗如梦。秧畦里正在由绿变黄的稻穗,看起来朦朦胧胧的,田野里瓜果的香甜味和有股奶香味的稻香合在一起,如丝如缕地飘过来,令人心醉,蛐蛐、蝉儿及其他一些不知名的虫儿在路旁的草丛中鸣叫着,此起彼伏……桂花嫂趁着明亮的月光走在去上坝玉米地的地埂上,地埂上沉甸甸的稻穗轻轻拍打着她的裤腿,她抬头望望上坝玉米地里忽明忽暗的灯光,脚底下迈得更快了。到上坝时,隔壁岁狗正好在放自家玉米地的最后一畦水。桂花嫂匆匆走进没顶的玉米林中,玉米天花儿顿时撒落在她的头发上、肩膀上,一片玉米叶从她脸上划过,也没觉得疼。她把手电筒放在地埂上,挖开水口,"哗哗"的流水淌进了玉米地里,她弯下腰,用手拨拉了几下,一股清凉的感觉顿时传遍了全身。

"桂花嫂,半夜了,你一个人行吗?桂树哥不是回来了吗?"从玉米地那一头传来了岁狗的声音。

"嗯！我一个人行哩。"桂花嫂回答。

"那我就走了,我把桂树哥叫来。"岁狗大声说。

"不,不要叫他……他还有孩子哩。"桂花嫂急忙回答。话一出口,又觉得不对,她抿嘴笑了。随着玉米叶子"哗哗"的响声,岁狗回家去了。

桂花嫂定定神,捡起手电筒,拿起锄头,把水口又往结实里垫了垫,然后走向地的那一头,把锄头横放在田埂上,坐在锄把上等水流过来。

这时,月亮更亮了,不远处的村庄和远处的山峦也都笼罩在一片清辉之中,深蓝色的天上无数颗星星在不住地闪烁着。玉米地里"咕咕"的流水声,像是一曲欢快的歌儿,不时传进桂花嫂的耳中,放过水的玉米,随着阵阵夜风吹过,传来叶子互相摩擦的"纱纱"响声,有时甚至会听到刚放过水的玉米林里传出的"咯吧咯吧"的玉米秆拔节的声音。星星点点的萤火虫此时也好像突然从地里钻出来一样,闪着绿色的光,一只蝙蝠迅疾地掠过玉米天花,向远处飞去……桂花嫂静静地坐在地埂的锄把上,夜风轻拂,玉米天花粒儿轻轻洒落在她头上、肩膀上,觉得好像谁在抚摸着她,刚才被玉米叶划过的脸庞有点发烧,夜风吹面,并没有疼痛的感觉,今夜多好啊……桂花嫂完全沉浸在劳动的欢乐之中。她觉得今晚在做一件神秘而愉快的事情,她不想把今晚的事情告诉任何人,包括自己的丈夫……哎呀,在胡思乱想些什么呀！她站起来,轻轻跺跺坐得有点发麻的腿脚,打亮手电筒看看玉米地,水还没有流过来哩。她又抬头望望天上的月亮,圆圆的月亮已经过了头顶,里面的桂花树也好像清晰可见了,月亮更亮了,一闪一闪的好像还在给桂花嫂挤着媚眼儿哩！她看得心旷神怡,如痴如醉,把给玉米地放水的事都忘记了。

清水湾村背后是青翠的南山,村旁是清澈的清水河,是个依山傍水,风景秀丽的小村庄。现在正值初秋季节,清水河滋养的几百亩稻田翠绿中泛着金黄,已经抽穗扬花的稻穗在阳光雨露的滋养下灌浆吸粉,老远就能嗅到稻米甜甜的清香。桂花嫂今晚去的上坝玉米地,原本也是种稻子的秧畦,但上坝水渠已经被洪水冲断好几年了,乡上组织人修修停停,停停修修,至今也没有修好,村民只好种玉米。玉米放水靠的是南山沟的沟水,沟水小,每到放水时候,村民就自发组织起来,不管白天黑夜,轮着放,有时玉米地还没有放完,就下场透雨,村民们就说:"唉,这老天爷,早点下就好了,我们也不熬夜了。"

今天晚上就轮到桂花嫂家给上坝玉米地放水,她特意带话让丈夫从城里回来。这鬼东西,晚饭刚吃完,当着两个孩子的面,就在我身上一揣一摸的,我还在他的胳膊上打了两巴掌,我把屋里屋外刚收拾停当,他竟然在沙发上呼呼大睡了,还说要给上坝玉米地放水哩。唉,他也实在是累了。这几年县城里的大楼一栋连一栋修,南河坝已经修了几十栋。丈夫是装修房子的木工,手艺又好,人又勤快,请他装修楼房的人排不上队,他带着三四个徒弟,装了这家装那家,一年四季都在忙,这不,花了十多万元修的两层小楼就是去年才修起的,再忙几年修房欠的账也就还清了。再这样忙下去还要干什么呢?噢,对了,再就是让儿子、女儿好好学习,供着他们上大学……桂花嫂越想越高兴,她完全沉浸在对未来生活的向往和憧憬中了,脸上不时地露出迷恋的神色。她仿佛看见自己的儿子、女儿长大了,两个人都提着包要出远门去了,她把他们送到清水河大桥上,并嘱咐他们好好学习,她又仿佛看见自己的眼前是一条玉米粒儿铺成的大道,她便飘飘然然地向着这条金色大道走去……

一件衣服不知什么时候披在桂花嫂身上,一个男人也不知什么时候站在桂花嫂的身旁,尽管是后半夜了,但桂花嫂并不觉得害怕,她在冥冥之中知道,桂树看她来了。

"你怎么来了?"桂花嫂站起来,揉着眼睛说。

"你走时也不叫一声,幸亏岁狗叫我。"桂树埋怨着说。

"你也累了,回家了就好好休息一下,娃们安顿好了吗?"桂花嫂说着将头轻轻地靠在丈夫宽阔而厚实的胸脯上,静静地听着玉米地里流淌的水声和玉米秆"咯吧咯吧"的拔节声,望着玉米地里星星点点闪着绿光的萤火虫,沉浸到甜蜜的幸福之中了。

这时,月亮已经渐渐沉向西山,只有一弯钩月挂在山尖,好像久久不愿离去,星星也不知什么时候被夜幕遮起来,夜色更浓了,田野里突然一片寂静。这时,在东山顶的黑云间,突然透出一丝光亮,这光亮很快四散开来,充满了天空。

写于1993年8月

收麦时节

在布谷鸟"麦黄杏黄、旋黄旋割"的声声啼叫中，清水河畔清水湾村的几百亩麦子几乎是一夜之间就成熟了。全村不分男女老少纷纷走进金黄中泛白的麦田忙碌起来，割麦的割麦，打捆的打捆，背麦的背麦，好一派热火朝天的麦收景象。几百亩麦子也仿佛一夜之间收割完了，家家户户把一捆捆麦子堆放在自家的台阶上、厅房前，单等村里老主任树根组织村民收拾打麦场，修理打麦机打麦。

树根叫上村里去年当兵复员回家的国柱，来到村子中央的打麦场，看到已经有人在清理打麦场里的垃圾，打扫打麦场的尘土，心中很是欣慰。每当麦收时节，村里谁家先清扫打麦场，谁家就先打麦，然后是自己的亲戚，再就是其他人，轮流着来。树根和国柱来到打麦场一侧的村保管室，检查打麦机，看能否使用。这台旧打麦机已使用十多年，又有一年未动，早已锈迹斑斑，缺这少那了。国柱走过去检查着打麦机，拍拍铁皮外壳，打麦机发出"哗啦啦"几声破响。国柱又使劲拉拉传动皮带轮，皮带轮根本扳不转。国柱抖抖手上的铁锈说："树根叔，我在部队学过修理，这台打麦机再不能用了，得买台新的。"

"买台新的要一万多元，村里一分钱没有，哪来这么多钱买新的？"树根瞅着国柱说。

"那咋办？"国柱像是问树根，又像是自言自语。

节气不等人，已经割倒堆放在家中的麦子也不等人。如果下上两场雨，麦子就会先发烧再发霉、生芽，麦子割倒了还要马上耙地插秧，这几天工夫一天也不能耽误。树根和国柱商量了一下，决定还是先去乡营业所贷款，用贷来的款买打麦机。村民们打麦时适当收点费用，打完麦子后，再去县农牧局争取农机补贴,用收来的钱加上争取来的补贴去还营业所的贷款,这样如果能行,村子里就有一台新打麦机了。

树根和国柱来到乡政府旁边的营业所,找到营业所主任说明来意。营业所主任说:"贷款必须存款抵押,房产抵押或者职工工资担保才行。"

树根说:"清水湾村子里我家的房子抵押行不行?"

主任说:"农村的房子不行,要城里的商品房抵押才行!"

"我要是干部职工,城里有楼房,家里有存款,贷款买打麦机做啥哩?你们营业所为啥不搬到城里去?设在农村做啥呢?"树根气不打一处来,便高声吵起来,国柱赶紧把树根拉出了营业所。

树根为村民们打麦子的事着急,他望着乡政府周围的村民们在明晃晃的太阳中割麦打麦忙碌的身影,听着不远处打麦机轰鸣的声音,想到自家村子里到处堆放的麦堆,斩钉截铁地对国柱说:"明天咱们找县长去,让县长给我们帮忙。"

晚上天气闷热,树根坐在自家院子里的橘子树下乘凉。他看着台阶上堆放的麦子,穗穗苗壮,颗颗饱满,看着看着,就有一种炎热口渴时突然间喝了一杯凉开水的感觉,心里舒畅极了。但一想到买打麦机的事,心里就有点发愁。明天找县长找得见吗?找见了人家答应不答应?树根想着想着便迷迷糊糊地靠在圈椅上睡着了。

院门"咯吱"一响,把坐在台阶麦堆旁打盹的树根惊醒了,只见在县城包活打工的旺财进来了。旺财回家来也是收割麦子的。

"旺财来了,过来坐。"树根去厅房抬了一只凳子让旺财坐下,又叫老伴给旺财泡了一杯茶。

"旺财,这么晚了你有事吗?"树根问。

"树根叔,听国柱说,打麦机坏了,用不成了,你们为买打麦机去贷款了。"旺财试探着小声说。

"没贷成,人家不贷。说要这抵押,要那担保。"树根说起贷款的事,就气不打一处来。

"贷款是个不容易的事,麻烦得很。"旺财说。

"我明天去找县长,听说农牧局有农机补贴款,看能不能争取来。"树根说。

"县长也不一定能解决,干脆我出钱买台打麦机,谁打麦谁就交点钱。"旺财说。

树根一听说收钱,便有些生气:"旺财,你在城里怎么挣钱,我管不着。你可不要赚村里人的钱。"

"树根叔,我自己掏腰包买打麦机,不挣点钱怎么能行?再说了,哪个村子不是用打麦机挣钱呢?你只要开句腔,我明天就去买。买来了先给你打,我只要收费合理就行了。"旺财语重心长地说。

"旺财啊!你买不买打麦机是你的事,我贷款买打麦机是为大家的事。你自己看着办吧。"树根瞅瞅旺财说。

话不投机半句多,二人不欢而散。

第二天早上树根坐着国柱的摩托车进城去了,十公里路程,一会儿就到。他们来到县政府办公室,工作人员听清楚树根找县长的原因后,和气地说:"县长下乡检查夏收去了,他回来后,我马上汇报,不过贷款的事银行有规则和程序,县长不好干预。农牧局农机补贴的事情等县长回来后我一定汇报,可能还有办法。现在正是大忙季节,时间不等人,最好你们自己先想想办法。"树根听了秘书的话,心中一阵悲哀,什么也未说,便走出县政府办公楼。

树根和国柱走出县政府大院时,红彤彤的太阳已经升到半空,晒得水泥地板热烘烘的。过几天再不打麦,麦粒就会发霉、发芽,最后连麦草一起朽掉……树根想到这里,便显得越加心急火燎。他匆匆忙忙骑上国柱的摩托车,拍着国柱的肩膀说:"先回村修旧打麦机,边修边等。"国柱回头看看树根,欲言又止,他使劲发动响摩托车,驮着树根回村子里去了。

刚回到村口,突然听见村中机器的轰鸣声混杂着人们的吵闹声,村子中央打麦场上空细碎的麦秆夹杂着尘土在飞扬。树根和国柱便向打麦场骑去,只见旺财正拉着一架子车麦捆从自家院门出来,旺财媳妇和老伴在后面帮着推车哩。

"树根叔,你回来了!"旺财看到树根欣喜地说:"昨天晚上我连夜买回一台打麦机,早上就安装好了,都争着打麦哩。先给你打,树根叔,你的麦子我已拉上了,快走吧。"旺财说着拉起架子车飞快地向打麦场走去。

"旺财,你……"树根一时无言,愣在那儿。

"老背时的,你发啥呆哩,快走打麦呀!"老伴在树根的胳膊上重重地打了一巴掌,树根猛地一愣,急忙拉着国柱去追赶拉架子车的旺财,向机器轰鸣的打麦场快步走去。

写于1995年5月

冰雹过后

一场突如其来的冰雹把清水湾村近两百亩即将收割的小麦打得七零八落,减产至少五成。这场近十多年来罕见的雹灾使村民们顿时像霜打的茄子蔫了,村子里也顿时失去了夏日里以往热闹欢乐的气氛。听说要开会,遭了灾的村民们反倒显得十分积极,天未擦黑全村百十号人就把村子中间那棵大桂花树围了几圈。

大雨过后的月亮明亮极了,夜空也显得格外清新明丽,月光把清水河两岸的山山水水照得一片青灰,平时看起来很平常、很普通的村落、房屋、院舍以及不远处被冰雹打过的麦田和村旁"哗哗"流淌的清水河的声音,比往常平添了几分神秘叵测的感觉。夜空是深蓝深蓝的,显得又高又远,好像没有尽头似的,在深蓝的夜空上不时地有一两颗星星拖着长长的尾巴坠落下来。村民们仰着头,眼睛紧紧盯着坠落的星星,一直到星星的尾巴毫无印迹了,还在仰着头呆呆地盯着。因为村民们心里存着疑问,星星每天晚上要坠落几颗?它们都坠落到哪里去了?为什么不坠落到清水河边来呢?一丝凉酥酥的微风吹过,明亮的月光在大树周围留下了斑驳的树影,桂花树叶子间传来簌簌絮语,在树叶的絮语声中树枝的月影在地上晃动着,显得光怪陆离,大树周围坐着清水湾村百十号准备开会的村民。要是以往开村民大会,村民们摆杂的摆杂,扯筋的扯筋,东家说西家的长,西家说东家的短,甚至说着说着就骂起仗来,骂着骂着有时还会撕挖起来。村干部看不下去了,就去劝架,劝着劝着,开会的事反倒忘记了。等到把骂仗的人劝回家,大多数村民也就回家了,开会的事就算了,明天晚上再说。第二天晚上,村主任树根记住头天晚上开会的教训,未等村民们全部到齐,摆杂扯筋的还未进入正题,说长道短的几个碎嘴婆娘还未找到话题,就大声宣布会议开始。会议的内容无非是计划生育结扎放环,交公粮交税款,要不就是每家每户出一个人去上坝水渠清淤泥。树根讲完三点,不管村民们同意不同意,答应不答应,就大声宣布散会。树根也不管村民们走不走,自己几步走出人群,回家躲清闲去了。树根边走还边自言自语:我把话只要说清楚,交公粮、放环结扎去不去我也没办法,乡上来人罚款了,各家看着办,看球你们咋闹去,眼不见的心不烦。

　　今天晚上的会场与往日不同,摆杂扯筋的没有,说东道西的更没有,气氛显得十分沉闷。村民们无人打闹说笑,眼巴巴地看着坐在会场中央一把旧条凳上的树根。树根坐在"咯吱咯吱"作响的旧条凳上,低着头"吧嗒吧嗒"地吃着烟,乳白色的烟雾在树根脸前缭绕着,村民们一个个伸着脖子眼睁睁地看着树根。半晌了,树根就是不开腔。树根不开腔有不开腔的原因,树根今晚不乐意开腔,树根对包村干部老张生着气哩。冰雹才把麦子打了,他就来村里催要召开村民大会,督促村民交夏季公粮。眼看到手的麦子让冰雹打在地里,村民正生着闷气哩,交的哪门子公粮?今天我啥也不说,看你老张咋讲咋说。以往开会是我主持我先讲,督促老百姓交粮收款、刮宫流产是国家的政策,我有啥办法,谁叫我是村干部呢?村民们让我得罪完了。我的两亩麦子一半的麦颗子都打在地里的泥水里,夏季公粮咋交,我都没有想出个办法哩,何况其他村民?今晚我不讲,看你老张咋讲。

　　老张是乡政府的干部,头发花白,五十好几了还是个干事。老张在清水河畔的川坝乡当干部十几年,一直包着清水湾村。清水湾村什么社教的事、二轮土地承包的事、小麦不让种了非要让村民种莲花菜油菜籽的事、山里的地让栽树搞退耕还林的事,特别是乡政府督促村民交公粮交税款、计划生育撵人放环刮宫流产的事,都是老张在乡上和村子里上下忙乎着。有时是一个人来住几天,开完会后再上门督促几天就走了,有时是带着乡政府的几个人来,先开大会,再上门督促,谁家有啥事情就上谁家的门,事情麻烦了,有时要耽搁好几天哩。有耽搁有麻烦的事就是计划生育,谁家的环不放进去,宫不刮了,产不流下来,老张几个就不走,就在谁家吃住。这时,村主任树根就躲了,干自己的事去了。所以包村干部老张是清水湾村大人小孩无人不知的人物,有些村民见着老张,老远就躲了。老张个子不高,长得矮矮壮壮的,穿着件深色短袖衬衫,坐在另一条凳子上。他看树根不开腔,只是低着头抽烟,有点无可奈何地扭头看看树根。他知道,树根今晚是不会开腔的。

树根不开腔,只有自己讲了。老张干咳两声,说:"我是前天根据乡政府的统一安排来村里督促大家交夏季公粮的,但是来得不是时候,前脚到,后脚老天爷就下了冰雹,我明天就回乡上汇报村里受灾的事,但今天晚上我还是把交夏季公粮的事安排一下。交公粮是国家的政策,是每一个农民的义务,大家要……"

"冰雹把麦子都打完了,还交的啥子夏季公粮?"说话的是二杆子岁狗,他未等老张话说完就抢白道:"我还当是乡政府派你来给我们发救济粮、救济款呢!饭都没有吃的了,交球啥公粮呢?"

"救济归救济,公粮归公粮,咱清水湾村虽然遭了冰雹,但国家的公粮税款任务一定要完成。"老张提高嗓门说。岁狗虽不争辩,但没有把老张的话当真,气哼哼地将头扭向天空,一声不吭地看着天上的星星。村民们有的唉声叹气,有的装模作样地闭目养神。

"这个大二杆子,别人都没有开腔,你逞的啥子能?"树根心里骂着岁狗,侧着脸狠狠地盯了一眼岁狗。

但是,村民们对包村干部老张的话也有当真的,那就是蹲在老张身后抽烟的任老汉。任老汉今年七十岁,清水湾村土改那年入的党,第二年当社长,第三年当支书,一直当到前几年才歇气。这两年,年龄大了,腿脚也不灵便,连村子里开会都很少参加。这次因为村里的小麦遭了雹灾,听说要开村民大会,他才噙着一尺来长的旱烟锅子来到大桂花树下,低着头蹲在老张的身后。

任老汉站起来说:"张干事,今年的夏季公粮咋个交法?"

"就按去年的交,每人20斤小麦。"老张转身回答。

"每人才20斤小麦!"任老汉面向大家提高嗓门说:"这公粮一定要交,我带头交,几十斤小麦是小事,执行国家的政策是大事啊。"

"任家爷,你就别当积极分子了,当了一辈子支书有啥好处?"岁狗回敬道。

"我啥好处是没得到,但是人要知道知恩图报。这公粮任务我明天就去交。"任老汉说着反背着手走了。

"这公粮是皇粮国税啊,每家每户都要想办法交了,每人20斤又不是交不起。我明天带头交。"树根手里拿着烟锅子,理直气壮地大声说。说完瞅了一眼老张,站起来也大步走出了会场。

村民们看着树根走了,都站起来拍着屁股上的尘土,离开了桂花树。会议不欢而散。

儿子、儿媳脚底下利索,任老汉推开自家院门时,两口子正在台阶上洗脚,准备睡觉。

"春生,我思谋过了,去年收成好,全村今明两年的粮都够吃。就是不够吃,这公粮也得交,门前坝两百亩水地和阳坡水渠是谁帮咱们修的,咱们不能忘本。"任老汉站在院子里说。

"爸爸,道理我懂,明天我就去交粮,你去睡吧。"春生站在台阶上回答。说完转身进了睡房。

"地里的活忙得很,明天我去粮管所交粮。"任老汉望着儿子睡房里的灯光说。

"好好好!你就快去睡觉吧。"儿子不耐烦地回答,熄灭电灯。

第二天天刚亮,任老汉就喊儿子起床。吃罢早饭,儿子帮任老汉把装有公粮的口袋搭上小灰驴的脊背,就忙地里的活去了。任老汉赶着毛驴刚出院门,就看见桂花树底下端着饭碗的岁狗和乡政府张干事顶牛。

"张干事,阳坡水渠垮了,买不到化肥,乡上没有人管,交公粮就有人管了,书记、乡长来也不交。"岁狗大声说。

"岁狗你别吵,我们清水湾村每年交粮都在前头,今年还要交在前头。"张干事说。

"前头个屁,麦子让冰雹打了,就是不交。"岁狗争辩道。

"岁狗,把你这个喂狼的东西,你吵啥?是谁养大你的,是你爸你妈。你再回家问问,你爸妈和你爷婆是谁生谁养的?二杆子岁狗,你不要断了奶就忘了娘。要不是政府帮着咱们,哪还有今天的大米白面吃?早饿死了。"

任老汉把二杆子岁狗骂了个狗血喷头，他转身拍拍老张的肩头说："张干事，你别怕，咱清水湾村绝不给乡政府丢脸，夏季公粮今年还要交到前头。"任老汉说着"得儿"一声赶着驮着公粮的小灰驴往村外走去，任老汉是全清水湾村第一个去乡粮管所交夏季公粮的。张干事望着佝偻着腰，一摇一晃地走着的任老汉的背影，嗓子眼一阵哽咽，回头狠狠地剜了一眼岁狗，快步向任老汉追去。

写于1998年4月

修　渠

　　农历四月中旬的一天晚上，夜幕上几颗明亮的星星在不紧不慢地闪烁着，微微的凉风中带着几分燥热。在清水湾村村级组织活动室的院子里，稀稀拉拉地坐着几十个村民，这是村主任树根召集的最后一次村民大会。树根知道，自己年龄大了，老猫不逼鼠了。再说现在集体的事情也难办，早就不想当村干部了，但是乡上一直不腾口，就这么拖拉着，一晃又到快要收割麦子耙地插秧的节气。今天下午包村干部老张骑着一辆骑了几十年的自行车，来到树根家，他来树根家是和树根商量清水湾村夏收夏种的事情，树根对老张不冷不热的。老张心中清楚，自己来村子里就有麻烦事，不是催粮催款，就是计划生育，所以，老张对树根的不理不睬也没有当回事。老张吃完树根老伴做的炒酸菜面条，喝着树根端过来的半玻璃杯苞谷酒，老张对树根说："树根老哥，我知道你不欢迎我，我一来就给你找麻烦事，但是，没有办法呀！"

　　"张干事，你包我们村子都十几年了，你来我欢迎，给你管吃管喝管住，只是这村里的工作现在太难干了。你知道，我也老了，村子里的事也跑不动了。"树根端着自己的半玻璃杯苞谷酒，语重心长地对老张说。

　　"我在乡上也跑几十年了，跑了好几个乡镇，也跑害怕了，再跑几年也就退休了，这几年给你们添了许多麻烦。"老张听了树根的话也伤感起来。

　　"那你今天来有啥事安排？"树根见老张有些伤感，心中有些不安，急忙问。

　　"乡上让把夏收夏种的事安排一下。"老张回答。

　　"麦子一黄，老百姓都急得不得了，还要乡政府安排吗？"树根抿着酒说。

"那除了割麦插秧就没有其他事了?"老张问树根。

"事情倒是有,前几天下的大雨,把半坡水渠冲断了好几个地方,不提前修好,耙地插秧用水咋办?"树根说。

"那好,今晚开会不说其他的事情,就说修渠。"老张说。

"行,就把修渠的事情说一下,我去叫人开会。"树根说着起身走下台阶,去召集村民。刚走到院子门口,又转过身对老张说:"晚上开会把我不想当村干部的事也说一下。"老张犹豫一下就答应了。

树根和老张坐在村级组织活动室台阶前的长条凳上,抽着烟等着村民们来开会。好长时间了,才稀稀拉拉地来了些村民。树根看着村民们来得差不多了,就对老张说:"来得差不多了,你给讲吧。"

老张也没有推让,就讲了起来。老张说,今晚开会有两项内容,一项是要求每家出一个青壮年劳力修复半坡水渠。而且宣布了一项政策,谁家不出工,插秧时不准浇水。但村民们心中都清楚,历年修渠都有好几户不出工的村民,但每年都让浇了水插了秧,只不过比别人迟几天罢了。大家心中都有数,都无啥话可说,只是二胖放了一炮:"水不让放算球了,我没时间去修渠,我每天在城里挣四五十元,一个月挣的钱买米吃一年都吃不完。"

"水渠还是要修,不修水渠,上坝的两百亩秧田就只有点玉米,明年就不要想吃大米饭,天天吃玉米酸菜拌面饭。"老张大声说。

"大二杆子!"树根望着站在不远处的二胖,心里狠狠地骂了二胖一句。

村民们商量来商量去,觉得水渠还是应该修,都答应明天每家去一个修水渠的人。

驻村干部老张宣布的第二项议程最重要。老张说:"老村主任树根年龄已六十岁,还患有严重的哮喘病,走不上几步就气喘得不行,本人多次提出不当村干部了,乡上领导也说了,老村主任的要求可以考虑,树根任村干部近三十年,功不可没。老村主任也提出了村主任的候选人,但收麦插秧之前不能换人,农忙结束后再说,谁当村主任合适,大家都思谋一下,到时候好选举投票,明天每家出一个强壮劳力修渠,散会。"

"哎,树根当了几十年村干部也没啥当头。"村民大狗说。

"树根叔当了这么多年村主任,腿也跑了,气也受了。"复员军人国柱说。

二胖好像是要专门让老张和树根听见似的大声说:"是我的话早就不当了,催粮要款,刮宫流产,早把人得罪完了。"

村民们议论着,走出活动室的院子。老张和树根收拾好活动室的大门,走出院子,各想着心事。老张想:树根当了几十年村干部,老了,就这样结束了。我当了几十年乡干部,再过不了几年,也就退休了。不知退休后,工资还能不能领上。老张想着想着不禁有些伤感。

树根想:我不当村主任了,晚上开的会不知起不起作用?明天修渠去的人多不多?再怎么说,水渠是应该修的。

树根陪着老张回到自家院子,夜已经深了。树根安排老张在偏房睡下,喘着粗气摸索着走上台阶,"吱呀"一声推开睡房门。老伴已经在床上睡着,听见树根进门,翻了一个身,又睡着了。树根坐在床头脱鞋,突然发现床头柜上放着两瓶剑南春,家里从来没有放过这么贵重的酒。树根叫醒老伴问:"谁拿来的酒?"

"冬生,城里包活的冬生。"老伴嘟嘟囔囔地说。

"冬生给我提酒干啥?"树根坐在床头愣了好一会儿,突然恍然大悟。冬生啊冬生,原来你挣了大钱又想当村干部,没门,全村人你钱挣得最多,可连几十元的税费都赖着不交。有一次收税费,把几十元钱还给我撒了一地,让我在地下捡,我就忍了。今天你是黄鼠狼给鸡拜年——没安好心,清水湾村有十个村主任也没有你冬生当的,树根气呼呼地扯过被子倒头便睡。

第二天早上,树根陪老张吃完老伴做的早饭,送走老张后,扛上铁锨去半坡修水渠。半坡水渠是一条把南山沟里的水引到上坝,灌溉上坝两百多亩秧田的水渠,可以说是清水湾村的生命之渠。每年下暴雨,在两三个深沟处水渠就被沟水冲毁,树根和老张多次找乡上反映,最好在水渠过沟处修几个涵洞,冲毁的问题就解决了。乡长答应着,但一直没有修。前几天,又下了一场大雨,把水渠又冲毁了。这几天不修,再过几天麦子就黄了,哪有时间修水渠呢?等到耙地活泥插秧的时候,就来不及了,那时就只有点种玉米了。树根走到半坡水渠时,还没有一个人来,心中一阵悲哀,他喘着粗气,走到离水渠不远自家麦田的地埂上,看着一畦畦青翠逐渐变成金黄的麦田里一棵棵粗壮饱满的麦穗,心中欣慰起来。他蹲下去,掐下一株,用满是老茧的大手揉搓着,左右翻转着手掌,用嘴吹去麦衣,拣了几颗饱满的麦粒放在嘴里慢慢嚼着,多么香甜啊!望着眼前一片金黄,仿佛一层诱人的黄灿灿的金子在眼前翻滚,树根老汉眼睛一阵蒙眬,嗓子眼一阵哽咽。

此刻,火红的太阳正从东山顶上的乌云中喷薄而出,将万道金光撒向清水湾村两百多亩即将成熟的麦田里,到处金光点点,波光粼粼。树根老汉精神为之一振,他抬眼看了一下不远处的半坡水渠,只见一个穿白背心的小伙子正使劲从水渠中铲泥浆哩。他定睛一看,那不是国柱吗?那不是去年当兵回来就协助自己搞工作的国柱吗?树根站起来,大声叫喊:"国柱,我来了!"

树根突然不喘了,他扛起铁锨,矫健地快步向半坡水渠走去。

写于 2000 年 5 月

抢 水

阳历六月间，火辣辣的太阳不紧不慢地晒着，实在有点叫人酷热难耐。清晨，村子东头郁郁葱葱的竹林里麻雀"叽叽喳喳"吵个不停，老村委主任树根睡不着觉了，他一屁股从床上坐起来，侧身往窗外一看，只见不远处的北山和东山灰蒙蒙的，天空也是雾蒙蒙的。树根气愤地说："今天又是个大晴天，这鬼天气，今年的大米真是不让人吃了！"

夏收大忙季节的时候，全村男女老少都投入到了使人忙得"屁火淹天"的割麦打麦之中，收割麦子后耙地活泥插秧时需要用水的事情仿佛被村民忘记了，但是村主任树根没有忘。十几年来，每到收麦插秧的大忙季节，村子里的村民们就要为插秧用水的事情和江边电站折腾一番。

原来，在十几年前县上修江边电站时，电站的引水渠截断了村民们灌溉庄稼地的水渠，村民们近两百亩秧田面临无水可灌的局面，村民们就去乡政府问个明白。乡长说，修电站的事情是大事，乡上管不了，让村民们直接找县政府。几十个村民又来到县政府，政府大院门卫室的门卫挡住了他们。门卫问村民们找县长有啥事？村民们就将县上修电站截断灌溉秧田水渠，无水插秧的情况仔细说了一遍。门卫是农村出来的复员军人，对村民们说的情况很是同情，就对村民们说："我带你们去找县长。"并嘱咐村民们见了县长后，不要乱吵乱闹，只能一个人把事情说清楚，而且到县长办公室去的人不能超过五个。村民们一一答应着，挑选了五名精干点、能说清楚情况的，跟着门卫去了县长办公室。

当门卫轻轻推开县长办公室时，县长正伏在大办公桌上埋头批阅文件。村民们蹑手蹑脚地跟着门卫走进县长办公室。县长见是门卫领进来的村民，很是客气，请他们坐在对面的长沙发上，拿起办公桌上招待客人的整盒高级香烟扔了过去,说:"你们自己取着抽。"一位村民连忙接住香烟,小心翼翼撕开香烟盒,分别递给其他几位村民,拿起茶几上的打火机一一点燃。县长看着村民们抽烟的神态,咧嘴笑了。他笑眯眯地对村民们说:"你们找我有啥事?现在就说!"给其他几位村民散烟的村民就把修电站截断灌溉水渠,村民无法插秧,到乡政府找乡长,乡长又让找县长的经过说了一遍。县长耐心地听完后,很是生气,他拿起办公桌上的电话,给乡长打了过去:"王乡长,你才当了几天乡长,村民们的事就嫌麻烦,你我都是农村出来的,不要把农民忘了,限你三天之内解决,否则就不要当了!"县长在电话里说话的声音很大,讲得义愤填膺。几个村民听得目瞪口呆。县长就是县长,办事水平就是高。村民们说着感激的话,恭恭敬敬地退出了县长办公室。

县长的电话还真管用,第二天修电站的负责人就派人抬来了抽水机,当时就解决了插秧用水问题。后来,乡上还和电站协商,由电站出钱为村民们修了一座电灌,永久性地解决了村民们种地浇灌问题。时间过去十几年,年近六十岁的树根还是村主任,但是,江边电站的站长却换了好几茬。刚开始的几任站长对村民们的用水很在心,还经常到村子走走,主动和村主任树根联系何时抽水浇地。有一年,天大旱,河水都变小了,为了保证全村都插上秧,电站停止发电三天。没想到,近几年来却不行了,新来的年轻站长不仅不主动和树根联系,反过来,树根联系站长了,站长还爱理不理的。有时,村民们吵闹了,电站才放水抽水。这不,当村民们忙着收割自家的麦子时,树根就想着如何与电站交涉抽水的事情。他曾去找过江边电站站长商量抽水的事,年轻的站长压根就没把树根往眼里放,说:"你把水抽走了,我发电怎么办?我停一天电损失多少?你几斤米值几个钱?"

"你是吃屎长大的,你……等着!"树根一脸愤怒,转身走了。

没想到麦子全部割完,准备耙地插秧时,正好一场不紧不慢的中雨下了起来,而且一连下了三天,到第三天下午才慢慢晴起来,下得清水河也涨大了,下得南山沟泉水涨了好几倍,多么好的"及时雨"啊!全村男女老少挽起裤腿,吆上耕牛,走进麦茬地里,在蒙蒙细雨中耕地的耕地,耙地的耙地,插秧的插秧,不过两三天时间,全村近两百亩白花花的麦茬地变成了一畦畦水波荡漾、翠绿点点的秧田。当太阳又火辣辣地晒起来时,新插的秧苗已换了苗,远处望去碧绿一片,好像在村前铺了一层嫩绿嫩绿的地毯。

可现在太阳又没完没了地晒了起来,南山沟的沟水也干涸了,清水湾村前两百亩秧畦已经好多天没有浇水了。此刻,树根蹲在自家的地埂上,用手轻轻拢过来两丛晒蔫了的秧苗,心里暗暗叫苦:再不浇水,这两百亩秧田就要颗粒无收了。树根思谋着,吃完早饭后,要叫上国柱、二胖、岁狗他们再去江边电站交涉抽水的事情,如果再不行,就只有再去找县长了。

"树根叔,树根叔……"树根猛地一愣,只见国柱站在地埂上高声叫道:"二胖、岁狗带着人去电站抢水了。"

"去了多长时间了?"树根忙问。

"去的时间不长,快要和站长打起来了。"国柱回答。

听说快要打起架来了,树根就急了。他忙对国柱说:"走,快去看看,顺便把冬生也叫上。"冬生正好在家,他二话没说,跟上树根向江边电站跑去。

远远望去,电站铁门外二胖、岁狗带着二三十位村民手持锄头、铁锨,高声叫骂着,把铁门摇得"咣当咣当"乱响。铁门里边远远站着战战兢兢的站长和几个手持木棒的电站职工。树根他们赶紧跑过去,劝着二胖、岁狗。

树根说:"二胖、岁狗,你们不要胡来,打下架就不得了,我们先和他们商量商量。"

"有啥商量的,秧苗快干死了,他们不是不知道,先让电站的狗杂种们吃点苦了再说。"五大三粗的二胖叫骂着说。

"站长,秧苗都快要干死了,你为啥不抽水?"树根高声对远远站在铁门里边的站长大声说。

"水抽走了,我们发电咋办,发不出去电,就没有工资奖金,我有啥办法,你们到县城找局里领导去。"站长大声回答。

"我们才不管啥子局里领导,秧苗就要干死了,你们马上给我们抽水。"二胖又叫人"咣当咣当"摇起铁门来。

站长和几个电站职工远远地站着,显得很害怕的样子。站长还在急急忙忙地打着电话。

站在一旁的冬生说:"树根叔,这样闹也不是办法,你和二胖他们先回去,我和站长熟,我和国柱留下跟站长谈谈,中午时分看能不能抽水。"树根知道,冬生在县城包工挣钱,脑子灵活,认识的人多,办法也多,就带着村民将信将疑地走了。

站长见树根他们走远了,打开铁门救星似的把冬生和国柱让进去。冬生说:"站长,村里的弟兄不懂事,让你受惊了,我请你们几位在城里酒楼里喝几杯,怎么样?"

站长和冬生以前就认识,于是爽快地说:"冬生,凭你这几句话,就喝几杯,但是客你请,钱我掏。"

"行!"冬生和国柱坐上电站的小车进城了。

太阳渐渐当顶了,树根、二胖他们记着冬生的话,坐在水渠旁眼巴巴地望着干涸的水渠……突然,树根觉得脚底下一阵清凉,低头一看,只见清清的渠水已漫过脚面。"二胖,水来了。"树根高兴地叫道。

二胖激动地跳进水中,往脸上捧了一把水,跑上高坎,向着村子高声喊道:"水来了,放水了……"

清水湾村的村民们正在各自的秧田里浇水时,冬生和国柱坐着三轮车回来了。树根和二胖赶紧迎上去,只见冬生歪躺在三轮车上,口吐白沫,酒气喷人。

"冬生!冬生!"树根连声叫道。冬生挣扎着直起身子,慢慢睁开眼睛说:"树根……叔,水来了吧?我……我把他们都喝翻了……"说完又闭上了眼睛歪躺下去。

树根一阵心酸,高声叫道:"二胖,快背冬生回家。国柱,快去乡上请医生。"

村民们知道,冬生为了乡亲们浇上秧子水,陪着电站站长喝酒喝醉了,喝得胃里都差点吐血了,在家里打着吊针哩。

写于2001年8月

金色麦田

阳历五月中旬,清水湾村前的麦田一片金黄。刚刚从东山头露脸的太阳照在金色的麦田里,折射出刺眼的光芒,夹杂着麦田里的热气一闪一闪的,仿佛在提醒和催促着村民们赶快收割。

农村俗话说:麦黄一时,虎口夺食。清水湾村的夏收在几天前就开始了,几户劳动力多的家庭全家老少拿着收麦的家什,带上干粮和水壶,天不亮就出发了,两三天时间就将自家责任田的麦子收割完毕,正张罗着收拾打麦机,清理打麦场,准备打麦脱粒。竹叶嫂家属于劳力少的家庭,竹叶嫂的丈夫在距村子二十里远的镇中学教书,带的是初三年级两个班的数学,马上就要中考,校长还指望他带的课拉动学校的中考升学率哩。儿子在县城中学读高三,再过半个月就要高考哩。父子两人没有时间帮家里干农活。上周星期天,丈夫和儿子回家准备收割麦子,到了自家的麦田里一看,麦子青翠中泛着金黄,还没有泛白。竹叶嫂就说:"你们都走吧,过几天再割,孩子们的功课要紧。到时候我找几个帮忙的就行了。"竹叶嫂知道,丈夫担任班主任的初三班要进行升学考试,不能随便耽搁。儿子在高三班上是前几名学生,估计考个一本大学问题不大,但也不能马虎。丈夫没说什么,儿子却说:"爸爸先走,我割完麦子再去学校复习。"竹叶嫂却坚决不干,硬是把父子俩送上了去学校的班车。

丈夫和儿子走后,竹叶嫂就给邻居帮忙割麦子,实际就是换工,邻居家的麦子割完后,再过来给竹叶嫂家割。不知不觉地在邻居家的麦田里忙忙碌碌了两三天,竹叶嫂也累得腰酸腿疼,脸上和胳膊火烧火燎的,在镜子前一照,往日白皙的脸庞红彤彤的,胳膊也被太阳晒成麦子的颜色。竹叶嫂想,这两天自己也累了,也该休息一下了,明天早上多睡一会,然后去看看自家的麦子黄了没有。

当早上刺眼的太阳光透过玻璃窗照在竹叶嫂安详的脸上时，竹叶嫂一下子惊醒了。她连忙爬起床在水龙头前洗洗脸，在镜子前用手拢拢头发，急急忙忙地向自家的麦田快步走去。跑到麦田里一看，竹叶嫂有些惊呆了！几天前有点泛青的麦子，现在变得一片金黄，麦穗已黄里透白。那是熟透了的麦穗呀，再不收割，熟透的麦穗就会从麦秆的脖子处自行折断，掉在麦地里。竹叶嫂沿着麦田地埂摇摇晃晃地三步并作两步跑回家，吃了两口干馍，拧开水龙头喝了两口凉水，取出镰刀，又跑回自家的麦田，弯腰使劲地割起来。她要趁着早上凉爽的天气多割一会儿，早饭吃了再来割，那就迟了。那时，太阳出来了，不光热得难受，下午时分割不完的话，经过太阳暴晒的熟透的麦穗就会掉在地里。她不指望尚未忙完的邻居来帮忙，也不指望丈夫和儿子回家来割麦子。特别是丈夫和儿子，他们用的是脑筋，用脑筋的人比出劲干活的人还要累啊！就让他们多休息一会儿，自己累死累活也要在今天把熟透的麦子割完，那是自己半年的汗水啊！

竹叶嫂右手握着镰刀，左手揽着麦秆，飞快地割着。为了加快割麦的速度，休息一下腰身，竹叶嫂干脆半跪着蹲在地里割麦。"呲呲"的割麦声随着竹叶嫂身体的晃动不紧不慢地有节奏地响着，不一会儿，便割倒了一大片，一摞摞整齐的麦子堆在竹叶嫂的身后。竹叶嫂利用休息一下腰身的机会，回头看了看身后割倒的麦子，茁壮的麦秆和麦叶黄里透白，粗大的麦穗颗粒饱满。竹叶嫂用拿着镰刀的右手擦了擦额头的汗水，用左手捋捋脸庞上的头发，嘴角微微一笑，麦子丰收了，竹叶嫂心里多高兴啊，尽管大太阳晒着，汗水流着，口里渴着，自己却觉得十分快乐，那是劳动带来的快乐啊！

太阳越升越高，麦田的气温也越来越高。竹叶嫂割麦的速度明显地慢了下来，她感到自己像在蒸笼里一样难受。碎花短袖小褂被汗水浸透了，两腮的头发也被汗水打湿了，紧紧贴在脸庞上，额头上的汗水直往眼眶里流，眼睛酸溜溜的，有些还流到嘴角，她下意识用舌头舔舔，咸咸的，原来自己是渴了。竹叶嫂直起身子，回头望了望，一大块麦田已经割了一大半，麦茬子在大太阳下亮晶晶的。到晚上就割完了，割完了也好，帮忙的邻居和他们父子把割倒的麦子往打麦场转运,等着打麦机打麦脱粒就行了。竹叶嫂想着又抬头望了望村子,村子里传来打麦机打麦脱粒的轰鸣声,老远看见忙碌的村民们在往村子中间的打麦场上转运着麦捆子。这几年新修的水泥小楼在太阳的照耀下,格外显眼,高大粗壮的白杨树、柿子树、核桃树枝繁叶茂,碧绿的树叶在太阳的照射下闪闪发光。竹叶嫂家新修的两层水泥小楼就在村子中间的那棵大柿子树旁边,院子里有一个小水池,小水池旁边有一个水龙头,竹叶嫂平时就是在水龙头底下洗衣服、淘菜、刷牙洗脸的,有时大热的天,渴了就扭开水龙头喝一气。水龙头里的水是南山沟引来的清泉水,喝一口香甜的很哩!现在,要是再吃上两口家里的干馍,喝上两口水龙头上的凉水,那该有多好啊!自己早上走得匆忙,忘记了带水,一感觉到渴,竹叶嫂的嗓子里好像就要冒烟。她低头看看眼前的麦田,麦田在阳光的照耀下,白花花的一片,还有一大块麦子未割哩,还是坚持再割一会儿吧,中午以后太阳更厉害,下午可以来迟点。要是丈夫和儿子也帮着割,该有多好啊!竹叶嫂这样想着,又蹲下身子割起来。

"竹叶!""妈妈!"两声熟悉的声音从竹叶嫂的身后传来,竹叶嫂站起身子,定睛一看,只见丈夫和儿子正沿着地埂匆匆向麦田走来,儿子手中还拿着两个装水的塑料瓶子在摇晃着。原来今天又到周末了。

"中午十二点一放学,就搭车赶来了。"丈夫说着就要从竹叶嫂手中拿镰刀去割麦,竹叶嫂把镰刀往身后一藏,指着自己割倒的一摞摞的麦堆,说:"下午太阳更晒,可以来迟一点,我们再割一会儿回家做饭,你们两个先捆麦捆子吧。"

丈夫答应着,弯腰捆起麦捆子来。竹叶嫂从儿子手中接过装水的塑料瓶子,仰头"咕咕咕"喝了好几口,把空塑料瓶子扔在麦茬地里,弯下腰飞快割起来。她好像不累了,而且更有劲了,镰刀在自己手中也更听使唤了。丈夫在学校里是教学骨干,在辅导着初中三年级学生准备中考,儿子半月后要参加高考,这些都是天大的事呀,为什么还要等他们回来割麦子呢?竹叶嫂利用回身放麦子的间隙望了望在麦茬地里捆麦捆子的丈夫和儿子。丈夫捆扎起来很熟练,三两下一个麦捆子便立起来了。儿子却不行,他做起农活来显然很生疏,抱起一堆麦子,颠过来倒过去几次,才把麦捆子捆扎好,立起来还歪歪斜斜的,而且在用手臂不时地擦拭着额头上的汗水。竹叶嫂有点心疼儿子了,儿子一直在学校念书,没有正儿八经地劳动过,在这么大的太阳下捆麦捆子,让他吃苦了。不过她反过来一想,让儿子吃点苦也好,不知道吃苦怎么能把书念好呢?竹叶嫂会心一笑,又蹲下去,飞快地割起来。竹叶嫂手中的镰刀一闪一闪的,一摞摞整齐的麦子又连续不断地堆放在竹叶嫂的身后……

写于2002年6月

枇杷结果

在水沟村，麦子逐渐变成金黄色的时候，枇杷也熟了。

前几年水沟村村民不栽枇杷树，村里人都说，栽那树干啥，结着小果果儿，吃起来光皮没肉，有啥吃头，卖钱也没人要。正巧，县上搞产业结构调整，乡政府刘乡长安排林业局张技术员来水沟村推广栽植枇杷树。晚上，村主任德才把村民们召集到村级组织活动室的院子里，让张技术员给大家讲栽植枇杷树的事。德才想：村民们答应栽就栽，不答应就算了，你张技术员就走人。

张技术员给村民们讲：枇杷树是冬天开花春天结果的果树，麦子黄的时候，枇杷就熟了，优质的枇杷树果子大、味道甜、上市早，每家只要栽上五六株，三五年结果后，卖三两千元钱没问题，一家人一年四季买油盐酱醋的零碎钱就够了，如果有条件的话，建一个几十亩的枇杷园更好。

张技术员把枇杷树介绍完毕，等待着大家的响应。但无人应答，半晌村民大狗说："栽枇杷树干啥呢？吃起来光皮没肉，酸里巴叽的，卖钱谁要？我看我的地里种的麦子和稻子还是好。"村民们哄笑起来，吃着村主任德才发的香烟，三三两两地走了。

张技术员看着村民们都不愿意栽植枇杷树，自己讲了半天也白讲了，显得很尴尬。德才也有点难为情，人家张技术员毕竟是县上派下来的，又是乡上刘乡长打电话安排的，对栽枇杷树的事有个交代才行，真正让张技术员负气走了，刘乡长肯定又要骂我了。

德才对张技术员说："你放心，明天我把栽枇杷树的事安排好就行了，走，去我家喝酒。"张技术员满腹疑惑地去了德才家。德才拧开一瓶金徽酒，媳妇翠香炒了两盘热菜，加上张技术员的助手小王，你一杯我一杯地喝起酒来。不一会儿,一瓶酒便底朝天了。

张技术员酒量不行,三二两酒下肚说话已经有些结巴了。他对德才说:"栽枇杷树是好事,村民们不栽,你栽,我给你做技术指导,三五年之后保证让你赚钱。"

"你放心,我明天把你安排的任务完成好就行。"德才回答。

德才知道,水沟村人多地少,村民们最喜欢种的是夏天金灿灿的麦子和秋天黄澄澄的稻子,他们看着金黄色的麦子和稻子,脸上就高兴,心里就舒坦,让他们栽枇杷树,心里是一百个不愿意。张技术员宣传的建枇杷园的事更是不现实,让村民们把房前屋后的杂树清理一下,把枇杷树栽在房前屋后或者是地埂上还差不多,不过栽枇杷树卖钱是肯定的。前年五一节,德才的妹妹嫁到两百里外邻县的一个小镇,德才去送,在街上发现就有卖枇杷的,有水沟村核桃树结的青核桃那么大,德才一问,十元钱一斤呢,德才还没有吃过,买一斤吃了,香甜的很哩。那时德才就想要让亲戚找一株枇杷树,带回水沟村栽植,德才没好意思开口,当时季节也不对,时间一长把这件事就忘了。村民们很现实,他们恪守眼见为实,耳听为虚的古训,你越是把本来好的东西宣传得天花乱坠,他们越是不相信。德才躺在床上,盘算着如何让村民们把张技术员带来的几百株枇杷树栽在房前屋后或地埂边。王乡长明天问起来,也有个好交代。

第二天,天麻麻亮,德才就起床了。他要在村民们未出工前,把栽枇杷树的事再宣传一遍,他盼咐翠香给张技术员做早饭,自己去每家每户安排栽植枇杷树的事。他首先去了大狗家,把大狗家的院门拍得山响,德才大声叫道:"大狗,每家栽五株枇杷树,如果不栽,乡上有啥好事就不要找我签字盖章。"

"往哪里栽?"大狗隔着院墙问。

"房前屋后,或者空闲的地埂上。"德才大声回答。

德才一家一户地叫着,每家每户也都在答应着,没有一户人家说不栽。德才有些得意,他想:村民们就这样,办什么好事你和他好好商量,他不答应,想个什么硬办法吓唬吓唬,一个个都乐意。

德才不到半个小时,就把几十户人家走到了。他返回自家院子时,几百株枇杷树苗全被村民们取走了。自己也要栽几株哩,怎么一株也没剩。他连忙走进厨房问媳妇:"枇杷树苗全部取完了?"

"嗯,取完了!"翠香在锅里忙乎着说。

"我们家的哩?"德才问。

"你只顾村里的事,哪管家里的事情,我藏了十株最壮的。"翠香得意地边说边从热气腾腾的锅里往外捡白花花的蒸馍。德才咧嘴一笑,伸手要拿蒸馍,被翠香"叭"地打了一筷子。

"洗脸刷牙去,不晓得干净。"翠香说着转身把蒸馍放在案板上。德才悻悻走出厨房,洗漱完毕,叫张技术员他们吃早饭。张技术员和小王起床后发现院子里几百株枇杷树苗没有了,很是疑惑。

"枇杷树苗呢?"张技术员问。

"都栽完了。"德才回答。

"这么早就栽完了?"张技术员又问。

"村民敢不栽,谁家不栽,乡上办啥事,我不给他签字盖章。"德才回答。

"德才啊,你真有办法!"张技术员无可奈何地说。

"先吃早饭,吃完早饭你去检查。"德才说着吆喝翠香端饭。

吃完早饭,德才带着张技术员先去大狗家检查。大狗把院墙里边的两棵已经老化的苹果树砍了,把五株锄头把粗的枇杷树苗一字排开,栽得整整齐齐,大狗媳妇正提着桶浇水哩。

"大狗,枇杷树栽好了吗?张技术员检查来了!"德才大声说。

"栽好了,栽好了,张技术员你们快来检查。"大狗边回答边殷勤地给德才、张技术员他们递烟。

张技术员见树栽得端正,坑又挖得大,水又浇得足,很是高兴,拍着大狗的肩膀说:"我以为你是个难缠人呢,树栽得好,只要务作好,三五年结果后卖两三千元没问题。"

张技术员在德才的带领下,又检查了四五户人家,大家都栽在房前屋后的空地上,而且都栽得很认真。这样,张技术员就放心了,他高兴地对德才说:"走,该你自己栽了,我们给你帮忙。"

德才在张技术员的指导下,砍掉院子里三棵老化的苹果树,又挖掉屋后十几株已经生病的花椒树,把翠香藏起来的十株枇杷树栽了下去。张技术员很是高兴,他带来的枇杷树苗尽管没有建成枇杷园,但是全部都栽在了水沟村民的房前屋后,算是圆满完成任务。他临走时对德才说:"我每年秋天都来水沟村给枇杷树防虫、剪枝。"

张技术员没有食言,他带着自己的助手小王,每年秋天都来水沟村给枇杷树涂白、剪枝,今年已经是第四年。村民们栽的枇杷树也已经长到手腕那样粗,一年四季枝叶茂盛,每家每户都有那么几株,有的长在院子里,有的长在房后的屋檐下,成了水沟村一道亮丽的风景线。由于张技术员带来的是优质树苗,栽上没两年,大多数枇杷树都开花结果了,而且果子越结越大、越繁,长得有青皮核桃那么大,金黄色的枇杷果挂满枝头。水沟村周围秧田里的麦子泛黄时,枇杷树上结的枇杷也成熟了,没有吃过枇杷的村民急不可耐地摘上两颗尝尝,说:"唉,这东西又香又甜哩。"

德才家栽的枇杷树活了八棵,每棵都有手腕那么粗,五棵已经结果,另外三棵去年冬天开了空花。结果的五棵结得还繁,摘一两百斤枇杷没有问题,德才摘了几棵尝了尝,味道比前几年在邻县吃的还好哩,如果摘了拿到街上去卖,要卖一两千元哩。听说大狗媳妇前几天去每家每户低价收购成熟的枇杷,在县城高价卖出,还挺抢手的。难怪昨天晚上大狗在院子外头转悠,原来他是看德才家的枇杷熟了没有,熟了他媳妇就来收,大狗这家伙真是鬼精。晚上,德才和翠香商量,今年刚结的枇杷就不卖了,让朋友和亲戚们尝尝鲜。第二天早上两口子踩着凳子,拿着剪子,选长得好的,摘了四大塑料袋子。他们要给张技术员和小王各送一袋,给刘乡长送一袋,还有一袋要送给翠香的父母亲,让他们也尝尝鲜。

写于 2011 年 5 月

柿子红了

霜降节前后,是清水湾村民们最忙碌的时候。掰玉米、拌稻子、耕地、种麦,所有秋收干的农活在这几天全都要做完。因为,霜降节前几天天气还阴沉沉的,绵绵的细雨下个不停。霜降节一到,马上天高气爽,艳阳高照。节气不等人,清水湾村民抓住的就是霜降后几天晴朗的天气把来年的根安了,把明年的麦子种在湿润、肥沃的土地里。但是,麦子种到地里后,清水湾的村民们还不能闲下来,因为,清水湾全村的柿子红了。

清水湾村依山傍水,土地肥沃,除了盛产稻子外,还盛产各种水果。桃树、梨树、苹果树、葡萄树、橘子树……几乎什么水果树都有,但是最多的还要数长得又壮又高的柿子树。房前屋后有,野地里有,田埂上也有。每到春暖花开的季节,柿子树发芽了,柿子花开了,老远就能闻到柿子花甜甜的香味,整个村庄很快掩映在柿子树青翠的绿色之中。秋天来了,全村的几百棵柿子树的叶子由绿慢慢变红,满树的柿子也从青翠变成了金黄,有些熟透了的软柿子鲜红鲜红的在阳光的照耀下,远远望去,棵棵柿子树就像大朵大朵美丽的晚霞,一颗颗金黄的柿子像一盏盏的小灯笼挂在树梢。村民们又忙着摘柿子、镟柿饼了。男人拿着用竹子做的两丈来长的抬网子上树摘柿子,用木头在房顶上搭晾晒柿饼的木架子。女的则坐在台阶上或者厅房里,在一堆堆金黄的柿子旁,用旧子弹壳铜皮做的镟刀镟柿子皮。把镟去皮的柿子串在细绳上,然后再搭在柿饼架上。镟去皮的柿子通过晾晒后风干、上霜,就加工成了柿饼。清水湾的柿饼是当地的特产,也许是南山沟香甜的沟水浇灌的原因吧,吃起来蜜一样甜,在柿子还没有软的时候,装在酒缸里,酿成酒柿,吃起来还脆生生的甜。据考证,在清朝时期还是给皇帝的贡品哩。每到春节,称上几斤地道的清水湾村的柿饼,寄给外地的亲朋好友,算是上好的礼品。如果要酿上一缸柿子酒,又是招待客人最美的佳酿。

　　清水湾村每家每户都有三五棵大小不一的柿子树,有的两个人都抱不过来,有的如水桶般粗,也有的如胳膊大腿一样壮。霜降节过后,是摘柿子、镟柿饼的时候。先把柿饼架搭好,再把柿子摘下来,镟去皮,要串起来搭上架,全村老少在麦子种完之后又要忙一个星期。这不,桂花嫂看到别人家都在搭柿饼架,别人家的男人女人们都在上树摘柿子、镟柿饼,就有点发急。她来到自家房背后的两棵水桶般粗的柿子树下,抬头望着柿子树上颗颗金黄色的柿子思忖起来。往年,丈夫桂树在城里打工,没有时间摘柿子,更没有时间加工柿饼,两棵大柿子树上结的一千多颗柿子五六百元钱卖给收柿子加工柿饼的任冬生。今年柿子结得特别繁,两棵树至少摘两千颗柿子,如果加工成柿饼至少要卖三四千元哩,再把柿子几百元卖给冬生,那就吃大亏了,再也不卖给冬生了。今年自家的柿子要自己摘,自己加工柿饼。可是总不能把桂树从城里叫回来,那样给人家装修房子又要耽工误活了。听桂树说,现在装修的这家春节前要结婚呢,这摘柿子、镟柿饼的事只有我自己想办法。桂花嫂想着便急匆匆地来到国柱家。

　　当桂花嫂走进国柱家的院门时,就听见厅房里十分热闹。原来,岁狗两口子、树根老两口,加上国柱两口子正在厅房里镟柿子哩。只见国柱家厅房里堆了一大堆黄澄澄的柿子,镟去皮的柿子很整齐地放在一旁的竹席上,每个人的腿旁都放着一个大笼子,笼子里是镟下来的柿子皮,柿子皮有些很长,有一两米长哩,那是技术最好的树根镟下来的。

　　"哎呀,国柱家的柿子才结得繁哩,啥时候摘的?摘了这么多柿子。"桂花嫂站在厅房门前说。

　　"昨天摘的,也不多,有三千多柿子吧,今天才请树根叔、岁狗他们来帮忙的,快进来坐吧。"国柱提着一大笼子镟去皮的柿子,爬上房顶的柿饼架串柿子去。国柱媳妇和桂花打着招呼。

　　"哎呀,也不叫我一声,我今天正好没有事,我镟柿子的技术不行,但是捡柿子,在绳子上串柿子还是行的。"桂花嫂的娘家在离清水湾村十公里的半山村,那里也有柿子,但不镟柿饼,只是把柿子装在缸里做成酒柿吃就行,所以桂花嫂不会镟柿饼。桂花嫂说着蹲下来把镟好的柿子往笼子里装,笼子装满后,国柱再提上房顶的柿饼架下,把镟去皮的柿子在绳子上串起来。

"桂花,你们家的两棵柿子树也结得繁,往年把柿子几百元钱卖给了冬生,今年咋办?"树根头也不抬地问,手里的柿子连同镟刀飞快地转着,长长的柿子皮像变魔术般接连不断地从手里往外落。

"树根叔,我家的两棵柿子树结得繁得很,我今年不想给冬生卖了,自己镟柿子,加工柿饼。但是,桂树也忙得脱不开身……"桂花嫂边捡柿子边说。

"桂花嫂,今年就不要卖给冬生了,镟成柿饼多卖两千元钱哩,树根叔和我们的柿子都已经上柿饼架了,明天我们给你帮忙,也用不着叫桂树从城里回来。"岁狗看着桂花快言快语地说。

"那好的很哩!那我就再不给冬生卖了,明天就给我帮忙摘柿子。"桂花嫂高兴地看着岁狗说。

"给他卖啥哩,他把山里的青疙瘩柿子便宜买来,再收些我们的好柿子,好的不好的合在一起,加工成柿饼后再当我们村的好柿饼卖给别人。他搞了好几年了,哄人骗人,把我们村里的柿饼名声都搞坏了。"树根停下手中的活,认真地说。

清水湾的柿子糖分特别重,加工成柿饼后,个大皮薄霜厚,色泽红润透明,吃起来柔软香甜。山里的柿子也许是水土或者气候的原因,加工成柿饼后,霜少质硬不甜软,吃起来像未发酵过的死面馍。冬生从山里收柿子已经好几年,他把两种柿子合在一起加工成柿饼,卖给不懂柿饼的外地人,破坏了清水湾村的名声,这些大家都是知道的。

这时,国柱提着空笼子从房顶下来,见大伙都议论冬生,也说:"今年的柿子就不要卖给冬生了,他不仅坏了我们村的名声,还赚人家的昧心钱,明天我们都给你帮忙,连摘带镟搭架上串一天老早就结束了。不过,桂花啊,今天晚上你要把肉给我们煮好哟。"

"没问题,今年我们家的柿子就不给冬生卖了。只要你们帮忙,猪肉、鸡肉、鱼肉都有,我晚上就收拾好。"桂花嫂高兴地说。她飞快地提着一大笼子镟好的柿子爬上梯子,站在房顶的柿饼架下串起柿子来。

树根、国柱他们六七个人忙了整整一天,才把半厅房的柿子镟完,串在绳子上,挂在了房顶的柿饼架上。柿饼架上刚镟去皮的柿子水淋淋的,在红彤彤的晚霞的映照下,像是春节期间县城里颗颗发着橘黄色光的彩灯,好看极了。

第二天,桂花嫂起了个大早,她在院子里望望天,天空瓦蓝瓦蓝的,深秋的早晨,还有点寒意,今天是摘柿子的好天气,她拉拉衣服的前襟,转身走进灶房给国柱他们做早饭去了。

早饭刚做好,树根、国柱、岁狗他们就来了,他们扛着两丈长的抬网子,提着拴着长长麻绳的笼子,说说笑笑地来到桂花嫂家的院子里,桂花嫂连忙给他们抬凳子、擦桌子、舀饭。吃完饭后他们进行了简单的分工,树根叔年纪大,在家里负责搭柿饼架。国柱、岁狗他们上树摘柿子,女人们往家里搬运柿子。桂花嫂家的两棵柿子树就在房子背后,国柱和岁狗两人一人一棵爬上了树顶,他们把笼子用长长的麻绳吊在树杈上,然后用抬网子开始摘柿子,等到笼子摘满时,就把笼子从树上用麻绳吊下来,树底下的妇女们把柿子倒在空笼子中,然后大喊一声:"吊笼子喽!"树上的人高声答应一声:"好咧!"把笼子吊上去再摘,摘满后再吊下来……今年桂花嫂家的两棵柿子树结得好繁啊!要忙一天才能忙完哩。

"岁狗、岁狗,谁叫你摘桂花家的柿子呢?"岁狗正在树顶聚精会神地摘柿子,突然听到树底下有人叫他,他低头一看,是冬生站在树底下大声叫他。

"是桂花嫂叫我们摘的。"岁狗在树上大声回答。

"往年是我买下了我摘的,你怎么摘?"冬生在树下大声问。

"今年人家不卖了,自己摘,自己镟。"岁狗大声回答。

这时,桂花嫂收拾完灶房,也提着笼子来到柿子树下,看见冬生在树下大声责怪岁狗,就说:"冬生,今年我家的柿子不卖给你了,我们自己摘,自己镟柿饼。"

"桂花,你咋不早说哩,我已经从山里收了好几千斤柿子了,你把我害了。"冬生气急败坏地说。

"我怎么害你了，你把山里的青疙瘩柿子和我们村的好柿子混在一起，冒充我们村的柿子，加工成柿饼给人家卖，到底谁害谁了。"桂花嫂理直气壮地说。

"我没有害你，人家愿意买。"冬生大声说。

"没有害我我家的柿子也不卖给你了。"桂花嫂生气地说。

这时，一颗熟透的软柿子从树顶上掉下来，正好掉在冬生的头上，红彤彤的柿子汁溅得冬生满脸都是。冬生气极了，大声骂岁狗："岁狗你这狗杂种，你咋这么坏呢？把软柿子专往我头上扔，你不小心要从树上跌下来。"

"软柿子是自己掉下去的，你赶紧回家洗脸去，不要像疯狗一样乱咬人。"岁狗在高大的柿子树顶上大声应道。

桂花嫂、国柱媳妇、岁狗媳妇看见软柿子掉在冬生的头上，柿子汁溅得冬生满脸都是，有好几滴还落在冬生西装的前襟上，惹得她们哈哈大笑起来。

写于 2012 年 10 月

稻子熟了

俗话说:八月十五吃新米。中秋节未到,清水湾村周围几百亩稻田已经由金黄逐渐泛白了。地埂边垂下来的稻穗颗颗结实饱满,村民们越看越喜欢,看来今年清水湾村几百亩稻子又丰收了。吃毕晚饭,三三两两的村民们聚集在村子中间花开正旺的大桂花树下议论起来。

"我家的两亩稻子收两千斤肯定没有问题。"岁狗抽着纸烟,吐着烟圈,洋洋自得地说。

"今年天气好,雨水也好,大家种地都很在心,不光你家的稻子丰收了,全村每家每户的亩产肯定都在一千斤以上。"站在一旁两手抱着膀子的国柱看着岁狗笑着说。

村中的桂花树树龄至少有百年以上,有水桶那样粗,长得枝繁叶茂,一年四季郁郁葱葱。特别是到了古历八月,金黄色的桂花慢慢地开了,香气扑鼻而来,整个清水湾村都闻得见馥郁香甜的香味,村民们有闲时间了都爱到桂花树下来转一转,坐一坐,闻闻桂花的香味,桂花树下就自然而然地成了清水湾村村民吃毕晚饭聚会闲谝的地方。这时,已经卸任村主任两年的树根也蹲在桂花树的背后,抽着烟听着大家的议论。实际上谁家的稻子务得好,用的农家肥多还是化肥多,树根心中最清楚,你岁狗吹啥呢,你不给秧畦上大粪,尽撒些化肥,稻子的叶子重,瘪的多,还两千斤呢,国柱的那一亩稻子还差不多,叶子轻,颗粒饱满,人家是从城里拉了两车大粪,撒在田里的。

树根当了三十多年村干部,是前年因年龄大才换下来的,尽管是自己年龄大了才退下来的,心里不免也有些失落,所以吃毕晚饭来到桂花树下,蹲在树干背后人少的地方,自顾自抽着烟,似有似无地听着其他人的闲谝。过去吃毕晚饭,村民们在桂花树下闲谝时,只要树根主任一到,递烟的递烟,让座的让座。现在不同了,人走茶凉嘛,所以吃毕晚饭后,树根只是到桂花树下坐一坐,过一过瘾,一般不参与村民们的闲谝。这不,树根从树下站起来,拍拍发麻的腿,用鼻孔深深地吸了几下浓郁的桂花香味,抬头望望已经升上来的上弦月,心想:这月亮真亮啊,这桂花真香啊。月亮圆的时候就该割稻子了,我得赶紧收拾拌桶镰刀麻袋之类割稻子用的家什,特别是拌桶,一年都没用了,可能都散架了。树根趁着明亮的月光离开桂花树,离开桂花树下闲谝的村民回家去了。

　　拌稻子用的木拌桶有方形和椭圆形两种,是清水湾村自种上稻子以来收稻子用的家什。方形的拌桶是木匠用木板镶成的,是卯榫结构的。圆形拌桶也是用木板做的,是用竹子细片紧紧箍起来的,时间一长,竹片里的水分一干,竹片箍的拌桶就会松散。前两年县上农机部门给全县各村配了割稻机,割稻机割得快,也省人力,村民们很喜欢,但割不干净,有些稻穗掉落在秧畦的泥水里,捡不起来,村民们觉得怪可惜的。特别是倒伏在田里的稻子,割稻机就更没有办法了。村民们有的用割稻机收割稻子,但有的仍在用拌桶拌稻子,树根便是用拌桶收割稻子的。树根家的拌桶是椭圆形的,比方形的要轻些,一个人就能轻松地背到秧畦里。拌桶放在堆满杂物的偏房里,已经一年都没有用了,拌桶里也放着镰刀、麻绳、麻袋等收割稻子用的家什。树根把拌桶从偏房里挪出来,捡出里面的杂物,仔细看了看,发现拌桶竹片编的箍圈快要断了,桶板也松了,桶底也塌了,得赶紧收拾,收拾好了明天就拌稻子,八月十五就可以吃到今年的新米了。树根从厨房里拿出柴刀,从房子背后的竹林里砍了一根竹子,削去竹叶,很熟练地划起竹条来,他要把拌桶快要断的箍圈全部换掉,把松散的拌桶修理好。

　　大门"咯吱"地响了一声,树根抬头一看是国柱进来了。国柱是问树根准备啥时候拌稻子的,因为树根家的稻子已经熟了。国柱见树根在划竹子收拾拌桶,就说:"树根叔,你今年就不要用拌桶了,你的稻子没有倒伏,用冬生的割稻机吧,又快又省力气。"

　　树根抬眼瞅了瞅国柱,半天才说:"国柱啊,我们是农人,农人的力气省下来干啥呢?时间省下来又干啥呢?农人的力气和时间要用在务庄稼上才行哩。"国柱不置可否地摇摇头。

树根接着语重心长地说:"国柱,你知道冬生的割稻机是怎么来的?是去年乡上给我们村配发下来的,他现在用来挣钱,给村民们割稻子还要收钱哩。我也用割稻机割稻子,大家咋看我,谁家愿用就用吧,我还是用拌桶吧,稻子好收得干净些。"

"我知道了,我家秧畦也不多,稻子还有点青,明天我帮你割稻子。"国柱眼睛瞅着树根说。

"也好,明天你给我帮忙拌稻子,把拌桶背到秧畦里去,我老了,背不动拌桶了。我家的稻子割完了,再给你家割。"树根高兴地对国柱说。

国柱是前几年的复员军人,人正直能干,对村子里的大小事情都很热情,还爱给劳力弱的人家帮忙。树根前年本来提名让国柱当村主任,但乡上却要让城里包活的冬生当村主任,说冬生有经济头脑,可以带领村民们脱贫致富。胳膊拧不过大腿,冬生就被选成村主任了。两年过去了,冬生净往城里跑,在忙着自己的事,对村里的事不闻不问,树根至今对乡上让冬生当村委主任还耿耿于怀哩。因为冬生只晓得挣钱,不晓得为村民们办事。

麻雀在房背后的竹林里"叽叽喳喳"吵架的时候,树根就醒了。树根早早起床,把昨天修好的拌桶"砰砰"地拍了几下,又检查了镰刀、麻袋、麻绳,自言自语地说:"八月十五该吃新米了。"树根叫来国柱吃完早饭,背起拌桶来到树根家的秧畦里。成熟的稻子金黄中泛着银白色。沉甸甸的稻穗低垂在地埂上的杂草中。树根蹲下身子,把垂在脚背上的一株稻穗捋了下来,在手掌上搓了搓。这稻子确实是成熟了,是该拌了。这时,不远处传来"砰砰砰"的拌稻子的声音,树根定睛一看,原来岁狗也在用拌桶拌稻子哩,岁狗也想在八月十五吃新米哩。树根拿起镰刀用大拇指试试刀刃,蹲下去"唰唰"地割起来。

"树根叔,树根叔……"冬生不知啥时候连跑带走地来到树根家的秧畦里。

"你来干啥?"树根直起腰杆问。

"树根叔,你就别费力气了,我把割稻机开过来给你割,一会儿就割完了,不收你的钱。"冬生很真诚地说。

"冬生,我不麻烦你了,秧子是我亲手插的,秧畦的草是我亲手拔的,地里的粪是我亲手上的,现在稻子熟了,我还要亲手割稻子拌稻子,自己亲手做的,新米吃起来就更香了,你还是给别人割去吧。"树根说着拿起一捆稻子用力地拌起来,"砰砰砰"拌稻子的声音传得很远,金灿灿的稻子颗粒儿全落在拌桶里,有几颗还飞出来打在冬生的脸上,冬生摸摸脸,瞅瞅树根,悻悻地走了。

写于2012年10月

社 火

　　腊月间,清水湾村的村民们格外忙碌起来。媳妇们忙着拆洗床铺、打扫屋子,把平时随手扔在院子里、台阶上的家什收拾起来,摆放得整整齐齐,大多数的男人们骑着摩托车去城里赶活,赶完活的则连续几天在城里跟着小包工头撵上跑下结账,年纪大些的村民则扛着锄头很悠闲地走在麦地的田埂上,给小麦放第二次冬水,也有些村民在忙着烧水杀猪,袅袅炊烟从各家的房顶上轻轻飘散开来,村子里到处弥漫着一种温馨的气息……

　　冬生算是这个村里最忙的了。元旦之前,县上、乡上来了抽查退耕还林的工作组,他陪着在南山的坡地里转了三天,媳妇菊花还在家里做了三天的饭,尽管吃饭喝酒乡上给了钱,却搭上了两人的工夫,腊月间农民的工夫那可金贵得很。检查结束没两天,乡上通知,要新上任的村干部到县党校学习一个星期,冬生一听就叫苦连天。腊月间了,还要学习一星期,都学习些啥哩,坐在办公室的干部真不懂农民们的活路。但不去不行,谁叫自己当上村主任哩?菊花一听也气不打一处来,对冬生黑脸道:"都腊月了还学习啥哩,你当上村主任天天跑上跑下,都快变成闲驴了!"一个星期学习结束回到家中,菊花便催促冬生赶紧请杀猪匠杀猪,再过几天忙起来就连杀猪匠都难请了。冬生知道,杀猪是个体力活,女人家干不了,就去请杀猪匠,正好杀猪匠明天有空闲时间。第二天,冬生和媳妇早早起床,烧好汤猪水,叫来媳妇的弟弟帮忙,他们三人使出吃奶的劲把三百多斤的猪从猪圈里捉住抬到杀猪桌上,杀猪匠把猪一刀杀倒,才把死猪抬到汤桶里,冬生腰里的手机"嘟嘟"地响了起来,冬生连忙洗了手,看看手机上的号码,是乡长打的电话,便大声应道:"王乡长,我是冬生,有啥事吗?"

"你马上到乡政府来,有重要事情商量!"王乡长在手机里答道。

"电话里说不行吗?我正杀猪哩。"冬生大声说。

"你赶紧来,猪明天杀都行!"王乡长在手机里回答道。

"猪都杀死了,正在烫毛哩。下午来行吗?"冬生在手机里说。

"杀猪有杀猪匠哩,你先到乡上来。"王乡长说着关了手机。

冬生也关了手机,转脸想给菊花说一下,但看见媳妇黑着脸,便对内弟说:"你就帮杀猪匠吧,王乡长又叫商量事哩!"说着发动着大门口停放的摩托车,骑上摩托车"突突突"地去乡政府了。

乡政府永远是闹哄哄的,特别是到年底了,老百姓到乡政府办什么事的都有。冬生骑着摩托车不到半个小时就到了乡政府,冬生把摩托车停在乡政府院子的墙角,就上了二楼。二楼东头王乡长的办公室门敞开着,里面沙发上坐着七八个抽烟喝水的人,办公室里烟雾缭绕、乌烟瘴气,但是没有王乡长。冬生问:"王乡长哪去了?"

"不知道哪去了。"其中一个胖乎乎、胡子拉碴的中年汉子不耐烦地说。

"不知道哪去了,你们还在等?"冬生又问。

"不等怎么办?不等他咋办?乡政府欠着工程款,再不给年都过不下去了!"中年汉子仍然不耐烦地说。

冬生知道了,年底了,快过年了,这些都是要账的。王乡长肯定不在乡政府院子里,到外面啥地方躲账去了。他走出政府院子,来到大街上,拿出手机给王乡长打电话:"王乡长,我去了你办公室,你不在,我在乡政府门口,你在哪里?"

"我在乡政府斜对面的茶楼上,不要给别人说,你一个人过来!"王乡长在手机里回答。

冬生抬头一看,只见王乡长在对面茶楼的三楼窗户后面探头探脑地向他招手,他连忙向对面的茶楼走去。冬生走上三楼,王乡长在三楼楼梯口等着,什么也没有说就拉着冬生走进一间茶房。茶房布置得很优雅,四面墙上挂着装裱考究的花鸟画,给人一种十分温馨的感觉,中间是一部"机麻",乡上张书记、王乡长、文书,还有一位副书记吧,他们四位坐在"机麻"旁边,"机麻"上每人倒了一杯茶水,但是他们没有打麻将,好像是躲在这里商量着什么事情。冬生坐下后,王乡长高声叫道:"倒一杯茶来!"说着扔给冬生一支放在"机麻"上的黑兰州。不一会儿,一位姑娘端着一杯茶进来,恭恭敬敬地递在冬生的手上。

冬生抽了一口文书给他点燃的烟,又喝了一口热乎乎的茶水,抬眼望望张书记,又望望王乡长,问道:"叫我有啥事吗?神神秘秘的?"

"找你肯定有事,而且是个好事。"王乡长笑嘻嘻地说着望望张书记。

张书记没有笑,他眼盯着冬生说:"昨天晚上县上通知每个乡要搞一个社火队,年前就要组织好、训练好,正月初五过了要到县上各单位表演,正月十五还要在体育场比赛哩,树根当清水湾村主任时,就经常搞社火表演。今天早上,我和王乡长商量,还是你们村搞。"

冬生一听,暗暗叫苦。组织耍社火是一件相当麻烦的事情,几乎要耽搁腊月、正月两个月时间。放下耽搁工夫不说,每天组织六七十人要忙活近两个月时间,耍好了大家高高兴兴,皆大欢喜。搞不好,组织者将身败名裂,臭名远扬。何况,自己当上村主任,树根心里就不乐意,他不支持,这社火肯定耍不成。最关键的是,钱从哪里来哩?

王乡长见冬生半天不吭气,就有点生气,不高兴地说:"冬生,你才当上村主任,我们给你安排事情,你就不答应,这耍社火是让你们村里给乡党委、政府挣面子的事,你咋不答应哩?"

"王乡长,不是我不答应。耍社火要买狮子、龙、扎船灯、做灯笼,还要买锣鼓家什,这些都不说,七八十个人要忙几十天,现在哪里有白干事的,钱哪里出?乡上掏吗?"冬生见王乡长不理解他,也有点生气了。

王乡长见冬生说得有道理,口气软了下来,慢吞吞地说:"冬生,乡上哪有钱,你在办公室也看到了,那么多人都是要钱的,我们这几天连办公室都不敢进。前几年树根当村主任时也耍社火,乡上啥钱都没给过,社火耍完了,还拿着耍社火挣的烟酒,给我们拜年哩,你难道还不如他老家伙!"

"过去是过去,现在是现在,过去耍社火村民们不要报酬,争着参加,现在不给钱根本不来!"冬生争辩着说。

张书记见王乡长和冬生顶起来了,就打着圆场说:"冬生,社火你们村一定要耍,就当是给我和王乡长帮一场忙。你回去后,找树根他们好好商量一下,你年轻,脑子灵活,困难总会有解决的办法的。"

冬生见书记发话了,也不再争辩,说:"好吧,我尽量想办法。"说着站起来往门外走去,王乡长也从凳子上站起来,拿起"机麻"上刚开封的黑兰州,塞进冬生的衣袋里,拍拍他的肩膀说:"不要害怕,办法总会有的。"冬生头也不回,"嗵嗵嗵"地走到楼下,来到墙角的摩托车旁,使劲拍打着摩托车的坐垫,望着斜对面的茶楼,大声说道:"啥球事嘛!一分钱没有,还想要热闹。"骑上摩托车"突突突"地回去了。

对于一个村子来说,耍社火当然是件好事。耍社火可以避灾驱邪,可以祈求一年四季风调雨顺,五谷丰登。说得再现实一点,可以把全村七八十位年轻人从麻将桌上扯下来,开展一种有益的娱乐活动。但是,耍社火不是一件简单的事情。首先要请一个在当地德高望重,对社火各个环节都十分懂行的人来当"灯头",当"灯头"的人不仅要会吟诗说吉利,而且要善于破"阵"。就是接受耍社火的这一家要献"礼份子",直接把"礼份子"送到耍社火的"灯头"手中,大家就认为耍社火是为了挣钱,接受耍狮子的这家在社火队伍到来之前就要"摆阵",就是利用家中桌子、凳子、背笼、笼子甚至是其他各种家什摆成什么"五子登科""八仙过海""草船借箭""走麦城"……等等利用典故起名的阵势,当然不是乱摆的,几乎全部都是约定俗成的。把装有钱的"礼份子"放在"阵"的某个机关中,任你"灯头"来破,看这是什么阵,破了阵,"礼份子"也拿到了,吉利说了,社火也耍了,就皆大欢喜。破不了阵,"礼份子"也拿不到,社火也就耍不成,更重要的是"灯头"和社火队就丢尽了人。这几年,耍社火摆阵的事没有了,但是吟诗说吉利是非有不可的。这一套耍社火的行当冬生是万万干不来的,只有树根在行,只有请他出山,村子里耍社火的这出戏才能唱得成哩!

冬生回到家时,猪已经杀完,连肠肚都已收拾停当,菊花在院子里清扫着汤猪水和散落在地上的猪毛。他停稳摩托车,问菊花:"猪肉都解了吗?"

"肉都解了,在厅房里。"菊花边扫地边回答。

冬生走进厅房,只见两个大铁盆装满了肉,一铁盆肥膘肉,一铁盆瘦肉,四个猪腿和瘦肉放在一起。冬生走出厅房找了一个大扫把帮着媳妇扫起院子来,扫完了,菊花直起腰问冬生:"乡上有啥事?看你回来了蔫兮兮的?"

"乡上让我们村耍社火,正月十五还要代表乡上去县城参加社火表演比赛。"冬生默默地说。

"耍社火七八十人才行哩,还要练一二十天,乡上给钱吗?"菊花问。

"王乡长让我自己想办法,不要还不行。"冬生回答。

"这年头,钱都不给还想办事,乡上啥糊涂浆子官,不讲道理,我让你不要选村主任,你非要选,这下可好了……"菊花一听乡上不给钱,让冬生自己想办法,不禁生起气来。冬生瞅瞅菊花,半天没有吭气。

腊月的天气,天黑得早,冬生吃毕晚饭,对菊花说:"要去一下树根叔家。"菊花黑着脸,还是点了点头。冬生见媳妇答应了就提了条猪腿去树根家里,菊花看着冬生提着猪腿走出大门,什么话也没有说。

冬生来到树根家时,树根家刚吃完晚饭,树根在外当老师的儿子、媳妇也放假回家了。树根儿子看着冬生提着猪腿,连忙接住,热情地说:"冬生哥,你饭吃了吗?厅房里坐。"

"吃过了,我找树根叔有事哩。"冬生回答。

"过年还早哩,你就提猪腿来了。"树根看着新鲜的猪腿不冷不热地说,树根已猜到冬生可能遇上难题了。

"树根叔,我家今天刚把猪杀了,你尝尝鲜。"冬生抽着树根递的烟说。

"我家的猪过几天也杀,你们自己吃嘛。"树根看着冬生说。

"树根叔,这是我的心意啊!今天上午乡上安排要咱们村耍社火,乡上张书记、王乡长让我和你商量一下,看这个社火咋耍?"冬生老老实实地说。

"耍社火可是个麻烦事,你给乡上应承下了?"树根听说是乡上张书记、王乡长安排让冬生找自己商量的,心中有点兴奋,就问冬生。

"今天上午,我正在杀猪,王乡长打电话让我到乡上去一下。我去了,他安排说:县上让每个乡都组织一个社火队,过年的时候到城里各单位表演,正月十五要在体育场进行比赛,说咱们村子前几年你组织搞过几次社火表演,就让我们村代表乡上搞,但是没有钱,让我们自己想办法,不搞还不行,让我找你商量。"冬生望着树根紧绷的脸,小心翼翼地说。

树根半天没有说话,但是他心里却想得很多。他想起前几年耍社火当"灯头"的事,他吟诗说的吉利是全乡十几个社火队里最受欢迎的,打的家什和鼓点,是全县社火队最有韵味的。有一年去一个单位耍社火,单位有一个懂点"摆阵"的人,摆了个"劈山救母"的阵,其他社火队的"灯头"都莫名其妙,只有树根一眼看出,而且很轻松地破了阵,拿到了那份不薄的"礼份子",这件事叫树根很红火了一阵子。有一年树根带领的清水湾社火队还得了全县社火表演的第一名哩……想着想着,树根的心就热起来,嘴角也露出了一丝微笑,不当村主任了,耍社火的"灯头"还离不开我哩。

"耍社火倒是件好事,但是这几年和前几年不一样,不给钱怎么能行呢?"树根微笑着瞅瞅冬生。

冬生见树根态度好转了,就连忙说:"树根叔,这不是我在给你汇报和你商量哩,耍这场社火,到底要花多少钱哩?"

"耍一场社火最简单的要耍狮子、耍龙和扭秧歌,所以至少要买大小狮子六只,买龙两副,给秧歌队做衣服,要做灯箱,还要买一套上好的锣鼓家什,把不好的买来,打起来不响亮,这至少要一万元钱,还要五千元钱买零碎,社火队的人至少要六十个,补助费可以从耍社火挣的"礼份子"里分,挣多少分多少,所以有一万五千元买东西就够了。"树根给冬生算了一笔耍一场社火的费用。

"唉,如果化上两三千元钱,我自己就掏了,这一两万元钱我怎么自己掏哩!"冬生愁眉苦脸地望着树根说。树根见把冬生难住了,就给冬生出点子说:"冬生,乡上把这事交给我们村,我们不能丢人,这一两万元钱也不是大事,我们拉个赞助看行不行!"

"到哪里去拉赞助?"冬生急切地问。

"国柱媳妇的表哥不是在县上产业局当局长吗?产业局可是个有钱有物的实权局,你明天叫上国柱去找一下看行不行,如果行,我就当灯头。"树根回答。

"这倒是个好主意,我现在就找国柱去。"冬生高兴地告别树根去找国柱了。

第二天,冬生和国柱各骑一辆摩托车早早来到县城,冬生拿了一条新鲜的猪腿,又咬咬牙买了两瓶金成州酒放在摩托车货箱里,再在自家的菜园子里扳了一捆大叶青菜,绑在摩托车的货架上。当他们来到产业局的院子里时,院子里净是人,他们在办公楼里上上下下,很是忙碌,有开条子的、有拿发票找人的、有互相算账的……冬生和国柱来到三楼局长办公室时,办公室里也挤着十几个人。国柱的表哥在办公桌前很忙碌地审查着报账用的条子和发票,审查完了就在发票上"唰唰"地签字。国柱站在门口小声地叫了一声:"表哥!"

局长姓刘,他抬起脸见是国柱,便问道:"年底这么忙,你有啥事?"

国柱回头瞅了一眼冬生,冬生也不好意思说什么,国柱便回答道:"也没有啥大事,你忙,我们十一点半来。"

"也好,我太忙了,你们十一点半来,我请你们吃中午饭,有啥事情饭桌上说。"刘局长干脆地说。

冬生和国柱只好走出办公楼,在街上转了几圈,看着快到十一点半了,又去找刘局长。刘局长见他们又来了,心想,他们两个肯定有什么事情,便对等他签字的人们说:"中午了,你们走吧,下午两点半准时来。"等着签字的人们瞅瞅国柱和冬生,无可奈何地走了。

刘局长从办公桌前的背靠椅上站起来,伸伸懒腰说:"唉,一年到头搞工作,财政局现在才把钱拨过来,这几天结账签字都把人都搞乏了。"

"这位是?"刘局长边给两人发着烟边问国柱。

"他是任冬生,是我们村的村主任。"国柱介绍说,冬生也连忙从沙发上站起来点点头。

"噢,是清水湾的村长,走,中午我请你们二位吃顿便饭,你们也陪我喝两杯酒,这几天把人忙很了,有啥事在饭桌上说。"刘局长说着从办公室里出来,又叫上办公室主任小李和司机小张,来到院子里一辆黑色的小车前面,对冬生和国柱说:"你们不要骑摩托了,就坐我的车吧。"

冬生连忙对刘局长说:"我家里昨天杀猪了,给你拿了一个新鲜猪腿,又带来了一捆大叶青菜,还给你买了两瓶酒。"

"猪腿好,大叶青菜更好,让你嫂子给我炖着青菜吃,把猪腿青菜放在车里,酒我不要,你留下和国柱喝。"刘局长不容分说地坐进了小车。

冬生连忙把猪腿和青菜放进小车的后备箱里,和国柱也钻进了小车。小车在街上拐了几个弯便停在一家酒楼前。刘局长扭头对办公室主任小李说:"你快去点菜!"小李抢先下了车,快步上了酒楼。冬生和国柱跟着刘局长慢慢悠悠地走进了小李定好的包间,不到一支烟工夫,八个凉菜端上来了,小李给刘局长和冬生、国柱每人倒了一小玻璃杯酒,给自己倒了小半杯。

"先喝酒、吃菜,三杯之后我们再说事情。"刘局长说着一仰头一杯酒就喝了。冬生酒量不行,喝两杯酒脸马上就变成关公。但现在看来不喝是不行了,他瞅了瞅国柱,国柱也瞅了一下他,两人便同时喝了,冬生顿时感到嗓子里一阵烧烤,胃里一阵翻腾,他连忙夹了两口凉菜,把酒给压下去。

刘局长见两人把酒喝了,就连吃几口凉菜,接连把两杯酒又喝了,然后,边吃菜边瞅着冬生和国柱。国柱见表哥看着自己,觉得有点不好意思,也接连喝了两杯,喝完后便吃起菜来。冬生瞅瞅刘局长和国柱思忖着。他知道,这两杯酒一起喝下去,自己肯定要醉了。但是为了村上要社火的事,为了让刘局长高兴了赞助一下,醉了也值得。让王乡长他们看看,你乡政府不给钱我也要办成事情。冬生想着便站起来把两杯酒一起喝了。冬生坐下后感觉脸上猛地一阵发烧,头顶上一阵阵地胀痛。醉了吗?要在平时,这三杯酒喝下去早就翻倒了,今天怎么还坐得稳稳的,冬生拿起筷子又夹了两口菜,把胃里直往上冒的酒又压了下去。

刘局长见两人把三杯酒都喝了就发话说:"国柱,现在你们说说找我有啥事?"

"冬生你说吧,你是村主任。"国柱侧过通红的脸对冬生说。

冬生尽管脸烧、头晕、眼花,但是大脑十分清楚。他知道今天找刘局长为的啥,也知道喝的什么酒,是求刘局长支持村里耍社火的啊,但是人家却……冬生有点激动了,他醉眼蒙眬地说:"刘局长,你是国柱的表哥,也是我的表哥……"冬生打了个酒嗝,停顿了一下又说:"表哥,我和国柱今天是代表全村一千多口人求你来了，王乡长这个龟孙子要我们村过年代表乡上耍社火，却一分钱不给，村里一分钱也没有，我们只有找你来了。"

"没有钱怎么能把社火耍起来呢？王乡长真是胡扯蛋。好的，放心吧，我支持你们两万元，明年再给你们上两个农业开发方面的项目。来，喝酒！"刘局长端着酒杯说。

刘局长表态不仅支持两万元钱，而且明年还要上两个项目哩，冬生更加激动了，他摇摇晃晃地站起来，端起酒杯，说："刘局长，不，表哥，太感谢你了，我敬你两杯……"冬生也不管刘局长喝不喝，自己拿起酒瓶连喝两杯后，趴在桌子上不省人事了。

树根吃毕中午饭，坐在院子里的椅子上纳闷。国柱的表哥到底答应不答应赞助，如果不答应赞助，我这个耍狮子的"灯头"就当不成了。这时，树根的手机突然响了起来，他连忙掏出来接听。

"树根叔，你赶紧叫一下菊花，到打麦场来，冬生喝醉酒了。"这是国柱的声音，他们去县城找人，怎么又到了村里的打麦场哩？树根连忙大声叫上菊花往村中的打麦场跑去，远远看见一辆黑色的小车刚刚在打麦场停稳，扬起了一阵灰尘，国柱正从车里往外扶冬生，树根和菊花赶忙跑去帮着国柱扶冬生。只见冬生脸色苍白，酒气喷人。冬生隐约听到树根和菊花的声音，便使劲睁开眼睛，望着树根和菊花说："树根叔，表哥答应了，支持两万元哩，你的灯头当成了，要把社火耍好，不能给村里丢脸哟。"冬生说着头枕在菊花的胳膊上又不省人事了。

写于2012年12月

走,跳舞去

清水湾村周围几百亩秧畦里的麦苗已经长得有两寸多长了,放过冬水,麦田里的麦苗变得更加青绿,老远望去,一畦畦的秧畦像是铺了一块块刚从水里洗过的湿漉漉的绿地毯。村子里桂花、枇杷、橘子等一些常青树显得越发翠绿,一棵棵高大的柿子树红色的树叶全部落去,繁茂的树枝在寒风吹拂下"哗哗"作响。按理说,这时候是村民们闲下来的时间。但是,有点泥工、木工等手艺的村民们越发忙了起来。这里离县城只有十几里路,这些有点手艺的"大工"带几个小工骑着摩托每天天不亮出发,去城里挣钱,天黑了才回家。技术好的包大一点的活,技术一般的包点小活,砌石墙、码砖头、扳钢筋、粉墙体、装房子、打家具……什么都做,一直做到腊月二十才歇工。挣得好的,到年底挣一万元现票子是没有问题的,所以真正闲下来的是在家里做家务、经管孩子的女人们。年轻的女人们可不想闲下来,她们在做好家务的同时,三个一伙、五个一团又学起打麻将来,男人们一训斥,她们还振振有词:"城里的女人们能打,我们为啥不能打?"这些女人们叫清水湾村的男人们哭笑不得。

桂树是装修房子的好手,他带着五六个小工在县城南河坝开发区的高楼里装修房子。他还一次承包了两个大套,房主人都要在腊月间结婚,为了赶时间,他们五六个人连家都不回,就住在装修的房子里,白天干完活,晚上还要加班。房老板原说不管饭的,现在为了赶时间,房老板主动承诺一天管三顿饭,但是不准他们轻易回家。桂树他们也很高兴,只要有钱挣,有饭吃,不回家就不回家吧,早晚骑摩托车还冷得不行。这不,桂树他们已经有半个月没有回家了。他昨天上街买装修的材料时,碰到树根叔。树根叔告诉他:"桂花跟上青柳、竹叶她们在打麻将哩,你要管一管啊!"听到自己的女人在学打麻将,桂树十分不爽,待到树根叔走远了,他才回过神来。青柳、竹叶是街坊邻居的女人,这几年来打打小麻将,桂树是知道的,自己的女人跟上学打麻将,还是第一次听说。桂树买回材料,狠劲地干起活来,木板、推刨、钻子整得山响,徒弟金顺小声问:"师傅,你这是怎么了?"

"好好干活,问啥哩,人家腊月要结婚。钱不是好挣的,饭不是好吃的。"桂树大声训道。

晚上九点的时候,桂树对正在加班的徒弟们说:"你们干到十点就休息,我现在回去一下,明天早上天不亮就来了……"徒弟们还没有来得及问点什么,桂树一阵风"嗵嗵嗵"跑到楼底,骑上摩托车"砰砰砰"摸黑走了。十几里路十几分种就到了。桂树到家时,两个孩子正在做作业,这叫桂树心中一阵欣慰。问孩子:"你妈哪里去了?"女儿说:"妈到竹叶、青柳姨她们家打麻将去了。"这叫桂树气不打一处来。桂树说:"你们好好做作业,我叫你妈去。"

桂树气冲冲地来到竹叶家,只见竹叶家厅房里灯火通明,厅房里有"哐哐哐"的麻将声,几个女人边打着麻将边闲谝着。桂树走上台阶时,脚步放慢了,他轻轻靠近厅房门,他要听听这几个女人在说些什么?

"这麻将也好打,我才几天就学会了。"桂花慢吞吞地说。

"就是的,桂树城里干活不回家,你闲了打几把也好。"竹叶说。

"混时间哩嘛,闲了再干啥呢?"这是青柳的声音。

"我看打麻将没有意思,今天我这里的钱到你包里了。明天,你包里的钱又到我包里了。我们都是姐妹,有啥事,说一声,我还不给几百元钱。"桂花说。她们说话间,"哐哐哐"的麻将声没有了。

"桂花嫂说得也是,我们除了家务,又能做点啥呢?"竹叶说。

"要不我们组织村里的女人学跳舞,你们知道吗?县城里新修的公园里每天晚上有好几摊女人在跳舞,年轻的有,年纪大的也有。"桂花说。

"就是的,公园里有好几百人哩,都是女的,跳的是广场舞、健身舞,我有一个亲戚还在里面教跳舞哩,听她说,元旦还要在公园比赛哩。"青柳说。

"我们不打这麻将了,也学跳舞,把你那亲戚请来给我们教,元旦参加比赛。"竹叶急切地说。

几个女人热烈地商量着,"哗啦啦"地收拾起麻将来,桂树轻手轻脚地走了。

桂花回到家时,两个孩子已经睡了,厅房里电视还开着,只见桂树坐在沙发上看电视。

"你怎么回来了,也不招呼一声,饭吃了吗?"桂花连忙说。

"气都吃饱了,还吃饭,你干啥去了?"桂树假装生气,责问道。

"打麻将去了,你十几天不回来,我不打麻将干啥?"桂花见桂树责怪她,专门说气话。

"你再打麻将小心我不要你了。"桂树也说气话气桂花。

"看谁不要谁,我不要你还差不多,吃了就洗脚睡觉吧。"桂花说着走进睡房收拾床铺。

"我不睡,别管我。"桂树还在生桂花的气。

"不睡算了,我一个人睡觉还舒服宽展。"桂花回应道。

两人一夜无话。当桂树发动响摩托车把桂花吵醒时,天已麻麻亮了。桂花披上棉衣急忙走出睡房说:"天都没有亮哩,吃了饭走。"

"不吃你做的饭,你就打麻将去。"桂树骑上摩托车"突突突"地走了。

"不吃了算了,我晚上还要打麻将去。"桂树在摩托车的轰鸣声中隐隐约约听到桂花气他的话,但心里却是暖洋洋的。桂树知道,自己的女人心中有个美好的秘密,她要组织全村的女人们像城里的女人一样学跳舞,学打麻将是假的,她要给自己一个惊喜,说的话也是在专门气自己的。桂树想,她给我一个惊喜,我也要给她一个惊喜,但这是个秘密,现在还不能给她说。

桂树这几天带着徒弟们干活很卖力,每天晚上要加班到十一点才休息,哪个徒弟稍一偷懒,桂树就一顿训斥。就连房主人对他们都刮目相看了,跑前跑后,倒茶递烟,晚上吃饭时还一定要让喝两杯酒,但桂树却坚决制止了。桂树说:"晚上要加班,不能喝,喝酒了就干不成活了。"

"就是,就是,等房装修好了请你们喝好酒。"房主人真诚地说。

其实桂树心中的秘密就是看中了房主人前几年买的一套音响,听房主人说原来五六千元哩,现在不时新了,准备处理掉。桂花她们不是要学跳舞吗?正缺音响哩,把这个音响低价买回去,不把她们高兴坏才怪啊。现在这套音响正放在客厅的角落里,上面蒙上了一层厚厚的灰尘,桂树已经悄悄地看了好几次,两只音箱放在一起有一张写字台那么大,如果放在村子里打麦场中央,声音放出来,那肯定气派极了。

桂树这几天几乎每天吃毕中午饭都要到街上转一圈,他是在打听桂花她们学跳舞的消息呢。今天,桂树碰上了树根叔。树根叔说:"桂树,你媳妇到底好哩,学打麻将是假的,在教全村的女人跳舞哩。"桂树听了心中十分高兴。过了几天,桂树又碰上进城办事的国柱。国柱说:"你们两口子才攒劲哩,你在城里挣大钱,媳妇在村里组织女人们学跳舞,还从城里请去了教练,全村百十个女人都在跳舞,热闹得很哩。"

桂树听了国柱的话,心中更加喜滋滋的,说:"国柱,你要支持她们啊。"国柱说:"我又不是村干部,怎么支持?现在就缺个音响,你的媳妇是头头子,你支持还差不多。"

"好吧,好吧,我支持,我支持。"桂树兴高采烈地说。他差点把心中的秘密告诉了国柱,但是他没有,他要给桂花、要给全村的人一个惊喜。

眨眼间,半个月时间又过去了,桂树他们装修的这套房子已经大功告成,房子装修得简洁大方,而且做工细致,深受房主人的喜爱。晚上吃饭时房主人又要敬酒,桂树又阻止了,房主人觉得奇怪,说:"房子装修得这么快,又这么好,你们辛苦了,敬点酒是应该的。"

桂树说:"我们给你把活干好干快也是应该的,等你结婚时再喝你的喜酒也不迟。今天,我有一事相求。"

房主人说:"你说吧,只要我能办得到。"

桂树说:"你家的那套旧音响听你说要处理,你就处理给我吧。村里的女人们在学跳舞哩,但是没有音响,价钱从装修房子的工价里扣除。"

房主人迟疑了一下说:"唉,原来是这么回事,你是给全村人办好事哩。音响也处理不了几个钱,干脆就送给你算了。"

桂树高兴极了,他站起来和房老板连碰三杯酒,又突然想到晚上把音响要拉回家,就再不敢喝了。他对房主人说:"太感谢了,太感谢了。工价的事你也不要急,先把结婚的事办好,有钱了再给。"

他又对徒弟们说:"今天晚上我们回家,女人们都在学跳舞,正愁没有音响哩,把音响拉回去安装上,给他们来个惊喜。明天休息一天,后天再干第二家。"

徒弟们高兴极了,他们吃完饭,告别房主人,五六个人有的扛音箱,有的抬功放,有的收拾电线和话筒,把音响捆上摩托车后货架,发动着摩托车,打开车灯一溜烟回村里去了。

当桂树他们来到村中央的打麦场时,打麦场里灯火通明,五六十个女人穿着红色的演出服围在一起在说着什么。桂树他们停稳摩托车,走过去一看,只见桂花和城里请来的女教练正给女人们往脸上涂油彩化装哩。村子里还传来叫人的声音:"走,跳舞去……"声音拖得老长。原来,学了半个月舞了,女人们要在村子里搞一次表演哩。

"桂花,你过来看,我给你带来啥东西了。"桂树从人堆里拉出穿着红衣服、化了装的桂花。

桂花往摩托车上一看,惊喜极了,"啊,原来是大音响,你怎么不提前告诉我?我们准备今晚表演结束后,商量着让大家凑钱买音响哩。"桂花激动地说着,在桂树的肩膀上重重地砸了一拳。

"一分钱也不要你们的,只要你们能参加城里元旦节的跳舞比赛,拿回奖状,就送给你们。"桂树看着村子里一个个打扮得花枝招展的女人们,兴奋地说。他指挥着徒弟们七手八脚地在打麦场台子上安装起音响来。桂花也大声指挥着青柳、竹叶她们赶紧化装,赶紧叫人,村子里又传来了"走,跳舞去……"的声音。

音响安装好了,《在希望的田野上》的乐曲从音箱里传出来,声音浑厚而嘹亮。女人们也化装好了,几十个平日看起来不起眼的女人,在灯光的照耀下个个光彩夺目,几百个村民把她们团团围住,指指点点,说个不停。突然,音响停了。一个漂亮、大方的媳妇端端正正地从排列整齐的跳舞队伍中走出来,向周围几百个村民鞠躬敬礼后,用普通话亮着嗓子大声说道:"各位长辈、各位兄弟姐妹们,我们舞蹈队今晚是给大家汇报演出,请大家多提意见,元旦节还要到县城参加比赛。今晚的第一个舞蹈是《在希望的田野上》。"几百名村民的掌声仿佛是暴风骤雨。音响里传来了洪亮欢快的曲子,几十名打扮得花枝招展的女人跳起了欢快的舞蹈。几百名村民的掌声经久不息。桂树在跳舞的队伍中努力寻找着桂花,啊,找见了,她不也正边跳舞边寻找着观众中的我吗?桂树一低头,眼睛一阵模糊。

这时,乐曲的声音更欢快了,村民的掌声更响亮了。

写于2012年12月

回到婆家去

古历冬月刚出头没两天,清水湾村里准备过年的气息便开始浓烈起来。尽管凛冽的寒风吹得高大的柿子树枝枝杈杈"哗哗"作响,但房前屋后菜园子里的大白菜、水萝卜、大叶青菜却长得越发青翠碧绿。这时,村子里的杀猪匠便开始忙碌起来,今天杀了这家的猪,明天又去给那家杀猪,一直要杀到腊月二十八才结束。刚开始杀猪时,杀猪匠还兴高采烈的,杀完猪,收拾停当后,把新鲜的猪心、猪肝炒上一盘,喝上二两,再把主人赠送的算是工钱的猪腿提上一只,就心满意足地回家了。在接连宰杀十几头猪后,杀猪匠就不耐烦了,主人家炒的猪心、猪肝也不想吃了,酒也不爱喝了。半天忙完后,就让主人给他做两碗玉米面酸菜拌汤吃,猪腿也懒得提了,就说:"我懒得提回家收拾,你啥时间煮熟了,叫我吃两口就行了。"连猪杀死后往烫猪桶里兑冷水也不那么认真了,有时冷水兑少了,把猪皮烫得半生不熟的,冷水兑多了,猪没烫好,连毛都拔不下来。主人半是认真半开玩笑地数落杀猪匠:"你搞球啥呢?杀了半辈子猪,越杀越回去了。"

"你不要急,我自有办法。"杀猪匠慢悠悠地拿起杀猪刀,在拔不掉猪毛的地方"嗤嗤"地刮几下,猪皮马上雪白如玉,毛根却断在猪皮里了。主人家心里不甚乐意,口里不说啥话,心里却说:"搞球啥哩!"不给杀猪匠好脸色,杀猪匠也装作没看见。

树成年近七十,但身体十分硬朗,两亩责任田里的麦子、稻子全村就数他务作得最好,菜园子里的白菜、大叶青菜、水萝卜就他务作得长势喜人。不幸的是老伴春天病逝了,儿子、儿媳在邻乡中学当教师,儿子还是校长哩,忙得不可开交,只有星期天才能回来一下。女婿在县城单位上班,女儿桃花没有工作,老伴去世后,就回娘家照顾树成和两个在县城上学的孩子。这天早上,女儿女婿吃完早饭带着孩子进城去了。树成起床后洗漱完毕,吃完桃花留在锅里的早饭,就去了房子背后的猪圈。要杀的年猪卧在黑乎乎的墙角,看到树成来了就轻轻动了动,叫了两声。这头猪足有三百斤,看起来没有白喂它,明年再不到市场去买肉吃了,树成看着肥猪心想。这头猪是老伴去年冬天从县城买来的,买来时就活蹦乱跳的,吃食又猛。老伴说:"这头猪娃子肯吃肯长,明年腊月肯定要长到三百多斤。"老伴已经走了,猪也长到三百斤,她却吃不上猪肉了。树成有些伤感,他走出猪圈思忖道,明天是腊月初二,又是星期天,儿子、女婿他们都有时间回来,明天就把猪杀了吧,再迟几天连杀猪匠都请不上。树成想着就向杀猪匠家走去。

晚饭时候,儿子、儿媳带着孙子回来了,女儿桃花、女婿带着两个外孙也回来了。吃晚饭时,树成宣布了明天杀猪的决定,儿子、女婿们倒没有说什么,杀就杀吧,明天正好有时间,孙子们却欢呼雀跃,高兴得从饭桌上跳了起来,唱歌似的大声说:"明天爷爷要杀猪了,明天爷爷要杀猪了!"树成见状心里也甜蜜蜜的,又对女婿说:"你打个电话,明天让你爸妈也过来。要好好炒上两盘猪下水和他们喝两杯。"

"好吧。"女婿不置可否地回答道,侧脸看看媳妇桃花。

第二天天不亮,树成就早早起床了。他没有叫醒儿子和女婿他们,年轻人瞌睡多,让他们多睡会吧,等汤猪水烧滚了,杀猪匠来了,到猪圈捉拿肥猪时,再叫醒他们帮忙。树成这样想着来到灶房,往大锅里倒满水,在灶膛里架上柴,用一次性打火机点着火。不一会儿,灶房里的烟火夹杂着大锅里冒出的热气从窗户里弥漫出来,在院子上空流动起来,飘过屋顶,浮动在村子的上空,给人一种热气腾腾的感觉。

汤猪水烧开了,杀猪匠背着烫猪桶也来了,儿子、女婿他们也起床了。他们七手八脚把三百多斤的大肥猪从猪圈捉拿到杀猪桌上,杀猪匠拿着一尺多长的杀猪刀,在猪脖子轻轻一戳,肥猪干号两声后便不动弹了。儿子说:"你真行,我们刚才捉拿了半天,还差点把我绊倒,你轻轻一下就解决了。"

"身上没有武艺子,还敢在街上摆摊子?"杀猪匠洋洋得意地说。他指挥着树成老汉的儿子、女婿把死猪抬放在烫桶后,仔细地试着水温兑水,兑好水后就开始烫猪拔毛。猪烫白后就上架、划剥、掏肠、洗肚、卸肉,全部忙完时已是下午时分。杀猪匠用两只油腻的手,提着滴着猪血的猪心、猪肝对树成说:"晚上炒两盘,多放些花椒,我陪老哥好好喝两杯。"

亲家是吃毕中午饭才来的,但是亲家母没有来。亲家住在离清水湾村十公里的清水河畔下游的一个村子,搭车半个小时就到,很方便的,但亲家母为啥没有来呢。树成问亲家时,亲家很淡漠地说:"家里忙,走不脱。"便不吭声了。树成给亲家倒了半玻璃杯酒,亲家坐在院子里边晒太阳,边喝酒边看着大家杀猪。

吃晚饭时,桃花、儿媳妇用猪心、猪肝、鲜瘦肉炒了十几盘菜,放了满满一桌子,人也坐了满满一桌子。一桌子饭菜吃得香喷喷的,热热闹闹的,树成和亲家及杀猪匠三人把一瓶老窖酒喝得一干二净,杀猪匠连树成赠送的猪腿都不要了,说:"好酒喝了,还拿什么猪腿。"高高兴兴地走了。可亲家却闷闷不乐的,喝了酒,连饭都不吃了,好像有啥心事似的。

"亲家,光喝酒不行,要吃点饭。"树成很真诚地说。

"老亲家,我气都吃饱了,还吃什么饭?"亲家抬起眼反问道。

"你这话是啥意思?"树成说。

"我啥意思也没有,亲家呀,我心里难受啊!"亲家醉眼蒙眬地望着树成说。他说着摇摇晃晃地站起来对儿子说:"我要回家去,你把我送回去,把娃们也带上。"亲家在儿子和孙子们的搀扶下,去村边的公路上坐车去了。桃花站在台阶上看着丈夫和孩子们搀扶着公公走了,自己却没有动。

树成愣在院子里,过了一会儿扭头问桃花:"你爸爸走了,咋不去送一下?"桃花没有吭气,一甩身到灶房里收拾碗筷去了。

晚上,女婿和外孙们送走亲家后再没有回来,桃花也没有说回去的话。树成躺在床上翻来覆去睡不着觉,喝的几杯酒也钻在他的心窝里,十分难受。特别是亲家不愉快的样子,桃花不理不睬的神情,在他眼前晃来晃去。他坐起来,想去问桃花,但几次三番坐起来,又躺下了。他在想,桃花肯定是和婆婆有矛盾了,惹得亲家都生气了,今天晚上连饭都不吃,只喝些酒,把儿子孙子叫走了,连桃花都没有叫,桃花也不去送一下,肯定是桃花的哪儿不对了。桃花从小娇生惯养,有些不懂事,但不至于这样呀,孩子都已经两个了……

树成百思不得其解,他拉亮电灯,披衣坐了起来。一侧脸,便看见挂在对面墙上的一张前年照的全家福,儿子们一家三口、女儿们一家四口、老两口都在里面哩。可是不到一年,老伴就得病而去,树成靠在床上又伤感起来,老伴临终时拉着女儿的手,嘱咐要照顾好父亲的一幕又浮现在眼前,树成禁不住老泪纵横。女婿在县城单位上班,两个孩子在县城小学上学,为了方便起见,他们在县城南河坝的开发区买了一套楼房,桃花要照顾女婿和孩子,又要照顾父亲,两头跑,快一年了,够她累的了。树成心疼起桃花来,桃花脾气不好,虽然嫁出去了,但终归是自己的女儿。女婿在单位上班搞技术工作,平时没有多话,什么都随女儿,日子倒过得和和睦睦的。但是今天晚上亲家却借着酒劲叫走了女婿和孙子,没有叫女儿,而且明显是生气走了的。这到底是为啥呢?是不是因为我……

树成更加睡不着了,他坐也不是,躺也不是,拉开窗帘往外一看,只见外面漆黑一片,已经到半夜了吧。他穿好衣服,来到桃花、女婿的睡房门前,轻轻敲了敲门。

"谁?"是桃花的声音,原来女儿也没有睡。

"我问你个事。"树成说。

"噢,是爸爸,半夜了,有啥事你说吧。"女儿说。

"你婆婆今天没有来,你公公今天也好像不高兴,这是啥原因?"树成对桃花说。

"老两口不高兴了嘛,是对我有意见了。"桃花小声回答。

"到底是啥原因?你这样做也不对嘛。"树成小声问道。

"婆婆秋天的时候到城里来,责怪我半年都没有回家了,不回去就永远不要回去了。"女儿迟疑了一会儿才说。

"你多长时间没有回婆家了?"树成问。

"妈妈去世后我再没有去过。"桃花说。

"噢,原来是这样。"自从老伴去世后,桃花一直在照顾树成,公婆家就再没有去过。难怪亲家今天喝上酒就生气了。

"你怎么这样呢,你是嫁出去的女,公婆家才是你的家。"树成责怪桃花。

"爸爸,我也正睡不着哩,他们晚上生气走了,我也不放心哩,可是婆婆的话,我气不过……"桃花心平气和地说。

"婆婆说两句有啥哩,她是大人,说你是应该的,况且你大半年都没有回婆家了,这咋行?你给人家当媳妇,就要当好。你都嫁出去了,这里已经不是你的家了。"树成语重心长地说。

"那谁照顾你哩?我有点不放心。"桃花说。

"有啥不放心的?我身体好得很,你哥嫂他们也常回家哩,你怕啥哩,再不要在我这里住了,明天你们把东西都搬走,回到婆家去,给婆婆赔个不是,过上十天半月来看我一回就行了。"树成认真地说。

好一阵儿,才传出桃花应答的声音。树成这时才放下心来,他生怕桃花和他赌气,不愿意回到婆婆家去,那就麻烦了,桃花现在答应回到婆家去,树成心中就高兴了。他转身看了看天,月牙儿已经挂在西山顶上了,月光朦胧,已经是腊月了,转眼就要过年了,过年了,桃花怎么能不回到婆婆家去哩?这时,一股寒风吹来,树成打了个寒战。他赶紧回到屋子里,脱掉衣服,钻进热乎乎的被窝中,不大一会儿就睡着了。

写于 2013 年 1 月

大树防虫

泉水村是清水河畔一个风景秀丽的村子,之所以叫泉水村,是因为南山沟流出来的清泉水绕着村子流入清水河。泉水蜿蜒流过的南山沟里,沟沟坎坎上长满了大大小小的核桃树。有的是两人合抱的大树,有的如水桶般粗,最小的也有胳膊大腿那样壮。这些核桃树是泉水村百十户人家的摇钱树,树多的人家有十七八棵,树少的人家也有六七棵。核桃丰收的年景,树多的人家要卖两三万元钱,树少的人家也要卖六七千元钱。在泉水村村民的记忆中,南山沟里的核桃树从来都是自生自长,而且年年长得枝叶茂盛。

春天来了,核桃树开花发芽,先是从核桃树的枝杈处长出手指头粗的绿色的核桃花,然后,在核桃花周围的枝头上长出鹅黄嫩绿的核桃树叶儿,在春天温暖阳光的照耀下,核桃树叶儿渐渐长大,渐渐变得青绿,整个泉水村都掩映在核桃树叶儿的青绿之中。核桃花儿也由青绿渐渐变黄,最后变成褐色,凋零在地上,在核桃花凋零的枝杈处结出青绿色的小核桃来。到了古历六七月份,核桃长到鸡蛋大小时,就逐渐成熟了,核桃青皮渐渐裂口离皮。村民们扛上长木杆子,背着大背篓,有的人还扛着木梯子,攀爬上核桃树,用长杆子打落树枝上成熟的核桃,用大背篓背回家,褪去青皮晒干,就卖给来村里收核桃的贩子。也许是南山沟土层深厚的原因,也许是南山沟的清泉水滋润的缘由,南山沟的核桃树年年长得枝繁叶茂,核桃年年结得挂满枝头。每到核桃成熟的时候,村民就高兴地说:"这核桃树真正是我们的摇钱树。"村民们从来没有给核桃树防一下虫,或者是剪一下枝、施一点肥,他们根本就没有这种意识,认为核桃树就应该那样生长,结下的核桃就理当被村民们卖钱。或许,那些年核桃树就没有什么病虫害。

前几年，乡林业站王站长来泉水村下乡，专门查看了南山沟的核桃树，发现有少量的虫害，建议村民们买点农药进行防治。村民们认为南山沟的核桃树长得好好的，连树叶子都油光发亮的，哪有虫害呢？便不加理睬。核桃树最多的任大树还糟蹋王站长，说："我们的核桃树从来就没有打过啥药，防过啥虫，怕是你想哄我们的酒喝了吧？"

任大树年过五十，吃苦能干，性格耿直，他还记着好几年前的事哩。有一年，王站长带着乡政府的人收农业特产税，大树手头无钱，王站长硬扛走了他家一口袋核桃顶账。所以，大树见了王站长就气不打一处来，说的话把王站长气得半死，王站长甩手走了。

俗话说：天有不测风云。就在前年春夏之交，两种叫"天牛"和"飞蛾"的飞虫神不知鬼不觉地侵入了泉水村的南山沟。头上长着两根长角的天牛把核桃树钻个小洞，钻进树心里去垒巢安窝。像蜜蜂般飞舞的飞蛾把核桃树叶当作自己的美食，飞到哪棵树哪棵树就要遭殃。特别是大树家两棵两人合抱的老树，好像最受天牛和飞蛾的青睐，树干上净是天牛钻的洞，从洞口还流出来黄水。树叶子也被飞蛾吃得七零八落。原来长势旺盛、郁郁葱葱的两棵大树，现在没落破败得不成样子。大树急在脸上，苦在心里。他没好意思去乡上找林业站王站长，而是自己去县城农药门市部买给核桃树防虫治病的农药。大树向女营业员说明核桃树得病的症状后，买了几样药。大树对自己买的农药能不能治核桃树的病有些疑惑，问女营业员："这药到底行不行？"

"我也不太清楚，反正你要试着来，用量要少一点，把树治死了，我不负责任。"女营业员一本正经地说。

大树犹犹豫豫地走了。他回到家中，拿着买来的农药，背上喷雾器桶，去了南山沟。他记着女营业员的话，在喷雾器桶中兑了少量的农药。大树没敢在两根大核桃树上用药，而是选了一根有虫害的小核桃树，将药水喷洒在树叶上，又把喷雾器桶里剩下的药水灌进被天牛钻开的小树洞中。他要在小树上先试验一下，自己买的农药到底能不能治核桃树的虫害，兑多少才合适？要不然，把大核桃树治死了咋办？

大树对他在小核桃树上做的病虫害防治试验很在心,一天两次去南山沟的核桃树林里查看。头一天,核桃树底下掉着许多药死的飞蛾。第二天查看时,一只被药昏迷的天牛掉在树根,两只长角还在摇晃着,几条腿蠕动着,还想往树上爬,才走了几步,又掉了下去。大树弯下身子,用两个手指头捉住天牛的长角,提到眼前,仔细地看起来。天牛啊天牛!你原来是这个样子,你咬咬其他树,我就不管了,你偏要咬我的摇钱树,咬死了我的摇钱树,家里用钱咋办呢?我对你就不客气了。大树想着,把天牛扔在地上,一脚踩死了。大树抬头看了看核桃树,得意地想:看来我的试验要成功了,再过两天,我就要给最壮的两棵核桃树打药杀虫治病了,还找你王站长干啥,到时候全村的人都会来找我给核桃树防虫治病。

　　大树连续三四天去县城打工,没有去南山沟看核桃树,他觉得杀虫治病的试验要成功了,过几天就给两棵大树杀虫治病。这天,大树没有去县城打工,早早收拾好喷雾器,带上从县城买来的农药来到南山沟。他今天不仅要给两棵大树杀虫治病,还要给虫害较轻的其他树杀虫防病。当他来到南山沟的核桃林时,看到的却是让他吃惊的一幕,用作杀虫防病试验的小核桃树叶子全部凋零了,前几天核桃树皮都是青绿色的,今天看上去变成褐色的了,这棵作为试验的小核桃树死了。这叫大树感到十分意外,是用药不对?还是用药多了?或者把假药买来了?幸亏先搞了试验,要不然,这十几棵核桃树就全背时了。大树蹲在被他治死的核桃树下,长长叹了一口气。吃一堑,长一智,看起来要去乡政府请教请教王站长才行,但是,自己已经得罪了人家,哪有脸面去请教王站长呢?

　　大树惦记着南山沟核桃树病虫害的事,就去找了德胜。德胜是村主任,村子里的核桃树有病了,找他理所当然。德胜在县城打工包活,正好晚上回家。

　　"你找我有事?"德胜递给大树一支烟,问道。

　　"南山沟的核桃树有虫害了,厉害得很。"大树回答。

　　"核桃树有虫害了,我有啥办法。"德胜一听是麻烦事,就不耐烦地说。

　　"你是村干部,你应该去乡上找一下林业站王站长。"大树抽着德胜递来的烟说。

"我忙得很,乡林业站王站长你认识,你家的树最多,卖的钱也最多,你去请吧。啥时候我见王站长了,给说一下。"德胜又很不耐烦地说。

大树见德胜不耐烦,又说得模棱两可,就无可奈何地走了。大树也不好意思去乡上找王站长,德胜到底给王站长说了还是没有说,大树也再没有问,反正王站长没有来泉水村给南山沟的核桃树搞病虫害防治。这一年,南山沟的核桃树减产三成,大树家的核桃树减产了五成。

今年的春天来得早,刚进入农历二月,南山沟的核桃树便发芽了,时间不长,核桃花也长出来,一串串凋零在地上的草丛里。又过了几天,核桃树的枝头上、树叶间结出了指头大小的青核桃蛋子。泉水村的村民们地里的活干完,就都骑着摩托车早出晚归进县城打工挣钱去了,全然没有把南山沟核桃树的病虫害当回事。大树却不然,他始终惦记着南山沟的核桃树,因为他家树最多,卖的钱也最多。他还时不时去看看,到底有虫了没有,天气还有点冷,还没有发现害虫,再过上半个月,天气一热,害虫就来啦。还是去乡上请一下王站长的好,提两瓶酒,向王站长道个歉,认个错,王站长不会不买账,要不叫上德胜一起去更好。如果今年再不给核桃树杀虫治病,两棵大核桃树首先要被害虫咬死,再不要说打核桃卖钱了,明年或者后年南山沟所有的核桃树都要死光。大树心中担忧着,也思谋着。最后觉得还是叫上德胜一起去请王站长好,人家是村主任,有面子。

吃毕晚饭,大树来到德胜家。德胜也刚回家,才把摩托车停稳。德胜从上衣口袋里掏出香烟,递给大树一支,自己把嘴巴上叼的香烟点燃,把打火机扔给大树,说:"任大树啊,我知道你今天找我干啥哩。我才从乡上开完会,开的啥会哩?就是核桃树病虫害防治的事。全乡每个村都要搞。我硬把王站长请来了,让他先给我们村搞。王站长还不想来哩,还说起你。我说了,要让大树用好酒好烟好菜招待,王站长就答应了。大树,你明天就准备好菜好酒吧。"

大树一听,就高兴了。连忙回答:"好好好,我明天办招待,向王站长道歉。"大树说完抽着德胜给的香烟笑眯眯地走了。他边走边想,我说嘛,南山沟的核桃树有虫害了,其他村也会有,乡上不会不管,要不然,怎么叫人民政府呢?这下好了,我的核桃树有救了。大树想着明天王站长要来搞病虫害防治的事,回家早早睡觉了。

  第二天早上,大树刚吃完早饭,德胜就来到院门外叫大树:"大树,赶紧过来,王站长他们来了!"大树赶紧来到德胜家,只见王站长和他两个助手正在德胜家的院子里喝水休息哩。他赶忙走过去,紧紧握住王站长的手说:"对不起,对不起!以前的事,大人不记小人过,我向你道歉请罪!"大树说着弯下腰去。王站长连忙扶住大树说:"任大树呀任大树,你真是棵大树。以前的事,你不提起我早忘了。我过去也硬扛过你家的核桃,你骂我的事就扯平了。"

  "那好,那好,晚上我给你们办招待。"大树真诚地说。

  "招待就不办了。这次乡上安排核桃树病虫害防治的工作,药水、工具都由乡政府负责,谁家的树谁家来人帮忙,谁家给我们管饭就行了。"王站长说。

  "王站长,只要把泉水村的核桃树病虫害治好了,好酒好菜招待你们。"德胜说。

  "好酒好菜就不必了,有口饭吃就行了。今天的工作从那里开始呢?"王站长问德胜。

  "那就先从大树家开始吧,他家的树最多。"德胜回答。

  "好,那就先从大树家开始。"王站长说着站起来安排助手扛院子里放的农药和防治工具。大树一听先给他家防治,高兴极了,连忙扛起一箱农药,背起一台喷雾器,带着王站长他们向长满核桃树的南山沟快步走去。

写于 2013 年 3 月

飨　族

腊月三十晚上,清水湾村的村民们早早吃完象征团圆幸福的饺子,便准备着过年了,有些性急的孩子们已经点响了"啪啪"乱响的鞭炮和上跳下蹿的火花,大人也拉亮了早已悬挂在大门和厅房门前的电灯和红灯笼,把大门上和厅房门上的对联映照得红彤彤的。夜幕渐渐地降临,村子上空飘浮着一层淡淡的薄雾,给人以温暖的感觉,过年的脚步越来越快了。

在清水湾村有个约定俗成的惯例,就是腊月三十晚上除了给自己的长辈拜年外,每一个户族还要按照辈分长幼每年集中到一户人家祭拜先祖。轮到坐庄的这户人家,要敲锣打鼓提前把先祖的神像从上一年坐庄的人家接到到自己家中,悬挂在厅房正中,安置好祭祀用具,准备好祭祀完坐夜的凉菜和酒,等待户族内每家每户来祭祀。清水湾村百十户人家中,任姓是个大户,有近五十户之多,今年是国柱坐庄敬先祖。天未黑定,任姓户族的各位家长便陆陆续续地来到国柱家祭祀先祖。

国柱是两年前才修的两层楼,上面四间,下面三间,有一个两间的厅房。这时,厅房里灯火通明,一幅印迹斑斑的先祖图像端端正正地悬挂在厅房正中。先祖像前的香炉里香火缭绕,烛光摇曳,任家户族几十位家长团团围在两盆燃烧得很旺的炭火前,抽着香烟、嗑着瓜子,说说笑笑,热热闹闹。国柱一家三口忙出忙进,给前来祭祀先祖的户内亲戚装烟倒茶,忙个不停。有几个年轻小伙子已经等不及了,口里嘟哝着说:"有些人咋现在还不来,真是不懂礼貌,走,再打一阵家什去。"两三个小伙子便站起来,叼着香烟来到院子,打起锣鼓家什来,"咚锵、咚锵、咚咚锵……"很有节奏的锣鼓家什声音传出院子,在村子上空回响起来。

冬生也是任姓户族,但是他今晚去国柱家敬先祖去得迟,媳妇把香、蜡、纸都准备好了,催了他几次,他总是磨磨蹭蹭的。他坐在客厅的沙发上,看着电视上放着的祝福新年的广告,心里却想着心事。今年的先祖本应该他敬,但在去年正月初三飨族时却定给了国柱,这让冬生很没有面子,他当了村主任后,个人的事跑得多一点,村里的事情跑得少一些,大家对自己有些意见,但先祖不能不敬,如果不承担敬先祖和飨族的事情,但那等于任姓户族就没有了冬生,今后在清水湾就没脸过日子,冬生全家就成了任姓户族的众矢之的。明年敬先祖的事一定要争取过来,飨族还要搞得比别人隆重些才行。这时"咚锵、咚锵、咚咚锵……"的锣鼓家什的声音传过来,这是在催促我快点哩,冬生自言自语着,拿上香、蜡、纸去国柱家敬先祖去了。

冬生到国柱家时,任姓户族所有另立门户的家长基本上都来了,四十多个任姓户族的头头脑脑挤了满满一厅房,厅房里灯火通明,两盆炭火烧得通红,悬挂在正中的先祖像前香烟缭绕,香蜡摇曳。冬生见厅房里面已挤不进去,就坐在厅房门外的凳子上。国柱见冬生来了,连忙递上香烟和茶水。任姓户族的族长是树根,前几年树根当村主任时就是族长,他现在不是村主任了,对族长这一职务更加在意,办起户族内的事情更加认真。树根就是今晚祭祀先祖仪式的主持人,他之所以迟迟没有发话,就是在等冬生。冬生现在是村主任了,而且是任姓户族的一家,尽管大家对他有些意见,尽管今年的先祖大家没有同意让他敬,但任姓户族不能没有他。现在冬生来了,还有两三个没有来,就边敬边等吧。

树根抬头扫视了一眼兴高采烈的任姓户族的头头脑脑,又看了一眼冬生,干咳一声,发了话:"各位户内亲族,今晚是腊月三十,我们聚集在国柱家里祭祀先祖,主要有四件事情,一是每人给先祖烧三炷香,敬二支蜡,烧一刀纸,磕三个头;二是要守夜,陪先祖过年,国柱给大家还准备了凉菜和酒,大家不要老早就走了,一年到头了,好好陪一下先祖吧;三是下一年的先祖谁家敬,轮到谁了,大家思谋一下,在正月初三飨族的时候定;四是正月初三国柱要飨族,大家要准时来,一个也不能少。"

树根停顿一下,又扫视了一眼,问道:"都到齐了吗?"半晌没有人吭气。树根又要发问,大狗大声说:"旺财没有来。"

"旺财咋没有来？"树根问。

"早上和媳妇打架了，把媳妇打跑了，找媳妇去了。"岁狗回答。

"二杆子，腊月三十了还和媳妇打架，不等他了，我们开始吧。"树根说着弯腰跪在先祖的像前，点着了三炷香和两根蜡烛，插在香炉里，又在先祖像前化了一刀纸，恭恭敬敬地磕了三个头。树根起身后，任姓户族的其他人根据辈分依次燃香、点蜡、化纸、磕头……冬生因为坐在门口，是最后一个敬先祖的，他看了一眼树根，树根也看了一眼他，然后跪了下去……这时旺财跌跌撞撞地拿着香蜡纸跑了进来，树根问旺财："媳妇找回来了没有？"

"找回来了，藏在他姐姐家里。"旺财气呼呼地说。

"腊月三十了，还打媳妇，为的啥？"树根问。

"我忙了一年，前几天休息我就打了半天麻将，输了几百元钱，她就把我骂了几天。早上我气不过，打了两巴掌，就跑了，我找了一天才找回来。"旺财仍气呼呼地说。

"半吊子，你打麻将输钱，还有理了？你打媳妇还有理了？赶紧敬先祖去！"树根训斥道。

旺财三十来岁年纪，平时就吊儿郎当。旺财见树根发火了，不再争辩，到厅房里敬先祖去了。

等到每个人都敬完先祖时，已经是晚上十点，电视里春节联欢晚会演得正欢。国柱两口子连忙摆好桌子和凳子，把早已准备好的十几盘凉菜端上桌子，拧开酒瓶，给大家敬起酒来。任姓户族的几十个头头脑脑边看电视边喝酒吃菜，为先祖守夜，陪先祖过年，刚才肃穆的气氛现在变得活跃起来，年纪大点的互相敬酒，年纪小点的还划起拳来。冬生主动走到树根面前敬了两杯酒，树根很痛快地喝了。旺财则胡乱喝了几杯酒，吃了几口菜，招呼也不打就跑回家去了。

飨族就是在祭祀先祖的同时宴请户族，谁家负责祭祖，谁家还要在正月初三上午设宴招待全体户族。过去，飨族对困难的家庭来说是一笔不小的开支，现在经济条件好了，大家争着敬先祖，因为这是一件很有面子的事情。敬先祖尽管是按辈分轮流的，但族长也有很大的发言权，如果某个人在户内口碑不好,还不让他敬,这不是很掉面子的事情吗。

冬生本来今年就想敬先祖,但在去年飨族的那一天,没有人支持他,甚至岁狗还说他的坏话,树根就定给了国柱。冬生心里也明白,树根村主任下台了,对他有意见,有就有吧,但明年的先祖一定要敬,树根再不让敬,这村主任还当的有啥意思呢?不要说清水湾村,就连任姓户族内都看不起我。要去给树根拜拜年,找他再谈一下才行。冬生趁大家喝酒热闹时离开了国柱家。

冬生回到家时,已是晚上十一点。媳妇和孩子正在看电视里的联欢晚会,媳妇见他回来,问:"先人这么快就敬完了?还要守夜哩,咋这么早就回来了?"

"给树根叔去拜年!"冬生说着走进卧室拿出两瓶金成州,一条黑兰州。

"给树根叔拜年拿这么好的东西,你给书记、乡长拜年也不过拿这些东西?"媳妇望了一眼冬生手中的烟酒,不满地说。

"明年我们要敬先祖,要飨族,树根叔不答应能行吗?再不答应我这村主任还当的有啥意思呢!"冬生解释道。

"那你快去吧!"媳妇犹豫了一下说。冬生见媳妇答应了,便快步走出家门,给树根拜年去了。

冬生走到树根家门口时,大门已经上闩,但大门和厅房门前的红灯笼还亮着,说明树根也从国柱家回来了,但还没有睡觉。

"树根叔,我是冬生,睡了吗?"冬生敲敲大门,大声叫道。

"噢,是冬生,有事吗?"树根大声答应。

"我给你拜个年,还要给你说点事。"冬生回答。

"这么晚了,拜什么年哟!"树根慢悠悠地回答,打开了大门。

树根把冬生迎进厅房,瞅瞅冬生拿的烟酒,显出不屑的神色,说:"都是自家人,拿烟酒干啥。国柱家正月初三飨族,到时候你给我敬两杯酒就行了。"

"树根叔,你这就见外了,你是长辈,我给你拜年是应该的。况且,我想明年敬先祖,还要你说话哩!"冬生真诚地说。

树根沉默了一会儿说:"冬生啊,明年敬先祖、飨族的事情我早就想好了,就定在你家吧。"

"那太感激树根叔了。"冬生连忙说。

"但是有些话,我还是要给你说清楚。"树根语重心长地说。

"树根叔,现在都啥时候了,你说吧,我不记气。"冬生也很真诚地说。

"冬生啊,你当上村主任后,大家对你有些意见,你往乡上跑得多,村里的事管得少,大家说你爱巴结上面。"树根说。

"唉,树根叔,你也是知道的,我也没办法!"冬生叹气。

"不巴结也不行哩,但不能太过分,大家的事也要办哩。"树根说。

"这我也知道,今年我一定找乡上给村里办两件事。把道路硬化了,再把路灯装上看行不行?"冬生一脸虔诚地说。

"还有割稻机和加工柿饼的事,大家也对你有意见。"树根说的是冬生割稻机收钱和加工山里的青疙瘩柿饼以次充好的事情。

"树根叔,割稻机是乡上发的,大家用时油费和修理费谁掏?不收点费不行啊,我只要不多收就行。加工柿饼的事情,山里的青疙瘩柿子我今年再不收了,别人在背后说我,我也是知道的。"冬生真心诚意地说。

"冬生啊,你说这话就好了,你给我拿的烟酒,我也敢吃敢喝了。你是我们任姓户族,是自家人,又是村主任,我不支持你再支持谁哩?你干好了,我们任姓户族在全村也有面子,全村人也高兴啊!明年敬先祖、飨族的事情就定在你家,你再不要操心了。"树根说。

"好好,马上过年了,那我走了。"冬生说。

"要过年了,你快回家吧!"树根站起来说。

冬生高兴地走出树根家的院子,天空一片漆黑,但村子里每家每户的大门上和院子里的红灯笼亮着,烘托出阵阵温暖和欢喜的气氛。村子周围薄雾笼罩,一片朦朦胧胧的样子,春天温暖的夜风不时轻拂,送来一阵阵麦苗醉人的清香。冬生高兴地走在回家的路上,他盘算着明年敬先祖和飨族的事情,也想着今年找乡上给村子里办的事情,要让户族内和全村的人都看看,我冬生不是等闲之辈。这时,一阵"噼里啪啦"的鞭炮声传来,冬生抬头一看,原来是国柱家院子里开始放鞭炮了,接着,这家那家的鞭炮声都响起来了。过年啦,冬生赶紧一阵小跑,推开自己的院门,点燃了早已放在院子里的火花,"叭,叭"两声炸响,火花冲向黑色的夜空,刹那间变得多姿多彩,映红了整个清水湾村的天空。

今年的春天来得早,农历正月初三艳阳高照,温暖的阳光照耀着南山脚下清水湾村的每一个院落。清水河如一条玉带,绕着清水湾村蜿蜒流过,河边的柳树也吐出了叶芽儿,远处看去一团团的鹅黄嫩绿。清水河滋润的几百亩水田里的麦苗如绿色的毯子碧绿苗壮,有几畦种得早的油菜花,花儿已星星点点地开放,在温暖阳光的照耀下格外耀眼。今天,国柱家的小院也同样沐浴在和煦温暖的阳光之下,而且显得格外热闹,任姓户族的近五十名头头脑脑在这里参加飨族活动,十几位任姓户内机灵的媳妇、姑娘在忙出忙进,灶房里一阵阵蒸肉、炒菜和米饭的香味不时地扑进人们的鼻孔。飨族用的桌子和凳子已经摆好,烟和酒已经摆上桌子,有几个年轻人已经等不及了,催促着树根:"大爷,飨族快开始吧,我们肚子已经咕咕叫了。"

"飨族是敬先祖的,不是给你们吃喝的。"树根假装生气,训斥道。

"先祖吃不完、喝不完的就该我们了。"旺财嬉皮笑脸地说。

树根瞅了一眼旺财,旺财偷偷一笑,赶紧藏到人背后去了。树根扫了一眼院子里的人,站在台阶上大声说:"任姓户族飨族正式开始!"院子里参加飨族活动的人们很快按辈分大小,面对先祖神像站成四排。树根看大家站好了,又大声说:"向任姓户族先祖一鞠躬,二鞠躬,三鞠躬。"大家三鞠躬结束后,树根又大声说:"向任姓户族先祖宣誓,要继承先祖遗志,团结互助,勤俭持家,祝愿任姓户族源远流长……"宣誓毕,树根转过身子,面朝大家说:"明年敬先祖、飨族定在冬生家,大家有没有意见。"大家迟疑了一会,没有人发话。

树根见大家有些迟疑,就说:"冬生是我们的村主任,又是我们任姓户族,不定在他家,我们任姓户族在全村就没有面子。"

大家都说:"没有意见,就定在冬生家吧!"

冬生连忙从队伍中走出来,向大家鞠了一躬,大声说:"感谢大家!"

树根接着又说:"旺财站到前面来。"旺财犹犹豫豫地站到前面说:"让我站在前面干什么？"

"你打麻将,媳妇骂了你,你还打媳妇,三十晚上敬先祖迟到,你说该当何罪。"树根黑着脸说。

旺财见树根黑着脸,众人也都一本正经的样子,就不敢嬉皮笑脸了,连忙说:"我今后再不打媳妇了,再不打麻将了,敬先祖再不敢迟到了。"说着面对先祖像"嗵嗵嗵"磕了三个响头,又转身面对大家"嗵嗵嗵"磕三个响头,然后头也不回地站到队伍中去。岁狗禁不住"扑哧"笑出了声,树根嘴角微微一咧,大声宣布"飨族开始!"

顿时,国柱家小院的六张席桌上菜香扑鼻,酒香阵阵,灶房里炒菜的炒菜,端盘的端盘,席桌上敬酒划拳,刚才还十分肃穆的小院马上变得热闹起来。

写于2013年3月

合 木

　　清明节过了,根发就应该到小儿子庆平家吃饭,但是正月十五过后就再没有见过庆平两口子。前几天,根发两次去庆平家,院门都锁着。从门缝里一看,院子里落着树叶和杂草,至少有一个月没有打扫院子了,看来两口子又跑到娘家去了,这两个二杆子!经常往娘家跑,自己家的院子都长满荒草了,老了靠他们吃饭是靠不住了。根发气哼哼地骂着,转身去了村子中间大儿子庆国家。根发今年虚岁七十二,去年冬天老伴因高血压突然去世,根发就成了孤家寡人。他怎么也没有想到,头天晚上边看电视边和自己开着玩笑的老婆子,第二天早上突然口吐白沫、不省人事,睁着流着两行浑浊眼泪的眼睛看着自己,口张着,就是说不出话来。根发连忙大声喊来大儿子庆国和大儿媳桂香,庆国看着老娘眼睁着,口张着想说啥话,但说不出,赶紧去村东头的医疗站叫张大夫。大儿媳桂香急忙把婆婆的头抱在怀中,掐着人中,大声叫着:"妈、妈、妈啊!"叫着叫着,婆婆的头便耷拉下来。当村医疗站的张大夫赶来时,老娘的身体已经慢慢变凉,慢慢变得僵硬。桂香把婆婆的头轻轻放在枕头上,张大夫靠上床沿,用手电看了看病人睁着的眼睛,然后轻轻抚了抚两只眼睛的上眼皮,两只眼睛就闭上了。张大夫从床沿上退下来,拿起胸前的听诊器,放进病人的胸口听了听,抽出听诊器,轻声对庆国说:"大妈得的是急性脑溢血,已经不行了,你们不用盘到县医院去了,收拾后事,准备安埋吧。"

　　庆国和桂香来了以后,根发就从床沿上下来,一直蹲在床对面的大衣柜旁,哭丧着脸,老远瞅着。张大夫检查结束,给庆国说要安排后事时,根发先是哽咽着,然后用他那粗老的嗓子哭起来,哭得很伤心,边哭边咕噜着别人听不清的什么话。老婆子和根发一起生活了五十年,连招呼都没打一声,说走就走了,这叫根发一时缓不过气来。更为关键的是,老伴入土安埋后,根发的日常生活顿时陷入困境,饭没人做了,衣服放在哪儿也找不见了,晚上闲聊说话的人也没有了。根发伤心极了,一个多月了都在叹气,和谁也不说一句话,每天坐在村口西头的大石头上,望着远处安埋老伴的南山坡发呆。突然有一天,根发骂开人了,仔细一听,在骂去世的老婆子:"你这个死老婆子,和你一起过了五十年,你招呼都不打一声就走了,你太无情无义了,我原先还想和你一起走,现在我想通了,我才不想死哩,我有两个儿子一个女儿,要让他们好好伺候,再享二十年清福才走哩!"

老伴去世后,根发一直在大儿子庆国家吃饭。庆国媳妇桂香原先和庆国一起早出晚归在县城打工,现在婆婆去世,公公的日常生活没有人料理。自从婆婆安埋入土后,根发就不由自主地每天来到庆国家吃饭,为了照顾好公公,桂香也不再去县城打工挣钱,她觉得挣钱是小事,把公公伺候好才是大事。根发之所以到大儿子家吃饭,也是觉得桂香贤惠,人也很实在,没有二儿子庆平的媳妇翠柳鬼滑。翠柳人也好,很会说话,在公公、婆婆面前嘴很甜,在庆国和桂香面前也一口"大哥"、一声"大嫂",叫得人心花怒放,即使对方心里有点怨气啥的,看着翠柳嘴甜卖乖的样子,怨气也就烟消云散了。但遇着给二位老人添置衣服,或者有个头疼脑热需要花钱啥的,平时嘴甜话多的翠柳就无声无息了。公公、婆婆说她两句,还带上女儿跑回娘家去。事情过了不几天,又带着女儿回来,还又说又笑的,好像啥事也没有发生似的,庆平也不吭不哈,装模作样,好像啥事都是翠柳做主,自己还受了天大的委屈。好在二位老人年纪说大也不大,当然说小也不小,吃的米呀麦子面呀菜呀啥的,地里种着,几间旧木架子房子收拾得亮亮堂堂、干干净净,二位老人舒舒服服地住着。前年全村人在乡政府办了医疗保险,办保险不几天,婆婆就头晕眼花住了三天县医院,花了七八百元钱,票据拿到乡政府几乎全部报销了。所以二位老人平时的油盐酱醋、添衣服换被子啥的也花不了几个钱,以往都是大媳妇桂香给置办着。有时桂香也在庆国面前说话:"庆国,二位老人的事,老二两口子啥也不管,你也不吭气。"

"吭啥气哩,伺候老人是尽孝心哩,我尽的是我的心,他不尽孝心是他的事,谁叫我们是老大哩,吃点亏没啥。"庆国盯着媳妇说。

"我也是嘴闲了,随便说说。老二他们管得少些,我们多管些就是。"桂香说。其实桂香心中啥怨气也没有,也确实是随便说说而已,要不早就在庆国面前唠唠叨叨开了,也就不会过上几天,总要做上一顿好饭把两位老人叫过来一起吃,再不就把包好的饺子拿过去让二位老人煮着吃。老二庆平开着个小四轮拖拉机,在县城挣钱一连几天不归家,也不知道挣下钱了没有,听翠柳的口气,家里穷得连根针都买不起。翠柳带着女儿跟着庆平跑两天,回家住两天,就跑回娘家去,哪有心思在老人面前尽孝心。就连家里的半亩秧畦都是庆国管着哩,要不也早就长满杂草荒蒿,受村子人的耻笑。所以,婆婆去世后,公公根发来庆国家吃饭是顺理成章的事。不过,前几天邻居家一个平时和翠柳要得好的媳妇,在桂香耳朵跟前说翠柳的闲话,让桂香窝了一肚子火。

邻居家的小媳妇是从远山乡嫁到川坝来的,看起来胆子也小,很纯朴。小媳妇两口子都在县城打工,晚上回家吃完晚饭后来桂香家摆闲。小媳妇说:"翠柳咋好几天都不见呢?"桂香收拾着碗筷说:"又去娘家了,经常回去哩。"小媳妇帮着桂香洗着筷子说:"翠柳娘家的村子兴打麻将,大人小孩、男女老少都打哩,翠柳常爱回娘家打麻将,还打得大哩!"

"你听谁说的?"桂香收拾好碗筷,解下系在腰间的围裙,问邻居家的小媳妇。

"翠柳娘家村子和我一起打工的人说的。"小媳妇怯生生地回答。

"打得大是多少钱?"桂香问。

"输赢一把是两三百,打半晚上输赢两三千哩!听翠柳村子里人说,有人啥也不做,光打麻将赢了好几万,把房子都修起了,他们哪来的那么多钱哩?"邻居家的小媳妇羡慕地说。

"打麻将把房子都修起了,你们两口子就不要去县城打工挣钱,去打麻将好了!"桂香嗔怪着小媳妇。

"我才不哩,打麻将赢了还好说,输了咋办?还是县城打工挣的钱牢靠。"小媳妇眼睛盯着桂香认真地说,好像桂香是真的让他们两口子去翠柳娘家村子打麻将哩。

"你以为我真的让你们两口子去打麻将挣钱哩,你还鬼滑得很哩,千万不要去打麻将,好好挣点干净钱,快回家睡觉去,把你家那口子陪好,明天早起还要去县城打工哩!翠柳在娘家打麻将的事不要给村子里其他人说。"桂香拍拍小媳妇的肩膀说。

"你也不要给翠柳说我说她打麻将的事。"小媳妇认真地说。

"我知道的,快回吧,那口子在床上等你哩。"桂香又拍拍小媳妇的肩膀说。

"大姐乱说啥哩。"小媳妇说着高兴地走了。

小媳妇高兴地走了,桂香却不高兴了。她听到翠柳常在娘家打麻将的消息后,就气不打一处来。桂香生气的原因不是因为翠柳在娘家打麻将输钱赢钱的事,输一万元是她背时,是她想赢别人的钱吃了大亏,赢两万元是人家命好,有不出力不流汗、轻松挣大钱的命。叫桂香生气的是自己还以为翠柳经常不归家、经常去娘家是有啥事,原来把老人扔给别人,自己是去娘家打麻将,这叫桂香有种上当受骗的感觉。桂香气呼呼地来到厅房,对正看着电视剧的庆国说:"我明天不给你爸做饭了,我去县城打工挣钱。"

"好好的,咋又生气了?是不是邻居小媳妇说啥是非了?"庆国转过身子问。

"我已经伺候你爸三四个月了,该翠柳伺候。"桂香黑着脸说。

"庆平翠柳两口子平时跑得不归家,你不是不知道。"庆国说。

"翠柳不归家干啥去了,你知道不知道?"桂香反问庆国。

"翠柳他们成天去干啥,有我啥事?"庆国回答。

"翠柳天天在娘家打麻将哩,一次输赢两三千哩。人家耍得好,挣大钱,我在家伺候老人,太划不来了。"桂香生气地说。翠柳在娘家打麻将的事庆国知道一些,但知道归知道,庆国有啥办法。翠柳是兄弟媳妇,当大哥的还能骂一顿?或者是打一顿?现在打麻将很普遍,随便玩玩倒也无妨,但乡下有些人专门靠打麻将挣钱,个别的已打得妻离子散、家破人亡。庆国做到的也只能是提醒一下庆平,当农民的挣两个钱不容易,不要把两个血汗钱糟蹋了,让他管管自己的女人,不要陷到麻将摊子里去。但是庆平对打麻将到底是啥态度,庆国还不知道。如果庆平对翠柳打麻将是放纵的态度,认为翠柳打打麻将也无妨,如果麻将桌上能挣来钱也是一件好事,那么,庆国就是说了也白说。

就在前几天,庆国在县城干活,中午休息时,在滨河路上闲转,正好遇见开着小四轮拖拉机运沙石的庆平。庆国大声喊住庆平,庆平停住拖拉机,大声问:"哥,有事吗?"

"你下来,我们在路边说。"庆国大声回答。

庆平很不情愿地把拖拉机靠路边停稳,熄了火,来到靠在路边栏杆上的庆国面前,不耐烦地问:"有啥事,说吧!"庆国没有吭气,从口袋里掏出刚买的一包黑兰州烟,扯开抽出一支,递给弟弟。庆平掏出打火机点燃香烟,又给大哥点燃,看着大哥要说啥话。庆国猛吸一口香烟,将一团浓烟从口中吐出后,盯了一眼庆平后,才说:"庆平,也没有啥大事,就是翠柳经常在娘家打麻将的事,不知道你晓得不晓得。"

"晓得,晓得,我以为是啥大事,她爱打就去打吧,输了也输不到哪里去,赢了更好。"说着走上拖拉机驾驶台,打响马达,"砰砰砰"地开着拖拉机走了。庆国愣在滨河路的栏杆边,望着疾驰而去的拖拉机半天没有回过神来。

这些都是庆国和庆平两个亲兄弟之间的事,详细的情节特别是当时庆平不耐烦的态度,是不能说给桂香的。庆平放纵翠柳不顾家,不伺候老人,去娘家打麻将,庆国是无可奈何的。但桂香知道了是绝对不会容忍的,桂香就可能撂担子。如果这样,老人无人伺候,就会受到全村人的耻笑。庆国对桂香说:"翠柳在娘家打麻将的事我知道一些,前几天给庆平都说了,他答应管管翠柳。"

"唉,倒也是,人家爱打麻将,与我有啥关系,虽然是亲兄弟,却是两家人。"桂香低声说。

"你也想宽展一点,假如爸妈就生了我一个儿子,他们年纪大了,还能让别人伺候吗?况且还有小亮和小梅在看着我们哩!"庆国语重心长地对桂香说。

小亮是他们的儿子,前年大学一毕业就招考到乡上去工作。这叫庆国两口子高兴不已,还有好些小亮的同学,大学毕业了还找不上工作哩。小梅是他们的女儿,去年考高中,考了全校第三名,全村人都说是上辈人积的阴德。庆国心中清楚,为人处世要诚实信用,耍滑投机不是长久之计。

"你说的也是,但有时心里就突然想不开了,就生开气了。"桂香望了望庆国说。

其实,庆国心里也很生气,只不过不能表露出来罢了,表露出来的话,家里就会发生矛盾。庆国也想着让庆平两口子回心转意,把翠柳从娘家的麻将桌子上扯下来。但是,庆国也听说了,打麻将上瘾的人,为了戒赌,自己把一根指头剁了,半年以后又用残手打着麻将。这叫庆国百思不得其解,打麻将还能有吃饭重要吗?三天不吃饭就要饿死人,十天不打麻将难道还会死人吗?翠柳打麻将上瘾了咋办?欠下许多赌债了又咋办?庆国思谋着,但总想不出个好办法来。

根发去庆平家吃饭是他自己提出来的,他觉得自己有庆国、庆平两个儿子,应该由两个儿子轮流伺候才行,否则,时间长了,庆国媳妇桂香会有意见。尽管老伴去世已经三四个月,一直由桂香伺候着,桂香也一直对公公很好,但根发自己有点过意不去。因为自己耽搁了老大家的许多事情,比如桂香原先每天去县城打工挣钱,现在去不成了。而且一晃年前年后已经三四个月,这么长时间没有去县城打工,损失的是多大的一笔收入啊!不想不知道,一想吓一跳。让庆平两口子占便宜了,这两个二杆子平时很少归家,庆平开着小四轮拖拉机在县城挣钱不归家还情有可原,但翠柳平时不归家是爱往娘家跑,跑啥哩?无非就是吃着娘家的便宜饭,娘家的饭吃得饱,吃不老,荒蒿的是自己家的田。连半亩秧畦都是庆国帮着耕种,自家院子十天半月不打扫,台阶上落满了尘土和枯叶,院子里长满了杂草。亲家也不明事理,俗话说:嫁出去的女,泼出去的水,嫁出去的女儿天天黏在娘家,亲家也不晓得往婆家打发。再说了,自己天天由老大家伺候着,老二家不管,村里人也会说闲话。如果在两个儿子家轮流吃饭,轮流让他们伺候自己,桂香也可以腾出身子去县城打工挣钱,也可以把翠柳从娘家扯回来,收拾打理自己的家,这样岂不是两全其美的好事。根发老汉主意打定,但是怎样把这个决定传达给两个儿子和两个儿媳妇,并能够贯彻执行,让他颇费了一番脑筋。县城人过年看重的是正月初五以前的几天,农村人过年看重的是正月十五,正月十五这天全家人都会为晚上的一顿饭忙碌,一般要炖一个半干的大猪膀,煮几扇腊排骨,再烩半锅老瓦扇(当地特有的大叶青菜),拌几个凉菜,炒几个热菜都是其次的。这顿饭吃完年就正式结束了,务农做庄稼的、外出打工的、单位上班的就正式出行了。正月十四下午吃晚饭时,根发对庆国和桂香说:"明天的晚饭多做些,把庆平娃大人三个都叫来,把树根族长也请来。"

"有啥事呢?"庆国问。

"跟你们商量个事。"根发回答。

"啥事情?"庆国问。

"到时候再说。"根发回答。

庆国看着父亲神情凝重的样子,侧头瞅了一眼桂香,再没有吭声。庆平两口子正月初五后再没有见面,估计又是去娘家了。庆国打了庆平的手机,说明了父亲的意思。庆平说是在岳母家,明天下午一家人都来。庆国又去了族长树根家,向树根说明了来意。树根笑着说:"这老背时的,商量啥呢?你们把他伺候得舒舒服服的,又想啥事呢?"

"树根叔,爸爸想啥哩,我也不知道,你明天来吧。"庆国说。

"行行行,有肉吃,有酒喝,我咋不去哩。"树根爽朗地回答。

正月十五下午,庆平一家三口早早来到庆国家,庆平手里还提着两瓶给庆国拜年的酒,翠柳啥话也不说,低头走进厨房给正忙着的桂香帮忙去了。下午五点的时候,树根也来了,见了根发就说:"老哥,两个儿媳妇伺候着,还有啥事呢,浪费你的烟酒。"根发给树根递着香烟说:"小事小事,坐下再说。"

庆国和庆平几个收拾着厅房里吃饭的桌凳,从厨房里端着拌好的凉菜,根发和树根坐在上席的位置,庆国和庆平及三个孙子坐在两侧。庆国边往酒杯里倒酒边说:"今天喝的酒是庆平拿来的。"

庆平没有吭气,树根却说:"君子不喝无名之酒,老哥,你把事说了再喝酒。"

根发瞅了瞅庆国和庆平,说:"也好,庆国去把桂香和翠柳叫来坐在桌子上。"

庆国出去把厨房忙着的桂香和翠柳叫来坐在桌子上。根发瞅了瞅两位儿媳妇,说:"今天把你们树根叔请来,把庆平一家也叫过来,有一件事要商量。你们的妈已经去世三个多月了,我一直在庆国家,桂香天天伺候我,把桂香也天天耽搁着,村里人说闲话哩。我想,从明天起去庆平家吃饭,两弟兄轮流伺候我。翠柳也不要天天往娘家跑了,我明天就去你们家。"

庆国和庆平互相瞅了瞅,桂香侧头看了看低着头的翠柳,都没有吭气,就连树根都没有想到根发会说这件事情。树根见大家都不说话,就左右看看说:"老哥说的也在理,庆国我就不问了,庆平你说,咋办?"

庆平瞅了一下翠柳,说:"爸爸说得有道理,我们也应该伺候你,轮流就轮流吧,我没有意见。"

"翠柳呢?翠柳也表个态。"树根说。

"我听庆平的,我也没意见。"翠柳小声说。

"那就这样定了,老哥,你真幸福,我老了,如果这样就好了。"树根端着酒杯说。

"树根叔,我说两句。"桂香望着树根说:"爸爸说得也很在理,我也没有意见。不过明天就去庆平家有点太急,现在天气暖和了,我把爸的衣服床被拆洗一下,清明节过了去也不迟。"

"清明节就清明节吧,暖和了过去也好。老哥,你真是太幸福了,我给你敬一杯酒。"树根说着仰头喝了自己的酒。根发看看自己的两个儿子和两个儿媳妇,端起酒杯也喝了,布满皱纹的嘴角紧紧抿着,显得很痛苦的样子,两行浑浊的眼泪从满是皱纹的眼角流了下来。

正月十五过后,儿子去乡政府上班,女儿去县城中学上学,县城中学是寄宿制,一星期才回家一次,庆国去县城打工,是早出晚归。桂香除了给庆国做好早饭和晚饭外,就是把公公伺候好,除了一日三餐按时做外,就准备着拆洗公公所有的穿戴和床铺。再就去菜地里除草浇水,要不就把罢畦的菜地翻了,栽上豆角或者黄瓜,还有一项最重要的活路就是把两亩秧畦里苗壮碧绿的麦苗照看好。这两亩秧畦是他们家的生命之田,只要务作好了至少收三千斤净细粮,一年收的粮食庆国一家五口两年也吃不完。桂香每年还要给远山乡的娘家送去两百斤大米,因为山里没有秧畦,娘家的两位老人和弟弟一家人一年四季吃大米就靠她这个嫁到川坝乡的姐姐。再者就是自己务作出来的粮食吃起来香甜放心,庆国、桂香他们这一两年看了电视里播放的有关毒大米、白面里添加什么粉的事情,对自家的两亩秧畦务作得更加精心。在正月尾二月头上,桂香给正在拔节的麦苗打了一次防虫剂,撒了一次催苗的化肥,浇了一次春水。浇水时根发来帮忙,因为庆国家的两亩秧畦分别在三个地方,浇水时一个人忙不过来,给麦子浇完水后,根发蹲在地埂上仔细查看着长势旺盛的麦苗。根发发现今年的麦苗尽管长势旺盛,二月头上了还没有孕穗。根发有些不解,他摇摇晃晃地从地埂上站起来,问在地埂上拔杂草的桂香:"桂香,这二月头上了,麦苗肚子里还连麦穗子都没有?"

"爸爸,你老背时了,今年闰三月,季节要比往年迟差不多一个月哩。"桂香嗔怪着大声说。

"今年闰三月?我真是老背时了,活得不知道年月了。"根发用手搔了搔满头的白发说。接着自言自语地说:"闰月好啊,闰三月好啊!"

"爸爸,闰三月有啥好的?"桂香边弯腰拔草边问。根发站在秧畦对面的地埂上,好像没有听见桂香的声音,他扛起锄头自言自语着往回走了。

春天的日子过得快,好像眨眼间村子里各种果树、清水河畔的柳树和白杨树就变得一片青绿、枝繁叶茂,碧绿茁壮的麦苗正在抽穗扬花,再过几天,清明节就到了。晚上,庆国和桂花在厅房里边看电视边说着话。

"再过几天就是清明节了,我到庆平家去了两次,大门锁着哩,两口子面也不见。"桂香眼睛盯着电视,给庆国说。

"唉,有啥法子呢?我听说翠柳娘家办了个麻将摊子,翠柳也在跟着打哩,凑摊子哩,不知赢钱了还是输钱了?"庆国眼睛看着电视说。

"我看八成是输钱哩,上次来家里吃饭,翠柳说话吞吞吐吐的,不像赢钱的样子。"桂香回答。

"庆平也不好好管一下。"庆国说。

"现在哪个男人把自己的女人管住了,只有你管住我了。"桂香假装生气说。

"我咋管你了？我咋管你了？"庆国也假装生气着问桂香。

"我才不要你管。"桂香抢白说,"清明节过了,庆平他们经管伺候爸爸的事我看有点玄。"桂香停顿了一下又说。庆国正要说话,厅房门"吱呀"一声响了,桂香扭头一看,原来是爸爸进来了。桂香连忙站起来把根发扶坐在凳子上。说:"爸爸,这么晚了你咋来了？"

"这几天晚上我睡不着,想给你们说件事。"根发老汉低着头说。

"爸爸,有啥事你就说吧。"庆国说。

"我今年七十二了,今年又是闰月,这几天把我的棺木合了。"根发说。

"你身体好好的,合棺木做啥？况且又不——"庆国感到很惊奇,不解地问道。

"庆国啊,俗话说:七十三、八十四,阎王爷叫你商量事。我都七十二了,今年闰三月,是合木的日子。"根发瞅着儿子说。

"我妈说过,闰月的时候合木,老人就能长寿,要多活几年哩。还可以给儿女们祈福哩。"桂香插嘴说。

"唉,原来这样！"庆国脸上露出不易察觉的微笑,瞅着根发说。

"庆平两口子靠不住,正月十五过了到现在面也不见,你妈当时走得急,木也合得粗糙,清明节前你把我的木合了,清明节过了我去庆平家就放心了。"根发老汉神情忧伤地说。

桂香站起来往根发的茶杯里添了水,蹲在他的面前说:"爸爸,你放心。假如庆平他们不管你,我们管你。棺板十年前就买好的,明天就请木匠合木。"

"爸爸,明天就给你合木,清明节就合好了。"庆国接着说。

"那就好,那就好！明天下午给木匠做饭时把族长树根和村主任冬生也请来,我死了还要麻烦人家哩。还有庆平一家子也一定叫过来。"根发见庆国两口子如此通情达理,很是感动,便仔细吩咐道。

"知道,知道。我明天办就行了,你睡觉去吧。"庆国说着把根发扶到隔壁的睡房,安顿睡下,自己和桂香也关了电视和电灯睡觉去了。桂香拍了一下庆国的肩膀,笑着说:"爸爸还鬼滑的很呢,合木的意思是想多活几年哩。"

"合木是迟早的事，只要他高兴，多活几年，那不更好，合木的事明天就办。"庆国说。

"我又没说不办，早把木合了当然好。"桂香嗔怪着说。

第二天早上一起床，庆国就提着两瓶酒去请村子里的老木匠生财。老木匠生财已经六十多岁了，不做其他木匠活，专门合老木，在上邻下寨是合木的一把好手。庆国给生财说明来意，生财爽朗地笑着说："这老哥真是聪明得很，闰月合老木，老人要长寿，子女们祈福，今天又是个好日子。好，我上午收拾一下家私，下午叫上两个徒弟过来应个期。庆国侄子，你要把菜和酒准备好！"

"酒菜当然要准备好，生财叔，下午准时过来，我就再不请了。"庆国说着走了。

合木俗称做棺材，也叫做寿材，或者叫修老房子，合木是避讳的叫法。把四块散开的棺板让木匠用卯榫镶在一起，做成棺材不就是把四块木头合在一起了吗？多么富含文化意味的名称！而且，闰月的时候合木还可以长寿，画墨动木的时候还要选良辰吉日应期，过程看似神秘，实际上表达了对生命的尊重。所以，给老人合木，对一家人来说也是一件不小的事情。庆国从生财家回来后，就忙着杀鸡、烧猪肉洗猪肉，去请族长树根和村主任冬生，特别重要的是给庆平打了电话，叮嘱他们一家人早点过来，庆平答应着。桂香则准备做饭用的蔬菜，好在家里、菜地里啥菜都有，只是择菜、洗菜须用些工夫。正好又是星期六，儿子从乡政府回来，女儿从县城中学也回来了，一家人为根发合木的事忙碌着。下午时分，老木匠生财带着两个徒弟，拿着木工斧头、锯子、推刨早早来到庆国家，桂香的两个子女忙着装烟泡茶。族长树根和村主任冬生不一会儿也来了，每人还提着两瓶酒，庆国赶紧接住说："树根叔、冬生弟，还提酒做啥呢？"

"给老哥修老房子，要庆贺一下才行哩！"树根大声笑着说。

"这老叔还会选合木的时间，现在是闰月，今天又是良辰吉日，木合好了，要活到一百岁哩。"冬生也笑着说。

厚重宽大的四张棺板已经从放杂物的偏房里抬出来，放在院子里，老木匠生财手里拿着画墨的墨斗,在棺板上画着墨线,徒弟抡着斧头把棺板砍得山响,砍下的木屑在院子里乱飞着,院子里飘荡着松木的清香。生财见树根他们来了,也开着玩笑。根发没有吭声,笑眯眯地抽着香烟,从院子东头走到西头,又从西头走到东头,他心里高兴着,但也有着深深的不安。太阳快落山了,厨房里的菜香也飘出来了,但庆平一家人还没有来。

春天的天气不太长,太阳一落山,村子周围一片暮色。桂香指挥着一对儿女在厅房里摆放着桌凳,八个凉菜和烟酒也放在桌子上,根发、树根、冬生、生财师徒三人及庆国已按辈分年龄坐定,单等小儿子庆平。

"合木是大事,庆平咋不来?"树根望着庆国说。

"这两个二杆子,不知又胡整啥去了,不等他了。"根发有些生气地说。

"不等就不等了,给爸爸合木辛苦树根叔、生财叔了,还有冬生弟兄,先敬一杯酒。"庆国瞅了一眼树根和生财说。树根手里端着酒杯,嘴里却说:"还是等一下的好。"

正说话间,院子大门外传来了"砰砰砰"的拖拉机熄火声,紧接着又传来开院门的声音。庆国说:"是庆平来了。"

"那就好,那就好,给老人合木,小儿子怎么不来哩。"树根说话间,庆平沮丧着脸走进厅房坐在席桌上。

"你这个半吊子,咋现在才来?"根发气呼呼地问。

"都是翠柳这个坏女人害的!"庆平也气呼呼地回答。

"不说了,不说了,合木是喜事,喝酒!"树根端起酒杯一饮而尽,其他人也喝了。庆国正敬酒间,院子里又传来"突突突"的摩托车声,庆平从桌子上站起来,急忙走出去,紧接着从院子里传来争吵声。根发、树根、冬生、庆国赶紧走出厅房,只见庆平和刚才骑摩托车进来的两个小伙子吵闹着。其中一个小伙子指着庆平的鼻子说:"我找你半个月了,你躲到啥地方去?"

"小伙子,你是哪个村的,闹啥呢?"树根用他当族长的声音大声训斥道。

"你是庆平的父亲吧,庆平媳妇打麻将欠我们三万多元,两口子躲着不还钱,我们已经找他们半个月了。"另一个小伙子理直气壮地说。

"啥？啥？翠柳打麻将欠了三万多元，这是真的还是假的？"根发气喘吁吁地问。

"真的假的，你问庆平两口子。"小伙子仍然理直气壮地说。

"你们这两个孽障，把祖先的人都丢完了，让我这个老脸往那里放，真是把我气死了！"根发指着沮丧着脸、蹲在台阶下一言不发的庆平骂着。话未说完，突然身体一斜，倒在台阶上。庆国、冬生和两个木匠徒弟赶紧从地上扶着根发，庆国大声呼喊："爸爸！爸爸！"但根发老汉已经不省人事。讨要赌债的两个小伙子见势不妙，骑着摩托车一溜烟跑了。

写于2013年4月

初为人师

那年我刚十八岁,从成州中等师范学校毕业后分配到一所农村初级中学任教。

说实话吧,我并不热切地希望别人叫我一声"老师",甚至在当了很长一段时间的教师后,当学生、同事或者本村的亲戚邻居突然叫我一声啥"老师"时,心里仍觉得十分别扭。当时,我总觉得:我这个连头发都未理顺当,做起事来总是慌慌张张的毛头小伙子,怎么能轻而易举地当一名教师为人师表、教书育人哩?我总觉得自己压根儿就不应该这么快从师范学校毕业,还应该继续当学生。

初出校门,再进校门,身份就大不一样。我虽年轻,而且满脸稚气,但必须装扮得严肃庄重,走起路来要四平八稳、一丝不苟。但总装得不像,不仅学生,就连同事都在背后窃窃私语,说我是个"小大人"。这时,我就更加羡慕老教师们的老成持重和不苟言笑了,甚至连他们头上的白发和脸上的皱纹都令我激动不已。我实在太年轻了。

记得刚进校门不久,照例是校长召见,谈心谈话,讲一番热烈欢迎,努力工作,向老教师学习等诸如此类的欢迎辞。然后由教导主任安排听一周老教师的课,听完课就得拿着课本上讲台给学生讲课,做一名真正的教师。我尽管不谙世事,甚至不懂人事,但深知给学生讲第一堂课的重要性。讲成功了,学校领导、同事乃至学生将对我刮目相看,尊重有加,就会成为学校里的后备骨干老师,今后的事业将会如旭日东升、蒸蒸日上。讲砸了,后果不堪设想……学校里学生对自己认为讲课不行的老师,在课堂上起哄甚至杠门是常有的事啊!更为重要的是,校长、教导主任、教研组长及教同一课程的同事都将亲临课堂,听我讲课,看我表演。这确实使我心中不安,惶恐不已,有时想着想着就浑身战栗。我尽管在实习的时候上过讲台,给小学一二年级的学生讲过课,但那是在师范附小实习,是在给还没有醒事的小孩儿讲课,是在老师指导下和同学们的戏娱声中,以愉快而紧张的心情走上讲台的,是演出前的彩排,尽管紧张,但更多的是轻松和愉快。这次却不同,这次是真正的演出,如果演砸了,我将被学校的老师和学生嗤之以鼻,在学校无立足之地,更有一种无颜见江东父老的感觉。自己初中毕业以全班第一的成绩考上成州师范,在这所人才辈出的教师的摇篮里,又被如父母般慈爱的老师启蒙点化了整整四年,是应该深谙世事、走出江湖的时候了,是应该给启蒙点化自己四年的老师们增光添彩的时候了。

教导处主任安排我上初中一年级语文课,而且安排我试讲一篇文言文。讲文言文其实正是我的长项,说实在的,我对课本上的文言文有种发自内心的偏好。在考师范复习时,我曾经将初中语文课本上的文言文背得滚瓜烂熟,将"之乎者也"的各种用法记得清清楚楚。我总觉得,文言文读起来言简意赅,意味深长,而且朗朗上口。但我仍然不敢马虎,将要讲的这篇文言文读了又读,将字词句及课文结构熟悉了又熟悉,并将讲课进度进行了时间设计,同时我在卧室里根据我的讲课设计,面对墙壁抑扬顿挫地"预演"了一遍……我自以为我的课备得天衣无缝,"预演"时普通话讲得口齿清楚,加上适当的肢体语言,一定会在第一节课上"震"住学校的领导、同事及学生,让他们对我这个连头发都未理顺当的年轻小伙子刮目相看。

上课的铃声响了,我在办公室里对着镜子整理了一下衣服,用手捋了捋头发,把头顶及前额上一直翘立着的头发,用手点上洗脸盆里的冷水压了压,将从来不扣扣子的军便服连脖子里的风纪扣都扣上了,然后昂首挺胸正步走上今天由我来当主演的"舞台"。我把手中的课本和教案端端正正地放在讲台上,抬起头来,扫视了一下教室,刚才"叽叽喳喳"的教室迅速变得鸦雀无声。一声清脆的"起立"声使同学们很整齐地站起来,又一声响亮的"老师好!"使我有点迟钝的大脑马上反应过来,连忙大声回答:"同学们好!"学生哗啦地坐下后,我偷看了一眼坐在后排的校长,校长在用鼓励的目光笑眯眯瞅着我哩!我清了一下嗓子,说:"同学们,我们现在上课。"我按我的备课笔记滔滔不绝地讲起来,结合板书设计,课文的时代背景、段落大意、中心思想、写作特点及字词句的解释都被我讲得头头是道、滴水不漏。课文讲完了,坐在后排的校长及同事们有的惊讶,有的向我报以友好的一笑。学生们也在互相小声议论着,"哗哗啦啦"翻课本的声音也传进了我的耳朵,看得出来,同学们的兴奋之情溢于言表。这时候,我的心中产生了一种十分愉快的情绪,一种成功在望的感觉油然而生。如果在下课前几分钟最后一幕的演出也能成功,我在这个学校将立于不败之地,或许,我将以此为起点,在当教师的人生历程中做出一番不俗的成绩哩。但是,在下课前的最后一幕演出中,我心里却充斥着一种莫名的紧张。演出开始了。

"同学们,现在还有什么不懂的问题,请提吧!"我提高声音略带紧张地说。如果同学们没有什么疑难问题,说明我的第一堂课是成功的,是无可挑剔的。我的话音一落,教室里叽叽喳喳的议论声停止了,同学们只是静静地望着我,那是满意而高兴的神情啊!两分钟过去了,仍然没有人提问题。一种演出成功、胜利在望的感觉在我的心中如早晨的太阳冉冉升起。

"同学们,如果没有问题……"我话音未落,一只手臂举了起来。接着,两三位同学也把手举起来。

我定了定神瞅准了目标,首先叫了那个在座位上摇头晃脑、蠢蠢欲动,好像疑难问题还挺多的同学发问。这位学生疑问果然不少,但是,都在我的意料之中。我按我事前准备好的台词回答,有的问题,略略一点,提问的同学就笑逐颜开了。复杂一点的问题,三言两语,引出路子,让学生自己去思考、去讨论……举手的几位同学们听了我的讲解,都低下头,若有所思地认真看着课文,脸上笑眯眯的,很快的,红润稚气的脸庞上便显露出恍然大悟的神情。我知道,有疑问的学生不仅听懂了,而且理解了。这时候,同学们有的左右结伴,有的前后搭对,有的窃窃私语,有的高声喧哗,互相探讨各自的疑难问题。教室里充满了"嗡嗡嗡"的喧闹声和"哗啦啦"的翻书声,那是同学们充满高兴和喜悦的声音啊!我觉得胜券在握,不禁洋洋得意起来,只是不能像平时那样将喜悦的心情溢于言表,而是一本正经地等待着同学们的继续发问。

"老师!我还有一个问题。"靠左一排第二个座位上的一位矮墩墩的男同学,没有举手,直接站起来喊道。他喊得很响,整个教室的人都为之一怔。

"你讲。"我说,心里不免有点忐忑。

"你讲了,这篇文言文表现了中国古代一种哲学思想,能不能给我们讲一下,是种什么样的哲学思想?"

真是哪壶不开提哪壶,初生牛犊不怕虎,小小年纪怎么想得到这样叫人头疼的问题呢?况且课文中并没有涉及这些内容,这不是初中的学生所了解和掌握的,也不是我这中专毕业生所了解的,他偏偏又问到了这些。这些问题是中国哲学史、中国文学史上才讲到的,是堂堂文科大学生才学到的知识,我区区一个师范生怎么能知道。况且,师范学校的语文老师也没有给我们讲这方面的知识。然而,这个问题与课文中所讲的内容是密切相关的,是我讲课时涉及到的,我只是把我知道的随便提了一下,在讲课之前并没有做深入的探究。现在,学生在课堂上提问了,我又不能不做回答。我的心中慌乱极了,怎么办,要砸锅了! 我不敢抬头,低头胡乱地翻着教案和课本。

如果是在平时,有一句现成的话,我早就脱口而出了。然而,今天……今天却非同寻常! 况且那句话对于我这个初次在课堂的讲台上扮演主角的人来说,是句使人深恶痛绝的话,是绝对禁止的忌语。谁说了,谁就最无能,谁就给崇高的教师脸上抹黑。如果说了那句话,我不仅在同事中抬不起头来,在学生中毫无一点威信,在整个学校也将无立足之地。而且,我将无法面对我的母校,无法面对启蒙点化了我四年、如父母般慈爱的老师们。想到这里,我的内心惶恐至极。我忽然间产生了奇怪的想法,能当上老师的人实在叫人敬佩不已! 他们真是了不起,也许当上教师的人个个都是上知天文、下知地理的文豪,甚至是无所不知的神仙! 难怪人们常常说,教师是人类灵魂的工程师,是天底下最崇高的职业。我却怎么就被学生问住了呢? 看来我与教师这个崇高的职业所要求的条件还相去甚远哩!

在我当学生的时候,也常常发现有的教师被学生问住了,这时,有的老师就会毫无顾忌地说出那句话;有的老师可以方寸不乱,一本正经地讲起自己杜撰出来的答案。而我却不能，特别是今天更加不能。我抬眼望去，发现那位男同学还站在那里，很不自在。我让他坐下，学生坐下的姿势是犹犹豫豫的，神情是疑惑不解的。同时我也发现，就在这刹那间，教室里已变得悄无声息，所有人的目光都凝聚在我的身上，传达给我的，不是期待就是焦急。

我比大家更加着急。这个该死的不懂事的傻瓜，今天要让我下不了台了，我马上就要丢丑了！

我真想说出那句话："我不懂……"

然而，我不能！我必须尽快找到摆脱困境的出路。

突然间，我混沌黑暗的脑海深处仿佛升起了一点忽明忽暗的星光来，而且越来越亮，恰似一盏明灯，把我的脑海照亮了。刹那间，眼前浮现出了令人难忘的一幕，耳边响起了一个亲切熟悉的声音。

学校毕业前夕，我们最敬爱的班主任，也是我们的语文老师——头发花白的史老师组织全班开了最后一次班会，一方面是话别，更重要的是叮咛。史老师情真意切、意味深长地说："知识是个浩荡无边的汪洋大海，不管多么有学问的人，得到的只是其中的一滴。同时，知识又是一个五光十色、色彩斑斓的宝库，我们当老师的其实就是手持打开知识宝库金钥匙的人，能不能得到宝库里的宝藏，就要看学生的勤奋和天资。所以当老师的，不可能把所有的知识学到手，也不可能把自己所有的知识教给学生，关键的是要真诚面对学生。当你遇到自己不懂的问题时，要敢于说一声：'我不懂！'只有承认不懂，才能产生学习的动力，方能由不懂变成懂！"这不正是我的班主任史老师和我们分别时交给我们通向知识宝库的金钥匙吗？同样，他难道不也是我们人生道路上一盏明亮的指路明灯吗？我顿时恍然大悟，茅塞顿开！

"能教出问倒老师的学生，是教师最大的成功。"他接着讲道。

我记起来了，我们可敬的史老师，曾在我们面前不止一次说过"我不懂"，或者说"我还要查一下资料，下节课讲给你们"。他喜欢勤学好问的学生，而且喜欢把他问住了的学生。我们同样崇拜他、敬重他。因为，他从来不讲假话，他讲的课句句如珠玉，篇篇如真金。此时，史老师讲课时的神情不时地在我的灵魂深处撞响或闪光。以前,我是他塑造的,此刻,我仍然应该是被他塑造过的我。我的心底坦然起来。

"这位同学提的问题很好,这是他平时勤于学习,善于思考的结果。但是,他提出来的问题,我暂时不懂,等我下去搞懂了,再给同学们解答。"我扬起头,毫不顾忌,毫不羞涩地说。

噢!教室里响起一阵低沉急促的惊呼声,好像是遮罩着星星的乌云突然散去,重新闪耀出柔和的光亮。

我下意识地把目光投向校长和同事们听课的位置,校长报以微微一笑……

"叮铃铃……"下课了。

我突然感到极度地疲惫,学生们涌出教室时发出的欢呼雀跃声也好像来自天外,双手变得僵硬而不听使唤,好半天都没有收拾好教案和课本,那动作肯定比一只受人操纵的木偶还笨拙。因为,我在想:下一步我将面临着什么。

"小张老师,你的课教得不错!"一个陌生而又熟悉的声音在我耳旁响起。一抬脸,看见校长站在我面前。

"校长,可我……"我欲言又止。

"不,"校长打断我说,"你这堂课讲得很好,最后讲的那一点,应该是你讲得最成功的地方,你不仅教给了学生知识,而且把真诚教给了学生,你以你自己的行动,教育了我们,也教育学生应该做一个真诚的人。"

校长也这么认为?我心中的块垒顿时冰释,产生了一种解脱的感觉。我不由得对校长肃然起敬起来。

校长继续说:"我在上师范时,教过我的史老师,常常给我们说:'敢于承认不懂,才能把不懂变成懂',十多年过去了,但这句话我还一直记着哩。"

"成州师范的史老师还教过你?"我惊喜地问校长。

"史老师不仅教过我语文课,还当过我的班主任哩。我们现在还联系着哩,有啥不懂的问题,我还去电话请教哩。"校长笑眯眯地看着我说。

哎呀,这太好了!校长不仅和我是同出于一个师范学校的校友,还是我的学长哩,难怪对我的讲课赞赏不已。原来,我们被同一个杰出的人类灵魂工程师塑造过灵魂,校长身上散发出的光和热,也是我的老师——史老师,在锻造我的灵魂时所用的火和热。

我和校长相拥着走出教室。下了课的校园里一阵阵欢声笑语,太阳也正好升起,温暖的阳光洒满了校园。

写于 1995 年 2 月

转　学

　　阳坡村坐落在距县城不到十里路的清水河畔，名字叫阳坡村，其实不是山坡，而是依着清水河边一个很大的坝子，清水河在这里拐了一个月牙儿形的弯，便欢快地向东流去。坝子沿清水河南岸缓缓延伸，最后延伸到南山脚下，形成了一个依山傍水的月牙形村子。清水河几乎一年四季清澈见底，只有在夏季下两场暴雨时，才偶尔浑浊几天。阳坡村几乎一年四季绿荫覆盖，清水河滋润的肥沃田野一年四季忙个不停，颜色由碧绿变成金黄，由金黄变成碧绿，再由碧绿变成金黄。就连冬天也闲不住，除了一畦畦秧田里绿油油的麦苗外，村子周围到处是碧绿青翠的大白菜、水萝卜、蒜苗、莴笋、大叶青菜等。阳坡学校坐落在阳坡村背后的南山脚下，前几年新修的米黄色四层教学大楼老远看去显得十分抢眼，教学大楼前面是宽阔的水泥操场，操场四周是一棵棵碗口粗的香樟树，香樟树叶青翠欲滴，微风吹来，树叶摇曳低语，发出阵阵清香。靠近厕所那边是一排手腕粗的洋槐树，冬季里洋槐树落去了叶子，现在春天来了，仔细看去树枝上已发出鹅黄的嫩芽。学校放着寒假，阳坡学校的校园里显得一片静谧。

　　小惠家的房子离学校最近，院墙隔着学校的围墙，出了自己家门，拐两个弯，不到三分钟就走进了学校的大门。小惠是听着学校的铃声、学生们的读书声和喧闹声、甚至是老师们时高时低的讲课声长大的。她没有上学的时候就在学校里和一年级的孩子们一起玩耍，蹲在教室门口看小学生们读书唱歌，上体育课时跟在小学生队伍后面跑步，有时还混在做游戏的学生队伍里过两把当学生的瘾，老师也不赶她走，倒觉得这个可爱的小姑娘给学校增添了不少乐趣，学校简直就是小惠儿时的乐园。新学年开学了，小惠吵着要去上学，父母亲就去学校给她报名，老师看她聪明机灵，把本来五岁的小惠写成六岁,小惠就成了阳坡学校的一年级学生。小惠聪明好学,不管是哪门功课的老师都很喜欢,每门功课没有下过前三名。小惠就这样蹦蹦跳跳一路走来,现在已经是阳坡学校初中二年级学生了,已经从小女孩变成很懂事的小姑娘了。

春天温暖的阳光照耀着雾蒙蒙的阳坡村,南山坡上灌木丛中的迎春花已开得十分耀眼,村子里新修的楼房格外醒目,田野里的麦苗和蔬菜变得越发青翠碧绿。每到中午以后,和煦温暖的春风轻拂而来,沿清水河畔生长的高大的白杨树左右摇晃,白杨树树皮变得青绿了,枝头也冒出了白杨树幼芽毛茸茸的疙瘩。清水河边的柳树在春风的吹拂下,跳着婀娜多姿的舞蹈,慢慢地、不知不觉地冒出了叶芽儿,远处望去一团团的鹅黄嫩绿。

正月十五过后农村里便忙起来,该干啥的都干啥去了。小惠的父亲是装修房子的技工,母亲打着小工,这两天到城里干活去了。在三年级上学的弟弟也不知到哪里玩去了,过年时慵懒散漫的生活结束了。小惠知道,紧张而有节奏的学校生活又要马上开始了。小惠家的院子里白色的杏花开始凋零败落,桃树上粉红色的桃花却开得正艳。一只漂亮的黄鹂鸟在杏树和桃树间上下翻飞,唧唧叫个不停,它是刚从远处飞来的吧,看到艳丽的桃花十分惊奇,扑落了许多花朵。小惠却视而不见,坐在台阶的凳子上望着鸟儿发呆,一副闷闷不乐的样子。原来小惠在想着自己的心事。阳坡村离县城不到十里路,村子里稍有点能耐的家长都把孩子转到县城中学念书去了,都说那里教学条件好,教师水平高。小惠的爸爸在小惠上初一时就想把小惠转到县城去读书,但小惠不去,说:"不管转到哪里,自己不好好读书,也是闲的。"小惠爸爸见小惠态度坚决,说话也很在理,在班上又是第一名,就没有转学。现在又要开学了,阳坡村又有几位家长把自己的孩子转到县城里去读书。小惠爸爸看着别人家的孩子转进县城中学读书,心里又动了,毕竟城里学校要好一些,老师要求严,对学生管得紧,再说小孩子懂得什么。正巧,前几天小惠在县城工作的表叔来小惠家走亲戚,小惠爸爸给表哥说起小惠转学的事,小惠表叔说:"转到县城中学读书也好,那里教学条件和师资力量都要好一些,不过读书主要靠自己!"

小惠听到爸爸和表叔商量给自己转学的事,很是伤感。小惠知道,表叔在县城当着什么局的局长,表叔都同意爸爸转学的意见,自己再不干就不行了。学校就要开学,自己要离开念了八年书的阳坡学校,到县城去读书,要离开教语文的王老师和教数学的张老师了,县城中学老师讲的课自己听得懂吗?还要离开小梅和小菊她们了,小梅和小菊尽管学习不好,经常抄自己的作业,那是无话不说的好朋友,到县城读书能结识到这样的好朋友吗?听说县城中学有些男生还坏得很,经常欺负农村来的女生哩。小惠想到这里,心中一阵发紧。

"唧唧喳喳"的鸟叫声又响起来,小惠抬眼一看,原来又飞来一只黄鹂鸟,两只黄鹂鸟在杏树和桃树间吵吵闹闹,飞出飞进,它们在说什么哩?它们是不是商量着要把鸟窝筑在桃树上哩,或者是桃花太好看了,要去叫更多的鸟儿来欣赏哩?小惠走下台阶,来到桃树和杏树底下,定睛看着两只鸟儿。两只鸟儿好像也发现了小惠,突然不叫了,只是在小惠头顶上飞来飞去,不一会儿又大声鸣叫着,"啪啪啪"地飞走了。小惠有点失望,我来了,它们怎么飞走了哩?它们飞到哪里去了呢?小惠失神地抬头望着在房顶上盘旋的鸟儿。一侧脸,她看见了不远处阳坡学校米黄色的教学楼,是不是飞到校园里的香樟树里去了?小惠走出院门,来到自己读了八年书的学校,黄色的教学楼在阳光照耀下显得十分抢眼,自己的教室就在四楼的第二间,自己的座位是第一排正中间,谁叫自己是第一名哩?哪个老师不爱班上第一名的学生哩?小惠想着又忧伤起来。学校里初二年级就一个班,现在班上就十三个学生,自己是十三个学生中的第一名。听说县城中学一个年级就是十几个班,一个班上有七八十个学生,那么多的学生都是哪里去的哩?是乡村学校转去的吗?农村学生转到县城中学后,乡村学校这么好的教室都空了,以后做啥用呢?学生转走后,老师都会调走吗?再说,一个班级七八十个学生,每个学生随便发出点声音,全教室就会像小蜜蜂出窝一样,老师的课怎么讲呢?坐在后边的学生听得见老师的声音吗?看得见老师的板书吗?⋯⋯小惠不知不觉来到教学楼前的香樟树下。小惠清楚地记得,这些香樟树是自己刚上一年级时老师带领初三的大哥哥大姐姐们栽的,栽的时候只有自己的手腕那么粗,现在长得有碗口那么粗了,棵棵长得枝繁叶茂,青翠的树叶在阳光的照耀下熠熠闪光,春风轻拂，散发着阵阵幽香。树上的几只黄鹂鸟也许是看见小惠过来了，"唧唧喳喳"地叫起来，小惠站在香樟树下，嗅着香樟树发出的清香，望着几只叫得正欢的鸟儿，深深地吸了几口气，心中默默念道：再见了，香樟树！再见了，可爱的黄鹂鸟儿！再见了，我美丽而静悄悄的校园！

吃毕晚饭，小惠帮妈妈收拾完碗筷，爸爸叫小惠："小惠，你过来。"小惠来到客厅问爸爸："爸爸，有事吗？"

"你表叔已经联系好了，让我明天带你去县中报名。"爸爸看着电视节目头也不回地对小惠说。

去县城中学读书的事情这么快就定下了，听说转到县城中学读书要走后门、托关系才行哩。小惠愣了一下，想给爸爸说点什么，但嘴角微微翕动了几下，没有说出来。她一声未吭，走出客厅，来到自己的卧室，翻出自己做好的假期作业，仔细地看起来。小惠想，明天要到县城中学去读书，报到时，班主任老师肯定要检查假期作业，而且说不定检查得很仔细，因为自己是托关系转来的插班生，是阳坡学校第一名的学生，是真第一名还是假第一名，班主任老师还不当面考考。小惠检查完假期作业时，已经是半夜十一点，直到妈妈催促了两次，小惠才脱衣睡觉。小惠睡着后很快进入了梦乡，小惠梦见自己跟着爸爸去了县城中学，县城中学的操场上人山人海，爸爸把小惠送进学校后就走了，小慧大声喊着爸爸，但爸爸不理他，她在操场上追赶着爸爸，但始终追不上。惊醒后才知道是场梦，"才没有出息哩。"小惠自言自语着，翻身又睡着了。

第二天早上，天刚蒙蒙亮，小惠就早早起床，面对镜子仔细地梳着头，把头发扎在脑后，穿了一件平时爱穿的橘黄色夹克衫，吃完妈妈早已做好的早饭，坐在爸爸摩托车后座上去县城中学报到上学。到县城中学校门口时，学校刚上完早操，几千名学生乱哄哄地涌向操场旁边的教学楼。爸爸带着小惠好不容易在教学楼中找到了县城中学初二班的班主任刘老师。刘老师年近四十岁，很精明，她没有等小惠爸爸把话说完，就干脆地说："校长昨天打招呼了，教室里已经装不下了，正好有一个学生转走，高小惠顶上就行了。"

"那就太感谢你了！"小惠的爸爸小心翼翼地对刘老师说。

"感谢我干什么，你要感谢校长，你走吧，马上上课，我把高小惠的座位安排好就行。"刘老师边说边收拾桌子上学生的作业本。

"那我走了。"爸爸对刘老师赔着笑脸，又叮咛了一句小惠，转身走出了刘老师的办公室。看着爸爸走出了办公室，消失在楼道尽头，小惠忽然有了一种无助的感觉。她看到刘老师很快地翻着一大堆学生的作业本，便从书包里掏出假期作业，对刘老师说："刘老师，这是我的假期作业，你检查一下！"

"我哪有时间看假期作业，都是学生自己做，然后和答案对就行了，不懂得问老师。"刘老师头也不抬地说，小惠见老师不检查假期作业，就把假期作业装进了书包里。

这时"叮铃铃"的上课铃响了，刘老师抱起桌上的一大堆作业本对小惠说："走，到教室去。"小惠跟着刘老师走到教学楼东头的一间教室里。只见教室里乱哄哄地坐了满满一教室学生，学生见班主任刘老师来了，便急忙走进自己的座位，坐在自己的凳子上，又发现刘老师身后跟着个怯生生的小姑娘，"嗡嗡嗡"地议论开了。

"这位是新来的高小惠同学，大家认识一下。"刘老师大声说。坐在教室后边的同学因为离得远都站了起来，小惠觉得很不好意思，低着头看着自己的脚尖。刘老师把小惠带到转学同学的空座位便走上讲台。小惠坐下后，把书包放在桌仓里，偏着头看了一下自己的邻座。是一个小男生，一脸的调皮相，那小男生见小惠在瞅他，还给小惠做了个鬼脸，小惠赶紧抬起头看着刘老师讲课。

"同学们，现在开始讲课，请同学们把课本翻到第三页……"刘老师开始讲课了。但这不是刘老师刚才清脆悦耳的声音呀，好像是从喇叭里传出来的，在偌大的教室里还响着回声。小惠伸长脖子，踮起脚仔细一看，原来在刘老师的讲桌上放着一个话筒，刘老师讲课的声音是从话筒里传出来的。也难怪，这么满满一教室七八十个学生，每人随便发出一点什么声音，全教室都是"嗡嗡嗡"的。老师控制能力如果差一些，再有几个调皮捣蛋爱说话的学生，不用话筒讲课，坐在教室后面的学生就根本听不清楚刘老师讲什么。小惠是第一次在教室里听老师用话筒讲课，一来听不习惯，二来话筒有回声,根本听不清,三是坐在教室偏后的位子,黑板上写的什么根本看不清。小惠又想起阳坡学校初二年级那间教室,偌大的教室只有十三个学生,老师讲完课,或者提问,或者安排学生做作业,教室里静悄悄的,连学生写字和翻书的声音都听得出来,那有多安静啊!可现在,整个教室不仅有老师讲课时话筒传出的回声,还有坐在后排的学生"唧唧咕咕"的说话声,这哪里是在教室听课呀!小惠觉得自己什么也听不进去,头脑有点眩晕,甚至有点肿胀起来。

好不容易挨到下午放学,小惠早早回到家中,在自己的卧室里做着今天的作业。第一天上课,小惠什么也没有听懂,好在内容都比较简单,小惠完全可以自学,但做着做着,有一道数学题做不下去了。这是今天讲的新内容,教室里乱哄哄的,老师讲的例题根本就没有听进去。小惠想,这道数学题如果做不下去,明天甚至后天就有越来越多的数学题做不下去。这时,小惠想起阳坡学校给她讲数学的张老师,为什么不找他给自己讲一下呢?小惠想着赶紧拿上数学课本,一阵小跑来到阳坡学校。学校早已放学,静悄悄的,张老师和几位住校的老师在择菜准备做饭。张老师见小惠走了进来,就热情地问:"高小惠,县城中学的老师讲课你听得懂吗?"

小惠心里难受极了,张老师还对自己这么热情,有点哽咽地说:"张老师,我有一道数学题不会。"

"根据你的学习情况,第一单元的题都应该会做的,我给你讲。"张老师放下手中的青菜若有所思地说。

张老师翻开课本,给小惠讲了解题要领,小惠很快就听懂了,她对张老师说了声:"谢谢!"

"谢什么,不懂就来问。"张老师和蔼地说。这时,一阵微风吹来,阵阵香樟树的幽香钻进了小惠的鼻孔,小惠回头望望静谧的校园,走出了阳坡学校的大门。

县城中学也在清水河畔,出了县城中学大门不到五百米就是清水河,清水河上有座前几年修起的水泥大桥,清水河南岸是近几年才修的滨河路,滨河路旁边是南河坝开发区,开发区里已经修了十几栋家属楼。小惠的爸爸就在南河坝开发区的家属楼里装修房子,早上从阳坡村的家里骑着摩托车出发,晚上收工后再骑着摩托车回到阳坡村的家里。小惠到县城中学上学后也就坐爸爸的摩托车,早上被爸爸捎到学校,晚上再被爸爸捎回家,他们会合地点就在清水河大桥上。要么小惠等爸爸,要么爸爸等小惠,因为他们早上上学和上工的时间是一致的,下午放学和收工的时间也是一致的。尽管春天已经早早来临,清水河畔的柳树在春风的吹拂下发出了嫩芽,但春天的天气乍暖还寒。特别是下午,河风吹起来的时候,温暖的春风变得寒冷起来,骑着摩托车又是逆风,冷风直往小惠的衣服里钻,小惠就把爸爸的腰紧紧抱住,脸紧紧贴在爸爸的后背上,这样小惠就不冷了。自己不冷了,爸爸可能冷哩。小惠突然想到,于是大声喊道:"爸爸,你冷吗?"

"爸爸不冷,你把我的腰抱紧。"爸爸大声回答。爸爸的声音一半被摩托车的轰鸣声湮没,一半被风吹走了,但小惠还是听到爸爸说的话了。小惠知道,爸爸怎么能不冷哩?爸爸要是不在清水河大桥上等我,这时已经回家了,冷风也吹不到爸爸了。小惠突然后悔了,她不该转到县城中学上学,县城中学有什么好的哩?一个班那么多学生,老师用话筒讲课,"嗡嗡嗡"的根本听不清,那么多学生班主任也管不了,有些学生还坏得很哩。小惠突然想起自己的邻座,一个很调皮的小男生,每天都要抄自己的作业,有时自己的作业没有做完,就来抢作业本,不给还恶狠狠地瞪人哩。哼,今天下午放学时就没有给他抄,不好好学习,坏得很……小惠想得很多、很远,最后想到还是阳坡学校好,想到阳坡学校幽静的校园,想到校园里散发着幽香的香樟树,想到学生写作业和翻课本的声音都听得见的安静的教室……小惠突然觉得自己不应该转学,七八十个学生上课的教室里,乱哄哄的,自己的心里也整天乱哄哄的,念书做作业根本静不下心来。学习很有可能还退步哩,学习退步了,那可是天大的事啊!自己应该继续在阳坡学校上学,考上高中后,再到县城中学上学也不迟。爸爸和表叔让转学的目的是让自己的学习更好一些,如果学习退步了,那怎么向他们交代呢?

"爸爸,我不想在县中上学了,我想回去上学哩。"小惠脸紧贴着爸爸的后背,捏紧拳头轻轻砸了砸爸爸的后背大声说。

"你这瓜女子,人家都在托关系走后门转学,阳坡学校的学生都快转完了。这次幸亏你的表叔,如果不是你表叔帮忙,我有啥办法。你就好好念吧。"小惠的爸爸在"呼呼"的冷风中偏了一下头对小惠说。

"教室里学生多,老师讲课时乱哄哄的,干脆听不清楚,我周围坐的几个男生还坏得很,经常抢我的作业抄,还不如在阳坡学校念书好哩。"小惠向右偏了偏头,看着全神贯注地驾驶着摩托车的爸爸的脸大声说。

"你现在刚刚转学,还有些不习惯,过一段时间就习惯了。转来转去,我不好向你表叔交代。"爸爸头也不回地说。小惠想:刚转来又转回去,确实辜负了爸爸和表叔的一片苦心,自己就多下工夫好好学,上课时认认真真听,再不懂就去阳坡学校问问张老师他们。小惠想着又伏在爸爸的后背上,听任"呼呼"的冷风在骑着摩托车的爸爸头上、肩膀、腰间吹拂。

转眼间又过了一星期。星期五下午,小惠的爸爸估摸着县城中学可能五点半放学,要早一点收工接小惠。他收拾好自己的家什,安排其他两个徒弟多干一会儿,便骑着摩托车来到清水河大桥上等小惠。但是,等了半个小时都没有来。小惠的爸爸有点纳闷,小惠已经在县城中学上了两星期的课了,最多也就是等十多分钟,今天咋这么长时间哩?小惠爸爸便骑上摩托车向县城中学走去。刚骑出不远,远远看见一个女孩散着头发从县城中学门口的街上跑过来。小惠爸爸停下摩托车定睛一看,那不是小惠吗?不远处有两三个小男生在追着小惠。这时,小惠看见了爸爸,大声叫起来:"爸爸,他们要抢我的书包哩!"

"你们干什么?"小惠的爸爸大喝一声,那几个小男生看见是小惠的爸爸,先是在不远处怯生生地看了看,转身一溜烟跑了。

"有人养,无人指教的东西。我们找他们大人去。"小惠的爸爸气愤地说。

"他们要抢我的作业本抄作业,我不给,他们挡在教室门口不让我走,挡了好长时间,我跑出来后,他们又追了出来!"小惠望着远去的几个小男生对爸爸说。"算了吧,他们也是从好远的农村转来的,除了老师也没人管。"

"那我们明天找老师说。"爸爸说着让小惠骑上摩托车后座。小惠抱着爸爸的腰,脸紧紧贴在爸爸的后背上,任冷风在身边吹拂,摩托车声在耳边轰鸣,爸爸后背上传来的暖流通过小惠的脸颊传遍了全身,爸爸身上的汗香也通过小惠的鼻孔传到了五脏六腑。爸爸可能生气哩,小惠想,爸爸明天肯定要去找班主任老师反映,老师知道了要对那几个坏家伙怎么样哩?小惠又想得很多很多,又想得很远很远……她突然大声说:"爸爸,明天就不要找班主任老师反映了。"爸爸没有吭气,他也在想,到底明天找不找班主任老师反映哩?

"爸爸,我要回去上学。县城中学教室里七八十个学生,乱哄哄的,老师讲的根本听不清,那几个男生还坏得很。我回去后保证把书念好,你听到了吗?"小惠见爸爸没有回答,又大声说。爸爸怎么没有听见哩,爸爸听见女儿说的话,也知道女儿说的话的意思,多么懂事的女儿啊!小惠爸爸顿时哽咽了,也不知是冷风吹的,还是其他原因,两眼一阵模糊,他猛地一眨眼,泪水流了下来。他没有停下摩托车擦擦眼泪,只是猛地一加油,飞快地向阳坡村的家里驰去。

星期一早晨,天空湛蓝湛蓝的,村庄周围的山峦上被初升的太阳照得金光闪闪,又是一个春光明媚、阳光灿烂的日子。阳坡学校的上课铃响过后,学校又安静下来,浓郁的香樟树在阳光的照耀下散发着沁人心脾的幽香。在四楼初中二年级的教室里,小惠坐在第一排认真地做着作业,整个教室只听见"唰唰唰"的写字声和"哗哗哗"的翻书声,偶尔也传进教室两声欢快的鸟叫声。

写于 2012 年 5 月

桃　夭

　　这是县城的一所高级中学,晓强在这所高级中学当语文老师。晓强从金城师范大学文学院毕业后,通过招考分配到这所高级中学当语文老师,转眼间快三年了,晓强进校后担任高一年级一个班的班主任,带着两个班的语文课。现在晓强带的这个班已经是高中二年级,明年这个时候就要准备高考了。晓强刚进校那阵儿还有些心虚,有些害怕,担心把学生管不住,课讲不好,甚至还怕学生起哄。不过现在不一样了,晓强知识丰富,精力充沛,人也潇洒,站在讲台上把文学性课文讲得激情四射,把政论性课文讲得铿锵有力,把文言文课文讲得头头是道、滴水不漏,学生们把晓强老师佩服得五体投地。不过,晓强课讲得好是下了一番功夫的,他甚至总结出了这样一条教学经验:每学期的语文课,他先上文言文,每篇文言文要求学生必须背诵,文言文上完后,再从第一课开始讲起一直到结束。刚开始学生们还不明白,后来明白了,晓强老师的意思是,要让学生每学期开始就背诵文言文,一直到期末,要背得滚瓜烂熟才行。

　　开学已经一个月,晓强把这学期的文言文快要上完了,就剩下《诗经》里的一首诗。周末下午,晓强坐在四楼教研室里,望了一眼校园里学生们在夕阳下打扫卫生的忙碌身影,心中一阵欣喜,打开写字桌上的电脑,尽管手中有一些《诗经》的教学资料。但是他还是不能马虎,他要在网上查阅更多有关《诗经》的资料,晓强在电脑键盘上打出"诗经"二字,鼠标轻轻一点,电脑屏幕上便弹出了许多有关诗经的词条。晓强定睛一看,第一条是《诗经·桃夭》,为什么把《桃夭》放在第一条呢?晓强又轻轻一点《桃夭》,原文全部在电脑屏幕上弹了出来,"桃之夭夭,灼灼其华,之子于归,宜其室家……"晓强不禁读出声来,他读着读着,就想起几年前上大学时的古典文学老师。老师姓王,研究生刚毕业,他在讲这首诗时,引经据典,又联系现实,把男女之间的情爱讲得头头是道,男生们听得春心荡漾,女生们听得个个"桃之夭夭,灼灼其华"。他想着想着,不禁哑然失笑了,因为他想起了自己的女朋友小桃。小桃是县城初级中学的语文老师,上高中时比晓强低一级,上的是成州师专,毕业后参加教师招考,分配到县城初级中学教语文课。晓强和小桃在县城都是认识的,但彼此不太熟悉。去年的五四青年节,县城高级中学和初级中学举办联欢会,热情泼辣的初级中学女校长把晓强拉到小桃面前说:"现在啥年代了,男同志要大方主动,快请我们的小桃老师跳舞!"晓强赶紧很大方地做了个请的姿势,小桃很拘束地站起来,和晓强跳起舞来。一曲跳完后,晓强和小桃坐在一条凳子上,晓强起身拿了瓶饮料,递在小桃手中。整个晚上晓强就坐在小桃的身旁,邀请小桃跳了一曲又一曲,两人也感觉到很高兴,心里也很舒畅,当舞会结束时,两人已经熟悉得无话不说了。女校长实际上是有意为之,她觉得晓强和小桃是天生一对,条件也差不多,成人之美也应该是她当校长的职责之一。从那以后,晓强和小桃便开始正式交往。小桃的父母亲对晓强也满意,晓强的父母亲对小桃也很喜欢,今年过春节双方父母亲见了面,两人算是正式订了婚。

当晓强把《桃夭》一诗读完时,脸上露出甜蜜的笑容,好几天都没见小桃了,今天又是周末,晚上把小桃叫过来一起吃饭吧。他掏出手机又犹豫了一下,眼睛盯着电脑屏幕,把《桃夭》诗打进手机,发给了小桃。不一会儿,手机响了,晓强拿起手机,是小桃的回信:"什么意思?"

"你是教语文的,什么意思难道不知道吗?"晓强回信。

"就是不知道,我要你说!"小桃回信。晓强知道小桃又在耍小脾气了。

"今天是周末,请你到我家吃饭,我家做好饭了。"晓强回信。

"我们年级组会餐,已经在去农家乐的路上了,明天吧。"小桃回信。

"好吧,那明天吧!"晓强回了信息,把手机装进了口袋。他站起身,侧眼望望寂静的校园。校园里静悄悄的,最后一抹夕阳正照耀着美丽的校园,草绿色的塑胶运动场奕奕闪光,运动场周围一圈手腕粗的香樟树青翠欲滴,散发着阵阵幽香。晓强在夕阳下走出了校园,回家去了。

晓强的家在南河坝开发区的公寓楼上,晓强的爸爸在县政府上班,是一个单位的负责人,晓强的妈妈在县城小学当老师。晓强谈上女朋友后,他们又在隔壁的公寓楼上定了一套一百二十平方米的房子,准备让晓强结婚用。房子已经装修好了,就等待两人择日结婚。晓强的父母亲托人给小桃的父母亲说过两个孩子年底结婚的事,但小桃的父母亲就是不来气。是小桃的父母亲看不起晓强吗?有啥看不起的呢?晓强说不上高大帅气,但也细眉秀脸的,个子也不低,又是师大中文系毕业的本科生,和小桃是挺般配的。再说了,近半年来晓强和小桃来往很密切的,也没有发现异常的表现。这是什么原因呢?晓强的父母亲百思不得其解。

晓强自从和小桃交上女朋友后不仅变得彬彬有礼,而且变得勤快多了。家里像拖地、擦沙发之类的活,过去很少干,现在一回家就干,而且每天一次。过去,衣服也是很少洗的,都是妈妈给他洗,现在不仅给自己洗,还把爸爸妈妈的衣服也洗了。特别是做饭和洗锅碗,只要一放学就帮着做饭,有时还不让妈妈动手,自己把菜炒出来后放在饭桌上请爸爸妈妈品尝。饭刚一吃完,晓强就很麻利地把锅碗洗了,还得意地炫耀说:"妈妈,我收拾的灶房比你收拾得整齐!"更值得一提的是晓强洗脸刷牙更认真了,过去是在水龙头上哗啦一洗一刷便很快结束。现在牙刷得很仔细,脸也洗得很仔细,洗漱完后,还要在镜子前仔细地梳一下头发,然后才向妈妈打声招呼,上班去了。

儿子的变化当然瞒不过父母亲的眼睛,看到儿子变得勤快了、变得懂事了,父亲和母亲背着儿子常常会心地相视一笑。他们知道儿子变化的动力来源于女朋友小桃,但是他们也不点破,他们只是在内心里享受着儿子的幸福和快乐。他们知道,儿子已经二十五周岁了,应该到谈婚论嫁的时候了,儿子对小桃很上心。小桃健康、端庄、秀丽,父亲和母亲也很满意。在女校长的穿针引线下,双方父母亲在春节期间见了面,在一起吃了一次饭,算是正式订婚了。转眼间,晓强和小桃的交往已经一年,再过一个月就是五一节,利用五一节把晓强的婚事办了该有多好!

晓强回到家时,妈妈已经把饭做好了,妈妈还专门做了小桃爱吃的鸡蛋炒香椿。小桃一般都是周末到晓强家吃饭的,星期六或星期天晓强就去小桃家。

"小桃咋没来?"妈妈见晓强一个人回来,就问晓强。

"人家年级组会餐,去农家乐了!"晓强边脱着外套边说。

"哦,也不提前说一下。那我们吃吧!"妈妈说着去厨房端菜、舀饭。

全家三人都不说话,一声不吭地吃着饭,气氛也显得有些沉闷。其实三人心里都疙疙瘩瘩的不舒服,原因就是原来说好小桃来吃晚饭的,小桃的饭晓强妈妈都做上了,小桃却没有来,小桃和同事们去农家乐聚餐了。小桃没有来吃饭,晓强倒也没有啥,和同事们聚餐就聚餐去,剩下的饭菜可以明天热了再吃。小桃提前没有打招呼就不来吃饭,晓强的父母亲心里却总是不舒服。因为小桃的父母亲对两个年轻人的婚事总是不来气,这能不让晓强的父母亲想入非非吗?

"五一节把事情办了吧,晓强。"爸爸吃着饭,看了一眼晓强说。

"办什么事情呀?"晓强问爸爸。

"结婚啊,你和小桃都交往一年了。"爸爸回答。

"这么快?这么快就结婚啊!"其实,晓强有时也想着结婚的事,但是没想到这么快,晓强侧脸瞅了瞅妈妈说。

"你今年都满二十五岁了,该结婚了,快啥呢?"妈妈有点生气,瞪着眼睛说。

"这要和小桃商量一下哩。"晓强吃着饭,迟迟疑疑地说。

"这两天你好好和小桃说一下结婚的事,小桃父亲母亲那里,我们再托媒人去说。"妈妈盯着晓强。

"媒人,谁是媒人?"晓强问妈妈。

"初级中学的张校长,她就是你和小桃的媒人啊。"妈妈惊讶地说,儿子竟然连自己的媒人是谁都不知道。

晓强心里怪怪的,现在啥时代了还要媒人?自己和小桃明明是自己谈的,张校长只不过是拉着我的手,让我和小桃跳舞,现在竟成了我们的媒人了,真是太有意思了。晓强面对爸爸和妈妈反嘲地笑了笑:"有意思,张校长也成我们的媒人了。现在谈结婚的事,是不是有点早了,我觉得我……"

"你觉得你还年轻是不是？法定年龄是二十岁结婚，你虚岁都二十六了，超过法定年龄六岁了，已经违法了。"晓强的妈妈生气地说。

"那我明天就给小桃说五一节结婚的事！她肯定能答应的。就是你们说的找媒人的事，我觉得有点可笑。"晓强见妈妈生气了，连忙充满自信地说。

"你觉得可笑是吧。如果五一节结婚，彩礼的事情、陪嫁的事情、请客的事情……都需要通过媒人沟通，我们不能直接和小桃的爸爸和妈妈说。直接说了，弄不好会产生误会，伤了和气，会影响你以后的生活，你们娃们真是不懂事。"晓强的爸爸瞅着晓强语重心长地说。

"行，我同意五一节结婚，小桃那里我去说，小桃爸爸妈妈那里你们去找媒人说。"晓强说着出门去了学校，因为晚上学生还要上晚自习。看着晓强走出门去的背影，晓强的爸爸妈妈会心地笑了。

机关单位是星期六、星期天两天休息，学校却不行，只有星期天一天休息。到上午十点了晓强还没有起床，太阳透过窗帘把晓强的卧室照得透亮。晓强抬起头，揉揉惺忪的眼睛，瞅瞅窗外亮晃晃的阳光，翻身又躺下睡觉了。晓强的爸爸妈妈可睡不着，他们早上不到七点就起床了，先去江南公园锻炼，回来后做早点吃，然后再去菜市场买菜。晓强妈妈见晓强在睡懒觉，也没有叫醒晓强，年轻人瞌睡多，就让他睡去吧，再说在学校当班主任也怪辛苦的，每天早上跟着学生上早操、上早自习，星期天也正是睡觉的时候，把早点放在饭桌上，用碗盖住，两人去菜市场卖菜。

晓强睡得蒙蒙眬眬的，似醒非醒，似睡非睡，明晃晃的阳光照在卧室里，暖洋洋的。晓强想继续睡，却睡不着，一会儿想到下周要给学生讲《诗经》里的诗，但课还没有备好，一会儿又想到和小桃的交往。小桃是多么调皮可爱啊，自己和小桃有种"一日不见如隔三秋"的感觉。和小桃结婚后，小桃还会是这么调皮可爱吗？会不会变得像其他结了婚的女孩子一样婆婆妈妈、俗不可耐呢？和小桃结婚后，小桃就要和我们住在一起，小桃的爸爸妈妈身边就没有人了，会不会因此而生气伤心呢？唉，要是爸爸妈妈多生一个哥哥或弟弟就好了，我就去小桃家当上门女婿……

这时，晓强的手机叮铃地响了，是信息来了。晓强从枕头底下摸出手机,轻轻一按,是小桃发来的信息:"桃之夭夭,其叶蓁蓁,之子与归,宜其家人。"

"什么意思?"晓强故意回信。

"不知道,你给我解释一下。"小桃回信。

"我也不知道,你给我解释一下。"晓强将信转出。

"不要耍嘴皮子,赶紧过来吧。"小桃回信。

"好吧,马上。"晓强回信后立即一个鲤鱼打挺,从床上跳下来,穿衣洗漱去了。

小桃的父母亲是县城的老户,在县城有一处老房产。前几年县城改造,把老房子拆了,修起了三层水泥小楼,还有一个足以叫城里人羡慕的院子,小院中间长着一株碗口粗的桃树,靠院门的角上长着一株胳膊粗的橘子树,院子里摆放着几十盆盆景花卉。小桃的妈妈是小学老师,没有时间收拾这些。小桃的爸爸是银行职工,内退已经几年了,他不仅把家务收拾得井井有条,而且把院子也收拾得花团锦簇。晓强家住在东头开发区的家属楼,到西头小桃家步行用不了半个小时。

晓强按响小桃家院门的门铃时,开门的是小桃,小桃的脸本来就白,打开院门后,太阳光照在小桃的脸上,鹅蛋形秀美的脸庞越加粉扑扑的,毛茸茸的。晓强欣喜极了,进门后双手搂住小桃的肩膀,就要亲吻小桃,小桃脸蛋一歪,使劲使了个眼色,双手把晓强推开了。晓强站住不觉一愣,他侧脸一看,小桃爸爸在院子里给盆景浇水哩。晓强赶紧过去和小桃爸爸打招呼:"叔叔,给花浇水呢。"

"噢,晓强来了。"小桃爸爸应道。

小桃仍在院子门口站着,眼睛盯着晓强,假装生气的样子,说:"晓强你真是个懒虫,现在才起床,我早上七点就起床了,去滨河路锻炼完身体,回来把楼上楼下的卫生都打扫了。"

"你打电话叫醒我就好了,我也去锻炼身体哩!"晓强走过去说。

"你是瞌睡虫,你瞌睡多,我才不叫你哩!"小桃笑眯眯地说。

这时,春天的阳光已洒满了整个院落,几十盆花卉盆景散发着各种青草和花卉的芳香。院子中间的桃树上桃花早已凋谢,枝头已长出黄豆般大小的毛茸茸的幼桃,桃树叶子也渐渐地长大了,由鹅黄色变成了浅绿色,一派葱茏繁茂的样子。晓强第一次来小桃家时,树上的桃子已经熟透,小桃用抬网子摘了两个最大的桃子递给晓强,说:"爸爸妈妈结婚时,栽了这棵桃树,第二年开花结果时又生下了我,所以给我取名为小桃。"

"难怪你的名字叫小桃,还有纪念意义哩,我把这两个鲜桃都要吃下去。"晓强拿着两个桃子,做着鬼脸说。

院门旁长着一棵橘子树,给人以清秀、素雅的感觉,嫩绿的树叶长满枝头,满树洁白的橘花开得正盛,枝头上、树叶下像是缀满了颗颗米粒儿,远远看去,有花有叶,有绿有白,互相映衬,几只蜜蜂在花叶间飞出飞进,忙个不停,委婉素淡的橘子花香味已经在院子里弥漫开来。

晓强拉着小桃的手站在橘子树下,鼻子吸吮着浓浓的橘子花的香味,心情却忧郁起来,他要给心爱的小桃很认真地说一下他们的事情,关于在五一节结婚的事情。

"小桃,爸妈前天给我说了,让我们五一结婚。"晓强瞅着小桃悄悄地说。

"五一结婚,还有一个多月时间,太快了吧。"小桃惊奇地睁大眼睛小声说。

"小桃,我们也二十好几了,也该结婚了,结婚了,大人就放心了。"晓强抬起胳膊,按按小桃的肩膀,动情地说。

"唉!我们是该结婚了。但是要和妈妈商量一下。"小桃抬头看看晓强,拉拉晓强的手,犹犹豫豫地向院子另一头的灶房走去,小桃的妈妈正在灶房里忙碌着。平时小桃的妈妈是很少做家务的,都是小桃的爸爸做家务,但每一次晓强来小桃家吃饭,却是小桃的妈妈在灶房里忙碌着,小桃的爸爸却在院子里很悠闲地摆弄花草,晓强看在眼里,记在心里。他在想,小桃的妈妈是不是给自己在暗示着什么哩,或许是给我做着表率哩,结婚后,让小桃要主动承担做家务的事情哩,男人家不能光围着厨房转,要干点大事才行哩……晓强想到这里有点感动,小桃的妈妈多好啊!

小桃的妈妈尽管很少做家务,但家常菜却炒得十分可口,她知道未来的女婿要来,炒了一盘青椒肉丝,一盘瓦块红烧鱼,一盘红烧豆腐,一盘西红柿炒鸡蛋,当饭菜端上桌子时,香气扑鼻。要是往常,小桃早已拿着筷子兴高采烈地边尝边给晓强往碗里夹许多菜,还会说:"妈妈炒的菜香得很,你要多吃点才行哩。"

但是今天没有,小桃的爸爸妈妈没有像以往那样对未来女婿表现出格外的热情,小桃也没有往日吃饭时的兴奋劲儿,因为他们都在思考一个严肃的问题,晓强家提出要在五一节结婚,小桃要嫁到晓强家去。昨天下午城关中学的张校长来做媒来了,晓强的父母亲提出让两个孩子在五一节结婚。结婚就意味着小桃要嫁出去,自己供养了二十多年的闺女,长大了,有本事了,目的就是为了嫁出去吗?自己就这么一个孩子,嫁出去了自己怎么办呢?小桃的爸爸妈妈觉得这个现实太残酷,残酷得有点使他们接受不了。

小桃的爸爸闷闷不乐地吃着饭,小桃的妈妈面前的半碗饭几乎没有动,她只是象征性地夹了几口菜,也许只是尝了一下自己炒菜的口味就坐到旁边去了。小桃不知道妈妈和爸爸此时心里无法用言语表达的苦衷,放下筷子说:"妈妈,你吃饭啊!"

"你们吃吧,我不饿。"小桃妈妈忧郁地说,拿眼瞅瞅小桃,泪水已经充盈了眼眶。小桃看了看妈妈,从妈妈的目光里看到了什么,她的心里涌出了一种难以言表的感动,遂低下头,不敢再看妈妈。小桃突然知道了什么,她突然知道了妈妈流泪的原因了。一家人吃完饭,碗筷也没有收拾,大家在餐桌前默默地坐着,空气十分凝重。半天了,小桃妈妈说:"晓强!"

"嗯,姨姨你说!"晓强一愣,连忙回答。

"晓强,你和小桃结婚我们没意见,你们也该结婚了,但是你们都是独生子女,要小桃嫁过去那是不行的。"小桃妈妈郑重其事地说。

"姨姨,我和小桃结婚后,我就是你的亲儿子,你不用操心!"晓强急切地说。

"不是你说的那个意思,你回去给你爸爸妈妈说一下,如何结婚,让媒人再过来和我们好好商量商量。"小桃妈妈说。

"啥时代了,还请媒人?"小桃小心翼翼地说。

"你们不懂,媒人一定要请的!"小桃妈妈说着站起来收拾碗筷。

晓强要走了,小桃走出院门送晓强。院门不远就是滨河路,滨河路上一棵棵碗口粗的香樟树绿荫如盖,浓绿的树叶在阳光照耀下发出阵阵幽香。晓强拉着小桃的手,不紧不慢地走着,小桃也很愿意把自己微微出汗的小手放在晓强热乎乎的大手里,一直让他牵着,在滨河路的香樟树下一直这样走着,甚至这样永远走下去。过去,他们两人经常在滨河路的香樟树下散步,嗅着香樟树发出的缕缕幽香,手拉着手,肩并着肩,那是多么愉悦,多么高兴啊!可是今天却怎么也高兴不起来,小桃妈妈眼睛里充盈的泪水,叫晓强和小桃心情沉重起来,他们两人在人生的道路上还没有遇到这么难解的习题,这个婚到底怎样结?或者是结婚以后该怎么办?双方的父母亲对结婚到底是怎样想的?这些,晓强和小桃都是一无所知的。

第三天刚吃毕晚饭,作为媒人的女校长来到晓强家中,晓强连忙倒茶水招待客人。突然手机来信息了,晓强掏出手机一按,四句诗跳出屏幕:"死生契阔,与子成说,执子之手,与子偕老。"

"谢谢你,谢谢你!"晓强连忙回信。看来,晓强这次是真正懂得这首诗的含义了。

女校长传递给晓强爸爸和妈妈的信息是:小桃的妈妈和爸爸说了,同意两个人在五一节结婚。你的是儿子,我的是女儿,但是你不要说娶媳妇,我也不说嫁女儿,只能说双方结婚办事。各办各的酒席,各请各的客人,两家都设新房。

"我不娶,你不嫁,这算什么结婚呀!"晓强听了张校长的介绍惊讶地望着爸爸和妈妈。爸爸和妈妈瞅瞅媒人,瞅瞅晓强,相视着无可奈何地笑了。

写于2012年6月

滑　档

云霞看到不满十八岁的儿子满脸的汗珠、急急忙忙吃完自己精心做的臊子面，从凳子上站起来，扯过饭桌上的餐巾纸，把吃过饭满是辣子油的红嘴使劲一擦，擦过嘴的餐巾纸往饭桌下的塑料垃圾桶里一扔，头都不抬地说："妈，我耍去了。"说着急匆匆几步迈过客厅，拉开防盗铁门，走出门去，随手将防盗门"砰"地一关，"嗵嗵嗵"地跑下了楼。

云霞看到儿子一大片餐巾纸还沾在嘴巴上，赶紧追过去，打开防盗门，大声在楼道里喊道："文波！文波！跑慢一点，嘴上还有餐巾纸呢！"

"妈妈！我知道，我知道！"文波在一楼的楼道里大声回应着，脚步声越来越小，最后没有了。云霞知道儿子已经跑出院子，心儿早已飞到十字大街旁边的一个游戏厅里去了。云霞关了防盗门，回到餐厅的饭桌旁，浑身像散了架似的软塌塌地坐在饭桌旁的凳子上，看着儿子吃完饭后扔在饭桌上的碗筷。两只筷子在饭桌的角边交叉着，如果吃完饭后扔筷子的手稍微再重一些，筷子就会掉在地上。饭碗里面条吃完了，少半碗红油臊子汤剩下了，臊子汤里瘦肉、洋芋、豆腐、黄花菜颗粒在辣子油汤中若隐若现，还有几小片黑木耳哩，特别是黄花菜不好找，它是做臊子面最好的材料。为了犒劳高考刚刚结束的儿子，云霞把一盒放了好长时间的黄花菜取出来，精心做了一顿黄花菜臊子面，等待高考结束的儿子吃完臊子面后像往常一样说一句："妈妈做的臊子面真香！"然后云霞就笑眯眯地说："儿子，你这次只要能考上重点大学，妈妈天天给你做香喷喷的黄花菜臊子面。"文波自信地说："妈妈，你输定了。"但是，高考刚结束，云霞看着儿子急急忙忙吃完饭啥也没说就跑去打游戏了，心中未免有点失落。春节过后四个多月来，儿子为了准备高考再没有去过游戏厅，看来是给憋坏了。为了高考把儿子憋坏了怎么办？打游戏就打游戏去吧，完全放松一下也好。云霞收拢碗筷，望着碗里儿子吃剩的臊子汤，自言自语地说："真是不懂事的孩子。"

云霞是县委宣传部报道组的一名干部，她二十年前毕业于成州师范中文班。那时候的成州师范还不叫成州高等师范专科学校，是从高中毕业生中招生的中等师范学校。当时全地区各县都缺中学老师，请示省教育厅同意后，成州师范招了一个中文班和一个数学班，两年毕业后发大专文凭，分配到各县乡级农村中学任教。云霞偏爱语文课，因语文成绩考得好，被分在了中文班。那时候，分在两个大专班的学生是够风光的，他们在学校的林荫道上、吃饭的餐厅里、开运动会的操场上，对中专班的同学们投去不屑的神情。中专班的同学们看大专班的同学也用的是羡慕的眼光。他们可是全地区自己培养的第一批大专生，肩负着全市农村中学开拓创新、教书育人的重任。学校对这批学生管理得十分严格，规定有百分之五的淘汰率，成绩不合格者发中专文凭。这些学生怕拿不到大专文凭，拼命地学习着，早晨在操场最早背课文的是他们，晚上不到十二点不熄灯的也是他们。两年后云霞以中文班第三名的优秀成绩毕业，拿到了大专毕业证，分配到离县城十公里的川坝中学任教，那时候，刚毕业的学生都要先分配到基层学校任教。云霞在川坝中学任教期间，由于教学认真，偏爱文学，教的初中语文课成了最受学生欢迎的课，时间不长还担任了语文教研组长。云霞在课余时间经常创作诗歌、散文及教学论文，发表在市报副刊上。一晃三四年过去了，云霞由于语文课教得好，又在市报上经常发表文章，成了市县闻名遐迩的才女。

记得那一年五一节刚过，县教育局通知川坝中学，市上教育工作检查组要来检查"双基"达标工作，要学校做好准备。第二天早上，市教育工作检查组在县委宣传部郑部长的陪同下，来到川坝中学，对川坝中学的"双基"工作进行了详细的检查。检查组认为，川坝中学全面完成了市上下达的"双基"教育达标任务。检查结束后，云霞正在教室里上课，黄校长满是笑脸地跑进教室对云霞说："周老师，宣传部郑部长叫你哩。"

"郑部长叫我做啥呢？我又不认识他。"云霞满是疑惑地说。

"你先出来,我再给你说。"黄校长神神秘秘地说。

云霞安排好学生自习的内容后,走出教室问校长:"黄部长叫我到底是啥事?"

"好事,好事!郑部长的意思是想调你到宣传部搞新闻报道工作哩。"黄校长笑迷着脸快步走着说,云霞跟在黄校长后面。听着校长说郑部长想把自己往宣传部调,云霞心里沉了一下,一种不知是喜还是悲的感觉油然而生。云霞跟着黄校长到了办公室,看见今天早上才见过面的郑部长坐在校长办公室的藤椅上等着自己。黄校长给郑部长介绍云霞:"郑部长,这就是周老师。"郑部长站起来和云霞握了一下手说:"周老师,你坐,你坐。"云霞很拘谨地坐在旁边的长条凳上。

"郑部长找我有啥事?"云霞小心翼翼地问。说实话,云霞还没有和比郑部长大的官面对面说过话。

"周云霞同志,我到你们学校来,除了陪同市上检查组检查'双基'工作外,就是和你见一下面,我们打算调你到宣传部报道组工作,不知你愿意不愿意?"郑部长欠一下身体,面对着云霞和蔼地说。

"宣传部是领导机关,重要得很,我行不行?"云霞按捺住内心的激动小声说。

"你在市报上经常发表文章,我们早就注意到了。宣传部正缺擅长写作的人才,你调到宣传部后,更有利于发挥你写作的特长。"郑部长微笑着解释说。

"周老师,你就赶紧答应吧,这是多好的事啊!"黄校长见云霞半天没有吭气,在一旁催促着。云霞两手绞着指头,低着头在思考着。半响了才抬起头对郑部长说:"郑部长,太谢谢你了!我回家商量了再回答你。"

"也好,你回家商量商量后,再回答我。"郑部长说着站起来走了。黄校长陪着郑部长走出办公室,走出校门,最后挥着手把郑部长送上小车。云霞呆呆地站在办公室门口望着,望着郑部长走出校门,坐上小车,一直望着小车启动后扬起的尘土和尘土在云霞的视线中消散。调到县城工作多好啊,五一节那几天还和年前刚结婚的丈夫商量着自己调动的事哩!就是因为云霞带着初中三年级的语文课,学生今年要参加中考,云霞舍不得和自己相处了三年的学生们没有毕业就走人，学生们毕业了再说调动的事也不迟。没想到调动的好事竟然自己找上门来，而且是宣传部的郑部长主动来找，要调自己到县委宣传部报道组工作，这真是天大的梦寐以求的好事！云霞却高兴不起来，心里反倒有点郁闷。

云霞是去年年底结婚的，结婚前未婚夫智平就说要把云霞调到县城中学教书，云霞阻止了。她对智平说，调动与结婚没有关系，等自己带的班级毕业了再说调动的事也不迟。原想是毕业班夏天毕业了，再找找调动的事。如果暂时调不了，在川坝中学再教两年也无妨。现在，调动的事自己找上来，云霞倒舍不得川坝中学了。学校离县城的家不到十公里，家里没有事就住在学校里，如果有事，骑上小摩托不到半个小时就到家。在川坝中学工作了几年，说起调进县城的事时，反倒有点舍不得离开了。特别是学校门前沿道路旁终年流淌的那一泓清澈的渠水，沿两米宽的水渠边生长的近两公里长的棵棵如胳膊粗的垂柳，更是叫云霞流连不已。云霞在市报上发表的每一首诗歌，每一篇散文大多都是在早春的微风下，望着鹅黄嫩绿的柳丝；在炎热的夏日，坐在水渠边干净凉爽的青石板上，听着浓绿的柳枝间蝉儿的鸣唱；要么在深秋习习的凉风中，凝视着轻轻摆动的由绿色慢慢变成黄色的柳叶缓缓散步，倾听着柳叶对一年四季的诉说，突然间，在心中酝酿成稍纵即逝的灵感，云霞赶紧抓住灵感的尾巴后，再在心中演化成美好的情感意象而行之于笔端，这就是云霞一篇篇优美的诗歌和散文了。如果调动成功，就要离开川坝中学，离开川坝中学门前的一泓清澈的渠水，离开水渠旁那一排碧绿的垂柳，云霞能不忧伤吗？

下午，云霞放学后回到家中，在饭桌上把郑部长陪市上"双基"教育检查组去学校检查的事说了，因为说的细节多，智平听得还有点不耐烦，说："说那么多干啥哩，吃饭吃饭。"

云霞停下手中的筷子，瞪了智平一眼，说："还有你爱听的哩。"智平停住吃饭，看了一眼云霞，说："有啥好听的，赶紧说，我洗耳恭听。"

"郑部长临走时对我说，我写作水平好，要调我到宣传部报道组写新闻报道去。"云霞嗔怪地又瞪了智平一眼，提高嗓门说。智平简直不相信自己的耳朵，或者是不相信云霞说的话，有点吃惊的样子，盯着云霞，张着嘴巴"啊"的一声,愣了半天才说:"云霞,你说的是真的吗?"

"这么重要的事,我还能说假话。"云霞一本正经地说。

"那,那你答应了吗?"智平急切地问。

"这不正在给你说哩,你还爱理不理的。"云霞仍然瞪着智平说。

"你说你说,这么重要的事不听,再听啥哩。"智平仍然急切地说。

"我当时没有答应,给郑部长说要回家跟你商量。"云霞平静地说。

"郑部长怎么说?"智平又急切地问。

"郑部长说,也好,回家商量了,再给他回答。"云霞仍然平静地说。

"噢!原来这样。"智平长长嘘了一口气,放下手中的筷子,缓缓站起来,走到云霞旁边,俯下身子,一只胳膊拥住云霞的肩膀,把云霞端详了半天,云霞都有点不好意思了。云霞假装生气推掉智平搭在肩膀上的手臂,说:"你发什么呆呢?我又不是电影明星,几年了还没有看够。"智平退回到自己的凳子上,眼睛还在盯着云霞,云霞也用异样的眼神瞪着智平。

"哎呀,我的媳妇真不简单。"智平在饭桌那头伸长脖子喜不自禁地说:"云霞呀,你不知道,我这两天正思谋着给你找调动的事哩。想着选个适当的时候,请我们局长吃个便饭,让他给教委主任说说。没想到天上真的掉馅饼了。"

"还不是我平时爱写点东西的结果,你还说写那些东西干啥,有闲时间不如和朋友聊聊天、打打麻将。"云霞继续嗔怪着智平。

"媳妇,我错了。古人说:文章是经国之大业,是不……什么?"智平故意摇头晃脑地说。

"是不朽之盛事,傻瓜!"云霞用筷子敲敲饭桌说。

"对对,是不朽之盛事。我当年没有看错,人家都说我娶了个才女啊!"智平继续兴高采烈地说。

"乱说啥哩,该说正事了。"云霞又用筷子敲敲饭桌说。

"好好好,说正事。我完全同意周云霞同志调到报道组工作,今天晚上就去郑部长家回话。"智平一本正经地说。

"你得答应我一件事情。"云霞也一本正经地说。

"只要是与调动有关的,我都同意。"智平理直气壮地说。

"调到报道组工作我也同意,但我确实舍不得那些学生,有些学生多想念书,可家里真难。"云霞伤感起来,停顿了一下,接着说:"我把这学期的课上完,放暑假后再到报道组上班。"

"行,今晚我们就去郑部长家。"智平爽快地答应。两口子吃毕晚饭,收拾了锅碗,等着天黑了,买了烟酒和水果去了郑部长家。云霞给郑部长说明情况后,郑部长很是理解,说:"我没有看错你。你在川坝中学把这学期的课上完,放暑假后到报道组上班。拿的烟酒我不能要,你们拿回去。"说着提起装烟酒的塑料袋硬塞在智平的手中。智平说着感激的话,把装烟酒的塑料袋子悄悄放在沙发背后,拉起云霞的手急忙从郑部长家的客厅里跑出来。郑部长在后面大声喊着:把东西拿走!智平装作没有听见,拉着云霞的手快步跑出了楼梯间。

毕业班的学生毕业后,云霞到报道组正式上班,刚开始还不太适应报道组的工作环境。因为写新闻报道总抓不住要领,坐在办公室里写出来的稿子,一两个月了,市报只登了四五个豆腐块。云霞有点纳闷,文学创作和写新闻报道不一样,文学创作是以想象为主,新闻报道是以写实为主,这个想象和写实之间的度还真不好掌握。有一天,云霞突然看到农口的一个单位送来的工作总结,内容是有关产业结构调整、组织农民种植蔬菜增加收入的。云霞仔细地看了一遍,这是个好素材。她没有像平常那样把素材找好后一个字一个字地写,而是把总结的内容根据新闻报道的素材进行了删改、分段,加了几个小标题,并对每段的开头进行了润色。稿子寄给市报后,不到一星期就在头版头条全文登出来了。郑部长拿着新送来的报纸,走进云霞的办公室,对云霞说:"这篇稿子写得好,既宣传了县上的工作,又反映了你的水平。"云霞头低着,不敢抬头看郑部长,心中既高兴又羞愧。高兴的是文章登载了,郑部长表扬自己了。羞愧的是这篇报道有抄袭人家总结的嫌疑。从此,云霞除了正常的采访写稿子外,再一个办法就是收集一些单位和乡镇的半年或者一年的总结,以此为基础,写了好几篇有分量的稿子,云霞觉得工作起来得心应手了。第二年春天,云霞生下了儿子文波,两口子要上班又要带小孩,忙得不亦乐乎。实在忙不过来了,智平在农村的母亲就来帮忙,倒也没有影响工作,还得了两次全市新闻大奖。一晃十多年过去了,儿子从一个咿呀学语的婴儿,长大成了在初中二年级上学的半大小伙子。丈夫智平在农口一个局里提拔成了副局长,一家人比上不足比下有余,倒也其乐融融。

有一年冬天,智平出差了。县上要到一个偏远高山乡召开农田基建现场会,云霞作为报道组的记者随行。因为路程远,到晚上才能回家,说不定晚上还回不来。云霞早上给儿子文波交代了吃饭和睡觉的事情,就急匆匆地走了。现场会开了一整天,天气又冷,晚上十一点才回家。黑咕隆咚的云霞打开防盗门,摸索着摁开电灯,家里冷冰冰的。云霞叫了两声"文波,文波!"没有回声,又急忙跑到卧室里看,哪有儿子文波的影子。云霞给班主任王老师打电话,王老师说:"下午看着文波走出校门的,赶紧找找。"云霞又打了两个平时和文波在一起玩耍的同学的电话,都说是和文波一起回家的。云霞想着:他能到哪里去呢?儿子爱打游戏,肯定是去十字街的游戏厅了。云霞锁了防盗门,来到冷风飕飕的街上,街道上行人不多,只有三三两两回家的年轻人在暗淡的灯光下急匆匆地走着。云霞连跑带走来到十字街转角的游戏厅门前,一把掀开厚重的门帘,一股浑浊的热气扑面而来,让云霞打了个冷战。只见教室一样大的大厅里沿四周摆放着一圈游戏机,每一台游戏机上都坐着打游戏的中学生。云霞到这里来过两次,没有想到这么晚了,还是这么多人。吧台上一个小伙子走过来问:"你找人吗?"云霞点点头,就径直沿门口的第一台游戏机开始找起来。当找到第九台游戏机旁时,找见了文波,云霞一把扯过文波的胳膊,气呼呼地走出了游戏厅。

"我们不在家,你就去打游戏了?现在是啥时候了?半夜了!"云霞气愤地站在游戏厅门口说。

"妈妈,中午上学时忘记拿钥匙,钥匙反锁在家里了,我连晚饭都没有吃哩。"文波刚说完就委屈地"呜呜"哭了,抬起胳膊用袖口擦着眼泪。云霞一听,气消了一半,拉起个头比她还高些的儿子的手腕往家里走。回到家,云霞给儿子下了一碗鸡蛋面,儿子吃完就睡了。云霞收拾完碗筷,睡到床上时已经十二点。云霞却怎么也睡不着,游戏厅里那么多孩子打游戏的场景,在她的眼前不时地闪现着。打游戏的大多是初中高中的学生,还有一些年轻人,打游戏就那么吸引人吗。云霞知道,许多孩子因迷恋游戏而耽搁了学习,文波要是迷恋上了打游戏咋办?学习搞不好,考不上高中,考不上重点大学,将来又咋办?想着想着,云霞突然觉得,儿子多么重要啊!儿子才是自己的希望和未来,把儿子文波管教好才是最重要的。看来该把单位上的工作放一放了,精力的重点应该从单位转移到家里,转移到儿子身上。事情想通了,瞌睡也来了,云霞迷迷糊糊睡着了。

"哐当"一声响,云霞猛然惊醒了。原来自己在中午吃饭的餐桌上打了个盹,支撑着下巴的胳臂肘子在饭桌上滑了一下,把文波吃饭的碗差点打翻在地。这时,热烘烘的太阳已经有点偏斜,强烈的阳光从玻璃窗子射进来,晒得云霞又热又疲倦。云霞把饭桌上的碗筷收拾进厨房,解下系在身上的围裙,自言自语说,瞌睡得不行了,先睡一会儿再说。说着就去卧室睡午觉去了。

不知到了什么时候,云霞觉得有人在背上推了一下,睁眼一看,是智平。原来智平下班回来了。

"快六点了,你还在睡觉?"智平站在床边说。

"文波这几天高考,把我都折腾坏了。我还想睡一会儿,晚饭你做吧!"云霞翻了个身,迷迷糊糊地说。

"是文波考试,不是你考试。做啥饭?"智平拍着云霞的肩膀说。

"看你!"云霞睡意十足地说。

智平走出卧室,去厨房做饭。智平做的是米饭,炒了一个荤菜,两个素菜,烧了一个西红柿鸡蛋汤。儿子文波还没有回家,两口子没有等,先香喷喷地吃了起来。用云霞的话说:等啥哩,这么长时间没有打游戏了,肯定急得不行了,憋坏了咋办,让打一会儿去吧。两口子吃完饭,文波还是没有回家。智平怕饭菜凉了,把饭菜放在热锅里,等文波回来吃。两口子看了一会儿新闻联播,文波还是没有回来,云霞心里有点发急。对智平说:"你去游戏厅找一下。"智平答应着,站起来走出房门找文波去了。智平刚走不一会儿,云霞又觉得立坐不安。文波高考上午刚结束,据他自己说分数过一本线没有一点问题,但到底能不能过,还要等十天后高考阅卷结束才知道。要是上不了一本线,就上不了重点大学,上不了重点大学就丢人了。因为,云霞在办公室里当着同事的面是夸下海口的,自己的儿子今年考个重点大学没有问题。她没有心思看电视,心思全在文波的高考成绩上。云霞想:要找一下文波的班主任,让他估一下,文波的分数到底上不上一本线。明天上班,同事问了,回答起来好有底气。云霞不等智平和儿子回家,就出门到县城中学找文波的班主任王老师去了。

　　文波的班主任王老师是外县人,五年前金城师范大学数学系毕业后,以引进人才的方式到县城中学任教。王老师知识面广,责任心也强,所教的数学课深受学生喜爱,已经成了县城中学的骨干教师。王老师去年才结婚,妻子是金城师范大学政教系毕业的,也是按人才引进方式到县城中学任教的,和王老师是一个县的老乡。小两口住在学校单身宿舍楼的三楼,不过他们的两间房子是连在一起的,一间做卧室,一间做厨房和饭厅。王老师两口子吃完饭,洗了锅碗后,就在还散发着新房气息的卧室里看着电视,王老师的爱人边看电视边批改着学生的作业本。

　　云霞出了家门后,没有直接去找王老师,而是先去了离县中不远的一家超市,买了一箱饮料和一把香蕉,然后才去王老师家。王老师两口子见文波的母亲来了,连忙起身让座,王老师的媳妇客气地接下东西说:"来就来嘛,还买东西干啥哩。"

　　云霞在靠窗子的沙发上坐下说:"文波念书的事情没有少麻烦王老师,我怎么好意思空手来哩,一点心意么,文波真要是分数上一本线,能考上个重点大学,我们全家都要感谢王老师哩。"

　　王老师坐在床沿上,看着媳妇泡了一杯茶递给文波的母亲,云霞轻轻喝了一口。王老师说:"文波在班上是前五名的学生,只要考场发挥正常,分数上一本线应该没有问题。"

　　"我就怕发挥不好,上不了一本线。"云霞连忙说。

　　"连续五次模拟考试都在前五名,最好的一次还考在第二名,肯定能上一本线,如果发挥正常,超三四十分应该没有问题。"王老师从脸上取下眼镜,边擦边说。

　　"这个孩子简直叫我操碎了心,去年转到绵州去上学,上了一学期,就不去了,又转回来。把我都折腾坏了。"云霞叹着气说。

"根据文波的学习,根本不需要转学。不好好学了,转到哪里去都一样。"王老师边擦着眼镜边说。

"唉,可不是吗,大人的心都在孩子身上,孩子哪知道大人的辛苦!"云霞喝了一口水说。

"你家的文波是很听话的孩子,有些孩子打架惹事,老师也不好教,家长也管不住,才麻烦哩!"王老师的媳妇接上了话茬。

"高考刚结束就打游戏去了,连饭都顾不上吃了,在家里干脆不听话。"云霞面对着王老师的媳妇说。

"高考结束,分数十天后就下来,让孩子打打游戏,放松一下也好,不要着急。"王老师从床沿上站起来说。

云霞觉得自己该走了,也从沙发上站起来说:"你们忙,我走了。"

"好吧,你先回去,等分数下来了,我们再研究报考学校和填志愿的事。"王老师说着,往门外送着客人。云霞走出门后,不让王老师送,把王老师挡在楼道。

云霞走出县城中学的单身宿舍楼,走过学校绿色的塑胶操场,只见明亮的月光把操场照得一片青灰,几个中学生在操场上来来回回踢着足球,有时还传来几句呼喊的声音。云霞想:要是文波也在操场上踢踢足球该多好,既锻炼了身体又十分畅快。非要去游戏厅打游戏,游戏厅里既闷热又不安全,叫人多操心啊!云霞走出校门,来到街道上。街道不到十米宽,两边是三五层高度不等的楼房。街道两旁是胳膊粗的香樟树,明亮的月光被街两旁的楼房阻挡着,不过街道两旁的街灯却十分明亮,橘黄色的灯光把枝繁叶茂的香樟树照得油光发亮,在街道上留下了斑驳的树影。街上行人很多,一个或三五成群地在悠闲散步。云霞走着走着,心情开朗起来,因为他在想着儿子文波的事情,她去王老师家的目的,也是因为文波刚考完试说上一本线没问题的话,她有点不放心。这下她放心了,因为王老师都说了,上一本线没问题,而且还要超过一本线三四十分。明天上班,单位的同事肯定要问考得怎么样?能不能上一本线?能不能考个重点大学呀?自己回答起来好有个底气。

星期一早上,云霞和智平起床洗漱完毕,准备去吃早点上班。云霞走进文波的小卧室,只见文波还在睡觉,而且睡得正香。云霞"文波,文波"地叫了两声,文波伸了个懒腰,翻了个身,又睡着了。

"不要叫了,睡就睡去吧。紧张好多天了。"智平走过来看了一眼文波说。

"好好好!就让睡懒觉吧,懒瞌睡和你一样多,早点也不晓得吃。"云霞说着顺手扯扯盖在文波肩头脱落的薄被子,心想:天气已经很热了,但是睡觉还是要盖一条薄被子的。让人紧张而又胆战心惊的高考已经结束了,刀枪入库,马放南山,文波也该睡睡懒觉了。

云霞和智平住的是东坝开发区前几年新修的住宅楼,两口子在住宅楼一楼的小吃店里各吃一碗凉米皮,就各自去单位上班。智平上班的农业局和云霞上班的县委机关办公楼是县城两个截然不同的方向。农业局单独的办公楼在县城西头靠山根的大沟边,步行要走近三十分钟。云霞和智平吃完早点,刚走出店门,一辆三轮出租车恰好停在门口,智平给云霞打了声招呼,顺势往三轮出租车上一坐,三轮车"突突突"地屁股上冒着黑烟飞快地走了。云霞还想给智平说点什么,三轮车已经走远了。说什么呢,无非是文波高考分数的事,高考分数要到十天以后才下来,说了也是白说。云霞在街边站了一会儿,望着街上忙忙碌碌的人群,心中有点茫然。是不是回家看看文波到底起床了没有?如果起床了,就让他再预估一下高考分数,到底能不能上一本线,如果能超过一本线,到底能超多少?

"云霞,云霞!"突然,有人在叫她,云霞回头一看,是县妇联副主席小张在叫她。"你在等谁呢?上班去。"

"没有等谁,正要上班去哩。"云霞回过神来笑着回答。小张走过来热情地拉着云霞的胳膊,一起向县城中街已被夏日灿烂的阳光照耀着的县委机关大院走去。

走着走着,突然小张惊讶地说:"哎呀,周姐,你儿子已经高三毕业了,参加高考了。考得怎么样?"

"平时学习还可以,不知高考考得咋样,分数要到十天后才出来哩。"云霞侧脸看了一眼小张,淡淡地说。

"你儿子学习那么好,又听话,你管教得又好,肯定能考个好成绩,上重点大学没有问题。"小张快人快语地说。

"昨天晚上去班主任王老师家问了,王老师说上重点大学应该没有问题。"云霞仍然淡淡地说,她说了又有点后悔。小张性格活泼、快人快语,说不定今天或者明天整个县委机关大楼里的人就都知道了。

"哎呀,周姐,你真行!我那儿子下学期才上初二,干脆不听话,学习又不行,下学期准备转到绵州去。"小张一想到自己的儿子,说话的声音也慢了。

"转也行,不转也行。其实我们县城中学也挺不错的,学习主要靠自己。"云霞看了一眼小张认真地说。

"到时候,我要好好向你请教如何教育儿子的,重点大学的通知书来了,一定要说一声,我们给你好好祝贺一下。"小张情绪转换比较快,又兴高采烈地说。

"考试是说不清的事,八字还没一撇哩。"云霞看了一眼小张说。两人说话间,走到县委办公大楼的大厅里便分手了。

新闻报道组是县委宣传部下属的一个科室,云霞刚调来时,只有一个人,是从教师中选调来的老李,老李年龄比云霞大,已经五十好几了,因身体不好,单位上很少来。部长已经换了三任,原来的郑部长从县人大副主任位置上退休了,第二任部长到政协去任副主席了,现任的是王部长。老李和云霞是郑部长在任时调进报道组的,老李原来是县城中学的语文老师,比云霞早好几年调到宣传部工作,老李擅长写长篇通讯、报告文学。前十几年,老李撰写的宣传县上农田基建、植树造林、产业结构调整的大块头文章经常登载在市报的头版,在省报也上过两次头版,后来患上了慢性高血压,不敢动脑筋,一动脑筋,血压就升高,人就天旋地转的,再后来就不写稿子了。报道组就靠着云霞写稿子,市上或者县上有宣传方面写稿子的任务,部长就安排给了云霞。第二任部长调来了小孙,小孙后来成了部长的儿媳妇。还有一位小李,是现任部长调来的,也是现任县上领导的亲戚。尽管以"小什么"称呼,但都是接近四十的人了。两人根本写不成稿子,纯粹是因为关系调进来的,两人在一起谈论的不是衣服、化妆品,就是背麻将经。两人在一起时,背地里还议论云霞,说:"好衣服、好化妆品都不晓得买,连麻将都不会打,白活了。"云霞和她们没有共同语言,也知道她们背地在议论她,但不当一回事,人家说的也是对的啊,自己确实是那样的呀。云霞却从内心里看不起她们,自己有自己做事的原则,自己的原则就是把工作搞好,把家务做好,把儿子管教好。一个办公室三人相处得还比较好,没有啥大的矛盾,只是云霞和她们的共同语言少一些。云霞到办公室时,两位已经到了,刚泡上的茶杯里冒着热气,两人正背着麻将经。

"这个星期天才背时,一千多又输出去了。"胖一点的小孙说。

"输了一件衣服,可能遇上高手了。"瘦高一点的小李说。

"也不是,都是经常在一起打牌的。打牌那天正有赢的迹象,在绵州上学的儿子打来电话,又在要钱哩,叫人扫兴。"小孙说。

"你不是才寄了一千元吗?"小李说。

"是呀,你女子在绵州上学经常要钱吗?"小孙说。

"要哩,要得比你儿子还多哩。"小李说。两人说到子女的事情,才不约而同地想到云霞。云霞的儿子高考刚结束,一定考得好。两人几乎同时转过身来,看着云霞。云霞已经给自己泡好了茶,正翻看着刚来的新报。

"周姐,文波高考肯定考得好。"小孙端着茶杯走过来说。

"考试刚结束,也不晓得考得怎样。"云霞嘴角微微一笑说。

"文波平时学习那么好,肯定考得好,上重点大学没有问题。"小李也端着茶杯走过来说。

"哎呦,能考上重点大学当然好,分数没有下来之前不好说。"云霞淡淡地说。

"重点大学也不好考,真正考上重点大学的全县也就那么十几个学生,考上了就有机会在大城市就业,再不回这小山沟了。"小孙好像很内行地说。

"昨晚我去了文波的班主任王老师家,王老师说:文波肯定能上重点大学。"云霞抬眼看了看小孙和小李,声音不大但充满自信。

"班主任都说了,肯定能行。我养的那个在绵州上了三年了,进步不大,光晓得花钱。"小李叹着气说。

"哎呦,周姐命大,养了个好儿子。我养的那个上星期才打了一千元钱,昨天又打电话要钱,学习又不好,真是气死人了。"小孙也唉声叹气地说。

这时,云霞的心中有了一种难以名状的欣慰。心里说:我为儿子这几年操了多少心,你们没有看见。你们把子女扔到几百公里外的地方去上学,自己很少管,只图了自己的安逸。嘴里却说:"子女学习好不好也是没法的事情,现在学校又多,学习再差,总要上个学校哩。"

"倒是,倒是。"小李喝着茶杯里的水,接着云霞的话头说。

这时,妇联的小张在门口喊道:"孙姐、李姐,服装街刚来了一批好款式的衣服,我们看看去。"

小孙、小李一听说有新款式的衣服,马上兴奋起来,刚才的唉声叹气一扫而光。

小孙把茶杯往自己的办公桌上一放,拿上手提包,对云霞说:"周姐去不去?"

云霞说:"你们去吧,我守办公室。部长来了我就说你们上厕所去了。"说完又看了一眼小李,意思是让小李也去。小孙,小李跟着妇联的小张一起说说笑笑地走了。

这时,初夏明媚的阳光从窗子射进来,照得办公室通亮。云霞觉得有点热,她把凳子移到靠墙的地方,又翻看着当天的报纸。市报上经常写文章的记者、作者,有些是云霞认识的,但是大多数都不熟悉。这几年,为了儿子学习的事情,云霞稿子写得少了。一方面是儿子学习必须抓紧,占用了一部分时间。还有一个原因是因为小孙、小李。不是对她们二人有意见,而是两任部长调来了两个不会写稿子的人来报道组工作,纯粹不是从工作出发,而是照顾了关系。听说过一段时间还要从乡上调一个干部来,听说还要担任报道组的领导,好像还是哪里的领导打了招呼的。自己工作积极了,稿子写多了,还让小孙、小李嫉妒,说云霞在单位上逞能,有时两个人还联合起来不理睬云霞,专门冷淡云霞。好在云霞书读多了,心里平淡,理不理无所谓。但单位的这种现象让云霞心中有点悲凉和忧伤,写稿子也就懈怠了,把自己的精力大部分放在为儿子学习服务上来,工作也只是应付着就行了。为了让儿子安心学习,云霞再也没有下过乡,偶尔写写稿子,只是把有关单位的工作总结找来,删删改改或者改头换面后发给市报,市报上一个月有五六次本报记者云霞写的稿子就行了。除了上班外,每天准时给儿子做好可口的早中晚三餐,检查每天的作业,一星期给儿子只放半天假,任儿子干啥都行,其余时间必须认真学习。文波也算听话,通过自己的认真刻苦学习,学习成绩始终保持在全年级前几名。

在文波高二第二学期那年,班上几个学习好的学生转到几百公里外的绵州中学去念书,文波回家给妈妈说,他也要转到绵州中学去,云霞和智平商量后也同意了。绵州中学是寄宿制中学,每星期的星期六和星期日学生回家休息,星期一再上课。云霞和智平在绵州没有亲戚,为了照顾文波上学,云霞就在绵州中学附近租了一个小套房,云霞利用星期六和星期天的时间隔三岔五到绵州去照顾文波。在出租房里,每星期给文波改善一次生活,把文波穿脏的衣服洗了,然后星期一搭早班车返回,再到星期五中午在县城搭最后一趟去绵州的班车,一个单趟要六七个小时。过去云霞坐车晕车特别厉害,也最怕坐车,文波到绵州读书后也就不怕了,坐了几次后也就不晕车了。有一次,云霞感冒了,清鼻涕、眼泪直流。星期五那天,智平不让云霞去绵州,但云霞不听,非去不可,她放心不下文波,害怕文波管不住自己,又去打游戏或者跟上坏学生乱跑,她强撑着搭上班车走了。那天也怪,路上两个货车发生了车祸,等了两个小时才处理结束,到绵州出租屋时已是晚上十点。

在出租屋里,文波看到妈妈眼泪清鼻涕直流,浑身发抖,赶紧扶住妈妈,问:"妈妈,你怎么啦?"

云霞强装着笑脸说:"有点感冒,不打紧的,你给我倒点开水,我把感冒药喝了。"

文波赶紧倒了一杯开水递给妈妈,说:"妈妈,你有病了,就在家休息,还下来干什么?"说着便抽泣起来。

云霞坐在床边喝了感冒药,又喝了两口开水,笑着说:"妈妈不放心你啊!"

文波用胳膊擦着眼睛,倔强地说:"妈!我能管好自己的。"

云霞伸手扯扯文波的衣服,说:"你现在正是长身体的时候,学习又紧张,学校的伙食又不好,在这里给你做两顿可口的饭菜。再说了,这里又乱,我不放心。"

文波说:"妈妈,那你躺下休息。我还有作业要做。"

云霞说:"好吧。"

云霞躺在床上休息,文波趴在简易的桌子上做作业。云霞浑身酸痛难受,看着文波趴在桌子上做作业的背影,心里却舒服极了,感冒也好像减轻了。文波在绵州中学上了一学期后,第二学期再不去了。云霞问是啥原因,文波说:"给我们带课的老师水平还没有县城中学的好,考试时题出得简单,学生分数考得高,哄家长的。"云霞沉吟着说:"噢,难怪,转学的学生,期末分数考得都好,原来这样。不去就不去,回来念也好。"于是云霞退掉绵州的出租屋,文波又回到县城中学读书。文波在高三时更加懂事,学习更加用心,还懂得了一些学习的方法和技巧,学习成绩仍然是全年级前几名的。

等待高考分数期间,云霞的内心是焦急不安而又充满期待的。她把这种焦急和期待的情绪发泄在做家务上。一日三餐干脆不要智平搭手就做好了,饭未吃完,就开始洗碗,而且催促智平和儿子吃快点。收拾好厨房,就开始拖地,过去一天拖一次地,现在一天要拖五次地,还动不动批评智平和文波踩脏了地,不讲卫生。再就是洗衣服和被单,这几天,几乎每天都在洗,把智平和文波脱下的脏衣服全部洗了,还在问有没有脱下的衣服。

智平很不解地问:"云霞啊,你这几天是不是疯了?"

云霞一本正经地回答:"就是有点疯了。"

智平知道云霞为什么而"发疯",只是无可奈何地笑笑。其实智平心中也焦急地挂念着文波的高考成绩,只不过是藏在内心而已,一副波澜不惊的样子,该上班就上班,该吃饭睡觉就吃饭睡觉。文波则一副事不关己,高高挂起的样子,好像高考结束了,自己的使命也就完成了,诸如查分、报志愿的事情就是爸爸、妈妈的事,整天地打游戏、上网,要不就约上同学整天地打篮球。

一个星期之后的下午,手机发来明天早上八点在手机上查高考分数的信息,晚上的新闻联播中也播放了明天上午八点可在手机、网络上查分的新闻。第二天早上,云霞六点就起床了。她洗漱完毕后就去小吃摊买早点,小吃摊大多还没有开张,等了一会儿才开张。她选了两家看着干净卫生的,买了三份小笼包子和三盘米皮。回家后,智平和文波还未起床。

云霞把买来的早点放在饭桌上,喊了两声:"智平,文波,赶紧起床。"也不管答应没答应,就去厨房做鸡蛋醪糟。不一会儿,三碗鲜亮喷香而又热气腾腾的鸡蛋醪糟端在饭桌上。但是,智平和文波还是没有起床。

云霞用围裙擦着手,先跑到大卧室里,在智平的屁股上打了两巴掌,生气地说:"你干脆不操心,这两天好像没事人一样,我急得不行了,早上查文波的高考分,赶快起床!"

"急啥哩?急了也没用。"智平说着起身穿衣服。云霞又跑到文波的小卧室叫文波起床。文波还未睡醒,云霞推了一下他才转过身来。云霞拍着文波的肩膀说:"文波,快起床,米皮、小笼包子、鸡蛋醪糟都做好了,吃完早点了查高考分数。"文波眼睛没有睁开说:"还没睡醒哩,再睡一会儿。"伸着懒腰又翻过身去。云霞无可奈何地走出文波的卧室,来到餐厅的饭桌旁自己先吃起来。

刚喝了两口鸡蛋醪糟,智平从卫生间洗漱完毕,来到餐桌旁吃早点。智平喝了两口鸡蛋醪糟,说:"你也太神经了,网上高考查分,到时候查就行了。"

云霞生气地说:"你倒好,啥都不操心,早点做好了,还叫不起来。你知道不知道,网上查分的人有多少,迟了就半天挤不进去,早一点知道高考分数,有啥不好的。"

"就你懂网上查分,好像我不懂似的。"智平看着云霞嗔怪地说。

二人正在斗嘴,文波只穿了背心和短裤从卧室里跑出来,慌慌张张地说:"八点马上到了,赶快打开电脑。"说着跑向客厅东侧窗子下的电脑桌,打开电脑,点击了高考分数查询系统。文波看了一下电脑右下角的时间,还差五分钟,就跑向卫生间。云霞和智平端着饭碗紧盯着电脑。不一会儿,文波从卫生间跑出来,坐在电脑桌前,盯了一眼右下角的时间,刚好八点。文波赶紧把自己的考号、准考证号和身份证号输入电脑,电脑屏幕上马上显示"网络繁忙,请稍候",过了不到一分钟,文波又输了一次号码,屏幕上又显示"网络繁忙,请稍候"。接着文波在不到十分钟的时间里又输了三次,屏幕上显示的还是"网络繁忙,请稍候"。文波有些不耐烦了,站起来走到饭桌前,端起已经凉了的鸡蛋醪糟喝起来。

云霞转脸看看智平,说:"我让你们早点起来,你们不听,这不是迟了吗?"

"妈妈,电脑上查分不是你说的那回事,需要千分之多少秒的速度才能抢上。"文波边喝着鸡蛋醪糟边说,嗓子还被蛋汤呛了一下。

"哎嗨,不是说手机上也能查吗?"智平豁然醒悟地说,"怎么把这事给忘记了呢?"智平说着跑向卧室取来手机,把三个数据输了进去,一瞬间,手机的语音报出了让云霞全家激动的高考分数,这个分数尽管不是很高,但在山区小县却是一个不错的好成绩。因为,省城的重点中学已经把今年的高考分数线估出来了,根据往年他们估的分数,都很准确。文波的高考分数比去年分数线高出三十分。这时,云霞家的客厅里,阳光灿烂,一家人兴高采烈,三人高高兴兴地吃完已经凉了的早餐。云霞和智平心情愉快地上班去了,文波则走进卫生间刷牙洗脸。

智平和云霞步履轻盈地走出家属楼的院子,来到大街上,明媚的阳光照得整个小山城一片晴朗,虽然季节已经进入初夏,但上午的天气还算凉爽。已经九点多了,智平给云霞打了一声招呼,跳上一辆路旁的三轮车,"突突突"地走了。云霞则心情愉快地向县委办公大楼走去,因为太阳已经升在半空,天气渐渐热起来,云霞就专拣街旁高大香樟树的影子下走。云霞边走边思忖着,今天小孙、小李她们肯定要问文波的高考分数,文波的高考分数她们听了肯定会惊讶,一定会说上重点大学没有问题,而且一定会说:周姐呀,你一定要请客,我们要好好祝贺一下。要不就先不给她们说,就说分数还没有查到,吊吊她们的胃口,办公室里吵吵嚷嚷的,有啥好说的哩。这显然不行,自己都喜形于色了,还瞒得过那几个精灵虫吗?云霞抬头一看,不远处就是自己上班的县委办公楼。云霞站住了,眼睛盯着县委办公楼。平时看起来灰不溜秋、很不起眼的四层楼,现在却变得十分亲切,富有魅力了。云霞犹豫了一下,她没有走向办公楼,而是向左一拐,向县城中学的方向走去。她要去找文波的班主任王老师,要和王老师商量一下填志愿、报学校的事。

王老师是文波高三毕业班的班主任,毕业班毕业后就没有带课,专门负责学生高考咨询及填报志愿的事。云霞先到王老师住的单身宿舍楼去找,门锁着。云霞走下楼又来到教学大楼王老师的办公室,王老师的办公室门虚掩着,云霞轻轻一推,只见办公室里已经有六七个人,他们都是参加高考的学生,原来他们已经查出了自己的高考分数,正向王老师咨询有关高考报名、填志愿的事情哩。王老师见云霞进来了,连忙起来让座。云霞坐在学生让的座位上,接过了王老师递过来的茶水。

"文波的高考成绩查出来了吗?"王老师坐在自己的办公桌旁,侧过身子问。

"查出来了。"云霞按捺住自己内心的高兴,淡淡地说。

"比去年的一本线多三十分。"云霞仍然平静地说。

"考得好,考得好,根据文波平时的学习成绩,高考应该考这个分数。今年的分数可能还要降十分左右,报重点大学没有问题。"王老师高兴地说,用微笑的眼神把办公室里其他的学生扫视了一眼,学生们对云霞也报以羡慕的神情。

"那报名填志愿的时候,又要让王老师费心了。"云霞笑着说。

"那是自然的,学生考出好成绩老师高兴都来不及,明天上午十二点分数线就通知了,下午就可以填志愿,填志愿麻烦得很,搞不好就会滑档。"王老师笑着对云霞说。

"滑档是啥意思?"云霞是第一次听到"滑档"这个词,有些不解,问王老师。

"滑档就是你的高考成绩本来够某个重点大学的录取分数线,但是由于报的人多,或者报的是热门专业而没有被录取,就叫滑档了。"王老师耐心地解释说。

"噢!这就是滑档,难怪人们说,考试是考学生,填报志愿是考家长。那我先走了,明天我和文波来向你请教。"云霞说着从椅子上站起来,和其他学生打着招呼走出门去,王老师把云霞送到门外。

第二天上午,智平上班去了,云霞没有上班。云霞专门陪文波在家里等高考分数线的通知。刚到十点,网络上、手机信息上、电视新闻上都公布了高考录取分数线。一本线和二本线都比去年下降了十分,这就意味着文波的高考分数高出一本线近四十分,这在山区小县来说是一个不错的成绩,名列全县第四。云霞和文波兴高采烈,欢欣鼓舞。云霞急着要去县中找王老师商量填报志愿的事情,就给上班的智平打电话,让他也一起去。智平在电话里说,我单位上走不开,你和文波去就行了。云霞在电话里故意生气地说,你就是不管儿子高考的事情,不去算了。说完拉上儿子走出家门,径直去县城中学找王老师。

王老师的办公室里已经挤满了人,都是高考分数上了一本线的考生和家长。王老师正在讲填报志愿的常识。他看见站在门外的云霞和文波,让其他学生让一下,云霞和文波连忙挤了进去。云霞问王老师:"文波的这个分数报啥学校最好?"

"文波的这个分数,报重点大学的热门专业怕滑档,最好是报个本省一本学校的重点专业,但有点吃亏,重点大学的冷门专业文波可能不愿意上。"王老师分析着说。

"文波的成绩,超出一本线四十分,咋样也应该上重点大学,上不了不是太亏了。"云霞听了王老师的分析,心中不免有点失落,昨天都说是上重点大学没有问题,今天又说怕取不上,这王老师是怎么啦?

"我只是给你们提供参考,最后报啥学校,你们自己定。晚上十二点之前是网上报名的截止时间。"王老师看见云霞的脸色不对,马上变了口气。

"谢谢你了,王老师。我们回去后好好商量一下。"云霞拉住文波的胳膊,挤出了王老师的办公室。

云霞和文波回到家时,智平也回来了。云霞把王老师说的情况给智平说了一遍。智平说:"王老师分析得很正确,文波的分数尽管上了重点线,是上不得上、下不得下的分数,报重点大学好一点的专业怕滑档,报本省一本大学的重点专业毫无问题,但有点吃亏。"智平分析得头头是道。

"文波的高考分数超重点线四十分,一定要上重点大学好一点的专业,要不太亏了,文波你说哩?"云霞有点理直气壮地说。

"上啥学校你们定,专业必须是电子信息类的。"文波头也不抬地看着电脑说。

"上啥学校的事情,你们再不要管了,我作决定,十二点了,做中午饭,吃完饭了在网上报名。"云霞说着走进厨房做饭去了。下午两点的时候,云霞指导文波填报了四所重点大学的电子信息类专业,在"是否服从调配"一栏中填写了"否"。电脑同时提示:明天上午十点后可查询。下午,云霞没有去上班。因为云霞怕小孙、小李她们问填报志愿的事,假如重点大学取上了,她们表面上高兴,心里可能嫉妒得很哩。

第二天上午十点是查询是否录取的时间,云霞和智平没有去上班。云霞在反复地擦着沙发和桌子,反复地拖着地板,智平在看着电视,好像哪个频道都不好看,反复地压着遥控器,因为在等待着一个重大的消息,两口子都显得脸色凝重。文波睡到九点才从卧室里揉着眼睛走出来,智平见文波起床了,便说:"文波啊!上大学再睡懒觉连毕业证都拿不到。"

"能不能取上都不一定哩。"文波坐在电脑桌旁说。

"少说丧气话,你考的成绩不错,怎么取不上?"云霞责怪着文波说。

在焦急的等待中,时间终于到了十点。云霞和智平眼睛紧盯电脑屏幕,文波把自己的三个证号首先输入第一所报名的重点大学的查询系统,在查询系统的方框里马上显示出"你未被我校录取,抱歉"的字样。云霞的心里一阵紧张,对文波说:"赶紧查一下其他三个学校。"文波接着查询了其他三个学校,回答的都是未被录取。

"滑档了,滑档了!"云霞觉得自己一阵晕眩,心里难受极了。她连忙转过身去,委屈的泪水禁不住从眼眶里流了下来。

写于 2013 年 8 月

请 客

　　张涛前几天才被县委任命为县监察局副局长，七八个同学哥儿们催命鬼似的一天几次电话要他请客。张涛年过三十，地区师专中文专业毕业近十年，单位大小材料不知写了多少本稿纸，头发都熬白了好几十根，才提了个副科级，要是有点门路的，凭工作能力，该提正科级了。

　　"请啥客？请客我私人掏钱，请屁的客！"张涛心里愤愤不平地骂一句。但他经不起同学朋友们的怂恿，请就请一次吧，大家好长时间没有在一起聚会了。现在时兴去酒楼包桌，吃完喝完后尽情一展舞姿和歌喉。但张涛是不敢妄想的，尽管因工作关系，别人请他去潇洒过几回。但是，那吃的不是大款，就是公款，自己和妻子的工资加起来才三百多元，刚好在酒楼里请一桌客。如果在酒楼里吃一顿管一个月的话，倒也没有啥，可是一个月里剩下八十九顿饭咋办呢？昨天上午给在初级中学当英语老师的妻子好说歹说，妻子才答应下午请客，但标准不能超过一百五十元，也就是张涛一个月的工资。张涛做了大概预算，黄河啤酒三十多元一箱，买两箱，如果不够喝，家里还有两瓶郎酒助兴。不瞒说，郎酒是别人送的。剩余的钱买菜，由妻子在家操作，也算是一次比较丰盛的会餐。幸好妻子擅长烹调，炸鱼烧鸡是拿手好戏，也幸好昨天下午没有课，给教研组长请了半天假。

　　张涛一家住在县政府家属院的一间平房里。这间平房原来是县委的一间文档室，有三十平方米。张涛刚调来时，房子紧张，就安排在这间文档室暂住。几年后县委、县政府办公大楼拔地而起，文书档案搬走后，这间文档室自然而然就成了张涛的宿舍。张涛结婚那阵儿，经同学朋友哥儿们帮忙一拾掇，竟成了两间宽大亮堂的房子，再沿房子前檐用废砖砌了围墙，用石棉瓦搭成了一间灶房，竟成了一个叫整个县政府院内人人羡慕的小院子。张涛想:这叫因祸得福。自己刚住进那间原来既潮湿又散发着腐纸气味的文档室时,还窝着一肚子气呢。

哥儿们是下午五点陆续来赴宴的,张涛和妻子从中午两点开始忙碌,妻子洗鱼刹鸡,张涛择葱剥蒜,妻子挥铲炒菜,张涛端盘送碗,妻子边用手背擦着脸上的汗,边小声发牢骚:"升的什么官,孙悟空的弼马温都不如,大热的天我受不了啦。"

张涛忙递上热毛巾,笑脸赔着不是:"人都来了,还吵啥,今后我把洗碗全包了。"

"狗屁!"妻子嗔怪地骂了一句张涛。

六点整,六盘凉菜,四盘热菜,一盘红烧鱼,一盘红烧鸡齐茬茬地端上圆桌。哥儿们被桌上的菜惹得涎水直往肚里咽,都迫不及待地说:"张副局长、嫂子快说祝酒词吧,我们等不及了。"

张涛在众目睽睽之下,骄傲而又感激地望了一眼妻子,轻轻咳嗽了一下开始发话:"大家先说,今天是喝啤酒还是喝白酒。"

"大热的天喝啤酒吧。"哥儿们异口同声地说。

"好,喝啤酒。"张涛撬开啤酒瓶盖子,满满地倒了八玻璃杯啤酒,才要发话,妻子用系着的围裙擦着手来到桌子旁说:"喝酒之前,我先给大家敬一杯,感谢大家对我们张涛的看重,副科级算个啥?我看重张涛和大家的友情,我先喝了。"妻子一仰头,咕咕几口就把一大杯啤酒喝下去了。

张涛的哥儿们见状,都听出了今晚这次聚会的分量,是的,喝的不是什么副科级正科级,喝的是哥儿们的这份友情。"好,喝!"咕咕几声,七只大杯子同时底朝天。

张涛平时不爱喝酒,一口酒下肚便心跳眼红,今天这一大杯啤酒喝下去便一阵哽咽,妻子太好了,同学朋友哥儿们太好了!"喝,今天我们喝的是友情酒,不是升官酒,不划拳,一杯杯碰着喝。"张涛激动地说着,又倒了满满八杯,自己带头喝了下去。

两箱啤酒喝完,桌上的菜也吃完时,张涛已经不胜酒力了。但他坚持还要喝,把两瓶郎酒又从柜子里取出来放在桌子上,醉眼蒙眬地说:"喝,我们今天喝的是友情酒,不是提拔酒,副科级算个啥,友情才是最重要的,要喝得一醉方休才行。"说完便倒在沙发上睡着了。等到张涛一觉醒来,已是晚上12点,一条毛巾被盖在自己的身上,哥儿们不知什么时间都走了,屋子里收拾得干干净净,从里屋传来妻子和女儿轻微的鼾声。张涛坐起来,去灶房洗了脸,刷了牙,又去水龙头底下洗了脚,才感到完全清醒过来,窗外一阵凉风吹来,身上一阵清爽。他走进里屋悄悄地拧亮台灯,见妻子女儿睡得正香,他想吻一下她们,但害怕把他们弄醒,便轻轻上床在另一头睡下了。张涛心想:明天就不上班了。

"叮铃铃……"一阵急促的电话铃声将张涛从熟睡中惊醒,张涛一把扯过盖在身上的毛巾被,揉揉蒙眬的眼睛,抬眼向窗外望一看,明晃晃的太阳已晒在小院的墙角了。张涛急忙拿起床头柜上的电话,传来了刘贵昌局长的声音:"小张啊,九点了还在睡觉,提拔了可不能骄傲!"

"刘局长,昨天晚上来了几个同学喝酒,睡迟了,我马上就来上班。"张涛支吾着回答。

"赶快来上班,有事要安排。"刘贵昌在电话里说。

张涛放下电话,坐在床上发着呆,脑袋好像没有完全清醒过来,他嘴上虽然说着马上来上班,实际上心里是一百个不愿意,有事要安排,不是难查的案子,就是下乡,局里哪一件没人去办的事少得了自己。

张涛慢慢吞吞地穿上衣服,洗漱完毕,又去街上吃了早点,才向办公楼走去。快到办公楼时又小跑几步,急匆匆地走进了一楼刘贵昌局长的办公室。

刘贵昌正在办公室等着张涛,打过电话好长时间不来,心中正有点不悦。这时,见张涛急匆匆地进来,马上装出一副笑脸。

"张副局长,快坐,我等你半天了。"刘贵昌说着从抽屉中取出一包红塔山烟,抽出一支递给张涛,张涛也不推让,接过烟自个点着抽起来。

"刘局长,有事?"张涛坐在刘局长对面的沙发上问道。

"小张,是这样,县委分管纪检工作的郑书记转给我一份群众来信,反映金沟乡党委书记刘天贪污挪用公款的违法违纪问题,款项数目较大,反映问题的人写的是真实姓名,就是金沟乡的纪检书记和人大主席,以往反映问题的人不是捕风捉影,就是把芝麻说成西瓜,案子查了还说我们监察局的人包庇坏人。这次看来非同一般。"刘贵昌说着就把一个信封袋递给了张涛。

张涛取出了反映材料,很快浏览了一遍,大体知道了来信的内容。金沟乡党委书记刘天贪污挪用公款近六千元,其中一部分参与赌博输掉了。署名是金沟乡人大主席王三成和乡纪检书记刘元生。张涛不禁暗自吃惊,刘天啊刘天,你这回是吃不了兜着走。这反映的问题肯定是真的,而刘天呢也是金沟乡人,又是张涛的同学。这叫张涛满怀疑虑。

"刘局长,我和刘天是同学,最好派别人去吧!"张涛试探着说。

"小张,这我知道,派别人去我还不放心哩。再说,这巴掌大的小县城谁和谁没有关系。"刘贵昌说着离开自己的办公桌,又递给张涛一支红塔山,而且亲自给张涛点燃,自己也点了一支,意味深长地说:"小张啊,咱们不说外话,都是自己人。最近上级对反腐倡廉抓得紧,不搞几个典型,我们监察局的工作怎么能上去呢,况且这也是个热点工作,搞好了,就能带动全面。再就是年底要换届,你是知道的,县委分管我们的郑副书记也在争取转正,郑书记转正后,纪检委石书记也就挪动了,纪检委书记就空了。这个案子办好了,有些事是不言而喻的。"

张涛这才似乎懂得了刘贵昌的真正意图。案子办好了,材料汇报上去,刘贵昌局长、纪检委石书记、县委郑书记,包括张涛自己不都成了反腐倡廉的先进人物了吗?在年底的换届中,无疑在提拔重用的天平上增加了一块分量不轻的砝码。

"明天早上坐面包车去,局里再派小田和你一起去,办公室已通知金沟乡党委了。"

"好吧!"张涛神情凝重地回答。

第二天,张涛早早起床,随便吃了早点,给正在刷牙的妻子说了声:"去金沟下乡,晚上不回家。"妻子满口牙膏泡沫抬起头,想给张涛说什么,但"嗯嗯"了两声,没有说出来,张涛已经提上包走了。

张涛到车站时,小田已经在车站等着,二人一前一后登上了开往金沟乡的班车。

金沟乡离县城五十公里,汽车要走两个小时。离开县城向东十公里是柏油路,走十多分钟,然后向右一拐,过一座水泥桥到金沟乡是四十公里,道路十分难走,汽车大部分时间也就耗在这里了。车离开车站几分钟,小田便趴在前边的靠背上呼呼睡着了。张涛情绪却十分高昂,刚开始还想着如何办好案,给刘局长、郑书记留下好印象。但经车窗外带着庄稼清香气味的凉风吹拂,把办案的事丢在了脑后,尽情地欣赏着公路两旁、沿河两岸碧绿的稻田和半山坡上翠绿苗壮的玉米林。现在是仲夏季节,水稻和玉米正处在扬花授粉和灌浆的重要时期,老天爷今年也显得十分风调雨顺,三天太阳两头雨,庄稼得到阳光雨露的滋润后,一个劲地疯长,看来今年是个丰收年。张涛在师专中文系读书时就是个小诗人,诗作常发表在地区报纸文艺副刊上,因擅长写作才调到政府部门工作的。从政十年,刚开始还常有诗歌、散文见诸报纸杂志,也常受到领导的青睐,但几年后,张涛除了对报告、总结、讲话应付自如外,在报纸杂志上再也见不到他的名字了,材料写得好却是县委、政府机关里谁都知道的。

现在张涛面对车窗外一片片正在茁壮成长的庄稼,嗅着庄稼地里散发出来的无比甜美诱人的芳香,心里一阵激动,早已淹没了的诗情又萌动了起来……但是怎么也想不出几句有关眼前景色和感受的诗句来。要是在十年前,一首优美的诗歌早已出口成章了,唉,要是毕业后不干行政,专搞文学创作,不说在全国,现在起码在全省也小有名气了。

正当张涛思绪联翩的时候,面包车离开柏油路,一摇一晃地拐上去金沟乡的公路。金沟乡是大乡,有一万二千多人口,也是穷乡,名为金沟,实际上连金子的影子也没有。传说这里原来叫穷沟,穷沟太穷了,这里的人们希望沟两面陡峭的崖上能挖出金子,才改名为金沟的。但是改名不过是金沟人希望富裕起来的希冀罢了。刚进金沟,两面山峰虽然笔杆般直立,但还算宽敞,沟里小溪两旁的乱石滩中生长着长势良好的玉米。走不了几里,山沟越来越狭窄,沟里就全然没有种庄稼的地方,村子全部挂在山脊、山梁上,真可谓地无一尺平,土无三寸厚。因此,金沟有很多人在县城或外地打工。金沟人穷,但很不好管,金沟乡政府的党政官员也不好当,当然也没有人愿意来。过去的书记、乡长也因工作方法不当,与群众发生过几次正面冲突,几百人围攻了乡政府,书记跑到县上,死活再不去金沟乡当书记,县上才从县直单位选了金沟人刘天来当书记,来了个当地人治理当地人。刘天当书记,当地群众反映还好,围攻乡政府的事再没有发生过。特别是去年冬天,在县上交通部门的支持下,刘天动员了两千多名群众,奋战两个星期,修通了五六年都没有通的公路,大会战的场面是近十年来少有的,连前来检查工作的地区行署专员都被群众自发投劳修公路的事迹感动了,当场拍板十万元,对险段进行了改造。刘天组织群众修公路的事迹不仅上了地区报纸,而且上了省报,同时被县委作为后备干部推荐给了地委组织部。

张涛想到这里,不禁有点惋惜,同学们有出息的不多,刘天在金沟乡干得正热火朝天,却被乡上人大主席和纪检书记揭发有违纪问题,而且,正碰上换届,……刘天啊刘天,为了刘局长,为了郑书记,也为了我,你就自认倒霉吧……

面包车摇摇晃晃、颠颠簸簸地到达金沟乡政府门口时已经是十点多了。刘局长昨天显然给乡上打过电话,刘天书记以及副书记、人大主席、纪检书记、乡长、副乡长、经委主任等乡政府头头脑脑全部都在乡政府门口迎接张涛和小田。

金沟乡政府在金沟村旁边的一个缓坡上,四五十间平房围成了一个乡政府大院。台阶上正房中间的房子是党委书记和乡长的办公室兼卧室,紧挨书记、乡长两旁的便是人大主席、副书记、副乡长、经委主任的办公室兼卧室,两边的厢房和台阶下的平房则挂着团委书记、妇联主任、武装部长、文书及计生站、农技站、林业站、财政所、广播站、土管所、民政办公室、司法服务所之类的小木牌。小木牌挂得虽不整齐划一,但却很醒目,让人一进院子就知道谁在哪间房子住,办什么事该走哪里。

张涛和小田被金沟乡党委、政府的头头脑脑接下车,走进乡政府大院,发现大院里的干部在不紧不慢地忙着自己的事。有的在洗衣服,有的在吃饭,有的在和来办事的农民说着什么,间或把刚进来的七八个人不惊不奇地瞅一眼。大院里尽管住的人多,但显得干净整洁。张涛扫视完乡政府大院后,回头瞟了瞟刘天,刘天见状就说:"王乡长、人大王主席、纪检刘书记留下到我办公室,听张局长指导工作,其余的同志先回吧,但不要走远,张局长,你看呢?"

张涛说:"好,按刘书记的安排办。"说着,张涛和小田又和要离去的副书记、副乡长们握完手后,才和刘天等四人一同走进刘天的办公室兼卧室。乡上党委书记和乡长都是套间,遇上开党委会或政府办公会,书记或乡长屋子便成了会议室。张涛和小田用自己带的毛巾擦了一把脸后,在木制的土造沙发上坐了下来。

张涛呷了一口茶,干咳了一声说:"刘书记,我们现在开始工作,你们几个先回避一下,我们先同乡纪检委刘书记谈一下。"

刘天瞅了一眼张涛,又回身看了看王乡长、人大王主席和纪检委刘书记,开口说道:"张局长,你和我是同学,这里除了王乡长是县里调下来的,人大主席和纪检书记都是我的远房亲戚,一个是爷辈,一个是叔辈,你们来调查啥我很清楚,我就不回避了,把事说清楚,该咋办就咋办。"

张涛参与过许多违纪案件的调查,像刘天这样的被调查对象还很少见。张涛见刘天这么说,想反对,但碍于情面就答应了,同时吩咐小田做好笔记。

刘天说:"事情是这样的,今年开春,我去地委党校学习,我父亲得了胆结石,是金沟村刘支书帮我女人把父亲送到医院的,等我赶回来时,手术也做了,住院费和手术费共三千五百元,是刘支书用金沟村的提留款垫付的,这笔款就算是我借款吧。今年夏天,县城里几个朋友来乡上玩,闲着没事,提出要打麻将,三人凑不起一桌,要我也参加。我在县上工作时,学会了打麻将,我本不想打,又怕朋友们说我小气,就参加了,正好有张家山村张支书交的税款二千五百元在我这里放着。打了一天,输了一千一百元。晚上我安排大师傅杀了一只鸡,买了一瓶酒,把他们招待了一下,吃喝完了,他们提出又要打麻将,酒醉壮人胆,我喝了几杯酒,胆子大了,说:'打就打,把输的要赢回来',打了一晚上,又输了一千二百五十元。我原想马上要还上,最近家中很紧张,这也算我借吧,年底一定还上。"刘天说着看了看王乡长、人大王主席、纪检刘书记,又说:"这事乡上副科级干部都是知道的,我看也没有必要调查了,我作为党委书记是违反党的纪律了,但又回过头来一想,也没有啥的,五千多元钱就算是我借款吧。"

张涛听了也无话可说,就问王乡长、人大王主席、纪检刘书记:"你们说一下,刘书记说的是不是事实?"

人大王主席抢先说:"刘书记说的都是事实,打麻将输钱的事,我们在党委会上都批评过刘书记,他也诚恳接受,欠公家的钱就算是借款吧,让他还上就行了。"

王乡长、纪检刘书记接着说:"就是,就是,让刘书记有钱的时候还上就行了。我们写反映信的目的也是想要警告他一下,让他好好干工作。"

张涛不好马上表态,就随便说了句:"我看也没有啥,把钱还上就行了。"但心里却想,晓得监察局刘局长想的啥,不是要在全县抓一两个腐败典型吗?刘天用公款赌博是最有说服力的腐败典型。就说:"既然是组织上派我们来,还是例行一下手续好,你们四个人在笔录上签名吧。"张涛说着从小田手里取过笔录,让刘天、王乡长他们签上了名。临了,刘天问王乡长:"中午乡上大灶啥饭?"王乡长说:"酸菜面片。"刘天说:"张局长,中午在大灶上吃,体验一下乡村生活,晚上乡上请客。"张涛忙说:"酸菜面片好,好长时间都没有吃过酸菜面片了,吃过饭就走,赶下午的班车。"

王乡长说:"刘书记的老同学来了,不好好招待一下怎么能行,晚上不能走。"张涛忙给刘天递了一下眼色说:"王乡长,请客就免了吧,现在也不是时候,你们要真心招待我,等这件事过了,我通知你们。"刘天见状忙说:"张局长说的也好,时间让他定,由他通知我们,晚上就免了吧。"

吃过中午饭,已是中午两点,正是金沟乡发往县城的班车出发的时候,张涛和小田装着茶杯、毛巾、牙膏、牙刷、笔记本的小包已被王乡长放在班车最前面的两个座位上,张涛和小田也被乡上书记、乡长、人大主席、纪检书记等簇拥着走出了乡政府大门,来到班车前。张涛同乡上的头头脑脑握手后才上了班车,当张涛挪动小包时,看到明显鼓胀了,就放在座位底下。司机鸣了一下喇叭,班车慢慢驶离了乡政府大门,张涛隔着玻璃窗,向金沟乡的头头脑脑们象征性地摆摆手,身子向下一低,头靠在靠背上闭目养神起来。其实张涛哪有心思闭目养神,他在掂量刘天这件事的分量。按性质讲,刘天用公款赌博是严重的违纪行为,撤销职务都不为过,即使不撤销职务,给个党内处分应该说是没有问题的。但是,反过来说,刘天在全县最大的乡上担任书记三年,而且很有政绩,是县委推荐的副县级后备干部,公款也就是几千元,凭这点芝麻小事,县委能撤他的职,能给他处分吗?管他呢,我把事情弄清楚,看你刘贵昌、石书记、郑书记咋办。张涛想到这,就真的闭目养神起来。

"嘟嘟……"一声响亮的汽车喇叭声把熟睡中的张涛惊醒。张涛揉揉眼睛,抬眼一看,天色已暗下来,汽车已进了停车站,张涛问小田:"几点了?我怎么睡了这么长时间?"小田笑着说:"已经到了下班的时候了,张局长的瞌睡真多,在金沟上车就睡着了。"二人下了车,分手时,张涛对小田说:"明天就不上班了,休息一天,后天上班。"小田回答说:"好,咱们回家吧。"

张涛走进县委大院时,从家属楼的窗户里传来了电视里天气预报节目主持人那甜美动听的声音,看来明天又是一个阳光明媚的日子。张涛走到自己的平房门口,轻轻敲三下,没有动静,又敲三下,门才打开,开门的是女儿,张涛高兴极了,忙低头吻了女儿一下,女儿也高兴地喊道:"爸爸回来了,妈妈,爸回来了。"说着一把夺过张涛手中的提包向妈妈报喜去了。

"妈妈,爸爸回来了。"女儿说着提着包走进了房间。妻子正在看电视,见张涛真的回来,先是一愣,继而面带喜色地说:"我以为你明天才回来呢,金沟又那么远。"

"事情简单得很,弄清楚就回来了。"张涛说着去打洗脸水,妻子忙说:"我去打,你收拾一下!"

妻子说着就去打洗脸水。这时,女儿已经把提包的拉链拉开,从里面扯出了两条烟,惊喜地喊道:"妈妈,爸爸买回两条烟,是红啥子山。妈妈你说过,爸爸再不能抽烟,再抽烟就不给饭吃,妈妈你要说话算数,今晚就不给爸爸吃饭。"

这时,妻子端着洗脸水进来,一眼瞅见桌上两条红塔山烟,就明白了什么,说:"我不让你抽烟了,谁让你要他们的烟。"

张涛说:"我有啥办法,刘天他们给的,不要就得罪人,不要白不要,事情归事情。"妻子再没有说什么,就去灶房忙了。张涛洗了脸不一会,妻子端着一大碗西红柿鸡蛋面条进来,顿时满屋子里充溢着浓浓的饭香。张涛吃完饭对妻子说:"等中秋节到了,给你爸送一条红塔山过去。"妻子高兴地抿嘴一笑:"你还记着我爸爸呢?我明天就拿过去,他保证高兴得很哩,这么好的烟他哪里吃过。"

晚上,等女儿睡熟后,张涛两口子在情绪高亢中自是一番温存亲热,毕了,妻子抱住张涛的脖子喃喃说道:"小涛,你真好,下了一天乡还不乏。"张涛抚着妻子光滑的肩膀说:"我乏什么,在车上睡了一下午觉,专门为你准备着呢!"

第二天,张涛一觉醒来,已近九点,妻子女儿已不见踪影。张涛想:"今天不去上班了,就再睡一会儿。"翻身又睡了。

快十一点时,电话铃声惊醒了张涛,张涛抓起电话一听,是刘贵昌局长,刘贵昌在电话里说:"张涛啊,你昨天晚上就回来了啊?咋这么快呢?事情查清楚了没有?"张涛回答说:"查清楚了。"刘贵昌说:"好,你下午就不上班了,把材料整理好,明天上午开汇报会,县委周书记、郑书记要参加,他们要听一下汇报。"张涛说:"好!"就挂了电话。张涛想:过去我们汇报案子,最多是县委郑书记、纪检委石书记参加,这次怎么县委周书记也参加,看来刘天确实要倒霉了。

张涛三两下穿好衣服就去洗脸刷牙。这时,妻子和女儿放学回来。妻子见张涛刚起床就满脸的不高兴,嚷道:"你起床干什么,只要不吃饭,看你能睡到啥时候。"张涛满嘴牙膏沫"嗯,嗯"了两句,就继续刷牙,洗漱结束,走进灶房对妻子笑嘻嘻地说:"谁叫你昨天晚上折磨我,我多睡一会儿有啥不行。"妻子说:"行,行……脸皮真厚。"

晚饭再不能让妻子做了。张涛准备好明天的汇报材料,下午五点就开始洗菜、淘米。他刚刚准备往电饭锅里倒水蒸米饭,电话铃响了,张涛放下电饭锅,一接电话就听是刘天的声音。

"老同学,你在做啥?"刘天在电话里大声说。

张涛回答说:"我在做饭,你在哪里?"

刘天回答:"我在城里,今天中午到的。"

张涛说:"那你快来,在我这里吃饭,咱们喝两杯。"

139

刘天说:"昨天说好我请客,你要请就下一次吧,你赶快来,帝豪酒家。"

张涛说:"就算了吧,花那些闲钱干啥。"

刘天说:"你搭个三轮车过来,还有重要客人哩。"刘天说着就挂了电话。张涛想,帝豪酒家是县城最豪华高档的酒家,刘天要是请我肯定是不会去那里的,刘天说的客人肯定是大人物,如果不去得罪的不是刘天,得罪的是"重要客人",去就去吧。张涛给妻子写了一张留言条,就直奔帝豪酒家。

帝豪酒家在县城东面一个比较僻静的地方,说是帝豪酒家实际上是私人修建的三层住宅楼,房子修建好后,主人将房子租出去,经营餐饮及歌舞厅等业务,而且生意火爆。张涛在帝豪酒家下了三轮车,刚进大门,一位打扮入时的小姐,用嗲声嗲气的普通话说:"你是张先生吧,请上二楼。"小姐撩起一个单间门帘,做了个请的手势就下楼去了。

张涛走进单间,发现不仅刘天、王乡长在,还有刘贵昌、郑书记也在这里。刘天一把把愣住了的张涛按在凳子上,说:"老同学,你赶紧坐,连郑书记、刘局长都在等你呢!"张涛连忙又站起来说:"郑书记好,刘局长好。"

"好!好!"郑书记挥挥手说:"小张快坐,刘天上菜吧!"

刘天出去不一会儿,两位小姐就将凉菜端了上来,那位在门口迎接张涛的小姐抱着两瓶五粮液酒放在桌子上。

刘贵昌说:"刘天发话吧,你这位东道主不发话,我们还不敢吃。"

刘天说:"也没有啥说的,就是请郑书记、刘局长,还有我们这位老同学在这里耍一下,吃顿便饭。"

郑书记说:"那就开始吧,我先带头喝一杯!"说着一仰头,一杯酒便喝下去了,接着刘局长、刘天、王乡长都毫不犹豫地喝了下去。张涛本来喝酒就不行,看这杯子又大,心里就有些害怕,杯子端起来了,但没有喝下去。

郑书记就说:"小张喝了吧,怕什么!"张涛抬头看了一眼郑书记,一鼓劲喝了下去,顿时感到嗓子和胃火辣辣地难受,连忙夹了一口凉菜吃下去。

刘天说:"第一杯喝下去了,现在我敬酒,一人两杯,我先给郑书记敬酒。"

郑书记说:"好,好,刘天敬酒十杯我也喝。"

刘天便立即端起两杯酒敬在郑书记面前,郑书记仍然是一杯酒一扬头,两杯酒两扬头。轮到刘贵昌时,刘贵昌将两杯酒倒进了喝茶的玻璃杯里,一口就喝下去了。这两杯酒喝了,张涛非醉不可,张涛可怜兮兮地看着刘天。

刘天说:"老同学,你这两杯酒一定要喝了,不要看我的面子,看在郑书记、刘局长的面子上都要喝了。"

张涛一听这话心里就有些生气,在郑书记面前,你有面子,我张涛就没有面子了?他一鼓劲,两口喝了下去。

郑书记说:"好,好,小张,喝酒就要这样。"

这时,服务小姐又端来了一盆热气腾腾的清蒸甲鱼汤。刘天站起来说:"郑书记、刘局长,赶紧喝汤吃肉,冷了就不好吃了。"说着给郑书记、刘贵昌舀汤夹肉,毕了又给张涛、王乡长和自己的碗里舀了一勺汤。郑书记吃了两口肉,又喝了两口汤,对刘天说:"你给王乡长都不敬?给王乡长敬了,你自己也要喝两杯才行。"刘天连忙给王乡长倒了两杯酒,等王乡长喝了,给自个儿倒了两杯喝了。

郑书记说:"好,好,先吃两口菜,吃了再喝。"说着自个儿开始吃甲鱼肉。

这时一瓶五粮液酒已经喝得底朝天,张涛觉得自己难受极了,他强忍着喝了两口甲鱼汤,觉得鲜嫩可口,但却难以下咽。第一口刚咽下去,胃里一阵翻腾,第二口咽下去,胃里却是一阵恶心,嗓子哽咽了几下差点吐了出来,觉得脸肿胀得难受,好像脸都变形了。张涛抬起迷离的醉眼,只见郑书记、刘贵昌、刘天、王乡长他们边吃边说笑,就像没喝过酒一样。

郑书记扭过身来,嘴巴对着刘天的耳朵说:"刘天,你那几千块钱的事算什么,我给刘局长说了,就算借款,批评指正就行了。"

刘天忙说:"感谢郑书记,给郑书记再敬一杯酒。"郑书记说:"咱俩碰一杯。"说着二人仰起脖子喝了。

这时,刘贵昌也把嘴凑在刘天的耳边说:"刘书记啊,年底要换届,郑书记是十拿九稳的县长,你们金沟乡是大乡,人大代表十几个人,给郑书记投票的时候一个也不能抛锚啊!"

刘天转眼看了一眼郑书记说:"郑书记,刘局长说的事你放心,金沟乡的票算我的,我再给郑书记、刘局长敬一杯。"

郑书记说:"好,王乡长也陪上。"说完自己带头喝了,其他三人也一饮而尽。

这时,张涛觉得自己脸上愈加发烧、发肿、发胀,呼吸困难、心跳加快,但心里却十分清楚,他把郑书记、刘局长、刘天他们说的话听了个明白,一种上当受骗的感觉油然而生。我张涛在家里请同学哥儿们喝酒吃饭,花一百多元钱都要精打细算,你刘天用公款大手大脚在这里请郑书记他们是为了搞权力交易。我张涛怎么了?本事不比你刘天差,我能写会道,你刘天只会拍马屁,还有刘贵昌,要我去调查腐败分子,还说要抓几个典型,调查什么,你们都是一帮腐败分子。张涛想到这里,喝的酒仿佛清醒了,他想站起来,摇摇晃晃了两下又坐下了。

坐在旁边的刘贵昌见张涛有些醉意,就拍拍张涛的肩膀说:"小张怎么啦?已经醉了,是不是在装?"

张涛一听这话,气不打一处来,又摇摇晃晃地站起来说:"刘局长,你说我在装,今天郑书记也在,我张涛工作上不马虎,一是一,二是二,喝酒也不会马虎。今天是刘天给了我这个面子,酒也是刘天的酒,我就借花献佛,给郑书记、刘局长每人敬两杯,我陪两杯。"说着便夺过刘天手中的酒瓶,给郑书记和刘贵昌每人倒了两大坏,接着说:"郑书记,我知道刘天为啥要请你和刘局长,话在酒中,酒在意中,我先喝两杯。"张涛说着把两大杯酒喝了下去,然后用两只红红的眼睛瞪着郑书记、刘贵昌。郑书记、刘贵昌无奈,只好也跟着喝了。

张涛又摇摇晃晃地走到刘天面前说:"刘天,老同学,你给我的面子不小,我也有机会能给郑书记敬酒,我们两个碰两杯。"张涛说着给自己倒了两杯,又将两杯酒倒进玻璃杯,一扬头一口就喝下去了,然后拿着空杯子扬了扬说:"怎么样,我能不能喝,你喝,你非喝不可。"刘天无可奈何,也只好喝了两杯。

张涛将酒瓶"咣"的一声放在桌子上,对刘贵昌说:"刘局长,你说,我是不是在装,我喝酒不会装,搞工作更不会装……"张涛脸涨得通红,大口地喘着粗气:"郑书记、刘局长,我……先走了,我还要准备明天的汇报材料呢。"张涛说着一摇一晃地扶着门框走出了餐厅。

王乡长要扶他,张涛一摔胳膊说:"我要去准备明天的材料。"说着一磕一碰地冲出了帝豪酒家。

此时,县城的小街上,华灯初放,微风习习,人们说说笑笑在街上散步。经凉风一吹,张涛头脑稍微清醒了一下,他越想越气愤,越想越觉得自己受到了很大的愚弄。你刘贵昌给我安排要坚决查处腐败分子,自己却同腐败分子是酒肉朋友,还有郑书记……哼,县委周书记、纪检委石书记该不会是你们的酒肉朋友吧,你们愚弄我,我也要愚弄你们,我今晚就要去向周书记、石书记汇报……

张涛想到这里,乘着酒兴大步向县委大院走去。

写于1996年10月

下乡记

本届最后一次政协会议一结束,老张从县政协副主席位置上退下来,算是正式退休了。尽管在政协副主席位置上也是副县级,但比起县委、政府领导可闲多了,每年开一星期例会,然后,带上两个专委会和自己年纪差不多大的委员搞两次自己联系工作的调研,编写两份调研报告,就算是完成任务了。其余时间老张关上自己的办公室,拈起自己年轻时的爱好,练起书法来。几年下来,离书法家还差得远,但写几副对联还是有模有样的。所以说,办公室成了老张的第二个家,退休后,办公室腾给了新任副主席,他就只有回家了。

他每天早上看见上班的人群,心中很不是味道。有时他还忍不住跟着上班的人群走上一段,和他们聊一聊,但突然间又觉得不对,又返回家中,在家里练一阵字后,好像又找不到在办公室练字时的感觉,这怎么办呢?

老伴看他浑身不定、愁眉不展的样子,数落道:"你退休了还想上班?年轻人干什么?我伺候你一辈子,你现在每天陪着我锻炼身体,帮我买菜做饭……"

老张想,自己干了一辈子公事,老伴也伺候了自己一辈子,现在退休了,也该陪陪老伴了。老张便每天跟着老伴去公园锻炼身体,老伴和一帮舞友跳着欢快的广场舞,自己什么也不会,只有在公园的林荫道中转圈。

开始还不太习惯,觉得前几天还在主席台上,现在成了没有用的闲人了,见了熟人还躲躲闪闪的。过了两个星期也就慢慢地习惯了,看着老伴在那里舞跳得十分轻快,自己也就跟着在那里洋洋自得地踢踢腿、弯弯腰、伸伸臂,锻炼完身体,就陪着老伴去菜市场,帮老伴提菜。回家后,再帮着老伴择菜做饭,然后再练上一气书法,退休生活倒也慢慢习惯了。

这天,老张和老伴锻炼完身体,去菜市场买了菜刚走到家属楼三楼拐角处,只见一个胡子拉碴的汉子站在家门口,旁边放着一个装得很饱满的蛇皮带子。老张心中诧异,到政协工作几年就闲下来了,很少有人找我办事,他是不是找错门了,老伴脸上也充满了疑惑。

"张局长,我正找你哩!"老张正要张口,汉子却先开口了。老张心中一惊,他竟然知道我。老张到政协之前是人事局局长。

"我就是,你是……"老张连忙回答。

"我是堡子乡堡子山村的王根来,你忘了?你那年下乡来给我们村栽核桃树……"王根来解释说。

"噢,知道了,知道了……"老张稍一迟疑,说:"你是堡子山的小王,快进门,快进门……"

老张赶忙打开防盗门,让王根来进来。王根来扛起五六十斤的蛇皮袋子,小心翼翼地走进防盗门,站在客厅中央问老张:"这,放在哪?"

老张连忙轻轻一扶说:"放下,放下,就放在客厅。"原来是一口袋已经晒干的核桃。

老张忙让王根来坐下,倒了一杯茶,装了一支烟,心想,是不是找我办事,我可什么事也办不成了。

王根来抬眼看了一下客厅,半个屁股坐在沙发上,赔着笑脸说:"张局长,你那年下乡来我们堡子山村帮我们栽核桃树,你工作忙,是不是忘了。"

老张说:"没有忘,都七八年了,树都长大了吗?都结核桃了吗?"

"大的都和腿一样粗,小的胳膊一样粗。从去年开始结核桃,今年都挂果了。"王根来兴奋地说。

"结了就好,结了就好,好像栽的都是优良品种。"老张说。

"张局长,你都忘了当时说的话了?"王根来喝了一口水,抽了一口烟说。

"我说什么了?"老张有点惊奇。

"你说,我们堡子山村的核桃结果了,你首先要尝尝新,我当时答应了的,今天就给你送来了。"王根来认真地说。

"我说过吗?我真的说过吗……"老张迟迟疑疑询问道。噢,记起来了,那是八年前的一个秋天,他和王根来组织堡子山村民在栽完核桃树休息吃饭时,和村民们开玩笑随口说的一句话。

"根来呀,我确实是忘记了,是随口说的,你到现在都记得,把核桃给我大老远送来。"老张有些激动了,心中一阵发热,说:"你就不要走了,我们好好聊聊,吃了中午饭再走。"

"张局长,我忙得很,这几天正在给外地来收核桃的客人联系货源哩,明天我又要送一车核桃进城来,到时我把你请到我们山上耍一天,看看你栽的核桃树。现在风景正好,村民们也都在念叨你哩!"王根来真诚地说。

"好,你明天早上来接我!"老张毫不犹豫地答应了。

"那我走了。"王根来站起来,"嗵嗵嗵"地走出了楼道。

老张站在客厅里望着墙角放着的一口袋核桃,感慨万千。八年前组织堡子山村的老百姓栽了几天核桃树,他们至今还记着。

八年前,市、县提出要增加农民收入,调整产业结构,县上给每个贫困村都派了工作组,老张被派到堡子乡堡子山村帮助村民调整产业结构。堡子乡是离县城最偏远的一个山乡,离县城七十多公里,堡子山村又是最偏远的村子,不通公路,要走十多里山路才能到达。老张带着单位的两个年轻人去堡子山村下乡,单位的小车把他们送到乡政府,在乡政府报到后就步行去堡子山村。堡子山村就在乡政府对面的山梁上,在乡政府大院抬眼就可以看见,但走起来要一个多小时。路上两个年轻人还责怪老张,不给县上说一下,派近点多好。老张说:"到这里来,有什么不好,这里空气多新鲜,又锻炼了身体。"两个年轻人便无语了。

他们走到村子里时累得一身大汗,只见村子里的房子破破烂烂的。连着去了两家院子,院子里都空无一人,只有鸡、猪在悠闲地转悠着,用警惕的目光瞪着他们。他们走到村中大槐树下,才看见两个八十多岁的老汉坐在树底下的石头上,捧着旱烟锅吃烟。

"你们村子里的人呢?"老张大声问老汉。

"岭上掰玉米去了。"其中一个回答说。

"村干部是谁?哪里去了?"老张问。

"你们是找根来娃？他们全家也去岭上掰玉米了。"老汉回答。

"岭上远不远？"老张又问。

其中一个老汉站起来，手往村后一指说："不远，就一袋烟工夫。"

老张他们又去岭上找叫根来娃的村干部。果然不到半个小时，他们就来到岭上，只见眼前是一大片山坡地，足有一千多亩，地里都是一人高的玉米，玉米地里是稀稀拉拉掰玉米的村民。

"谁是王根来？我们是县上下村来的干部。"老张大声说。

"我是王根来，我就过来。"不远处一个剐玉米秆的小伙子大声应道，他头上顶着玉米花，裤腿上沾满了野草，跑到老张面前，他衣服穿得很破烂，但人很精干。

"我是县上下乡的，和你商量一下村子里调整产业结构的工作咋搞？我们看能不能帮上忙。"老张对王根来说。

"你们是不是交通局的？他们前几天来，说要给我们修路哩。"王根来兴奋地说。

"这是我们县人事局的张局长，我们不是交通局的。"站在旁边的小李解释说。

"哦，你们不是交通局的。有啥事需要我跑腿？"王根来顿时热情减半。

老张知道，村干部最欢迎的就是交通、农牧、林业、扶贫等单位的人来下乡，从业务的角度来说自己给村上啥事也办不了，人家不欢迎也是正常的，何况现在正是秋收大忙季节。

"县上决定，为增加农民收入，要调整贫困村的产业结构，我们先来了解一下，你们村除了种庄稼，再干啥才能增加农民收入，看我们能不能帮上忙。"老张耐心地说。

"张局长，根据我们这里的气候、土质情况，栽核桃树最适合，老百姓早就想着哩，现在也正是栽的时候，你看岭上的这一千多亩坡地，如果都栽成核桃树，十年后每家每户都可能有万元的收入。"王根来说。他听老张说帮忙的话，又热情起来。

"这可是你说的栽核桃树，核桃苗我们给你们想办法，你要把群众组织好才行。"老张说。

"那没有问题，栽核桃树的事只要办成，全村的老百姓都感谢你们哩。"王根来说。

"那三天后我们联系。"老张他们当天在堡子山村连水都没喝一口，在乡政府吃了晚饭，连夜赶回了县城。

第二天早上，老张就去了林业局，局长问老张："你神仙找我有啥事，我们只给农民办事，给你能办什么事？"

"今天就是求你给农民办事的，我在堡子山村下乡，人家要栽核桃树，一千多亩哩，你给我解决一下。"老张满脸真诚地说。

"噢，原来你是在帮我们干工作，我给你解决两万株，你派人去苗圃联系，运费也解决。"林业局局长很痛快地边写条子边说。

老张连忙说"好好"，心想，三天后，我让你堡子山村的王根来知道我老张能不能给你堡子山村办事。

第四天早上，老张他们押着两大车核桃苗来到堡子山村脚下时，因为是头天晚上联系好的，近百十号村民背着大背篓，赶着牲口在路旁等着。王根来看见老张他们押运着核桃苗来了，十分激动，连忙装烟，说着感谢的话。

老张说："赶紧往山上搬运，要三天之内栽完，我还请了林业局的技术员哩。"老张说着把技术员介绍给了王根来。

一上午时间，两万多株核桃苗全部搬运上了堡子山村，技术员给村民们讲了栽植要领，王根来按地块大小给每家每户分配了核桃苗，村民们欢呼雀跃，高兴得像过年似的，像宝贝似的把核桃苗背回家。

整整三天，村民们在老张和技术员的指导下，才将岭上一千多亩坡地栽完。村民边栽边和技术员算着收入账，七八年后结核桃，每棵结十公斤，每公斤十元钱，那么两万株核桃树是多少哩？十年、十五年后又是多少哩……

晚上，王根来不让老张和技术员走，他杀了家中的两只大公鸡，又叫媳妇炒了几样山里野菜，拿出前几天买的两塑料桶当地酿的苞谷酒，王根来要招待老张他们哩。几杯酒下肚，老张感慨万千。他对王根来说："我到你们村来下乡就是给你们办事来的，我还要到交通局去给你们争取修路的事情哩。"

"那太感谢你了,我代表全村老百姓给你敬一杯酒。"王根来感激不尽地说。

老张觉得今天的酒喝起来十分醇香,菜也鲜美极了,这真正是山里产的啊。

"你给我敬十杯,我都喝,到了结核桃的那一天,你们可不能忘了我,我要尝尝我亲手栽的核桃树结的核桃哟!"老张说着一口将一大杯酒喝了下去……

八年了,堡子山村的王根来还记着老张喝酒时说的话,还把核桃大老远送到家里来,明天人家还要接老张去堡子山村看八前栽的核桃树,老张能不激动吗?工作了几十年,都已退休了,下了多少次乡,每次下乡干了些什么,老张都记不清了,八年前去堡子山村下乡看来老张是忘不了啦。老张情不自禁地大声对正在厨房忙碌的老伴说:"老婆子,我明天要下乡去。"

"都退休了,还下什么乡。"老伴大声应道。

写于2013年1月

上　任

一

　　元旦前两天，国庆节过后开始的乡镇换届工作才算尘埃落定。近三个月来，哪个镇的书记是谁、镇长是谁，哪个乡的书记是谁、乡长又是谁，在县城乡镇、街道小巷，甚至在县委、政府、人大、政协四大班子及县直机关单位的办公室里，都说得有鼻子有眼。更有甚者，谁当镇党委书记，是市上哪个领导打了招呼的，谁当乡镇长是谁的关系，都传得神乎其神，好像他就是组织部长似的。直到十二月二十八日晚上十二点，县委常委会议结束，不管是参加会议的常委，还是列席会议的人大主任、政协主席都长长嘘了一口气。不过，嘘气的感觉和方式不一样，书记、县长、组织部长几个人事任免的核心常委是一块石头落地、胸有成竹的感觉。其他的常委，包括人大主任、政协主席是恍然大悟、意犹未尽的感受。有些人选在他们的意料之中，因为，他们也有向组织部门推荐乡镇领导干部的职责，有些人选则在他们的意料之外，甚至有点百思不得其解。但是，组织原则就是组织原则，县委常委会通过的乡镇换届人事方案，任何人必须遵守。

　　县委吴书记最后总结时强调：不服从组织调配的，就地免职。三十号上午召开全县领导班子大会，宣布乡镇换届人事方案，元旦过后，由联系各乡镇的县级干部到各自所包乡镇宣布班子，不得有误。

　　吴书记讲得铿锵有力、义正词严，参会者都点头称是。

　　阳坪县是个山区小县，不大的县城坐落在清水河畔背靠北山的冲积扇上，县直机关单位的办公楼和县城居民的住房也依北山缓坡而修建，县城很小，从西头走到东头也就半个小时。这几年，县政府把清水河南岸的荒沙滩开发了，在河南岸修筑了一条三公里长的河堤，河堤内建起一栋栋的商品楼和办公楼。近两三年结婚的、调动到县直单位工作的，都在南河坝开发区买了房，老城区因拓宽街道，旧房子被拆迁，一些住户也被安置过去。前年，几个要紧单位也搬过去了，昔日的荒沙滩日渐有了人气。县政府办公室副主任王东一家就住在南河坝开发区的商品楼里，妻子在老城区的初级中学当语文老师，女儿在初中三年级上学，娘两个七点就去学校了。天未大亮，也有点冷，王东窝在被子里望着卧室天花板的吸顶灯纳闷。昨天晚上县委召开常委会，研究乡镇换届人事方案，自己可能要离开工作十多年的政府办公室到乡镇任职，但是，放在哪个乡镇，是当书记还是当乡镇长，却不知道。晚上在被窝里，王东把县委开常委会，自己可能要到乡镇任职的事说给妻子，还以为妻子会很高兴，会兴高采烈。但是妻子的反应是冷淡的，平躺的身体转了过去，半天才说："你在办公室工作十几年，跑腿写材料，一晚上加班，县长都换了好几任，哪个少得了你，现在又要到乡上去，我觉得有点冤。我在学校是班主任，带着两个班的课，女儿明年又要中考，你看着办吧！"

　　妻子的话让有点兴奋的王东冷静下来，他不得不对自己在政府办十多年来的工作进行反思。自己金州师专毕业，在城关初级中学当了三年语文教师，因在市报上经常发表文学作品而小有文名，被当时一位同样喜爱文学的县长指名道姓调到政府办。一晃十多年过去了，十多年来一直是忙忙碌碌的，刚调到办公室时，跟的是管文教的副县长，接着跟常务副县长，完了又跟县长，最后到政府办任副主任，表面看起来是一步一个脚印，越来越辉煌，从一个初级中学的语文教师到政府办副主任，可以说是比上不足比下有余。但是，十多年来没完没了地加班，没完没了地写材料，其中的苦衷只有自己知道，这十多年到底是怎样熬过来的，现在想起来有些后怕。到政府办工作后就基本上和文学绝缘了，因为他发现文学创作与政府办各类材料的写作简直就是背道而驰的。看了两本文学方面的书籍后，遇上写个大材料，脑筋半天还转不过弯子。前半个月，王东陪县长们接待市上退居二线的那位喜爱文学创作的老领导来县上检查工作，老县长还对王东语重心长地说："小王啊，在搞好本职工作的同时，对文学的爱好不能丢,文学是滋养人的心灵的,是一个人的精神家园。工作是有止境的,高雅的爱好却是一辈子的事。我把近几年来创作的东西编在一起,出了一本书,你要提点意见才行啊。"老县长说着把一本厚厚的散文集递给王东,王东接过老县长的散文集,觉得羞愧难当,无地自容。当年因为喜爱文学老县长发现了自己,也提携了自己。但是,十几年过去了,自己仅仅把文学当作敲门砖,门敲开了,就把砖头扔掉了。

其实,王东是无意到乡镇任职的,他觉得政府办副主任的角色更适合他,可以说他对政府办公室各类材料的撰写和把握是游刃有余的,到乡镇任职心中反倒没有多少底。人们都说,乡镇干部工作靠的是嘴巴,在上级面前要说好,在老百姓面前要哄好,这恰恰不是王东的长处。而王东的长项就在于工作的细微,把县长安排的事准确无误地落到实处,表现出一种"随风潜入夜,润物细无声"或者说是只可意会、不可言传的工作和精神状态,这正是在领导身边工作所必备的素质。但是,师专中文系老同学刘枫的到来打破了王东的这种感觉。刘枫是下半年县级换届来阳坪县任职的,不过人家任的是县委常委、副县长,是县政府常务副县长,是王东的顶头上司。王东和刘枫十八年前考到金州师专中文系读书时,不仅是同班同寝室的好同学,而且是中文系文学社的发起人,王东写得一手好散文,刘枫写得一手好诗歌,两人经常在一起交流写作体会,召集文学社成员研讨作品,在当时的金州师专中文系是指点江山、激扬文字的风流人物。师专中文系三年两人很快就毕业了,王东进县城初级中学当一名语文教师,后来喜爱文学的老县长慧眼识英才,调到政府办当秘书,再后来就是现在。刘枫可不一样,刘枫师专毕业时,刘枫的爸爸就是邻县的副县长,刘枫师专毕业后直接进了邻县县委办公室当秘书,三年秘书,三年副科级,再三年已经是邻县大乡的党委书记了,上一届县级换届时提拔到另外一个县当了副县长,这一届调整到阳坪县当常务副县长,任县委常委、副县长,成了王东的直接领导。王东对此心中有些欣慰,刘枫是老同学,按惯例又分管办公室的工作,上下协调起来更加方便,更加有利于工作。刘枫可不这样认为,刘枫想:王东是自己的老朋友老同学,而且很有才华,自己是常务副县长了,王东才是县政府办公室副主任,刘枫想通过自己的影响提拔重用王东。

县级班子换届结束后,县委马上开始酝酿乡镇班子换届,县城乡村传得沸沸扬扬。一天,王东把一份上报市政府的材料详细修改后,打发秘书送交刘枫审定。不到一支烟工夫,刘枫就亲自把材料送到王东办公室,王东赶紧站起来接住材料说:"你打个电话我来取,或者叫秘书送过来就行,怎么亲自送过来?"

"老同学,你这就见外了。再说了,你把关的材料,还用得着我再详细看吗?"刘枫说着坐在王东的椅子上。

王东见刘枫一时没有走的意思,拿起桌子上的香烟,取出一支递给刘枫并帮着点燃,自己也点燃一支,坐在办公桌旁的沙发上。刘枫坐在王东的办公椅上,伸伸懒腰,头和背使劲往后靠了靠,狠劲吸了一口香烟,一副深思熟虑的样子,盯着王东说:"老同学,乡镇马上要换届了,你有啥想法?"

"乡镇换届几年一次,很正常的,我能有啥想法?"王东没有想到刘枫突然问乡镇换届的事,没做多少思考就回答。刘枫见王东没有理解自己的意思,开门见山地说:"老同学,你应该去乡镇任书记或者乡镇长,不能再在政府办当副主任了。"

"为啥?"王东猛地一愣,马上问道。

刘枫站起来,掐灭手中的香烟,把烟头扔进烟灰缸,离开办公桌,在王东面前踱着步子,说:"老同学,你想想,再过两三年我们就四十岁,两三年时间眨眼的工夫,你不能在办公室待了,再待下去最多也是个办公室主任,说白了是个幕僚,是为县长们办事跑腿的,你要独当一面才行,我建议你到乡镇任职去,那里可以锻炼人,提拔重用的机会也多一些,我是深有体会的。"

王东没有想到刘枫亲自送材料过来是为了给他谈这件事,而且谈得语重心长,这叫自己深为感动,政府办工作十几年,还没有哪个领导就自己的提拔说过这样语重心长的话。王东站起来又给刘枫递上一支香烟并点燃,自己又点燃一支,吸一口说:"老同学,感谢你,我还没有想过这些事呢!"

"你搞行政工作,怎么不想这些事呢?你如果还在初级中学当老师,我倒希望你教育出来几个优秀学生哩。我的建议你好好思考一下,如果想通了,就告诉我,我在县委吴书记面前运作一下,看行不行。"刘枫说完就走了。

王东站在自己办公室门口,望着刘枫消失在办公楼东头的楼梯间,愣在那里,半天没有回过神来。是呀,自己在行政上混,怎么就没有向上爬或者是将来要当一个什么官的想法呢?在政府办工作整整十二年,从来没有主动找哪个书记或者哪个县长提出要求要当个什么。头两次安排工作是政府办主任,刚来时安排跟管文教的副县长,过几年安排跟常务副县长。又过了几年,常务副县长把王东叫到办公室谈话说:"你这几年来辛苦了,解决你的副科级吧。"王东感动得说不出话来,他只是很动情地望望常务副县长,轻轻说了声:"好吧!"又忙忙碌碌一晃几年。一天下午快下班时,县长秘书来叫王东,说县长叫他,王东快步走向东头县长的大办公室,办公室的门虚掩着,王东轻轻一敲,推门进去,只见县长坐在大办公桌后面批阅着什么文件,常务副县长坐在对面的真皮长沙发上,看来两人刚把什么事情商量结束。王东进门后,轻声叫:"县长。"

"小王来了,坐下。"县长抬起头说。王东朝常务副县长点点头,坐在大沙发另一头。县长直起身子,右手放在桌面,左手扶在办公椅的扶手上,瞅了一眼王东,慢悠悠地说:"小王啊,我们刚才沟通了一下,你在办公室工作认真负责,文字功夫是最好的,办公室还有一名副主任编制,我们准备向县委推荐你当副主任。"

推荐自己当政府办公室副主任,而且是县长亲自谈话,这是王东没有想到的。王东站起来,欲言又止。

"文字工作是政府办公室最重要的工作,材料质量的好坏,直接影响到政府的声誉,对上向市委、市政府负责,对下要向县直各单位、各乡镇负责,县长们都太忙,你要帮助我们把好材料关。"县长侧了一下身体,两只手都放在扶手上,慢条斯理地说。

县长的话尽管说得慢条斯理,但王东听起来字字如千斤,别人遇到领导谈话提拔,那高兴的样子,感激的话儿,当着领导的面就会溢于言表。而王东没有，他觉得自己高兴不起来，倒觉得有千斤的重担压在自己的肩头，他觉得自己想哭，但欲哭无泪。王东不知道自己是怎么走出县长办公室的，也不知道临走时是否和两位县长打了招呼，他坐在自己的办公椅上，后背和头部紧紧靠在办公椅的靠背上，长长嘘了一口气，很有点感慨万千的味道。别人都说当官要走后门，托关系，自己却没有，而且都是这么顺，平时都是一门心思如何把工作搞好，从来没有想过被提拔当官，而每一次都是领导反过来给自己谈，或者是确实像县长所说的自己有点文字功夫方面的小本事，而得到县长的认可，那么，社会上谣传的提拔当官的路径就是错的，反正在王东身上没有得到印证。

  王东在县政府办副主任的岗位上干得如履薄冰，也干得兢兢业业，只要是他过手的材料，县长们总是大笔一挥，该上报的上报，该下发的下发。或者县长们签发文件前，总要问一问，王东主任看了没有，如果王东还没有看，就安排秘书先叫王东看，王东看过后，县长们再看或者签发。所以，王东在政府办公室副主任的位置上尽管辛苦，但辛苦结束了，坐在办公椅上点一支烟吸起来，把背和头靠在办公椅的靠背上时，倒有点踌躇满志、如鱼得水的感觉。县级换届结束后，老同学刘枫的到来使王东的思想有了一定的变化，特别是刘枫提出王东到乡镇任职的建议后，王东认认真真做了一番思考，纵观自己所熟知干部的提拔任免，自己可能是个特例。刘枫分析得很有道理，人挪窝就活，树挪窝就死，自己挪动一下，可能会有另一番天地。当王东把自己的想法告诉刘枫时，刘枫很高兴，刘枫说："老同学，这就对了，但是，在人事任免上我只有建议权，没有决策权，决策人是县委吴书记，不过我会尽力的，事情未定之前不要给任何人说，只能我两人知道。"所以，王东倒也轻松，人家都在议论乡镇换届，他却充耳不闻，准时上下班，该干什么就干什么。昨天晚上县委常委会结束后，王东只要给刘枫打个电话，调整结果就应该知道，但是，妻子的一番话反倒是提醒自己，王东忽然有了一种怅然若失的感觉，他突然觉得到乡镇任职去也可，不去也行，他后悔提前没有和妻子商量一下，就懒得给刘枫打电话询问了。当然，刘枫在常委会结束后也没有给王东打电话告诉调整结果。不过，王东觉得刘枫应该给自己打个电话，为什么没有打电话呢？是不是刘枫觉得已经是后半夜了,太迟了,不会是这个原因吧。王东和妻子背对着背睡着,当传来妻子轻微的鼾声时,王东也不知什么时候迷迷糊糊睡着了。

二

早上王东起床时已经八点半,要是过去这个时候他早到办公室了,因为工作可能要调整就变得懒散起来。人就是这样,在追求一个还未到手的目标时,整个身体都是兴奋的,感觉也是快乐的,当目标快要到达或者已经到达时,整个身心就会松弛下来,更有甚者,还会产生一种无所谓的态度。王东就是这样一个人,他打开办公室门时已经九点,办公楼里的工作人员都忙忙碌碌的,王东抽完一支香烟,也没有人来安排或者请示工作,这就怪了,要是平时这个时间,办公室里就会挤满安排和请示工作的人。看来到乡镇任职的事已经定了,俗话说:人走茶凉,现在看来,人未走茶已经凉了。王东不禁有点悲哀,对到乡镇任职有点后悔。其实,昨天晚上县委常委会研究的乡镇换届人事方案的内容,政府办公大楼的工作人员基本都知道了,而且正好就是今天上午各办公室津津乐道的话题,政府办几十号工作人员也只有王东不知道乡镇换届人事安排的内容。王东有些悲愤,他要去找刘枫问个究竟,到底把自己调整到哪里了?安排的是什么岗位?

这时,办公室的门"吱呀"一声被推开,王东一看是刘枫的秘书小高,又坐回到办公椅。

"小高,你有事?"要是过去,王东根本不会用这样的话来问到他办公室来的下属,话说了自己都觉得有点怪怪的。

"刘县长让我过来看一下,你在不在办公室。"小高回答说。

"他在办公室吗?"王东又问。

"和两个乡镇干部说事哩,让你等一下他。王主任,你要到乡镇当书记了,祝贺你。"小高满脸堆笑地说。

"到乡镇工作有啥祝贺的,到市上省上工作才要祝贺哩。"王东听着小高祝贺的话,心中有些欣慰,便调侃说。他真想问问小高,自己调整到哪个乡镇当书记了?但是,他没有开口。因为,即使他问了,小高也绝对不会相信自己连到哪个乡镇任书记都不知道,小高反过来还会认为自己是假装的,背后骂自己是伪君子。

办公室的门又被推开,这次进来的是刘枫,小高见刘县长进来,向两位领导打了招呼就走了,出门时顺手把门也关上了。这次刘枫进来没有直接坐在王东的办公椅上,而是坐在旁边的长沙发上,他显得有点闷闷不乐。王东知道,刘枫是告诉自己在啥地方当书记来的。王东拿起办公桌上的香烟,递过去一支,帮着点燃,自己点上一支,坐回办公椅,这样,王东就一边抽烟一边居高临下地看着刘枫。刘枫抽着香烟瞅着王东,等着王东问自己,但是王东抽着香烟也在瞅着刘枫,两个老同学全然没有两个多月前谈论王东到乡镇任职时的庄严与神秘,好像在打着哑谜或者是在捉着迷藏。刘枫认为,王东已经知道自己任职的岗位和乡镇,等着他发问,当书记可以,为什么要放到远山乡?王东呢,在等刘枫告诉自己调整到哪个乡镇,安排的是什么岗位?

刘枫瞅瞅王东,看见王东的脸色是疑惑的,眼光是真诚的,从沙发上站起来,来回走了两步,看着王东说:"你真不知道把你安排在哪里了?"

"老同学,我还真不知道。"王东站起来回答。

"远山乡党委书记!"刘枫声音小,但说得一字一句。

"怎么是远山乡呢?"王东马上反问。

"这也正是昨天晚上没有告诉你的原因,告诉你了,你一晚上想不通,一晚上睡不着觉。我反复思考了一下,去远山乡任党委书记是件好事,尽管远山乡偏远、落后,在全县经济条件最差。但是,正是环境差的地方,干点政绩是比较容易的,而且容易引起注意。"刘枫语气缓慢地说。

"老同学,你讲得有道理,但是,到远山乡任职有点被发配的感觉。"王东无可奈何地说。

"还有一个现象不知道你注意到没有?"刘枫反问。

"什么现象?"王东急切地问道。

"近两年来,省市领导干部来县乡检查工作,喜欢去偏远、贫困的乡村,你去远山乡当书记,难道不是一个机遇吗?"刘枫继续分析道。

"老同学,你分析得有道理。"王东若有所思地说。

"到远山乡任职表面看起来是有点发配的味道,发配就发配吧,你忘记了吗,苏轼、欧阳修不是也被发配到了边关,不仅在当地老百姓中留下了美名,而且写下了传诵千古的诗篇吗?"刘枫说着还有点激动。

王东听了刘枫的分析,有点恍然大悟的感觉,到远山乡当党委书记也许是一个不错的选择。王东说:"既然县委常委会已经决定了,我就去远山乡当一回苏东坡和欧阳修,老同学你在上面可要支持我哩。"王东一半认真一半调侃着说。

"我们上下互相支持。你这两天把手里的事情移交一下,给老婆做点工作,元旦过后我亲自送你到远山乡任职。"刘枫说完就走了。王东把刘枫送出办公室,看着刘枫消失在办公楼东头办公室的门口。

王东想,自己要走了,去其他几个办公室转转,才转过身,就看见办公室小赵、小李两位秘书迎面走来,王东主动打招呼:"两位忙啊?"

"不忙,王主任好啊!"两位秘书神情怪怪的,而且是异口同声地回答。

王东感到有点奇怪,平时不是这样打招呼呀,他才又要发问,两人脚步走得很快,好像在躲避着自己,不一会儿,便消失在办公楼西头的办公室门口。王东有些纳闷,这是怎么啦,我变成不受欢迎的人了。他又走向隔壁周副主任的办公室。周副主任在办公室分管着机关后勤事务,又在隔壁办公,平时交往多一些。周副主任办公室的门是虚掩着的,留着一个半尺来长的门缝。

王东走到门口迟疑了一下,没有推门,他从门缝里发现,里面五六个人正在议论着他哩。好像是周副主任的声音:"王主任太亏了,怎么去了远山乡呢?"

"那可是没人去的乡,吃个饭,招待个人都有困难。"有人说。

"政府办副主任当得好好的,是不是把大老板得罪了。"另一个接着说。

王东不敢再听下去,他轻手轻脚地离开周副主任办公室门口,又轻手轻脚回到自己办公室,轻轻把门关上,坐在椅子上长长出了一口气。这是怎么啦,我只不过是去远山乡当党委书记,好像就成了不受欢迎的人,好像就真成了苏东坡和欧阳修了。十多年了,带走该带走的东西,留下该留下的东西,赶紧逃离这个地方吧!再不走,同事们难受,我也难受。王东苦笑着摇摇头。

三

元旦放假三天,王东没有闲着。第一天收拾办公室,他谁也没有叫,不急不忙地翻检着办公室里一些可有可无的东西。他把自己的东西,或者是自己认为有用的东西全部翻找出来,还从书柜的角落里翻出了两本长篇小说,一本是周梅森的《国家利益》,一本是王跃文的《国画》。王东突然想到,这两本小说还是刘枫在邻县乡镇当书记时给王东打电话推荐的,说好看得很,是官场教科书,王东才去买的。快十年了,王东还依稀记得当时读了两本小说后激动的心情。小说里有好官,也有坏官,假如自己能当上官的话,一定要做一个好官,当一个大公无私为民办事的好官,这就是当时王东读了这两本小说后的想法。现在就要去远山乡任党委书记,从行政理论上讲,乡党委书记才是官,对县一级来说也算是说话算数的封疆大吏。县政府办公室副主任还不是官,是吏,是跑腿办事的。王东想,这两本书还要留着,到远山乡工作了还要看一遍,在远山乡要力争做一个像小说里一样的好官。

到下午时,王东把自己的东西收拾了三大纸箱,叫来平时和自己要好的办公室司机小张,帮着把纸箱抬上小车,拉回南河坝开发区的家属楼。王东把办公室门上的钥匙交给小张,让他元旦过后转交给周副主任。小张有些不解,迟迟疑疑地接过钥匙,说:"昨天周主任还说,要开个聚餐会欢送你呢。"

"你给周主任说,再不会餐欢送了,这几天大家都很忙,过一个多月就要过年,过年了我请办公室的同事们会餐。"王东对小张说。

"那我给周主任转告。不过,王主任,你虽然调走了,有啥事你尽管打电话,我保证随叫随到。"小张说完下楼走了。王东望着小张的背影,心中有点感动。

第二天王东洗了一天衣服,他洗完自己的,洗妻子的,然后洗女儿的,最后,凡是能洗的他全部洗了。妻子也不理睬他,他从来没有这样勤快过,愿意洗就洗吧,自己做饭、吃饭、洗锅,然后到书房备课去了。王东一直忙到下午三四点才洗结束,洗好的衣物把两面的阳台全部搭满,还有几件搭不下的,叠着放在客厅的凳子上。王东才坐在沙发上喝了口水,女儿从外边复习回来,看着爸爸洗了这么多的衣服,惊讶地说:"爸爸,你可从来没有这么干过,你在政府办当官,是妈妈和我伺候的,现在要到乡上当书记就变得爱干家务了,要是发配到村子里当支书,你还会把全家洗衣、拖地、做饭等家务活全包了哩。"王东听了女儿的话,有点哭笑不得,他知道,女儿是在和自己开玩笑。女儿已经十四岁,在初中三年级读书,学习一直是班上前一二名的,个子已经和她妈妈一样高,年龄不大,但什么都知道。

　　第三天是元旦,元旦意味着进入新的一年。早上,吃完早餐后,王东和妻子商量,他要去联系一下在县城居住的远山乡的同事,因为明天刘枫县长就要从市里过来,后天就要送自己到远山乡上任,妻子和女儿中午去岳父家,下午去王东的父母家,并在那里吃饭,妻子同意了。妻子和女儿走后,王东开始联络在远山乡工作的新同事。远山乡的乡长也是这次乡镇换届中新提拔的,名字叫杨建军,大概是建军节时生的。杨建军乡长王东是认识的,但是不太熟悉,也不知道住在哪里。杨建军三十出头年纪,个子不高,人很精干,原来就是远山乡的党委副书记。王东前几天已经问到杨建军的电话号码,就把电话拨了过去。

　　"你是杨乡长吗?我是王东啊,你在哪里?"王东在电话里说。

　　"我是杨建军,你是王书记,你好你好,我也才想要给你打电话哩,我在家里哩。"杨建军在电话里回答。

　　"你家在哪里,我就过来。"王东在电话里问。

　　"我家在杨家坝,路太远了,我进城来找你。"杨建军回答。

　　"十里路远啥哩,我搭个出租车几分钟就过来,你等着。"王东在电话里说。

　　"那好吧,我在村口等你。"杨建军在电话回答。

　　王东挂了电话,锁了房门,来到滨河路,一扬手,一辆绿色的出租车开了过来,王东说声去杨家坝,便钻进出租车一溜烟走了。十分钟不到,出租车就到杨家坝,老远看见杨建军站在公路旁的村口挥着手,出租车停稳后,杨建军争着付了车费,领着王东去村子中间的家里。

杨建军的家是一栋前几年才修起的两层八间水泥楼房,不大的院落干净整洁,院子中间长着两棵手腕粗的橘子树,现在正是冬天最冷的时候,橘子树却长得碧绿碧绿的。杨建军的媳妇和四五岁的儿子也站在院子门口,把王东和杨建军迎进客厅,杨建军给王东递烟点烟,杨建军的媳妇则忙着倒水泡茶。王东吸一口烟说:"杨乡长,你这地方真好,既亮堂又宽展,我今天算是冬游来了。"

"王书记是请不来的贵客,只要不嫌远,城里的楼房住闷了,有闲时间就带上嫂子和孩子来农村玩,我给你们做农家饭吃。"杨建军媳妇把一杯热茶递给王东说。

"我和杨乡长成搭档了,今后肯定要常来。"王东说。

"建军对现在的事情不懂,今后还要靠王书记指点哩。"杨建军的媳妇笑盈盈地说。

"我们的事你不要多嘴,给你说过几次了,你这个人没有记性,你去给我们好好准备几个菜,我和王书记要好好聊一下。"杨建军责怪着媳妇说。

"好好好!王书记,今天又是元旦,我给你们好好炒几个菜,你们好好喝几杯。"杨建军媳妇快人快语,说着转身去厨房忙去了。

王东和杨建军这两个远山乡还没有正式任命的党政一把手几乎聊了一天。杨建军对王东是知道的,一直是县政府办公室的领导,是县长身边的人,但很少接触过。王东也知道了杨建军的基本情况,原来杨建军就是杨家坝人,十五年前市农校毕业后分配到最偏远的远山乡工作,先是农技员、乡政府文书,后来提拔成副乡长、副书记、再后来就是远山乡乡长候选人。杨建军还说,自己在最偏远的乡工作了十五年,换届考察时要求调到近一点的乡工作,没想到又让当乡长,当乡长了就再干几年。社会上都说提拔要走后门,我也没有管就提拔了,可能是远山乡太偏远的原因。不过,那里的村干部都听话,乡上有啥事,只要安排了都积极得很,不像离县城近的乡镇的村干部,乡上还指挥不动哩。通过杨建军的介绍,王东大概知道了远山乡的基本情况,全乡有十五个村,不到一万人口,高寒阴湿的几个村子,老百姓生活还很困难,有几个村子老百姓吃水烧柴都不容易。乡上共有三十五个干部,有五六个请病假的,有六七个在县城居住,其余的家都是远山乡或邻近乡,这几天除留一个当地干部值班外,其余的都放假回家了。杨建军介绍的情况王东有些是知道的,有些是第一次听说。让王东有些触动的是杨建军说自己被提拔的事,人家管都没有管就当了远山乡的乡长,自己是县长身边的人,又有常务副县长鼎力推荐,才当了远山乡的党委书记,官场真是不可思议。王东苦笑着摇摇头。

这时,杨建军媳妇一身菜香味快步走进客厅,说:"王书记,都下午了,饭菜好了,吃完再聊。"

"杨乡长,那就吃饭吧?"王东对杨建军说。

"要不,把县城的几个也叫来?乡上有一辆旧猎豹,武装部罗部长开着,他们一会儿就来了。"杨建军说。

"那好,你赶紧打电话,我们今天在杨乡长家过一个元旦节。"王东高兴地说。

杨建军给罗部长他们大声打着电话,王东也从客厅里出来,顺便上了趟厕所,给妻子打了电话,说晚上在杨乡长家吃饭,给爸妈说一下,不要等他。

不到一支烟工夫,五六个人都来了,领头的是一个穿绿色军便服的小伙子,杨建军一一作了介绍。大家都说认识王书记,原来是政府办的领导。王东除了武装部罗部长有点面熟外,其他几个年轻人都不认识。王东和他们一一握手,打招呼后在客厅里坐下,罗部长他们还把王东推让在上席的位置,这让王东心中很是受用,在政府办每年要招待不知多少客人,自己不仅是服务员,而且一直坐在陪客的位置。才被任命为远山乡的党委书记,还没有上任,就坐在上席的位置,看起来一把手和副职就是不一样,即使是像远山乡这样地方的一把手。

不一会儿,杨建军和媳妇就端上来八九个菜,满满摆了一桌子。杨建军媳妇高声说:"王书记,鸡肉、猪肉都是自家的,菜是菜园子里的,菜炒得没有县城馆子里的香,不要嫌弃。"

王东闻着桌子上飘来的阵阵菜香,感到肚子饿了,连忙说:"香得很,

香得很,比县城宾馆的菜都香。"

杨建军坐在王东的旁边,给每人倒一杯酒,说:"今天是元旦节,是新年第一天,第一杯酒祝大家新年身体健康。"

七八个人同声说:"大家身体健康!"仰着头喝了。

杨建军接着说:"第二杯酒敬给王书记,欢迎王书记到远山乡当一把手。"杨建军说完自己先喝了。

其他几个人还看着王东,王东想,自己哪有不喝的理,一仰脖子就喝了,其他几个也喝了。七八个人连喝两杯酒,接连吃了几口菜。

杨建军接着又说:"第三杯敬给你们几位,希望你们今后要大力支持王书记和我的工作。"几个人什么也不说,一抬头又喝了。

三杯酒喝完,杨建军就极力劝大家吃菜,杨建军媳妇拿着筷子热情地给每人的碗里夹着鸡肉或猪肉,边夹还边问着:"香不香,香不香?"大家吃着,口里说着:"香呀,香得很!"

吃了一会儿,杨建军媳妇站起来说:"我给大家敬两杯酒,第一杯敬给王书记,感谢王书记元旦第一天来到我家,给我们带来了福气哩!"说着双手端起王东面前的酒杯递给王东。

罗部长几个喝了几杯酒也活跃起来,都说要杨嫂子陪着喝,杨建军媳妇说:"陪着喝就陪着喝。"说着端起杨建军的酒杯仰面喝了,王东连忙站起来也喝了。

杨建军媳妇接着说:"给你们几个也敬个酒,感谢你们对杨建军的支持,但是罗部长不能喝,你要开车。"

罗部长嚷着说:"你陪着喝,我就要喝一杯。"王东说:"罗部长要开车,就不要喝了。"罗部长见王东发话了也就不再嚷嚷,杨建军媳妇陪着其他几个喝了,就到厨房里忙去了。

罗部长见杨建军媳妇走了,站起来说:"我们几个也给两位领导敬杯酒。"其他几个也赶紧站起来,罗部长接着说:"祝两位领导心想事成、官运亨通,领导我们远山乡的工作,芝麻开花节节高。"王东和杨建军连忙站起来把酒喝了。

王东想,这些人都看不出,敬酒说话通畅得很,而且一套一套的,自己喝得头都有点晕了,但必须得回敬一杯,不然就没有礼貌了。王东有点醉意,他端着酒杯摇摇晃晃地站起来说:"今天是我很高兴的一天,在杨乡长家里过了一个很愉快的元旦节,祝大家在新的一年里家庭幸福、身体健康、心想事成。同时,希望你们支持我和杨乡长的工作,共同把远山乡的工作搞好。"

杨建军、罗部长几个也连忙端着酒杯站起来,王东接着说:"今天真的是我最高兴的一天。"说着一仰头把酒喝了,杨建军、罗部长几个也很干脆地喝了。

喝完酒吃完饭,天已经黑定。王东觉得该回家了,今天元旦节已经过完,明天或者后天就要去远山乡工作,这应该是自己人生道路上的一个重大转折点,但是还没有给经常操心自己的老父亲说说,老父亲也许正在客厅里等着自己哩。王东晕晕乎乎地给杨建军两口子打了招呼,被罗部长几个扶着上车,进了县城直接去了在老城区住的父亲家里。父母亲已吃完饭,在一起吃晚饭的弟弟、妹妹两家人已经走了,妻子和母亲在厨房洗锅碗,女儿也不知道去什么地方玩去了,父亲在客厅里看电视。王东坐在沙发上长长出了一口气,觉得清醒多了,就说:"爸爸,明天我就要去远山乡工作,今天去了远山乡同事家。"

"你媳妇给我说了。"父亲迟疑了一下说,"你到远山乡工作,表面看是吃苦去了,但吃点苦也好,长期在办公室工作,不晓得农村基层的事情,那里还很艰苦,你去了就要好好干,不要让老百姓背后说闲话。"

"嗯,知道。"王东听着老父亲的话,心里有点激动。

"还有喝酒,乡村工作离不开喝酒,但要少喝,不能喝醉,喝醉了要误事。"父亲又说。王东答应着,侧脸看了看白发苍苍的老父亲,不禁泪流满面,嗓子哽咽起来。

四

刘枫元月二日下午就从市上来县里上班。刘枫在阳坪县当常务副县长,家属还在市上。市上到县城也不过四五个小时的路程,工作几年就走了,所以和县上的其他领导一样没把家搬过来。刘枫给王东打电话,说他下午和晚上处理几个文件,明天早上八点半送王东到远山乡上任,让王东给杨乡长他们通知一下,乡上做好准备。并叮咛王东八点半到政府大院来,他安排政府办公室的人放几串鞭炮欢送一下。王东连忙说:"千万不要欢送,更不要放鞭炮,放鞭炮不仅扰民,还会让不明真相的人想到其他地方去。你想想,现在结婚死人放鞭炮,开业庆典也放鞭炮。你放鞭炮了,让人家说在给我送丧哩。我在家门口坐乡政府的车,八点半在城西三岔路口会合。"

"你胡乱说啥呢?"刘枫在电话里斥责说,听王东口气坚决,也就答应了。王东接着给杨建军说了刘县长的安排,杨建军在电话里说:"王书记,我给乡人大李主席通知,让他通知乡上的干部,安排好,我们明天一起走,你放心。"

"那好,杨乡长,明天八点来家里接我。"王东说。

第二天早上八点,杨建军、罗部长他们准时开着车来接王东。王东给自己收拾了两件内衣,又在提包里装了牙刷、牙膏、毛巾、剃须刀之类,还从床头取了两本文学杂志塞进了提包。妻子说:"再带一件棉外套。"

王东说:"又不是去省上、北京,就是几十公里的路程,自己穿了毛衣和外套,冷不到哪里去。"说着提着提包往外走,妻子也再没有说什么。这时,女儿从卧室里跑出来说:"爸爸要上任去,我要送一下。"说着夺过王东手中的提包,快步走出门,王东边走边抚摸着女儿的头说:"这才是好女儿哩,等你考上大学,我送你到学校的宿舍里。"

"爸爸,这话可是你说的。"女儿调皮地回头看了一眼爸爸,把提包递给了罗部长。罗部长放好提包,让王东坐小车前面的位置,王东让杨建军坐。杨建军说:"王书记,你是一把手,理应坐在前面,我坐在前面,别人就说我是二杆子。"

王东笑了笑,想:我是一把手,应该坐在前面,就再不推让,杨建军他们几个就坐在后面的位置。罗部长关上车门,给王东妻子打招呼说:"嫂子,我们走了。"然后发动着小车,王东向妻子和女儿挥挥手,女儿也挥着手,妻子站在那儿无动于衷,王东定睛一看,妻子的眼角挂着泪珠。这女人,带着初中的语文课,一贯地多愁善感。王东对罗部长说:"走吧!"小车一溜烟冲出院子。

车到城西三岔路口,等了一会儿,不见刘枫他们来,王东正要打电话,刘枫电话打过来,刘枫说:"我还有点事,不要等了,你们先走,我十二点赶到乡政府。"王东回答说:"那好吧,我们先走。"王东、杨建军他们就先走了。

远山乡不仅是阳坪县最贫困的乡,而且是全县最偏远的乡。从县城到乡政府近九十公里,车子出县城沿清水河畔的国道向西行六十公里,翻过一座大山,然后向左拐进一条山沟,沿山沟在凹凸不平、尘土飞扬的乡村道路行驶二十公里,再向右一拐,开始爬山,爬完二十道拐,就到了一个叫坪地的村子,村子不大,有六七十户人家,远山乡政府就坐落在坪地村。王东在政府办工作时,跟着县长们到远山下过几次乡,总的感觉是贫困,村子破烂不堪,乡政府办公条件十分简陋。同事们私下议论,到远山乡任书记、乡长的干部,要么有资历能干没后门,要么没资历没本事有后门。王东听了大家的议论不置可否地摇摇头,心想,看他谁来远山乡当书记、乡长,反正自己不会来。几年前的一念之想,简直就成了谶言,没想到几年后自己真的来远山乡当书记了,人生确实是太奇妙了。王东坐在去远山乡赴任的车上,望着车窗外两面山崖上萧瑟的景象,不禁思绪万千,一种悲壮的情绪油然而生。远山乡自然环境恶劣,经济条件差,老百姓生活贫困,自己去了应该干什么,又能干成什么,又觉得好像是好多年前看过的那个战争题材的电影,自己在团首长面前领受了抢占那个山头的艰巨任务,正带领着战士们在夜色的掩护下,在阴暗的山沟中急速前进哩。王东微微一笑,侧头看了一眼坐在后排的杨建军他们,他们几个互相靠着正昏昏欲睡。王东眼睛一闭,头往背垫上一靠,也养起神来。但他的思绪却异常活跃,一会儿想到自己的老同学刘枫,人家已经是常务副县长了,自己才当上贫困乡的党委书记,人家的父亲县长都当结束,在县人大主任的位置上都退休了,自己的父亲是退休的中学老师,心中又有点悲哀。不过一想到县委吴书记,王东又有点欣慰。他前天才知道,在乡镇换届中,水电、交通、计划等重要部门的副职也下去了,担任的是乡镇长,不过都是县城周围的重点乡镇,俗话说:宁当鸡头,不做凤尾。远山乡再差也是个鸡,自己也算是个鸡头了。

这时,小车"咣当"一阵摇晃。王东朝车外一看,原来车子过了一道水沟开始爬山。开车的罗部长说:"这个过水沟,涨水就过不去了,给交通局打了几次报告,每年说经费紧张,今年不知修不修。"

"交通局长我熟悉,以后我去找他,年过了就让他们修。"王东侧过脸对罗部长说。

坐在后座的杨建军几个也被小车摇醒了,杨建军接过话说:"王书记在县长身边工作,说话有权威性,找交通局长一定能行。我们过去找过两次,也答应着,就是不见动静。"

"这段时间忙完了,我们两个去找,年过了就要交通局修桥。"王东自信地说。

"好,桥修好了,老百姓也方便。"杨建军说。

"杨乡长,开会的事安排好了?"王东问。

"昨天给乡人大李主席安排了,他就是坪地村人,家也在村子里,媳妇在乡政府门口开着个饭馆,我让他把村干部也通知了,中午吃烩面片,下午开完会,会会餐,算是欢迎一下你。"杨建军回答。

王东听了,想:杨建军安排得还周到,便说:"好!"

小车加着油,一路尘土开进了乡政府院子,王东他们还未下车,就传来"噼里啪啦"一阵鞭炮声。王东走下车,一个年过五十,长得很精瘦的高个子,带着二三十个乡村干部迎了上来,王东知道那是原乡党委书记改任人大主席的李志气。李志气迎上来,握住王东的手摇着说:"欢迎王书记,欢迎王书记。"王东回应着说:"感谢感谢。"又和其他的乡村干部握了手,杨建军又一一把几十个乡村干部做了介绍,王东个别的面熟,大多数不认识。

乡政府办公楼是前几年才修起的三层楼,有三四十间办公室,李志气带着王东来到二楼的书记办公室,办公室是套间,里面桌椅板凳、包括床都齐全。

李志气说:"办公室是昨天打扫的,被子床单也是昨天才洗的。"

王东里外看了一下,感到很满意,说:"李主席,麻烦你了。"

李志气说:"这是我应该做的,我家就在这里,需要服务的,你就给我安排。"

王东说:"李主席啊,以后远山乡的工作还要靠你哩。"

李志气说:"王书记,以后啥事,你尽管安排。我去看一下杨乡长他们。"李志气说着走了。王东看着李志气的背影,想:这李主席倒是个爽快人。王东掏出毛巾,在洗脸盆的冷水里搓了一下,拧干擦了擦脸,顿觉一阵清爽,坐车时产生的晕乎乎的感觉一扫而光。王东把办公室里外仔细看了一遍,在办公桌上用手摸了一下,一点灰尘也没有,走到里间用手摸了摸床单和被子,一种柔软舒服的感觉,这可能是李志气的妻子帮着拆洗的,王东想着满意地笑了。他走出房间,来到过道里,只见乡政府院子里三三两两的乡村干部在兴高采烈地说着话,一股饭菜的香味随风飘进王东的鼻孔,他掏出手机一看,已经十二点过了,刘枫怎么还不来?王东正要拨电话问,手机突然响起来,打开一听,正是刘枫的电话,刘枫在电话里说:"王书记,你的中午饭就赶不上了,我才到川坝乡,中午饭在川坝吃,吃完饭就来了。"

"刘县长啊,你是嫌贫困乡的饭不好,不愿意吃是不是?"王东在电话里开玩笑说。

"在办公室里让人缠住了,走脱时十点多,下午饭在你们远山乡吃,我听杨乡长说,你们要会餐哩,我们老同学好好喝两杯。"刘枫在电话里解释说。

"好,我等着你。"王东说完挂了电话,安排杨乡长和李主席说:"刘县长在川坝乡吃中午饭,不等了,让大家吃中午饭。"

"给你把饭抬到办公室来吃。"李志气说。

"不用不用,我们都到饭馆去吃。"王东连忙说。

王东他们来到乡政府门口的饭馆,只见饭馆收拾得窗明几净,四五张饭桌上坐满了乡村两级干部,他们一进门,打招呼的打招呼,让座的让座,动作快的已经把热气腾腾的烩面片端在王东的手中,王东吃着热气腾腾的烩面片,心里热乎乎的。他过去在政府办工作时,从来都是给别人服务的,总是要等到别人在饭桌上坐好了,饭端上来开始吃了,自己才坐在应该坐的地方吃起来。今天,当他看到远山乡几十个乡村干部和自己在一起热热闹闹吃饭时,忽然产生了一种当家做主的感觉。

刘枫副县长到远山乡政府时,已经是下午三点。王东看他脸上红扑扑的,就知道在川坝乡喝了酒的,说话时有股酒气。刘枫对王东、杨建军、李志气三人说:"川坝的张大炮逼着叫人喝酒,来迟了。"

王东知道张大炮是川坝乡党委书记的外号,就笑着说:"张大炮让你喝的是好酒,我们穷乡可没有好酒。"

"老同学,你乱说啥哩,马上开会,开完会你小心。"刘枫副县长说。

会议在三楼会议室召开,刘枫、王东、杨建军、李志气四人坐在主席台上。因为是宣布领导班子的会议,会议室里五六十个人都静悄悄的。刘枫开门见山地宣读了县委关于远山乡人事换届的方案,对上一届领导班子进行了高度评价,对这一届新班子寄予了高度的期望,特别对王东在政府办公室的工作进行了表扬,说王东在政府办是德才兼备的领导,放到远山乡任党委书记是县委对王东同志的重用,希望王东同志团结乡政府全体干部,带领全乡老百姓尽快脱贫致富。王东听着刘枫的讲话,脸上有些发烧,脸色有些发红,心想:刘枫真是在乱讲哩,自己哪有那么大的本事。接着是表态发言。刘枫对主席台上的三人说:"时间不早了,少说闲话,每人三句,王书记先说。"

王东一下子愣住了,原来自己想着在乡村干部会上要好好讲一下,给全乡干部表露一下心迹,但是刘县长只让讲三句话。才上任,讲多了也不好,言多必失,讲漏嘴了咋办,就讲三句吧。王东大声说:"第一,以身作则,第二,清正廉洁,第三,多办实事。"刘枫带头鼓起掌来,会议室里响起了热烈的掌声。杨建军也讲了三句:"服从领导,不讲条件,带头实干。"会议室又响起了热烈的掌声。

杨建军讲完后,李志气半天没有吭气,刘枫侧头提醒道:"李主席,该你了。"李志气愣了愣,侧脸看了一眼刘枫,说:"我又没有提拔,是圆鼓上一锤,也讲吗?"

刘枫看一眼李志气,责怪说:"你是人大主席,在乡上是监督乡长的,咋不讲呢？"

李志气连忙面朝会场大声说："我讲的和杨乡长讲的一样。"刘枫半天了才反应过来，带头鼓起掌来，会议室里又响起热烈的掌声。

刘枫扫视了一眼会议室的乡村干部，大声宣布："散会，准备会餐，欢迎新班子上任。"会议室里再一次响起了热烈的掌声。

五六十个乡村干部坐了五六张桌子，把个小饭馆挤得满满的，刘枫和王东等乡上科级干部坐在一桌。等菜上齐了，杨乡长站起来说："感谢刘县长来远山乡宣布班子，第一杯酒敬给刘县长。"大家齐声说："敬刘县长。"都把酒喝了。刘县长说："感谢大家。"也把酒喝了。杨乡长又说："第二杯酒敬给王书记，欢迎王书记来远山乡任党委书记。"大家齐声说："敬王书记。"把酒都喝了，王东站起来说："感谢各位。"也把酒喝了。杨乡长接着说："第三杯酒敬给大家，祝大家新的一年身体健康，家庭幸福，全力支持乡党委、政府的工作。"大家又齐声说："好！"一起又把酒喝了。

刘县长趁着杨乡长敬酒的空隙，吃了几口菜，站起来说："新班子已经到位，为远山乡的工作更上一层楼干杯。"说着一仰头喝了酒，大家也站起来齐声说："感谢刘县长。"一起也喝了。

王东才想着要敬酒，被刘县长拉了一把，刘县长说："出去说个事。"

王东便跟着刘县长走出闹哄哄的饭馆，来到乡政府院子里。杨建军见两位出去，也跟了出来。刘县长对王东和杨建军说："我要走了，你们接着喝。"

"天快黑了，你到哪里去，吃完再走。"王东不解地问。

"回市上家里，老父亲来市上家里过元旦，明天早上要走哩，我要送送。"刘枫解释说。

"刘县长是个大孝子，天快黑了，那就赶紧走吧，两个小时就到家了。"王东说。刘枫和王东、杨建军握握手，钻进停在院子里的小车走了。远山乡距离市上不到一百公里，晚上十点前就会到家，刘县长还可以和他的父亲聊上一会儿天。

王东和杨建军回到饭馆，大家吃喝得正欢，罗部长突然站起来说："我要给新来的王书记敬一杯酒，大家说同意不同意？"大家齐声回答："同意!"罗部长走过来说:"王书记,我只代表自己,不代表大家。"王东看看罗部长,又侧头望了望五六十位乡村干部,大家都望着自己哩,都等着给自己敬酒哩,一种当家做主的豪迈感油然而生,今天不喝,啥时才喝,今天不醉,更待何时。他对罗部长说:"好,谢谢你!"王东站起来一仰头喝了。

紧接着五六十位乡村干部,你一杯我一杯轮流给王东敬起酒来。王东是来者不拒,接连喝了三四十杯,逐渐有点醉意,身体有点站不稳了。杨建军扶着王东说:"王书记,你不要喝了,你有点醉了,我给你代酒。"

"我没有醉,我今天高兴,我要和大家每人碰一杯。"王东说着摇摇晃晃地站起来,举着酒杯还要喝酒,但是,杯子掉在地上,自己也趴到在桌子上。

五

王东不知道自己是什么时候喝醉的,也不知道是谁把他扶到办公室里睡觉的。当他醒来时,闻到的是一股新被子、新床单、新枕头散发出来的清新舒服的味道。他马上意识到这里不是在家里,是在远山乡党委书记的办公室里,昨天晚上会餐时自己喝醉了,醉就醉吧,在乡上当书记不醉几次怎么能行哩?王东侧头看看窗外,天已经麻麻亮了,他拉亮电灯,起身下床,刚要站起来,头有点发晕,在床边坐了一会儿,用洗脸盆里的冷水擦擦脸,猛地打了个冷战,顿时觉得清爽多了。他走出房门,下了楼梯,来到乡政府院子里,院子里静悄悄的,乡政府的干部们正在熟睡,昨天晚上酒都喝多了,就让他们睡吧。王东想着走出乡政府院门,爬上乡政府办公楼隔壁的一个高坎上,这时天已大亮,放眼望去,一座座起伏的山峦展现在王东的眼前。山峦上光秃秃的,十几个村子坐落在这些山峦的半山腰或者山脚下,现在看起来时隐时现,有些村子上空已经飘动着袅袅炊烟,这就是远山乡啊!这里就是近万名老百姓生活的地方。王东站在高坎上,在早晨习习的冷风中发着感慨。这里实在是太艰苦,自然条件太差,我这个刚上任的乡党委书记的三把火应该烧在哪里?这时,王东想起了四天前县委吴书记在全县领导班子换届大会上讲的,新班子上任后首先要干的三项工作。第一项是搞好乡党委换届选举,第二项是搞好乡政府换届选举,第三项是安排好春节前群众生活。阳历二月初就要过年,前两项工作起码要半个月时间,再剩下半个月时间就是安排群众生活,哪有时间烧什么三把火呢?退一步讲:你现在是书记候选人、乡长候选人,要通过全乡党员代表大会、人民代表大会的选举才能成为正式的书记和乡长,工作起来才名正言顺、理直气壮。再说马上年底了,把群众生活安排好也是最重要的工作,这不是三把火又是什么呢?王东思谋着主意就定下来。王东想,吃完早饭后,召开全体干部会议,专题研究换届选举和安排群众生活的事,下午就进到各村做具体工作。

吃完早饭,王东把杨建军和李志气叫到自己的办公室,把自己的想法给他们说了,征求两位的意见。两位都说:王书记想得很周到,就按王书记的意见办。李志气说着就出去召集干部开会。这时,王东的手机响了起来,掏出来一看,原来是刘县长打来的电话。王东对着电话说:"刘县长,你昨晚老早走了,把我喝醉了。"

"现在还在醉吗?"刘枫在电话里说。

"早起来了,饭都吃了,我们准备开会,商量下一步的工作。"王东回答说。

"不要开会了,你和杨乡长马上到市政府来,远山乡四五十名群众在市政府上访哩。"刘枫在电话里说。

王东吃了一惊,这怎么可能呢?他抬脸看了一眼杨建军,对着电话又说:"刘县长,你搞清楚了没有,到底是不是远山乡的?"但是,刘县长已经挂机。

"杨乡长,刘县长说远山乡的几十个群众在市政府上访。"王东挂了手机急切地对杨建军说。

"糟糕,这些家伙太鬼了。"杨建军大叫一声说。

"到底是啥原因,一点消息都没有?"王东问。

"是半山村和崖上村争柴山的事,已经闹了一年,国庆节前已经上访过一次市政府,乡上答应年底解决。一时给你也说不清,赶快走,路上给你仔细说。"杨建军急急忙忙说。

"叫上李主席。"王东说。

"李主席不去,他就是崖上村人,他在两村争柴山事情上吃过亏。"杨建军解释说。

"那就让他在乡上等我们,我们两个加上开车的罗部长三个人去市上。"王东说着和杨建军在院子里向李志气简单交代了几句,叫上罗部长开着猎豹车走了。王东心里显得很沮丧,叫罗部长把车开快一点。真是无巧不成书,自己才上任第一天,几十名老百姓上访市政府竟然不知道,可见农村工作不是那么好做的,刘枫还说市上领导会常来远山乡检查工作,这不,上任才第一天就要给市上领导作检讨去。王东侧头看了一眼坐在后排的杨建军,杨建军也神情沮丧地看了一眼王东,半天没有吭气。

"杨乡长,到底怎么回事?"王东沉默了一会儿说。

杨建军见王东发问,就介绍起上访的原因来。原来半山村和崖上村坐落在同一个山峦,半山村在山前,崖上村在山后,两个村同吃一股山泉水,有些村民还是几代人的亲戚,但是两个村的柴山却不一样,一个在山前,一个在山后。在远山乡,老百姓除了种粮食,最看重的是水源和柴山。去年冬天,县上提出"要想富、修公路"的号召,乡上传达后,没有通公路的崖上村就想修一条公路,但这条路必须要通过半山村柴山,刚开始半山村不同意,怕公路修通后崖上村村民偷砍他们的柴山。后来,崖上村的村干部找了当时任书记的李志气,李志气也是崖上村人,怕惹麻烦,就给崖上村的干部说:乡上不管这事,你们两个村自己商量。崖上村的干部就拿着烟酒找了半山村的干部,说:两个村是老亲戚,就是借一条路,崖上村人出行也方便了,保证不砍半山村的柴山。半山村的干部见崖上村的干部说得恳切,两村又是老亲戚,就答应了。崖上村就紧靠着半山村的柴山修了一条崖上村连接乡村公路的农机路,修路那几天崖上村每天有近百名村民投工投劳,干得热火朝天。正好县委吴书记来山区几个乡检查公路建设情况。当时任远山乡党委书记的李志气汇报了崖上村每天近百人修公路的事实,县委吴书记听了汇报十分高兴,当即驱车崖上村修路现场,检查修路情况,指导修路中遇到的困难。当吴书记看到百余名崖上村民争先恐后、干劲十足的场面,很是激动,大声讲:你们修的不仅是崖上村人的致富路，也给全乡乃至全县农民带了一个艰苦奋斗的好头。第二天，吴书记又召集山区五个乡的党政一把手在远山乡召开公路建设现场会，对远山乡党委、政府进行了大力表扬，说：崖上村老百姓人穷志不穷，修的就是自己村的脱贫路、致富路，要求崖上村管好自己的脱贫致富路，让它发挥最大的经济效益。并安排交通部门在物资上给予大力支持，对其他几个行动迟缓、工作不力的乡进行了严厉批评。现场会县委吴书记的讲话和会议决定的事宜，县委办公室下发了县委书记办公会议纪要。

　　杨建军讲到这里，停了下来。王东又侧过头问："半山村上访又是怎么回事？"

　　杨建军接着讲起来。路修好后，崖上村人当然高兴，出行方便了，三轮车、小四轮直接开到村子里。但是好景不长，到了腊月后，山里人要准备过年的柴火，崖上村有些村民就去偷砍半山村的柴山，然后利用新修的公路用三轮车运回家。半山村村民发现后，全村人出动打伤了崖上村几个偷砍柴山的村民，砸坏了崖上村村民两辆三轮车，挖断了崖上村村民新修的公路。崖上村村民拿着县委书记办公会纪要到县上去告状，说：县委吴书记都讲了，路就是崖上村的，白纸黑字，要处理打人、破坏公路的犯罪分子。半山村村民知道后，一百多名男女老少来乡政府闹事，说李志气是崖上村人，办事偏向崖上村，当啥乡党委书记，哄骗县委书记，修路的地方是半山村的，文件上却成崖上村的，现在要找李志气算账。把李志气在乡政府院子里推来搡去，摔倒后扭伤了腰，受了轻伤。第二天，半山村村民觉得，到县上去告状告不响，有县委书记罩着，不如直接去市上。选了几个代表又去市里上访，市上责成县上调查解决，五一节前，县委信访室来人调查过，调查组走后到现在没有结果，据说调查组不敢给吴书记汇报。乡上出面解决过几次，两个村的村民都是老亲戚，推倒李志气的正好是自己的侄外甥，打架的事也就不了了之。但是，半山村村民却坚决不答应，提出，一要县委重新发文件，去掉文件里吴书记讲的"这条路就是你们崖上村自己的致富路"诸如此类的话，二要坚决收回崖上村修路占用半山村柴山的地方。乡党委、政府也答应一定在下半年解决问题。下半年来，一方面李志气觉得自己年龄大了，书记也不想当了，又是当地人，怕得罪两村的亲戚，一直拖着。乡镇换届也拖了时间,又到年底村民们砍伐过年柴火的时候,事情还没有解决,半山村村民就着急了,又去市里上访。

王东听了杨建军的讲述,彻底知道了村民上访的原因,过去在政府办工作时,隐隐约约知道远山村村民上访的事,还以为早就解决了,没想到更大的矛盾还在后面。罗部长一声不吭地把车开得很快,不到两个小时,就能望见市里鳞次栉比的高楼大厦。王东又回过头来问:"杨乡长,这个问题你觉得应该怎么解决?"

杨建军沉默一会儿,说:"半山村村民坚决要求推翻吴书记主持的办公会议纪要,而且要把修好的路坚决挖断,不让走。王书记,这件事真不好办啊!"

"根子是老百姓太贫困,自然条件太差。"王东感叹着说。

车子开进市政府大院时,已经是上午十一点。三四十个半山村农民散坐在花园台阶上,见王东他们来了,都站起来望着王东。杨建军和罗部长走过去问了一个熟悉些的村民,这个村民又带他们去了市政府大楼一楼的信访接待室,信访室负责人接待了王东、杨建军,并让他们稍等,他去给市长汇报。接待室另一边的椅子坐着七八个远山乡的村民,其中一个叫二宝的还和杨建军、罗部长很熟。杨建军介绍说:"李二宝是半山村的社长。"又把王东介绍给了李二宝。李二宝赶紧握住王东的手说:"王书记,崖上村人不讲道理,我们也没办法,你刚上任就给你添麻烦了。"王东听了李二宝说的话,心中有些欣慰,没想到长得五大三粗的李二宝先给自己道歉,到底是村社干部。王东握着李二宝粗大的手说:"李社长,是我们乡党委、乡政府的工作没有做好,我代表乡上向你们道歉,我保证半个月之内把你们的纠纷解决了,今天我是接你们来了。"

"王书记,就凭你这几句话,我们也不给市长们添麻烦了,我们现在就回家。"李二宝激动地大声说。

"先别急,杨乡长先安排大家吃饭,然后包车送大家回家。"王东说完又给杨建军安排村民们吃饭坐车的事。杨建军领着李二宝他们走出了信访接待室。这时,刘枫和信访室负责人走了进来。

"王书记,你赶得快。"刘枫握住王东的手说。

"这些事不快能行吗?"王东说。

"上访的村民呢?"刘枫左右看了一下信访室,问王东。

"他们已经答应回去,杨乡长带他们吃饭、联系坐车去了。"王东说。

"赶紧上楼,给市长汇报去。"刘枫对王东说。王东跟着刘枫来到三楼东头市长办公室,只见阳坪县的县长也坐在办公室的沙发上和市长说着话。市长见刘枫和王东进来,就从办公桌后站起来,走过来和王东握手,微笑着说:"小王书记,辛苦你了。"

"工作没有做好,给领导添麻烦了。"王东连忙回答。刘枫把上访村民已经被王书记劝走,并由乡长安排吃饭和联系车辆的事给市长做了汇报,市长很是高兴,说:"村民上访提出的诉求有一定道理,我们的工作做得不细,有点草率,老百姓有意见是正常的,关键是我们能不能从中吸取教训,最后把老百姓的事情办好。"市长语重心长地说。两位县长也不住地点头称是。王东想:市长讲得多好!就说:"请领导放心,半个月之内我保证解决村民上访的事。"

"两位县长说了,你才到任,还不了解情况,要把问题了解清楚了再解决,不要背思想包袱,小王书记,好好干!"市长说着又握住了王东的手。王东想,自己该走了,向市长道了别,又向两位县长打了招呼,急匆匆走出了市长办公室。他隐隐约约地听到市长对两位县长说:"小王书记不错。"王东心中一阵激动,心想,就凭市长说的话,也要把半山村村民上访的事处理好。

王东、杨建军他们把四五十个半山村上访的村民送回家,回到乡政府已经天黑了,急急忙忙吃完饭,就召集乡政府全体干部开会,安排乡党委、政府换届及群众生活调查的具体事宜。会议决定,党委书记、乡长、人大主席三个一把手包片,其他科级干部及乡直各站所包村,一般干部包社,明天全部下村社,一星期后汇报,十天后召开乡党代会和乡人代会。王东第二天早上就带着乡党委秘书小田一头扎进半山村、崖上村所在的大山中。十天后,远山乡党代会和人代会如期召开,以王东为书记的党委班子和以杨建军为乡长的政府班子顺利选出。王东、杨建军他们才要商量安排群众生活的事,县委组织部通知,要王东参加乡镇换届工作汇报会。王东想:乡政府干部十天没有回家了,自己正好开会,有些事要给县上领导汇报,干脆放假三天,和杨乡长商量后,杨建军也完全同意,安排好值班人员,放假三天。

六

王东回到县城后,理了发,在家里痛痛快快地洗了澡。女儿回家看到王东换下扔在沙发上的衣服,大声说:"爸爸,你的衣服臭烘烘,把我要熏晕了。"说着提着衣服放到阳台去。

"你明天给我洗衣服,我要开会。"王东说。

"我才不给你洗,那么脏的衣服自己洗。"女儿说。

"你太幸福了,我啥时间要带你去远山乡的农村住几天,"王东说。

"去就去,我才不怕哩。"女儿大声说。晚上吃完饭,碗筷还在桌子上,王东就急着起身出门。妻子瞪着眼说:"半个月没有归家了,吃完饭就走?"

"我有重要事情哩,晚上回家再给你说。"王东给妻子做了个鬼脸,出门走了。

王东出了南河开发区家属楼的院子,沿南滨河路直往清水河大桥走去。过了清水河大桥,沿北滨河路往西走一公里的样子,再向右拐上清水北街,老远就能看见十二层的县委、县政府办公大楼。王东去办公大楼找刘枫,两人在电话里约好的,八点在办公室见面。此刻八点不到,但冬天的天黑得早,滨河路上的路灯发出橘黄色的光,把香樟树的叶子照得金灿灿的。冬天的冷风微微吹拂,脸面上有点冷,但给人一种神清气爽的舒服感觉。王东在滨河路上不紧不慢地走着,边走边思考着一个秘密而又十分重要的问题,这个难题已经困扰他十多天了,他在半山村和崖上村待了一个星期,通过调查、走访、谈话,和当事人交心,解决问题的路径已经找到,而且在王东的心目中,可以说问题已经解决。但是从另外一个角度讲,解决问题的路径根本就没有找到,对相当一部分人来说,这个问题也许就无法解决。王东今晚就是找自己的老同学、也是自己顶头上司的刘枫商量解决问题的办法的。

王东走进刘枫办公室,刘枫正在等着他。刘枫拿起桌子上的中华烟,递给王东一支,自己也点一支,说:"老同学,上任十多天,换届选举也结束了,一把手的感觉怎么样?"

"你把我推到马蜂窝里了,我给市长表态半个月内解决上访问题,时间马上就到,我向老同学讨教来了。你不给我出个主意今晚我就不走了。"王东苦笑着说。

"哎,老同学,你这是怎么啦?猪八戒倒打一钉耙,狗咬吕洞宾不识好人心,推荐你当书记,有了难事就把我扯上,想当书记的人可多着哩。"刘枫半开玩笑半当真地说。

"老同学,玩笑归玩笑。那天你在市长办公室也看到了,村民上访这件事给市长应有个交代。"王东认真地说。

"远山乡村民上访这件事,我有所耳闻,但具体情况不清楚,这几天我了解了一下,还比较麻烦,主要是把县委吴书记扯上了,这咋办?"刘枫若有所思地说。

"我也思考了,你说的就是问题的关键。最近,我在村里做了一些工作,村民们的思想都基本通了,村民们坚决要求,要把书记办公会纪要作废或者重新印发,要明确两个村的柴山地界,把吴书记在纪要里的讲话改过来。"王东说。

"会议是吴书记主持的,会议纪要是吴书记签发的,要把会议纪要作废或者重新发,吴书记必须同意,谁给吴书记汇报,吴书记啥态度,他会同意吗?"刘枫反问王东。

"老同学,这就需要你给我出主意。"王东说。

"这个主意我咋给你出?涉及大老板的闲话谁敢说?"刘枫说。

王东一听刘枫的话,心里有些悲哀起来,刚来刘枫办公室时的兴奋劲儿没有了。他从沙发站起来,猛吸了两口香烟,来回踱着步子。看来自己把问题看得太简单,还有点意气用事,自己从上访的村民们的角度考虑得多一点,而从县委吴书记的角度考虑得少一些,这也许是从政者的大忌。要不作为老同学的刘枫怎么不仅不出主意,竟然还说出那样的话?刘枫的话提醒了王东,王东也不得不对自己成竹在胸的想法来一个认真的反思。

"老同学,你应该清楚,村民上访的事不来个了断,在村民们和市长面前没法交代,要推翻书记办公会议纪要,吴书记的面子往哪里放?吴书记又是什么想法?孰轻孰重,你应该好好掂量掂量。"刘枫见王东没有吭气,又分析道。王东从刘枫说话的口气里已经听出刘枫的态度,原来他和王东的想法是背道而驰的。王东当初的想法是以解决老百姓的问题为出发点的,而刘枫的想法是不言而喻的,是以考虑吴书记的感受,甚至可以说是考虑吴书记的面子为出发点的。中国人的面子是多么重要!何况是县委书记的面子。话不投机半句多,王东叹了一口气说:"老同学,感谢你提醒,我是应该好好思考一下。"说着走出了刘枫的办公室。

第二天开了一整天的乡镇换届汇报会,县委分管组织的何书记出席会议,组织部尤部长主持会议,全县二十三个乡镇党委书记参加会议。先由各乡镇党委书记汇报本乡镇换届选举情况,轮到王东时,三分钟就汇报结束了。有三个乡镇选举出了问题,一个镇是人大主席落选,党委副书记选上了,另外两个乡是各落选一个副乡长,财政所长和计生站长选上了,分管组织的何书记对三个乡镇的党委书记进行了严厉批评。一整天来,各乡镇书记、组织部长以及县委何书记到底讲了啥,王东没听多少,他的思绪在远山乡上访村民、和蔼的市长和严厉的吴书记之间飞来飞去,而且越飞越快,最后眼前一片模糊。当年召开公路建设现场办公会议的是哪位副书记,或者是哪位副县长也行,即使是会议纪要内容错了,纠正就行了,可偏偏是县委吴书记,是县委一把手,是掌握自己命运、在全县一言九鼎的大老板。自己在官场上才出道,难道就要折戟沉沙了吗?王东决定,即使折戟沉沙,也要按自己的思路走,因为什么是正确的,什么又是不正确的,王东心中最清楚。一个人为什么一定要坚持不正确的,或者说是要做是非颠倒的事呢?那么,这个人内心一定隐藏有不可告人的秘密。王东想到这里,心中豁然开朗了。

第三天,王东吃完早点,叫来杨建军和罗部长,开着车首先去了交通局,找到局长后,王东说:"局长大人,我求你来了。"

"你是书记、县长的红人,你说的事哪敢不办。"局长给王东他们递一支香烟说。

"远山乡政府山沟里修桥的事情,乡政府已经打过几次报告,年过了就修吧。"王东说。

"那座桥早应该修,只是经费太紧张,年过了挤经费开工。"局长说。

"那好,开工后,我陪你好好喝一杯。"王东说。

"喝两杯就免了吧,只要你老弟在书记、县长面前美言几句就行了。"交通局长握着王东的手说。

王东想,这位老哥还真把我当回事了。连忙回答:"老哥,那没问题,到时候我当面给书记、县长说。"

他们出了交通局,来到林业局。林业局长是王东媳妇的远房亲戚,王东对林业局长说:"表叔,我到远山乡当书记,你要支持。"

"自己的人不支持,支持谁呢?怎么支持,你说。"表叔很痛快地说。

"年过了,你要给我们乡规划两千亩薪炭林的栽植任务。"王东说。

"远山乡的生态环境脆弱,村民们连做饭烧火的柴都没有,我们早想着在乡上搞植树造林哩。你们原来的那个李书记是个怕事的软蛋,过去我们派技术员去联系植树造林的事,还嫌麻烦得很。那行,远山乡本来就是我们的造林规划区,春节过了我派技术员就搞。"表叔当即答应。

"你还要给我们一个村的柴山打两公里围栏。"王东又说。

"打两公里围栏要二十万哩,远山乡又没有规划,明年下半年办行不行?"表叔反过来和王东商量。

"表叔,这个对我很重要,必须年过了就办。"王东恳切地说。

"那好吧,年过了先垫钱给你办。"表叔无可奈何地说。

"表叔,过年了我一定提两瓶好酒来拜年。"王东真心诚意地说。

"拜年就不用了,你在乡上把老百姓的事办好就成了。"表叔一脸严肃地说。王东听了表叔的话,心中一阵发热。更加坚定了按自己的思路处理村民上访事件的信心。

王东他们又来到水电局,水电局的话更好说,局长是王东当秘书时的政府办主任,是王东的老领导。王东提出,远山乡春天要植树造林,需要三千米塑料引水管,再解决两个村的人畜饮水问题。水电局长满口答应,也说年过了就开工。

七

　　王东没有想到几件事办得这样容易,很是高兴,他觉得离他处理村民上访事件的时间越来越近了。他对杨建军说:"杨乡长,明天我们返到乡上,下午召开党委扩大会,你通知一下,让崖上村和半山村的村支部书记和村主任参加,让半山村的李二宝也参加,我们专题研究两村修公路引起的上访事件。"杨建军听了有些诧异,拖了一年多而且惊动市、县两级领导的村民上访事件,王书记才上任半个月,而且和谁都没有商量过,明天就要开党委扩大会研究这个棘手的问题。按惯例,应该是乡上主要领导之间沟通了,有了一个成熟的意见后,才能开党委扩大会议,上党委扩大会也只是一个形式而已。更为敏感的是牵扯到县委吴书记,如果按村民的意愿,推翻县委书记办公会议纪要,县委吴书记的权威和面子往哪里放?如果肯定吴书记的讲法是正确的,半山村的村民又要上访。这些,王东书记应该知道!也许当局者迷,旁观者清,自己需要提醒一下王书记,就说:"王书记,这件事情很棘手,你要好好思考一下,再拖一两个月解决也行。"

　　"杨乡长,不能再拖,老百姓和市县领导都不允许我们再拖了,我已经思考好了,明天下午在乡政府准时开会,感谢你的提醒。"王东望着这位在一起才工作了半个月的搭档深情地说。

　　在乡政府饭馆吃完中午饭,远山乡党委扩大会在乡政府三楼会议室如期召开,乡党委成员、乡政府班子成员参加会议。乡直各站所负责人、半山和崖上两村的村支书和村主任列席会议。会议由乡党委书记王东主持。会议首先研究了党委成员和政府班子的分工。其次研究了党政主要领导包片,科级干部和乡直单位包村,一般干部抓社的工作机制,落实了责任。第三,研究村民上访事件。王东大声讲道:"关于半山、崖上两村因修公路引发的打架上访事件,它的前因后果、来龙去脉在座的各位比我清楚,为什么拖了这么长时间没有解决,其原因大家也应该知道一些,这件事再不能拖了,市县领导和两个村的老百姓都要求我们尽快解决问题。最近半个月来我和两个村的村干部进行了广泛的交流,深入到村社和一些村民进行了座谈,又和县上的个别领导进行了沟通,经过反复思考后,提出我个人的处理意见,不妥之处,请大家指正。一、由乡党委向县委打报告,要求撤销或重新印发有关崖上村公路建设的会议纪要,明确崖上村修公路占用的土地就是半山村的柴山。二、鉴于公路已修通,两村村民出行都很方便,公路为两村共用,主权归半山村所有。三、鉴于公路修通后不利于半山村柴山的保护,建议林业部门沿公路修建两公里水泥柱铁丝网围栏,防止村民偷砍柴山。四、鉴于两村群众烧柴困难,开春后,建议水电局架设三千米引水管道,建议林业局为两村各规划一千亩薪炭林。"

王东停顿了一下,扫视了一眼会场,接着说:"修围栏、架设管道、栽树的事,我和杨乡长与县上有关部门已经衔接好,年过了就开工。以上四点处理意见,请大家讨论。"

会议室里静悄悄的,大家都在盯着王东,好像没有听懂四条意见。半晌了,半山村的社长李二宝突然站起来大声说:"王书记讲的四点意见我完全同意,只要把县委吴书记的会议纪要推翻了,明确崖上村修公路的地方就是我们半山村的柴山,天上无云,地下无雨。没想到王书记和杨乡长联系有关部门还要架水、修围栏、栽树,这是我们万万没想到的,我代表全村百姓向你们鞠躬。"说着站到会场前面,深深鞠了一躬,会场上立刻响起了热烈的掌声。

王东见没有人主动发言,就说:"半山、崖上两村的干部有啥意见?"两村的干部都说没有啥意见,王书记的处理意见很好,感谢王书记。王东又征求其他党委成员的意见,都说王书记的意见好。

李志气发言说:"王书记的意见好,前几天我的腰又疼了,今天听了四条处理意见,我的腰立马不疼了,省下了买药的钱,我要感谢王书记。"李志气的话惹得大家笑了起来,连王东书记也咧嘴笑了。

王东侧脸对杨建军说:"杨乡长,你也发表一点意见。"杨建军干咳了一声说:"王书记提出的四条处理意见,会前是和我沟通了的,我完全赞同。四条意见不仅实事求是,而且维护了群众利益,还结合了给群众办实事好事,这种工作方法和思路,都应该是我们全乡干部学习的榜样。"说完带头鼓起掌来,会议室里又响起了热烈的掌声。

王东见大家给自己鼓掌,有点不好意思,就说:"大家没有意见了就通过,散会后以乡党委文件下发各村并报县委办公室。散会。"

散会后,王东和杨建军又安排党委秘书拟定了文件的提纲,并叮嘱党委秘书晚上要写出来后拿来修改。

安排妥当后,王东和杨建军走进饭馆吃晚饭,乡上的其他干部已经吃完饭,李志气的媳妇端来两碗米饭,又端来三盘热气腾腾的炒菜,王东开玩笑说:"李嫂子要犒劳我们。"

李志气媳妇说:"老李安排的,他还有两瓶好酒哩。"说话间李志气提着两瓶酒进来。

杨建军说:"李主席真要感谢王书记。"

李志气说:"我的腰也不疼了,回到村子里亲戚也不骂了,当然要感谢王书记。"说着拧开酒瓶子,各倒一杯,自己仰头先喝了。

王东觉得开完会有一种解脱的感觉,心中一股郁积好久的恶气似乎也喷射了出来,闻着酒味,觉得特别香甜,对杨建军说:"杨乡长,那咱们弟兄三个好好喝两杯。"说着两人仰头喝了。

李志气又倒满了三杯酒,三人连喝三杯后开始吃菜。李志气吃了两口菜,放下筷子,说:"王书记,你把半山、崖上两村老百姓上访的事情处理好了,县委吴书记不知答应不答应?"

"乡党委的决定都作出了,他如果大度一点,会答应的。"说着心中又郁闷起来,"不说他了,喝酒。"王东说着带头又喝了一杯。说曹操曹操到,王东的手机响了起来,掏出一看,是县委吴书记的电话。

"是王东吗。"吴书记在电话里说。

"我是王东,吴书记。"王东回答。

"听说远山乡村民又去市政府上访,你给市长表态半月内解决问题,有个意见了吗?"吴书记在电话里问。

"吴书记,我们乡党委研究了个意见。"王东瞅瞅杨建军和李志气,回答道。

"你们已经研究了个意见?你怎么提前不给我汇报一下?"吴书记口气沉闷地说。

"吴书记,我现在就给你汇报。"王东镇定自若地说。

"你当面来给我汇报。"吴书记说着挂了电话,口气是不置可否的。王东的手机声音大,杨建军和李志气都听见吴书记说的话了,瞪着眼睛看着王东。王东端着酒杯思绪万千,这乡镇上的工作真是难搞啊!难道自己才当了半个月的乡党委书记就要夭折了吗?夭折就夭折吧,反正我做得是正确的。王东站起来端起酒杯一饮而尽,说:"李主席、杨乡长,最近的工作感谢你们的支持,这几天你们先顶着,我回去给吴书记汇报。"

"王书记,我们两个一起去。"杨建军理直气壮地说。

"我们两个一起去牺牲,那太划不来了。我一个人去给吴书记汇报,决定是我做出的,要撤职就撤我这个党委书记,你要接着把两个村的事情办好。"王东说,"我去就行了,我想,吴书记不会给我们穿小鞋。"

王东随便吃了几口饭,叫上罗部长开着车走了。车开得很快,不到两个小时就到了县城。天已黑定,晚上的县城,灯火通明,白天看起来乱哄哄的县城,晚上看起来妩媚多姿。车子又开上了清水河大桥,王东让罗部长把车停下来,自己站在大桥上,任凭冷风吹拂。清澈的清水河"哗哗"流淌着,河水的声音比白天要大一些,水面在滨河路路灯的照耀下,闪烁着橘黄色的波光。对面滨河公园里几个巨大的灯柱发出耀眼的光芒,把滨河公园照得通亮,公园里几摊子舞蹈队随高亢的音乐跳着健身操,《最炫民族风》声音最嘹亮,跟着跳的人也最多,王东真想跟着欢快的旋律大吼几声。但是,他没有,寒冷的风把他吹醒了,在乡政府喝的酒也好像烟消云散了。他抬头一看,县委、县政府十二层办公大楼上五颜六色的霓虹灯一闪一闪的,六楼东头办公室的灯还亮着,那就是吴书记的办公室,吴书记正在办公室里等着我哩。如果吴书记豁达大度,确实具有共产党员所应该具备的无私的胸怀,他就应该表扬我,把一件十分棘手的上访事件处理好了,我是一位十分称职的乡党委书记啊!如果对自己提出的意见确实觉得伤了面子而大发雷霆,那么,我这个乡党委书记就当结束了,结束就结束吧,十几天的党委书记总算是给远山乡的老百姓干了点事情。如果不让当了,自己就成调干了,暂时就无事可做了。如果这样,年过了就给县委组织部打报告去远山乡下乡,督促和协助半山村和崖上村的村干部把修围栏、架管道、植树造林的工作搞完,再要求县委另行安排工作。王东想到这里,心中一阵坦然,他把罗部长打发回家,自己沿着清水河北街,汇入晚上散步的人流,迈开大步,向县委、县政府办公大楼走去。

写于2013年2月

选举风波

一

昨天吹了一下午的西北风,今天早上气温骤然降了下来,县委办公楼院子花园的水池里结着似有似无的薄冰。办公楼里上上下下的人都冷得缩着脖子,口里哈着热气,互相打着招呼。四楼的县委会议室里,村级班子换届座谈会却开得热气腾腾。

县委村级班子换届座谈会刚开到中途,川坝镇镇长刘清明就有点坐不住了,觉得额头上痒酥酥的,抬起右手一抹,大冷的天额头上竟然沁出汗珠。他抬头偷偷看一眼主席台上讲话的县委郑书记,郑书记正在低头念着县委办的秘书们早已写好的讲话稿,声音洪亮,铿锵有力。刘清明又偏头看了一眼坐在郑书记旁边分管农业的副县长田光辉,田光辉正在拿眼睛瞅刘清明,刘清明赶紧低下头,拿起笔装模作样地做着笔记。偌大的县委会议室里坐着四五十位各乡镇党政一把手、县直有关单位负责人。因为是县委书记在讲话,而且语气严厉,会议室里鸦雀无声。要是以往开座谈会,可不是这样的。在座谈会上抽烟是正常的事,第一个抽烟的人给其他抽烟的人散一圈烟,各自点燃抽着。还未抽完,第二个抽烟的人马上掏出自己的烟给大家散一圈,烟的档次肯定要比第一次的要高,散烟的人也明显带有炫耀的意思。会议室里烟雾缭绕,烟味呛人。交头接耳也是极其正常的事,几十个乡镇的头头脑脑们聚在一起说话的议题就多了,工作上的事情自然也交流一些,但说得最多的还是上面安排的不好办的事情、如何应付检查、忽悠难缠百姓的心得体会,说到兴奋处还显现出得意洋洋的神情。当然,特别熟悉的乡长书记之间还不忘记互相开几句似真似假的黄色玩笑。今天却不同,四五十个人把会议室坐得满满的,参加会议的乡镇书记、乡镇长们一个个正襟危坐,有的趴在会议桌上认真地做着笔记,有的抬着头,认真聆听着郑书记的讲话。整个会议室里只有郑书记洪亮的讲话声和空调"嗡嗡嗡"的吹风声。

刚才,各乡镇党委书记简短地汇报了各自乡镇村级班子换届选举的情况,有些书记汇报的时间长一些,还总结出经验和教训,有些书记三言两语就汇报结束。汇报时间短的是明显地看郑书记的脸色行事。县委郑书记的脸正紧绷着,一脸严肃地坐在主席台上。参加会议的人都知道,为村级班子换届的事情,平时不发火的郑书记在今天的会上发了火。村级班子换届工作已经开始一年,省市委要求年底必须结束,但是时间已到年底,全县还有十分之一的村委班子没有换届。再说了,郑书记今年来有一半时间在乡村跑,各乡镇的工作情况,包括村级班子换届情况那是了如指掌。一年来村级班子换届的汇报会、促进会、现场会都开过了,该讲的也讲了。但是,省市委要求的期限马上就到,换届任务仍然没有完成。按理,汇报工作的书记们哪里还有经验可谈呢? 可是特别是几个换届工作处于后进的乡镇书记还话多得不行,真是拍马屁不看脸色,让他们伤心沮丧的时候还没到哩。刘清明就是那种善于看眼色行事的乡镇长,他三言两语就把川坝镇村级换届选举的工作汇报完了,而且,还实事求是地汇报,只有一个村未搞结束,并保证年底之前一定完成任务。汇报完了,刘清明不敢看县委郑书记,只是抬头瞅了一眼坐在主席台上的副县长田光辉。田光辉回应刘清明一个不易察觉的赞许的神情。噢,对了,今天汇报的本应是各乡镇党委书记,按理还轮不上刘清明汇报,刘清明只是川坝镇党委副书记、镇长,党委书记是谁呢? 是坐在主席台上分管农业的副县长田光辉。

半年前,市委提名川坝镇党委书记田光辉为县政府副县长候选人,根据选举法的有关规定,县人大召开常委会进行了正式任命,县政府党组分派田光辉分管农业和农村工作。县委郑书记亲自到川坝镇参加全体干部会议,宣布党委副书记、镇长刘清明主持镇党委、镇政府全盘工作。会议刚散,郑书记的小车才走出镇政府院子,镇村两级嘴上没毛的年轻干部就一声接一声地叫刘清明"刘书记,刘书记",叫得刘清明心里既高兴又紧张,答应也不好,不答应也不好。答应了说你心急得不行,急等着当书记哩,不答应会说你骄傲得不行,嘴里只是含含混混地应付着。人多的场合,人家叫刘清明"刘书记,刘书记",刘清明就极力纠正:"叫镇长好,叫镇长好,县委领导知道了,还说我一颗桑葚等不到黑。"

站在一旁的镇人大主席王贵德打圆场,说:"叫刘镇长还是好,官场上的事情说不清。刘镇长当上镇党委书记,是我们全镇干部的光荣,名正言顺是刘书记。当不上呢?县委重新派一个书记了呢?大家叫惯了刘书记,以后怎么改口呢?我看大家还是叫刘镇长好。"刘清明听了王贵德的话,心中有些高兴,就说:"还是王主席说得对,叫镇长好,以后谁叫书记,我不答应,叫镇长我才答应。"但转念一想,王贵德是话里有话啊,说话的口气好像特别知道底细似的。刘清明三年前到川坝镇来当镇长时,王贵德就是这里的副书记,听说还活动过当镇长的事,为了平衡,县委才任命的人大主席。不过,几年来刘清明还没有发现王贵德和自己有啥不和谐的地方,是自己多心吧?刘清明不是那种喜形于色的人,他还是笑着对王贵德说:"感谢王主席的提醒,天天叫书记,本应该当的都叫黄了。"王贵德也笑着说:"该你当的,叫了也叫不黄的。"刘清明以党委副书记、镇长的名义主持着全镇的工作,该开的会照样开,该安排的工作照样安排,一主持就是半年,半年来各项工作倒也十分顺利,就是村级班子换届工作成了全镇工作的美中不足,川坝镇白水坝村的村委换届选举至今未搞。

果不其然,郑书记在耐心地听完各乡镇书记的汇报后,进行了总结讲话,对村级班子换届不力的乡镇进行了严厉的批评。郑书记开始讲话时是脱开稿子的,点了五六个乡镇党委书记的名,对川坝镇进行了没有点名的批评,也就是没有点主持党委工作的镇长刘清明的名。但是对白水坝村在换届选举中出现的打架闹事现象进行了严厉批评。郑书记讲:镇党委对白水坝村班子换届工作没有足够重视,对农村中可能出现的复杂情况没有全面掌握,村级党组织班子涣散无力,对村民的掌控能力差,换届中出现的打架闹事现象在全县造成极其恶劣的影响,川坝镇党委要高度重视。郑书记讲完话严肃地瞅了一眼刘清明。刘清明不敢抬头,低着头装模作样地记着笔记,他似乎感觉到郑书记锋利的目光似针尖般刺在头上,他清晰地听到郑书记在继续义正词严地讲着：村级班子换届工作是关系到党的基础是否牢固的大是大非问题，哪个乡镇在年底之前完不成任务，哪个乡镇的党委书记就写出辞职报告。

刘清明觉得浑身燥热，恨不得桌子底下有个地洞钻进去。当刘清明听到郑书记开始念着秘书写的讲话稿时，才抬起头来悄悄瞄了一眼坐在主席台上的田光辉。此刻，田光辉的脸上也一青一白的。刘清明想：郑书记没有点自己的名，并不是因为自己工作比起其他乡镇要好一些，是因为自己还不是党委书记，还不是乡镇一把手，还没有被点名的资格。另外，郑书记是顾及田光辉的面子。田光辉尽管离开川坝镇快半年了，镇党委书记人家还挂着，人家是分管农村工作的副县长，就在郑书记旁边坐着。明显的，没有点名批评实际上比点名批评还要难受。刘清明想到这里，觉得十分沮丧。人家都是乡镇党委书记，是一把手，就自己是副书记，是镇长，是二把手，从二把手到一把手不是那么轻而易举的，何况是川坝镇的一把手。如果白水坝村的村委换届选举工作到年底还完不成，川坝镇的党委书记就如人大主席王贵德说的，是不是刘清明当还不一定哩，自己假如是因为白水坝村换届选举的事当不上党委书记，那就太冤枉了。那不光受到其他人的耻笑，而且从二把手到一把手的时间又要推迟好几年。在官场上混，年龄是优势也是生命，是政治生命。按理，田光辉调任副县长就是自己的一个好机会，这次机会如果抓不住，再过几年等自己的年龄过了提拔的线，黄花菜就凉了，自己的政治生命就结束了。要知道机遇对于混迹官场的人来说是何等的重要啊！过了这个村就没有这个店。刘清明想着想着不由得骂出声来，"这个狗日的任福财，你当你的包工头挣钱就行了，非要回来选个村委主任当，这个狗杂种！"坐在旁边的远山乡党委李书记偏着头悄悄地说："你骂谁呢？你有神经病？"刘清明苦笑一下，也悄悄说："就是啊，我有神经病了。"

刘清明的思想跑马了，就没有了开会的心思，主席台上郑书记念的讲话稿根本听不进去。那都是老生常谈，是秘书们从报纸上抄来的套话空话，具体到如何选举村干部根本不起一点作用。过去村干部没有人当，现在村干部有权了，还发着补助，有头有面了，都争着当，你让谁当谁不当，念一通报纸上的话,屁事不顶。最顶事的就是郑书记的一句话:"村级班子换届完不成任务的,就写辞职报告。"郑书记终于念完讲话稿,主持会议的县委常委、组织部张部长又总结归纳强调三点贯彻意见,座谈会才结束。

因为县委郑书记脸黑着,参加会议的乡镇党委书记、乡镇长们一改以往开完会的说说笑笑,都一本正经地走出会议室。刘清明想和主席台上的老搭档田光辉打个招呼,但田光辉在主席台上翻看着手中的笔记本和材料,脸没有转过来,刘清明就三步并作两步走出会议室,快步下楼来到冷飕飕的院子里。刘清明正要抬头看看自己的桑塔纳停在啥地方,司机小陈已经悄无声息地站在自己的身旁,接过了自己手中的文件袋。刘清明跟着司机小陈来到停在不远处的桑塔纳旁,小陈敏捷地打开小车的右前门,手还把着前门上端,等刘清明弯腰坐进去后,关上车门,又跑回左边,打开车门,坐进去后发动车子,把车子徐徐开出了县委大院。车子快要驶上大街时,小陈轻声问:"刘镇长,是回家?还是去镇上?"刘清明的家就在街道对面不远处南河开发区的家属楼里,五分钟就到。刘清明望了一眼不远处南河开发区的家属楼,心想,还是先去镇上吧,白水坝村的选举是大事。回头对小陈说:"先去镇上吧!"小陈调转车头,加快了速度,向十公里以外的川坝镇驶去。刘清明扭头看了一眼开车的小陈,嘴角露出了会意的微笑。刚才村级班子换届座谈会上的愤懑心情,此时有所缓解。这都是因为司机小陈的缘故,一想起小陈,刘清明心中就觉得得意。小陈是刘清明前年从退伍志愿兵中选来的司机,听民政局长说:小陈退伍之前给团长开了十二年的小车,退伍之后团长还舍不得放哩。刘清明对民政局长说:就是他了,你把他给我安排过来。果不其然,小陈没有辜负刘清明的希望,站有站相,坐有坐相,一天到晚把个半旧的桑塔纳擦洗得干干净净,像在部队给团长服务那样伺候着刘清明,刘清明时不时说:"到底是部队里训练出来的,是给团长开过车的啊。"

二

刘清明坐车到镇政府的院子里时,院子里静悄悄的,呼呼的冷风吹得办公楼一侧光秃秃的白杨树树枝哗哗作响。院子中间是两株高大的柏树，靠院墙栽着六七株胳膊粗的橘子树，它们在寒风中显得越发翠绿。川坝镇距县城只有十公里，镇上七八十个职工大多数家在县城，下午四五点钟只要没有啥急办的事情就搭车回家了。少部分职工是本地人，在镇上转悠一圈，看着没啥事情，也就忙家里的事去了。更何况今天刘清明在县上开了一天会，大家看着主持工作的二把手不在，老早回家也就是自然而然的事。刘清明自然是知道这些情况的，快到下班的时候他还回到镇上，是想和镇人大主席王贵德再商量一下白水坝村选举的事。王贵德是川坝本地人，家就在离镇政府不远的村东头，就是他回家了，一个电话打过去几分钟就会过来。

刘清明下车向办公楼走去，司机小陈一手拿着喝水杯，一手提着文件袋跟在后面。刘清明低着头刚走到二楼转角处，任福财从三楼急急忙忙走下来，差点撞在刘清明的怀里。任福财反应快，马上问："刘镇长，听说你在县上开会，开结束了？"

"嗯，会开结束了。你怎么来了？"刘清明突然碰上任福财，心中很是不悦，黑着脸问。

"是王主席叫我，我就来了。"任福财眼神有点躲躲闪闪地说，掏出衣服口袋里的中华烟，取出一支赶紧递给刘清明，并用打火机帮着点燃。刘清明抽着任福财敬的中华烟，脸色有些缓和，抬头看了一眼任福财，说："你回吧，我还有事。"说着转身走向二楼东头的镇长办公室，任福财站在二楼拐角处犹豫着，想要跟着刘清明一起去办公室，但是刘镇长让他回，人家还有事，看着刘清明头也不回地走进办公室。任福财只好瞅了一眼司机小陈悻悻下楼。小陈拿着喝水杯、提着文件袋，跟着刘清明走进办公室，帮着烧水收拾办公室，刘清明坐在办公桌前翻看桌上的文件。小陈收拾停当后轻声问刘清明："刘镇长，十二点了，午饭哪里吃？"

"大灶上吃，你给大师傅说一下，炒三个菜。"刘清明看一眼小陈说。小陈答应着退出镇长办公室。刘清明看小陈出去，就伸着懒腰，头靠在椅子的靠背上，将右脚架在办公桌的边沿，抽了一口刚才任福财敬的中华烟，思索起来。这个时候王贵德叫任福财干啥呢？现在是白水坝村班子换届选举的关键时刻,王贵德应该避嫌才对,怎么反过来主动叫选举对象来自己的办公室呢?上一次白水坝村选举村委主任时村民砸烂选举票箱,出现打架骂仗事件,根子就在任福财身上。要是村上或者是镇上的干部看见了会怎么说,你王贵德是不是太不负责任了。吃饭时把王贵德叫来好好谈一下。刘清明想着打通了王贵德的手机,刘清明问:"王主席,你在哪里,你到我办公室来一下。"

"刘镇长,你开会结束了?我……我在家里,马上过来。"王贵德在电话里回答。

刘清明心中咯噔一下。你王贵德明明在三楼的办公室里,却骗人说在家里,我早就怀疑白水坝村选举的事情你王贵德有鬼,对镇上的选举方案阳奉阴违,对镇上的班子也说些阴阳怪气的话,要不是今天发现任福财从三楼下来,还抓不住他的把柄哩。刘清明听了王贵德的回话,气不打一处来,他呼地站起来,真想跑上三楼,砸开办公室,当面戳穿王贵德的鬼把戏。刘清明转念一想,小不忍则乱大谋,和王贵德闹翻,谁来主持白水坝村的选举工作呢,人家王贵德不仅是镇上的人大主席,还是白水坝村的包村干部。况且目前主要矛盾是解决白水坝村的选举问题,不要因为选举问题而让自己当书记的事情泡汤,要化不利因素为有利因素,利用王贵德把白水坝村的选举任务完成才是正确的。刘清明的大脑高速运转着,他站在办公室的门旁,手把着门锁的把手。此时,他松开把手,轻手轻脚走回办公桌旁,对着电话说:"啊噢,王主席,刚才有点小事。我已经安排大灶炒两个菜,我办公室里还有瓶百年老窖哩,你等会过来,咱们哥俩喝了。"

"刘镇长,我天天想着喝你的好酒哩,我马上过来。"王贵德痛快地回答。

刘清明挂了手机,松一口气,又坐回办公桌,手支着下巴发起呆来。他想,办公楼就四层,四楼是大会议室,三楼是党委工作部门,三楼东头的套间是书记办公室,西头的套间是人大主席的办公室,田光辉副县长当了半年,但是镇党委书记还没有免,办公室自然不能搬。有时,田光辉下乡来川坝镇,还打开办公室坐坐。二楼和一楼是政府序列的各站所办公室,镇长办公室在二楼的东头,也是套间。乡村干部水平较低,说怪话的人多。县直单位各局是局长说了算,乡镇是书记说了算,要不书记为啥要坐在镇长头上办公呢?不过刘镇长快要坐到下一位镇长头上去。刘清明对大家的议论只是微笑应付,冷静下来想,自己能不能当上书记还真是个未知数哩,就比如眼前白水坝村选举的事情。如果真如县委郑书记讲的那样,村级换届任务完不成就写辞职报告,自己还当啥书记呢? 不过,在刘清明的从政印象中,郑书记一般在大会上讲的严厉的事,最后都是不了了之,除非是市上或者省上逼着督办的事。但是,说归说,想归想,选举的事情还是绝对不能马虎,按时完成村级班子换届选举工作,对自己任镇党委书记是绝对有好处的。此刻,自己不能出去,出去碰上王贵德就会露馅,不光王贵德难堪丢面子,自己也会很无趣,在两人之间平添了一层隔膜。这样,对白水坝村的选举不仅会增加人为的难度,对自己将来当镇党委书记也一无益处。我当上书记了,你王贵德当镇长也行嘛,这是一个双赢互惠的好事,你王贵德为啥一定要骗我呢?真是个小人。俗话说,宁可得罪君子,不可得罪小人啊。刘清明想到这里,得意地笑了,而且扑哧地笑出声来。

正在这时,门外响起敲门声。刘清明知道是王贵德来了,他站起来,咳嗽一声,大声说:"王主席,门开着。"自己装模作样地翻看着办公桌上的材料。

门背后的把手转动两下,门咯吱一声开了,王贵德走进来。刘清明赶紧从椅子站起来,取过桌上的香烟,递给王贵德一支,笑着说:"坐下,坐下。我们哥俩喝一杯,菜马上就炒好。"

"刘镇长,我正帮着老婆子择菜做饭哩,你这里有好菜好酒,我就赶紧跑过来。我还以为你开完会明天才来哩。"王贵德笑着说,声音明显地不自然。

"我急着哩,会上县委郑书记对白水坝村村委主任选举的事进行了严厉批评,赶紧下来和老哥你商量一下白水坝村选举的事哩。"王贵德不过比刘清明大三四岁,听着镇长叫自己大哥,王贵德心中不免有点惶恐,再加上自己刚才撒谎,心中就有点虚。连忙说:"商量一下,商量一下。"

二人说话间,司机小陈敲门进来说:"菜炒好了,下去吃饭吧。"刘清明对王贵德说:"走,咱们边喝边说。"让小陈在套间的纸箱里翻出一瓶百年老窖,三人走下楼来,去院子旁边的大灶吃饭。镇上干部职工都回家了,大灶上再无其他人吃饭。三人来到大灶专门招待县上检查工作领导吃饭的小餐厅时,干净的餐桌上已摆上两套餐具和两只酒杯,两人刚坐定,小陈和大师傅就端上三盘热气腾腾的炒菜,一盘红烧土鸡,一盘辣子炒肉,一盘素炒豇豆。小陈给两位领导斟满两杯酒后,退出餐厅。

"老哥,我们今天边喝酒边把白水坝村选举的事好好说一下。我先敬你一杯。"刘清明说着端起酒杯一饮而尽。王贵德看着刘清明一口喝了,不敢怠慢,也端起酒杯一口喝了。刘清明拿起筷子接着说:"吃菜,吃菜。"说着夹了一块鸡腿放在王贵德的碗中,夹了一块鸡翅膀放在自己的碗中。刘清明吃完鸡翅,抬起头,扯过纸巾擦了一下嘴说:"王主席,今天开了一天会,郑书记讲的主要内容就是年底之前必须把村级班子换届工作保质保量搞完,年底市委要验收,谁砸了县委的锅,谁就这样。"刘清明用手在桌子上做了个杀鸡的动作。王贵德口里咬着鸡肉,有些不解地望着刘清明。刘清明见王贵德有些疑惑,又说:"哪个乡镇村级班子换届工作没有搞完,哪个乡镇的书记就下课。"

王贵德听了刘清明的进一步解释,似乎懂得刘清明请他喝酒的原因。用餐巾纸擦着嘴,气愤地说:"任福财这个坏家伙,靠着在市里工作的兄弟的后门,在县城包工挣下大钱就行了,非要参加白水坝村村委主任的选举,打乱我们的选举方案,把白水坝村搞得乌烟瘴气。"

刘清明端起酒杯说:"咱们哥俩再碰一杯。"说着自己一口喝了。王贵德见刘清明喝得痛快,没有迟疑,端起也喝了。喝酒的杯子是喝啤酒的小玻璃杯子,一杯足有一两酒。两人两杯下肚,话就有了。刘清明先给王贵德斟满酒,然后倒满自己的酒杯,缓了一口气说:"白水坝村的换届搞砸锅了,我——这个镇长想当书记就无望,你——想上一个台阶也有了障碍。所以,我们今天应该把白水坝村的事商量个妥当的办法来,这样,咱们哥俩才能互利双赢。"刘清明说完,用自己充满血丝的眼睛紧盯着王贵德。王贵德也不躲闪,用有点发红的脸回应着刘清明的眼神,拿起桌子上的香烟,递给刘清明一支,自己点上一支,说:"刘镇长,你是知道的,白水坝村百分之九十的人家就是任家和王家两姓,任家在村西头,王家在村东头。

任姓人当支书,王家人就要当村委主任。反过来,王家人当支书,任家人就当村主任。轮流着当支书、主任可以说是建国以来几十年的惯例。可是这次任家人已经当支书了,任福财却要站出来竞选村主任,靠他的兄弟包几年工程挣点钱烧包了,说话口气也大得很,王家人当然不答应。"

  王贵德讲的这些刘清明都是知道的,但是,刘清明总觉得还有其他方面的原因。上届白水坝村的支书是王家人,这老王支书当十多年,年龄也五十七八,根据这次的村级班子换届政策,五十五岁以上的老支书必须下,老王支书就退了,原来的村委主任任国强当了村支书。任国强是复员军人,四十岁过一点,办事也公道,两个月前在全村的党员大会上被选为村党支部书记。但在讨论村主任候选人时,退下的老王支书提出,村委主任必须王家人当,这不仅是惯例,而且如果不这样做,全村不平衡。参加会议的王任两姓党员异口同声同意老支书的提议,当时参加会议的刘清明和王贵德临时商议了一下,也同意大家的提议,同时也提出村主任候选人为王全胜。王全胜不到四十岁,人也精灵,在村子好说公道话,有一定的威信。高中毕业后一直在县城干活,一开始是泥工,后来当木工,现在领着七八个人在县城南河坝开发区装修房子,自己修了三层楼,女人在家里开着农家乐,日子过得红红火火。眼看着很顺利的选举工作,却出了意外。在预选村主任候选人那天晚上,很长时间不见面的任福财突然出现在会场,毛遂自荐要参选村主任,而且在会上还发表竞选演说,承诺只要把他选上,他可以争取项目修村里的水渠、街道。村民们听了一阵哗然。投票开始后,不仅任姓选民准备给任福财投票,而且王姓的几个人也准备投任福财的票。王姓家族的几个年轻小伙子眼看要输给任家人,跑上前去砸烂票箱,撕烂里面的选票。会场上王姓和任姓过去有点矛盾的妇女们也趁机对骂起来,有些还拉拉扯扯地撕挖起来。指导会议的刘清明和王贵德赶忙指挥着村干部劝架的劝架,该训斥的训斥,并宣布散会。那天选举的场面至今历历在目,也叫人触目惊心,前几年无人当的村干部,现在争着当。两大户族之间争着当,那是因为户族间狭隘的宗族偏见,现在农村里都是这样的,人手多的宗族就势众一些,是情有可原的。那么任福财本人呢?任福财参选必有人在参谋支持,当然任福财在市里工作的兄弟是不是支持很难说,但是在村里和镇上肯定有撑腰的人,这个人是谁呢?

"王主席啊!我总觉得任福财参选还另有原因,要不他当包工头好好的,选个啥好处也没有的村主任干啥呢?"刘清明思索一下,眼睛盯着王贵德意味深长地说。

王贵德喝一口酒,吃一口菜,慢悠悠地说:"刘镇长啊,你有所不知,这任福财今天给我说,他在市里工作的兄弟给他说,从明年开始国家要搞新农村建设,市里列了许多项目报到省上,省上又报到中央去了,如果批下来,明年后年各乡村就要实施。他选上村主任,不是更有钱挣了吗。"

"原来这样。我干脆不知道哩。"刘清明心里暗暗高兴着,一方面知道了任福财参选村委主任的真正目的,另一方面是王贵德说了真话。刘清明说着又和王贵德碰了半杯酒,反问王贵德:"那么依老兄的意见咋办呢?"

王贵德半天没有吭气,喝了一口酒才迟迟疑疑地说:"要不就让任福财当,人家有靠山,又能办事。"

"让任福财参选,白水坝几百号王姓村民不同意咋办?闹事又咋办?"刘清明眼睛盯着王贵德问。

"那咋办,任福财又非要参选。"王贵德反问刘清明。

"老兄,先喝酒,喝了再说。"刘清明端起酒杯喝空,给自己倒满。又逼着王贵德喝完杯子里的酒,帮着倒满后,放下瓶子说:"我的意见是让任福财放弃参选。"

"那为啥?怎么放弃?"王贵德问。

"老兄啊,你想想,白水坝村几百位村民的工作好做,还是任福财一个人的工作好做。如果让任福财参选,村民闹事上访,我的书记,你的镇长能当上吗?村民上访闹事县委可是一票否决制啊。"刘清明言辞恳切地说。

王贵德听了刘清明的分析,仿佛茅塞顿开似的,连忙问:"刘镇长,那你说咋办?"

刘清明站起来,在餐桌前走几步,又坐回椅子,一字一句地说:"我有一个办法让任福财退出。只要他退出选举,明年新农村建设项目下来,我们可以答应让他做。如果不退出选举,项目来了也可以不让他做。"

"刘镇长,真有你的,这真是个好办法。下来咋办,你给我安排好了。"

王贵德兴奋地说。

"我们两个分工,你按我们今天商量的去做任福财的工作,我去村上做村民们的工作,你要叮咛任福财一定要保密,商量结果不能透露给任何人。"刘清明严肃认真地说:"老百姓安抚好了,不闹事上访了,我们才能双赢。"

"到底是刘镇长水平高,认识问题深刻,就按你说的办。"王贵德语气坚定地说。

两人喝完酒吃完饭时,已经下午三点。王贵德摇摇晃晃地走着回家,小陈要送还不让。刘清明本想回家,转念一想觉得商量好的事情必须趁热打铁,目前白水坝村的换届选举是头等大事,回去遇上其他事,明天去白水坝村的事就耽搁了。刘清明掏出电话,给妻子说了声:"下午要到村里开会,晚上不回家了。"未等妻子回话就挂了手机,他走回办公室,躺在套间的床上,打开电视,翻看着杂志,不知何时迷迷糊糊地睡着了。

三

解决白水坝村选举问题的路径已经找到,刘清明昨天参加会议时的郁闷一扫而光,昨晚睡了个好觉,早上醒来时天已大亮。早上有点冷,刘清明在床上又卧了一会儿,翻了一阵书才起床。上厕所刷牙洗漱刚结束,刘清明听到外面有节奏的轻轻敲门声,他知道是小陈送早点来。刘清明打开门上的反锁拉开门,只见小陈端着一盘面皮子和一盘小笼包子站在门口。刘清明忙说:"进来,进来。"小陈走进办公室,把早点放在沙发旁的茶几上说:"看刘镇长还要啥?"刘清明说:"够了,够了。啥也不要了,你吃了吗?"小陈说:"我就去大灶吃。"小陈说着走出门去,反手轻轻关上门。刘清明听着小陈的脚步声在门外消失,才坐在沙发上吃起早点来。刘清明吃着香喷喷的面皮子和小笼包子,心想,大灶上的早点是馒头稀饭带咸菜,职工吃是免费的,哪有面皮子和小笼包子,这些是小陈早上专门去川坝镇的小吃店里买来的。

刘清明吃完早点,走下楼来在院子里转了一圈。一来看看大家都来上班了没有。川坝镇距离县城只有十公里,调不进县城的职工就调在川坝镇,小面包车也很方便,家安在县城的职工一般早出晚归。二来是让大家看见自己,当镇长的老早都来了,给大家起着表率作用哩。三是到各站所办公室再巡视一番,叮咛大家,快到年底了,镇上的事情多,办事的村民多,要大家坚守岗位,履行好各自的职责,有事要请假。八点半左右,上班的职工三三两两地走进镇政府院子,有些是骑着摩托车来的,有些是坐着面包车来的,他们都和刘清明热情地打着招呼,然后去大灶吃早点。刘清明有点得意,这免费的早点是前年刘清明在党委会上提出来的,当时任书记的田光辉还有点不同意,说:"镇上经费紧张得很,一个早点花不了多少钱,免啥费呢?"刘清明说:"就因为花不了几个钱,就让大家吃一个免费的早点吧。经费的事情我想办法。"在这件事上刘清明还有一些想法,只不过在人多的地方不好说。田光辉看着刘清明坚持,也就同意了。大灶上免费的早点开始供应后,早上来上班的人多了,迟到早退的人也少了。大家私下里还议论,刘镇长给大家办了一件大好事。这正是刘清明需要看到的和听到的。刘清明看着吃完早点的职工走进了各自的办公室,来迟一点的职工又走进了大灶,就是没有发现王贵德。以往王贵德都是最早来吃早点、头一个来上班的。是昨天的酒喝多了?他那酒量才不行哩,喝了不到半斤酒早上就起不来。刘清明有点得意,他掏出手机,拨通了王贵德的电话。电话里韩红的《天路》快要唱完了,王贵德才接电话。王贵德在电话里含含糊糊地说:"谁呀,这么早有啥事呢?"

"我刘清明,王主席还在睡呢?"刘清明对着电话大声说。

"哎呀,刘镇长,我昨天喝多了,还没有起床哩。"王贵德在电话里大声说。

"你赶紧起床吧,昨天商量的事情不能忘了。"刘清明说。

"好的,我马上起床,吃了早点就联系任福财。"王贵德说。

"我把镇上的事情安排一下,就去白水坝村再了解一下情况,你要抓紧。"刘清明在电话里说,听到王贵德痛快地答应着,才挂了电话。刘清明想,要在三五天之内解决白水坝村的选举问题。

刘清明转身走进办公楼,到各办公室里转一圈,又如此这般地叮嘱一番,才叫上小陈走出院子。这时,院子里已走进许多村民,有些是核医药费的,有些是领取各项涉农补助款的。楼上楼下、院子内外一片忙碌的样子。刘清明站在院子门口回望一眼,才坐上车向白水坝村驶去。

　　白水坝村其实不远,就在川坝镇镇政府所在地川坝村的斜对面,中间隔着条一年四季清澈流淌的清水河。桑塔纳驶出川坝村,向左一拐,驶过清水河上的水泥大桥,不到五分钟就到白水坝村。白水坝村是一个背依南山傍着清水河的月牙形坝子,村民们利用有限而肥沃的土地种植着橘子树和蔬菜,橘子和各种新鲜蔬菜的种植在全县都是有名气的,县城一半的蔬菜都是由这里供应的。尽管是冬天,葱茏碧绿的橘子树把一栋栋的农家小楼掩映着,橘子树底下是一畦畦正在生长的各种嫩绿蔬菜。刘清明在村子西头下车,看见公路旁边一畦菜地里一位青年妇女正在给一拃长的菠菜除草,就过去蹲在地边搭讪。

　　"你家这菠菜长得才好哩,冬天的菠菜吃着香得很。"刘清明无话找话说。青年妇女抬头看一眼刘清明,锄着草回答说:"现在锄一道草,放一次水,正好赶上年前卖哩。"

　　"你这一畦菜能卖多少钱?"刘清明又问。

　　"卖啥钱呢?几百元钱,还不如你们镇上招待客人喝一瓶酒哩。"青年妇女继续锄着草,头也不抬地说。

　　"你认识我吗?"刘清明心里一愣,又问。

　　"咋不认识你,你是镇上的刘镇长。"青年妇女爽朗地回答。刘清明十分高兴,他接着问:"你姓啥?你是本村人吗?"

　　"我娘家在半山村,我姓张。"亲年妇女回答。

　　"常回娘家去吗?"刘清明接着问。半山村就在南山沟里,离白水坝村就一个小时的山路。

　　青年妇女站起身子来,用手指了指不远处的南山沟,说:"娘家近得很,没事了常去看一下老人哩。"

　　刘清明还想问一下青年妇女几个孩子,突然觉得还用问吗,农村不都是两个吗?问多了人家还厌烦哩,应该问一下正题了。刘清明问:"你男人姓啥呢?今天干啥去了?"

"他进城卖菜去了,王家人。"青年妇女好像没有厌烦,还兴高采烈地说。

"村子里选村主任,你选谁呢?"刘清明问。

"我说嘛,刘镇长哪有闲时间和我们聊天,原来是来村里搞调研。"青年妇女笑嘻嘻地说。"我当然要选王家人当主任,支书都是任家人当了,主任他们再当,净受他们欺负,没有王家人的活路。"

"你这话是啥意思,怎么没有王家人的活路?"刘清明故意问。

"去年你们镇上给村里几十台喷雾器,当主任的任国强把多数分给任家人,我去要一台,说没有了,我骂了他一顿。"青年妇女快人快语地说。

"你骂人家干啥哩?你如果真想要一台,我给镇上农技站孙站长说一下,给你找一台。"刘清明说着站起来要走。青年妇女手提着锄草的小锄,站起来大声说:"刘镇长,你别走啊,我给你做中午饭。"

"不了,我去任支书家商量事情。"刘清明回答。

"那我明天去镇上取喷雾器?"青年妇女说。

"好的,明天你来镇上找我。"刘清明说着站起身走出菜地。刘清明走进村子去了任国强家。心想,一个喷雾器嘛,多简单的事,明天让孙站长找一个。

任国强家刘清明来过几次,就在村子东头,前几年修的一座三层小楼,院子里长着四棵胳膊粗翠绿葱茏的橘子树,橘子树树干上涂着白色的防虫剂,不大的院子里显得干净利落。刘清明走进任国强家的院子时,任国强的妻子正在院子里的一只塑料桶里搅拌着刷橘子树用的防虫剂。

"嫂子啊,忙着呢?任支书在家吗?"任国强的妻子比刘清明要大两岁,刘清明就叫着嫂子。任国强的妻子看着刘清明来了,连忙放下手中的木棍,扭开水龙头洗着手,热情地说:"刘镇长可是稀客,好长时间没来家里了,屋里坐,屋里坐。国强去橘子园刷防虫剂,我去叫。"

"不要去叫了,我们也没有啥要紧事,我们去橘子园里找他。"刘清明说着走出院子。任国强的妻子提着装有防虫剂的塑料桶跟出来,说:"也好,我带你们去。"刘清明和小陈跟着任国强的妻子来到清水河边的橘子园里。任国强的妻子老远就在喊:"国强,国强,刘镇长找你。"

任国强听见妻子的叫声,从橘子树丛中钻出来,看见刘清明就说:"刘镇长,这大冷的天你还跑到地里来,你打个电话,我去镇上。"

"我今天也没事,来你们村转转,顺便说说村委选举的事。"刘清明看一眼任国强说。

"那家里去说,这里冷得很。"任国强说。

"不了,你刷你的树,边刷边说。"刘清明说着要提着塑料桶帮着刷树。

"那咋行哩?你是领导,是安排工作来的,不是帮我们干活来的!"任国强说着不让刘清明提塑料桶。旁边的小陈眼尖,趁任国强不注意时提走塑料桶,走进橘子树丛中帮着刷树。任国强见执拗不过,对妻子说:"你回家做饭去,炒两个菜,我要和刘镇长喝两杯。"

"你饶了我吧,昨天才喝醉的,这阵头还在痛,做臊子面就行。"刘清明连忙说。

任国强妻子回家去做中午饭,刘清明和小陈帮着任国强在橘子园里刷着防虫剂。防虫剂是用石灰、硫黄,还加有其他的一些杀虫的农药,刷在橘子树的树干上起着保温杀虫的作用,三人边刷着树边说着村里选举的事。刘清明找任国强的意思是先要摸清楚支书的想法,开一个村干部会议,听听村干部的意见后再见机行事。任国强说了自己的看法,他也不同意任福财参选村主任,他尽管是任家户族的同宗弟兄。任福财参选的话,就打破了任王两家轮换任支书主任的惯例,村子就会引发出许多意想不到的矛盾。如果不说服任福财退出选举,不仅选不出村主任,选举时可能还要吵架闹事。"如果这样还不如不选,让王全胜先代理着。"任国强最后说。

"那咋行呢?必须要村民大会选举产生村委主任。"刘清明看着任国强说。刘清明心里清楚,不开村民大会选举村委主任,会上宣布一个代理主任,在换届期间可是违法的,反映到市上、省上,那可是大事。

"那咋办呢?任福财又不退。"任国强说。

"吃毕中午饭开个村干部会,听听大家的意见。"刘清明说。

"也好,我马上通知参加会的人。"任国强说着掏出手机在橘子树丛中打着电话。小陈和刘清明在给橘子树干刷着防虫剂,刷过的橘子树树干是白色的,树冠却是碧绿碧绿的,上绿下白,颜色分明,刷过防虫剂的橘子园倒是白水坝村冬天一道亮丽的风景线。

刚吃毕中午饭,村干部们就陆续来到任国强家,他们和刘清明打着招呼,坐在厅房里,喝着任国强的妻子倒的茶水,抽着任国强递来的香烟,说说笑笑的。有村文书、村妇女主任,还有四个小队的队长。这白水坝村几十年前一直叫白水坝大队,分为四个小队,大队干部叫大队长,小队干部叫小队长。后来不叫大队,叫村委会,大队长改叫村委主任,小队改为合作社,小队长改叫合作社长。后来不知啥原因,合作社又改称村民小组,社长又改叫组长。改来改去的村民们都糊涂了,村委主任倒是叫顺了,组长、社长硬是叫不顺,村民们干脆就叫着队长。白水坝村有四个小队,王姓是一二两个小队,任姓是三四两个小队。村委主任候选人王全胜是一队的队长,他也参加今天的白水坝村村干部会议。

任国强见村干部到齐了,请示刘清明说:"人到齐了,刘镇长你就安排吧。"刘清明也没有推迟,清清嗓子说:"今天耽搁大家的工夫开一个短会,和大家在一起商量一下咱们村村委主任选举的事情。县委年底就要验收村级班子换届选举工作,村子里的情况大家也清楚,大家说一下,咱们村的选举到底咋搞?"

除村妇女主任王桂琴没有抽烟外,其余的人都在抽烟,厅房里烟雾缭绕,不大抽烟的刘清明熏得有点受不住,眼睛酸溜溜的,还不时地咳嗽两声,好一会儿没有人开腔。王桂琴被烟熏得流下了眼泪,嗓子连着咳嗽了好几声。王桂琴扭着头看看其他人,又盯一眼刘清明,大声说:"你们这些男人们,没球的本事,刘镇长问你们,你们不回答,害怕得罪人,光晓得吃烟,呛得人眼睛都睁不开。"王桂琴不到三十岁,是本村王家,人也精明能干,招着上门女婿。

"王大主任,我们都没有球本事,就你家男人的球本事大,你带头先说。"三队队长任岁狗看了一眼王桂琴笑着说。

参加会议的人看着王桂琴"嘿嘿"笑了,刘清明看了一眼任岁狗忍不住也笑了。

"说就说,说完了还要回家做活哩,我不怕得罪人。我不同意任福财参选村主任。任家人当支书,这村主任就要王家人当。这个习惯不能破,破了村子里就不平衡。"王桂琴快人快语地说,对任岁狗说的话也不生气,说完瞅了一眼坐在旁边的王全胜。

"按村里的惯例应该选全胜,但是选福财也可以。福财的弟兄在市里当着官,能给咱们村修渠筑路也是好事。不过选全胜也好。"平时爱咋咋呼呼的任岁狗也说了句人话。

"你狗嘴里等于放了个屁,到底应该选谁有个准信才行。"王桂琴数落着任岁狗。

"你才是狗嘴,你才是放屁哩。"任岁狗和王桂琴争吵起来。

"你们两个不要吵了,开会哩,吵啥架呢?其他人还有啥意见,大家说说。"任国强严厉地制止了王桂琴和任岁狗。说完又给大家散了一圈香烟。一会儿了还是无人开腔。任国强看了一眼刘清明说:"大家不说了我说。村委选举的事刘镇长亲自参加会议,可见镇上对咱们村选举工作的重视程度。选举的事县委年底要验收考核,年底之前非选不可。我说个意见,大家看咋样。我是任家人,我已经是支书了,村主任就让王全胜选。我首先不能有私心,白水坝村就是任王两个户族,两个户族之间要团结才对,不能因为选村主任闹事吵架。福财的工作我也可以做一下,让他退出选举。"

任国强说完后看了一眼刘清明,刘清明也回看一眼任国强。刘清明想,任国强当支书是选对了,是个有水平的人。刘清明扫视一眼其他人,说:"刚才王桂琴、任岁狗的发言是一种意见,任支书的发言也是一种意见,其他人还有啥意见?"

其他几个人都说同意任支书的意见,再没有啥说的。刘清明说:"今天的会议就开到这里,大家的意见我们镇党委还要研究,大家也可以再思考一下,有意见了,给任支书说也行,直接找我也行,散会。"任国强赶紧站起来,又给大家散了一圈香烟,送开会的人走出院子。刘清明给任国强妻子打招呼也要回镇上去,任国强一直送刘清明到清水桥南岸的小车旁,看着刘清明坐进小车过了清水桥,才转身回家。刘清明在车上想,看来大家都愿意选王全胜,你任福财还高兴啥哩。

四

　　王贵德早上起床后,吃了早点,就给任福财打电话。任福财说:"我在县城里正忙着,有啥事呢?我晚上才有时间到川坝镇来。"王贵德说:"那好,我到县上来找你,你中午不要跑到别处去,也没有啥事,中午和你闲谝一下。"任福财说:"那好,我中午十一点半在南河坝工地上等你,中午,咱哥俩好好喝一杯。"王贵德说:"好,我准时到。"

　　王贵德再没有去镇政府上班,中午十一点的时候搭了去县城的面包车,到南河坝开发区的建筑工地上找任福财。王贵德找了好半天才在开发区背街的一个家属楼工地上找见任福财。任福财正站在一栋刚修到三楼的楼顶上,戴着安全帽大声训斥着建筑工人。王贵德在楼下大声叫了两声任福财,任福财才从楼顶上下来,摘下头上的安全帽,从衣袋里掏出一包皱巴巴的中华烟,递给王贵德一支,自己点燃一支,说:"你老哥找我一定是好事。走,到前面的酒楼去,炒两个好菜,我陪你喝两杯。"

　　"中午喝酒就算了,吃饭时我们商量个事。"王贵德跟在任福财屁股后面,走进酒楼的二楼雅座。

　　"你老哥来不喝酒咋行呢?我们今天要喝瓶好酒才行哩。"任福财说着叫来服务员,点了四个热菜,要了一瓶五粮液、两包中华烟。王贵德看着服务员放在餐桌上的五粮液和中华烟,心里打着嘀咕。任福财到底是包工老板,用五粮液招待我,是看得起我,我一个乡镇人大主席啥权没有,能帮人家啥忙呢?看来任福财是白水坝村的主任选定了,要不怎么会用五粮液招待我呢?好酒喝了,好烟抽了,好菜也吃了,俗话说,吃了人家的嘴软,等会儿刘镇长安排的让任福财退出白水坝村委主任选举的事怎么说得出口呢?王贵德纳闷着,思谋着这好酒该咋喝。

　　这时,服务员陆续端上菜来,任福财先撕开一包烟给王贵德递上一支,然后打开五粮液酒瓶的塑料玻璃罩子,拧开鲜红的酒瓶盖,先给王贵德倒了满满一小啤酒玻璃杯,再给自己倒一满杯,说:"王主席,喝酒就要喝好酒,今天咱们哥俩好好喝一杯,第一杯喝完再说事。"任福财说着端起酒杯喝了一大口,玻璃杯子下去一半。王贵德觉得任福财看得起自己,不喝不行,跟着喝了一大口。任福财看着王贵德喝了,放下酒杯劝着王贵德吃菜,自己也夹了一块鸡块在嘴里。两人吃着菜喝着酒,互相敬了三次,一杯酒喝完了。王贵德喝酒不行,再加上昨天和刘清明喝了一场,早上起床时头还有点晕晕乎乎的,刚才一杯酒喝完就有点醉意。他想着昨天晚上和刘清明商量的事情,想着刘清明说的只要白水坝村的换届选举工作搞好了就会互利双赢,自己就有可能当镇长,觉得应该在两人未喝醉之前把事情说清楚,毕竟是关系到自己政治前途的大事情。王贵德咳嗽两声,说:"任老板,今天喝了你的好酒,吃了你的好菜,不好消化啊!"

"王主席,你叫我任福财就行,叫我任老板是糟蹋我。你今天来找我是啥事我也知道,你要我咋办?你说。"任福财抽了一口烟,眼睛盯着王贵德说。

"昨天晚上,刘清明安排我给你说,让你退出选举。"王贵德看着任福财的脸一字一句地说。

"让我退出选举,我干违法的事了?村民选举法规定村民选举自由,我为啥不能选村主任?"任福财反问王贵德。

"你参选也不违法,应该参选。可是任家人已经当支书了,按惯例村主任就应该王家人当,你参选王家人就要闹事甚至上访。这些你是知道的。"王贵德解释说。

"我才不管这些,我就要参选。"任福财好像赌气地说。

"不要生气,我敬你一杯酒。"王贵德和颜悦色地端起酒杯说着,自己先喝一口,任福财也端起酒杯喝了一口,喝的比王贵德喝的还多。

"任老板,你说了,你参选是为了争取明后年新农村建设的项目,利用自己村干部的有利身份将来做这个项目,目的是为了挣钱,不参选也同样可以做项目。况且,王姓和任姓两大户族选民一样多,你不一定能选上。你选不上,选票也分散了,王全胜也选不上,白水坝村的选举就放下了,全镇的村级班子选举任务就没有完成,镇上就要受到县委的批评,县委就要受到市里的批评。这样,你把刘镇长得罪了,把县里的领导也得罪了。"王贵德喝了两杯酒,思维异常清晰,他给任福财讲完这段话后,连自己也感到吃惊。

　　任福财听完王贵德的分析，心里猛地一惊。自己只晓得挣钱拜门子喝酒，哪里听过这样一环套一环的道理。把刘清明得罪了算不了啥，把县上的领导得罪了，哪有自己的好果子吃，自己的弟弟也才是个市里单位的科长，哪能跟县委书记、县长比。他眼睛紧紧盯着王贵德，心里盘算着，平时根本没有放在自己眼里的王贵德还是个很有心计的人哩。自己尽管挣了点钱，在想问题方面到底跟人家当官的差得远哩，我倒要听听不参选能做到项目的办法，真正是那样了，谁愿意当跑烂腿又贴钱的村官。任福财取出一支中华烟递给王贵德，拿起餐桌上的打火机，给王贵德点燃香烟，说："我倒要听听老哥说的不参选也可以做到新农村建设项目的办法。"

　　"任老板，昨天晚上刘镇长和我商量，只要你退出选举，明后年我们镇里的新农村建设项目批下来了保证让你做。"王贵德抽着烟慢条斯理地说。

　　"你们能保证吗？保证了可以考虑不参选。非要选那个跑烂腿的村主任做啥呢？"任福财喝一口酒说。

　　"年底刘镇长就要当川坝镇的党委书记，我……有可能要当镇长。"王贵德话说得迟疑，但语气坚定。

　　任福财看着王贵德一脸严肃的神情，心里又嘀咕开了。自己如果参选白水坝村的村主任，选上选不上都会把刘清明得罪，得罪了书记镇长，哪有你的项目做，看来自己的弟弟把参选村主任看得太简单。但是口说无凭，自己退出选举，刘清明、王贵德的保证要有把据才行。

　　"我退出选举可以，但是做项目的事要有把据才行，不能空口无凭。"任福财抽着烟，坐正身体说。

　　"你要啥把据？我和刘镇长说的还不相信？"王贵德硬着口气说。

　　"不是不相信你二位，你们明年后年升官调走咋办。我的意思是镇党委给我写个东西才行。"任福财看着王贵德说。

　　王贵德听了任福财的话，很是反感。心想，你任福财通过走后门、跑门子、偷工减料挣下点钱，腰腿粗壮了，竟然和党委、政府讲开条件了，口头答应退出选举做项目已经是违反组织原则的，现在还要提出党委、政府写保证书才行,简直不知天高地厚。但是为了白水坝村选举顺利结束,为了全镇村级班子换届工作全面完成任务,甚至为了全县的村级班子换届验收,再有啥办法呢,保证书不过就是一张纸,纸上面盖着红圆圈印子吗?王贵德沉默一会儿,说:"保证书的事情我不敢答应,但是我可以向刘镇长汇报争取。"

"只要你们答应,我就退出选举。"任福财说着又端起酒杯喝一口。王贵德也端起酒杯喝一口。

"今天的事情给任何人不能说,是天大的机密。"王贵德叮咛任福财。

"今天的事情天知地知你知我知,打死我也不说。"任福财有点兴奋地说。说着把酒瓶里的酒倒完,填满两大杯,递给王贵德一杯说:"以后的事还要靠老哥帮忙,有啥好事了,不要忘记老弟,老弟也绝不亏待老哥,正式给老哥敬杯酒。"说着一口喝了。

王贵德心中十分不快,但此刻无法表达出来,强装着笑脸说:"自然任老板看得起我,我也喝了。"说着端起酒杯一口喝了。这杯酒喝完,王贵德真有些醉意,饭吃了几口就有点坐不住,对任福财说:"老弟把老哥看得起,喝了好酒,抽了好烟,你的事也放心,我一定办到。我要回家,把我送回去。"最后一句话是命令的口气。任福财叫来自己的猎豹车,安排司机把王贵德送到川坝镇。车到川坝镇,司机问在哪里下车,王贵德说在家里下车。王贵德下车后,有点头晕恶心的感觉。王贵德想,自己酒喝多了,任福财退出选举的事晚上再给刘清明汇报,让他焦急一阵子也好,哪有好办的事情。王贵德摇摇晃晃地走进院子回家睡觉去了。任福财的司机从车里提下一包烟酒,放在王贵德家的台阶上,王贵德侧眼瞅一眼,装作没有看见。

五

刘清明从白水坝村回到镇上后,一直在办公室待着。心不在焉地听了两个村支书的工作汇报,快到年底了,无非是报一点可报可不报的费用。刘清明说:"年底有钱就解决,没有钱明年再说。"两个刚上任的支书也不敢多说,看着镇长心不在焉、不耐烦的样子,打了招呼就走了。刘清明看着两位支书走出办公室,心中有点不悦,才当上支书不几天就来镇政府报销经费。无非是镇上干部下到村里去工作,支书主任们给杀了鸡喝酒啥的,自己全家也跟着吃,账全算在下村干部身上,干部头天走,过几天就来镇上要钱。镇上有些干部也差劲得很,好像老百姓家里的酒格外香,在村里不喝两杯就不回来,不喝醉好像也不舒服。自己上午去了白水坝村,中午不是吃一碗臊子面也舒服得很嘛。他走过去重新关了门坐回沙发,点了一支烟,纳起闷来。王贵德不知和任福财谈得咋样,不知道任福财会不会退出选举,作为明智一点的人应该会退出选举,其中的利弊任福财应该知道。不退出也行,白水坝村的选举暂时可以不搞,县委郑书记也不一定会对我咋样。明年、后年如果镇上有新农村建设项目的话,就没有你任福财的份,你弟弟说了也没用,除非县委把我调走。退出选举了,白水坝村的村委主任选举顺利了,天上无云,地下无雨,我退一步,给你任福财一个面子,你任福财也退一步,答应的事一定兑现。可是现在快下班了,仍然不见王贵德的身影,电话也不打一个,打电话过去手机还关着。刘清明有点焦躁地站起来,看看手机上的时间,已经五点过了,又给王贵德拨电话,对方电话仍然是"您拨打的电话已关机"的回声。刘清明想,这个王贵德不会在耍我吧,按道理他不该这样啊!刘清明思索了一会儿拨通副县长田光辉的电话:"田县长啊,我刘清明,你在办公室吗?"

"是清明啊!咱们两个谁是谁,还叫我县长,叫我光辉就行了。我在办公室,你有事吗?"田光辉在电话里笑哈哈地说。

"你在办公室等我,我十分钟就到。"刘清明说着走出办公室,叫了小陈开着桑塔纳去县城。刘清明坐在车里自个笑着说:"当了县长口气就是不一样,还让我叫他名字哩,真正叫名字心里就不高兴了。"小陈感到奇怪,问刘清明:"刘镇长,你在说谁呢?"

"我在说田县长哩,刚才打他的电话,不让我叫他县长,要像过去一样叫他的名字。但是,叫了县长他却高兴得笑哈哈的。"刘清明笑着摇着头说。小陈再没有吭气,目不转睛地开着车,加大油门向县城驶去。

一支烟未抽完,桑坦纳就进了政府大院,刘清明下车三步并作两步走上三楼,进了西头田光辉的办公室,田光辉正在办公室里等着刘清明。田光辉递给刘清明一支烟,用塑料杯泡了一杯茶,坐回自己的办公桌,说:"清明啊!你叫啥县长县长的,和过去一样叫光辉就行,再叫县长我心里不舒服,好像咱俩不是弟兄了。"

"这是哪里?这是堂堂的县政府,我还叫你光辉光辉的,人家就说我是不醒事的半吊子。"刘清明看着田光辉一本正经说。刘清明觉得田光辉坐在老板桌背后的老板椅上,自己坐在沙发上,本来就有点居高临下的感觉,说话的口气也是洋洋自得的,叫了名字他心里肯定不高兴,他是在谦虚。

"好好好,那就叫县长吧。"田光辉打着哈哈说。"你刘镇长是无事不登三宝殿,今天有啥事?"

"田县长还兼着川坝镇的党委书记,是我的顶头上司,我应该天天汇报工作才是。这两天有点忙才没有来。"刘清明笑着说。

"你不要瞎说,郑书记宣布了的,你主持全面工作,川坝镇再没有我的事了,你不要给我戴高帽子。"田光辉笑眯着眼说。刘清明把白水坝村选举村委主任的情况包括任福财参选的事情简单地给田光辉汇报了,又把自己让任福财退出选举的想法也说了。

其实,田光辉对白水坝村选举村委主任陷入僵局的情况是知道的,只不过刘清明让任福财退出选举的想法现在才知道。他听完刘清明的汇报后沉默一会儿,慢悠悠地说:"为了全面完成川坝镇的村级班子选举工作,这也是无奈之举,没有办法的办法,村级换届搞结束,你给县委也交差了,对你能当上书记也有好处。现在啊有些人利用特权和后门挣了点钱,就不知天高地厚,不晓得规矩,敢和党委、政府叫板。但是有啥办法呢?现在就这样,只有息事宁人。啥时候我给任福财的弟弟也打个电话说说,让他也劝劝任福财,做事要看长远一点。"

"那太感谢田县长了,要不我为公家的事把人都得罪完了。"刘清明连忙笑着说。

"你刘镇长又说见外的话,你刚才不是说我还是川坝镇的党委书记哩。噢,对了,前几天我和郑书记一起去市里开会,郑书记说最近要把相关乡镇的班子动动,你要抓紧啊!"

"田县长,我怎么抓紧,只有尽力把工作搞好。"刘清明说。

"也是,首先要把工作搞好才行哩。"田光辉说着看一眼手腕上的表说:"六点了,我还有个接待任务,要不一起走,晚上喝两杯?"

"我就不去了,我去算个啥呢?两天没有回家了,晚上我还是回家吃饭。"刘清明笑着说。

"也好也好,你回家享福,我去受罪。"田光辉依然笑哈哈地说。

刘清明走下楼来到院子,小陈正在车旁等着。刘清明坐车来到南河坝开发区家属楼区下了车,打发小陈回家,走进了自家居住的家属楼。

晚上快到十一点时,上初中的儿子上晚自习回家已洗脚上床睡觉,刘清明和妻子也准备洗脚上床睡觉,突然,防盗门"咚咚咚"地被敲响了,敲门的声音不大,但是,夜深人静的听起来声音老大。刘清明的妻子看了一眼刘清明,意思是开不开门?刘清明眼神动了一下,意思是看看去。刘清明妻子起身问道:"这么晚了,谁呀?"

"我川坝镇白水坝村的,刘镇长在吗?"是白水坝村竞选村主任的任福财。刘清明向妻子点一下头,妻子"咯吱"一下打开防盗门,长得敦实胖脸的任福财夹着一个黑色的小皮包,一闪身挤了进来。任福财穿着一件褐色的皮夹克,理着一个类似光头的板寸头,一进门就好像这里他挺熟悉似的转过身体主动轻轻关了防盗门,一眼瞄上坐在客厅沙发上的刘清明,反倒把女主人晾在旁边。

"刘镇长啊!对不起对不起,这么晚了还打扰你,谁叫你是我们一万多川坝镇老百姓的父母官呢?"任福财不请自坐在刘清明对面的沙发上,笑嘻嘻地说。刘清明看了一眼任福财,心想,媒体上对一些通过不正常手段发财的所谓精英戏称为土豪,任福财也算是咱们县上的土豪。刘清明想到这里微微一笑,客气地朝任福财点点头,站起来说:"哎呀,任老板这时候了还来找我,是有啥事吧?"说完在热水机上倒了一杯茶水递给任福财。

"打扰刘镇长了,我是无事不登三宝殿啊。"任福财赶紧接住茶水喝了一口说。

"任老板到底有啥事啊?"任福财半夜了来找刘清明,是啥事刘清明自然是知道的,但是,刘清明故意卖着关子。因为王贵德到底和任福财谈得咋样,刘清明现在还不知道。

任福财瞅了一眼刘清明,喝一口茶水,轻轻咳嗽了两声,才说:"刘镇长,你大人不见小人过,我是头脑发热,听了别人的反背话,参加村里的选举,让刘镇长受到县委郑书记的批评。"任福财停住话,又喝一口茶水,看看刘清明。刘清明微笑着点点头,没有吭声。任福财接着说:"今天中午,王主席受刘镇长的委派给我谈话,我才想到我做得确实不对,一方面把村里的惯例破坏了,村子里闹得不得安宁,另一方面让刘镇长受了委屈,我是负荆请罪来了。"任福财说完又端起茶杯喝了一口茶水,抬着笑脸看着刘清明。

刘清明在沙发上欠欠身看着任福财,心中泛起一丝冷笑。看来任福财到底是经过世面的,他采取的竟然是以退为进的战术。刘清明仍然笑着说:"参选村委主任是每一个村民的权力,你也可以参选嘛。只不过做事要看大局,看长远一点才好。"

"刘镇长教导得对极了,我们在江湖上跑的人,就爱看眼前利益,是老鼠变来的,是鼠目寸光,我还指望刘镇长常教导我哩。"任福财似乎听到了刘清明的弦外之音,连忙点头哈腰地数落自己,甚至不惜贬低自己。

"你是大老板,我对你教导谈不上,我们要互相支持。最近看电视了吗?电视上咋讲中国和美国关系的?是互惠互利,互利双赢啊!"刘清明仍然微笑着说,但语气确实有点教导任福财的意味。

"就是就是,刘镇长教导得好,我们要互相支持,前面的事情是我错了。今天中午王主席给我谈了,我完全同意你的意见,退出选举,以后还要大力支持镇上的工作。刚才我弟弟也给我打来电话,把我批评了一顿。我现在想通了,完全支持镇上的工作。"任福财看似十分诚恳地说。

刘清明瞅着任福财,心想,这个结果是自己想要的。既不把任福财得罪,白水坝村的选举也可以进行,村民也再不闹事,县委安排的村级换届任务也可以完成,自己任川坝镇党委书记的路途好像又近了一步。再退一步讲,把任福财得罪了,村里的选举不仅搞不成,而且得罪了任福财在市里重要岗位当科长的弟弟。人家的弟弟可是县委书记、县长见了都要亲热三分的大神,我一个乡镇长算个啥?是个小鬼,人家只要一发威,不仅书记当不上,连这个小镇长都不一定保得住哩。这确实是个万全之策,拿口头上的党性原则交换一下也可以,只要把眼前的事先了结了,以后到时候再说。刘清明也不想问王贵德和任福财两人谈话的具体情节,明天王贵德还要汇报哩。刘清明看着任福财说:"那好,我代表镇党委镇政府感谢你的支持。"

"我感谢你才对哩。"任福财说着从黑皮包里掏出一个鼓鼓的信封,用手压在茶几上,说:"快过年了,一点小意思,给弟妹侄子买点啥的,不成敬意。"说着站起来急忙走向门口。

刘清明愣了一下,连忙站起来拿起茶几上的信封追过去,任福财已经打开防盗门走出门外,随手拉住门跑下楼去。刘清明再打开防盗门时,任福财已经"咚咚咚"跑到院子里了。刘清明觉得夜深人静的,没有喊叫,也没有撵下楼去,返回屋子里,反锁上了防盗门。刘清明走到客厅中央,在灯光下打开信封,里面是两沓百元票面的人民币,是两万元整。刘清明把信封塞在沙发坐垫下面,心想,这钱绝对不能要,明天拿到办公室去,这三两天白水坝村选举结束后,让小陈还给任福财。

六

第二天早上因为惦记着王贵德汇报和任福财谈话的事,刘清明早早来到镇政府,和三三两两来上班的职工一起吃了早点,在院子里转悠几圈后,上二楼进了镇长办公室。刘清明还一直注意着王贵德来镇政府大灶吃早点,但一直没有发现。刘清明在办公室里刚泡了一杯茶,点了一支烟,就响起起敲门声,刘清明高声说:"请进!"办公室的门被推开,进来的就是王贵德。王贵德进门就说:"刘镇长啊,那个任福财难缠得很,昨天谈了一下午才谈上路,晚上非要请我吃饭,昨晚酒喝醉回来就睡了,早上还难受得不行。"王贵德说着还摇摇头。刘清明听了王贵德的话将信将疑,甚至有些生气,为了尽快把白水坝村的选举搞结束,刘清明还是和颜悦色地给王贵德递烟倒茶,说:"王主席,辛苦你了,谈得怎么样,我们商量的意见任福财同意吗?"刘清明已经知道结局,但还是要问一下。

"任福财到底是包工头,鬼滑得很哩。刚开始谈咋说都不同意退出选举,我讲了好半天,参选的利弊翻来覆去讲,最后才同意退出选举。不过还提出一个条件。"王贵德喝了一口茶水说。

"什么条件?"刘清明忙问。

"要镇党委政府给他写个东西,保证他将来做新农村建设工程。我给任福财说,我不敢答应,要给你汇报。"王贵德看着刘清明说。

"太过分了,口头答应还不行,要党委政府写保证书,他是个什么东西!"刘清明没想到任福财还有这一手,气愤地骂了一句,同时想起昨晚来家里送钱的一幕。任福财这个家伙还真是看不出,心计多得很,又软又硬,软硬兼施。昨晚送来的两万元钱,选举结束后一定要让小陈退回去。不过现在还不能退,现在退回去,任福财就认为不给他办事,是哄他的,就会翻脸,继续与镇党委在白水坝村的选举中较劲。

王贵德看着刘清明脸色难看,建议说:"我的意思是为了不影响全镇的村级班子换届的大局,不影响市县两级的验收,要不以党委的名义写一个东西,就一张纸嘛。如果任福财翻脸,一切就等于零。"

刘清明离开办公桌,来回踱了两步,望着天花板出了一口长气,说:"只有这样了,你今天就以党委便函的名义,写给任福财一个保证书,要他一定保密。如果让别人知道,一切就黄。"

"好,我马上就办。"王贵德说。

"另外,今天来不及了。明天上午召开白水坝村村民大会,选举村委主任,你带两个干部就去安排,免得夜长梦多。"刘清明看着王贵德说。

"好,我马上去办。"王贵德说着走出了刘清明的办公室。

晚上县政府办公室通知刘清明,明天上午农口单位要来镇上考核全镇农村责任书完成情况,要镇上做好准备。年底了,这也是不敢马虎的大事情,考核名次排在后面,等于大家一年就白干了,刘清明接完电话思忖道。白干没白干有时也不在于考核,大家心中有杆秤就行了,关键是镇党委书记还空着哩。白水坝村村委主任选举大会刘清明就去不成了,由王贵德带着两个镇上的干部去参加并协助村里组织选举,刘清明和镇上分管农口的副镇长负责接待县上农村责任书考核组。

上午九点不到，由县农办杨主任带队的农村责任书考核组一行六人来到镇上，刘清明和杨主任简单寒暄后就安排考核工作。一组人在镇上由分管农村工作的副镇长陪着检查有关会议记录、镇村两级责任书签订各项软指标的完成情况。考核组长杨主任带着两个人由刘清明陪着到各村去检查修渠、经济林栽植、冬小麦病虫害防治、产业结构调整等具体的硬工作。说是硬工作，其实杨主任和刘清明两个考核与被考核者心里都清楚，考核的主要依据还是办公室里的各种记录、数字和有关材料文件，再就是考核组长与书记乡镇长的关系如何，只不过两人心照不宣罢了。刘清明带着杨主任三人坐着小陈开的桑塔纳，出了镇政府院子，他们先去了一个以蔬菜种植为主的村子。这个村子沿清水河畔的几百亩河滩地全部种着各种蔬菜，尽管是冬天，站在公路上看，一片青翠碧绿，满目生机。刘清明又把考核组带到一个栽植橘子树最多的村子，整个村子被一棵棵葱茏的橘子树包围着，橘子树树干全部是涂白的，橘子树下白上绿，好看极了。刘清明最后带他们去了一个离县城最近的村子，这个村子的土地几乎全部种着冬小麦，靠清水河边的几百亩麦苗绿油油的，水泥衬砌的水渠纵横其中，清澈的渠水哗哗流淌着，几个六七十岁的老汉老婆子扛着锄头在放冬水。实际上刘清明心里最清楚，蔬菜种得多的村子村民种蔬菜几十年了，是传统的蔬菜种植村。种植橘子树多的村子也是人家二三十年前就在栽植橘子树，现在已经成气候了。小麦种得多的村子人家离县城近，一抬脚骑着摩托车到修高楼的建筑工地去挣大钱，根本就看不起种树、种菜的小钱，还嫌麻烦费事得很。前两年让村民们搞产业结构调整，人家根本不理睬。镇上权力也有限，能给老百姓办啥事呢？这两年干的最多的是给老百姓发钱，钱发着，老百姓好像怨气还更大。还不如啥也不干，人家老百姓愿意干啥就干啥去，上面安排的事越多，老百姓的麻烦事也越多。好像老百姓对县乡安排干的事情总是不甚理解似的，老百姓总是在想着办法、动着脑筋和乡镇政府说事论理似的。好像又总是说不清。

"杨主任，你看咱们镇的农村工作咋样？"刘清明有点自嘲但充满自信地问。

"川坝镇的农村工作那是没说的，是哪首歌唱的？到处生机一片啊！"

杨主任看着眼前绿油油的麦田发着感慨。

"那考核分数可要打高呀。老哥,拜托你。"杨主任比刘清明要大得多,刘清明叫一声老哥,杨主任就觉得亲近多了。

"老弟放心,我知道你在为当书记的事努力着哩。考核的事你放心吧,我能帮的忙一定帮。"杨主任笑眯眯地说。

"感谢老哥的大力支持,老弟一定记住恩情。"刘清明连忙说。刘清明看看手机上的时间,对杨主任说:"快十二点了,找个地方吃饭去。"

"好,吃中午饭去。"杨主任转身看看其他两位同事说。刘清明带着杨主任一行去了村子里的一家农家乐。农家乐是小陈早就安排好的,炒几样小菜,不喝酒吃臊子面,吃完饭就打牌。刘清明知道,杨主任的爱好就是工作完了打两把牌。正在吃饭间,刘清明的电话响了,刘清明一看是王贵德打来的,走出客厅接电话。

"王主席,我在坪坝村陪着杨主任哩,选举咋样?"刘清明放低声音说。

"刘镇长,选举顺利得很,任福财在村民大会上表态让村民不要选他,他没时间给村里的人跑腿。村民百分之八十的票投了王全胜。"王贵德高兴地说。

"那就好,王主席辛苦你了。完了你打个报告报给县委组织部。"刘清明兴奋地放大声音说。

"好的,这里结束了,我马上就办。"王贵德在电话里回答。刘清明微笑着走进餐厅,往衣袋里装手机的同时,摸摸早上特意装的两千元钱,对杨主任说:"吃完饭我陪杨主任好好打几把,要赢一点杨主任的钱才行哩。"刘清明陪着杨主任一行吃完臊子面,下了餐桌,又上了隔壁的麻将桌。

农村责任书考核第二天下午才结束。晚上刘清明在镇政府大灶的小餐厅里专门招待杨主任一行。王贵德、镇上的副书记、分管副镇长都给杨主任一行敬酒,请求杨主任打高考核分数,因为酒喝多了,颠三倒四地说着感谢的话。刘清明随便喝了一点,他在想着其他的事,农村责任书考核是大事,桌上只敬几杯酒咋行呢?

吃完饭已是晚上八九点钟,考核组其他人坐自己的车先走了。刘清明安排小陈专门送杨主任回家,刘清明嘱咐小陈,把杨主任送到家后,从任福财送的两万元钱里拿出五千送给杨主任。

十点的时候,杨主任打来电话说:"刘老弟你太客气了,让小陈还……"刘清明马上说:"杨老哥啊!一点小意思,快过元旦了,你和嫂子侄儿们在外边吃个便饭。""谢谢,谢谢。"杨主任说着挂了手机。刘清明坐在办公桌前嘘一口气,心想,农村责任书考核的事算是搞定了。明天、后天又是综合治理和安全责任书考核,不过这些考核不参与乡镇年底工作排名,但是也不能马虎,年底得个专项奖也不错嘛。

综合治理考核组头天前脚走,第二天早上安全责任考核组后脚就来了。刘清明接着陪了两天,不过这两个考核组比较简单,上午看材料,检查软件做得咋样,下午开个座谈会,晚上在一起吃个饭就结束了。但是酒还是要敬的,感谢的话还是要说的。刘清明连续喝了两天的酒,头脑昏昏沉沉,想把近几天的工作理个头绪,脑子却一时转不过弯来。突然,刘清明一拍脑袋。哎呀,后天就是元旦节了,县委郑书记说的元旦前要验收村级组织换届工作,三个考核组都走了,咋不见组织部的村级组织换届选举验收组呢?刘清明拨通组织部分管副部长的电话。这位副部长说:"前几天市上的检查验收组已经来过了,抽查了两个乡的四个村,市上的检查验收算是结束了。"刘清明心里一阵失落,郑书记讲得重要的不得了,搞不好就免乡镇党委书记职的村级组织换届工作,市上就这样验收结束了,市上验收结束了,县上验收不就简单了吗?那简直不是便宜了任福财这个狗杂种。刘清明又问:"那县上验收不?"这位副部长小声说:"年前没有时间,年后看情况再说。这两天在议乡镇的班子哩,晚上开常委会正在定哩。"副部长说完就挂了电话。刘清明全身一阵冷战,村级组织换届工作市上已经验收结束,县上正在研究乡镇的班子?这么大的事我咋不知道呢?副部长急忙挂了电话是怕我问调整乡镇班子的情况,这个平时嘴上甜言蜜语的家伙,关键的时候鬼得很哩,只有给田光辉打电话了。刘清明毫不犹豫地拨通了田光辉的手机。

田光辉在电话里说:"我说了你不要激动,县委郑书记原想让你任川坝镇党委书记的,县纪委昨天收到反映你的信件,说你在村级组织换届中违反组织原则,还接受了当事人的钱。这是今天下午郑书记征求我的意见时说的,把你先放下,等纪委调查核实了。再另行安排。"

"谁写的反映信?把我放下了?放下就是就地免职啊!"刘清明激动地说。

"清明啊,你不要激动,要冷静地想想。县委已经定了,川坝镇王贵德担任镇长,县直单位下去一位同志任书记。"田光辉仍然在电话里劝着刘清明。刘清明挂了手机愤怒地把眼前的办公桌"咚咚"地砸了两拳头,站起来砰的一声打开门,快步走出去。他要去找郑书记,要让郑书记评评理,为了干好工作,自己在考核组面前低声下气,在村民面前说好话,在县委会议室里挨批评,几步路的家半个月回不了,妻子埋怨,儿子学习顾不上,还要在像任福财那样的杂种土豪面前委曲求全,这难道都是为了自己吗?这镇长干得太憋气了。刘清明厉声对小陈说:"开车,去县委大院。"小陈也许意识到什么,将小车慢慢开出镇政府院子,又慢慢驶上去县城的公路。小车的窗子打开着,晚上的冷风一阵阵吹进车来。小陈问:"刘镇长,风冷得很,车窗关吗?"

"不要关。"刘清明侧脸看一眼小陈,又气鼓鼓地说:"我已经不是镇长了。"

"哪是为什么?"小陈吃惊地问。

"不知道。"刘清明回答。冷风一吹,刘清明觉得大脑一阵清爽,刚才的怒气好像从头发根散发了出去。他想,尽管田光辉告诉了自己免职的原因,但是自己只能回答不知道。这反映信是谁写的?是司机小陈?刘清明侧脸看一眼小陈,小陈显然不可能,因为小陈没有动机。是任福财吗?也不可能,给他办好事,怎么能告我呢?如果我有罪,他也同样有罪呀。是王贵德吗?王贵德一直想当镇长,自己去川坝镇任镇长时就在活动镇长,为了平衡才由副书记提拔为人大主席的,有时还私下说些不利于班子团结的怪话……再说难道当了人大主席就不想当镇党委书记吗?是不是他呢?按理讲,人的欲望是无止境的啊!从现象分析只能是王贵德,这个天杀的无耻小人!现在就去找县委郑书记,给郑书记谈什么呢?是谈自己的委屈呢?还是谈反映信是冤枉了自己呢?为了白水坝村的换届选举,自己难道没有违反组织原则吗?自己不是拿组织原则与任福财退出选举做了交换吗?任福财送的钱不是还在车里放着吗?

　　小车已经开到县委大院门前,县委大楼上的办公室、会议室灯火通明。小陈轻声问:"进去吗?"

　　"不了,回家去。"刘清明轻声回答。还进去干什么?后天就是元旦节,郑书记他们今晚开完会,明天早上要各自回家和老婆孩子过节。元旦节前开会的目的就是开完会就走人,避开一些觉得自己安排不当有情绪找事的干部。元旦节结束,这些人的情绪也许就消一些,谈话安抚工作也就好做一些。自己现在去找郑书记不是在互相找气怄吗?刘清明想,还是先回家向妻子要五千元钱,把任福财的两万元钱补齐,晚上送过去。去了任福财家还要喝任福财的好酒,喝醉了再把任福财这个狗日的杂种土豪大骂一通。

写于2014年2月

秋苗青青

一

　　春末的一天早晨，天已大亮。头天晚上不知不觉地下了一场绵绵细雨，乳白色的雾气正在清水河河面氤氲缭绕，沿着河两岸陡峭的山势慢慢升腾起来。清水河两岸碧绿的山峰在缥缈的雾气中时隐时现，看似缓慢上升的雾气不一会儿就和同样乳白色的天空连接在一起，在清水河畔上空罩了一个巨大的白纱帐幔，银针似的绵绵细雨又淅淅沥沥地下起来。

　　德顺在自家院子的台阶上坐着，他吃完早饭后在等着天色亮开。德顺用旧报纸卷了一支喇叭筒烟，香喷喷地抽着，抽出的烟初看是乳白色的，再仔细一看又是淡蓝色的，在德顺的脸前萦绕着。他抽不惯村西头梅花家小卖部里卖的好几元钱一包的纸烟，纸烟抽起来倒是方便，不用卷，取一支点着就抽，但是没劲还烧口得很。抽纸烟的农村人，根本不懂抽烟，那是不懂装懂，做样子让别人看的。还是自己种的兰花烟抽起来味道纯正，劲道也足。德顺抽着自己用旧报纸卷的兰花烟看看院子，银针似的绵绵细雨渐渐稀疏了，房檐上瓦沟里滴下的雨滴渐渐停下来，半天才"滴答"地滴一两滴。德顺再一次抬头看看天色，天空仍然被乳白色的雾气笼罩着，对面苍翠的南山坡仍然在雾气的缠绕中时隐时现。不过，德顺发现今天早上的云雾和往日不同，尽管天空被云雾笼罩着，但颜色要淡一些，云层要高远一些，在东山豁口处的云雾中已呈现着隐隐约约的亮色。德顺脸上露出了不易觉察的一丝微笑，因为他知道，今天又是一个好天气。

　　是啊，今年开春以来的天气真好啊！雨水节后，过两天就是一场小雨。惊蛰过后，天老爷好像和清水河是一对情投意合的恋人，天空只要很明朗地晴几天,马上就是一场雨,而且是在晚上不知不觉地下起来的绵绵细雨,早上天麻麻亮的时候,在麻雀和燕子的吵闹声中雨停了。同时,雾气上升,烟雾缭绕。刹那间,又云开雾散,湛蓝湛蓝的天空呈现在清水河畔两岸的大山上空,金色的阳光将东山顶上的豁口照得一片透亮。由于今年的雨水好,清水河畔提前进入初夏季节,两岸的庄稼蔬菜长势旺盛、一片碧绿,各种树木也是一片浓绿葱茏,把村子早早地掩映在茂密的绿色中。清水河畔两岸的麦田里,麦苗正茁壮成长,粗大的麦穗碧绿中透着金黄。麦田旁边是一小块一小块的菜地,菜地里的菜已经罢畦,菜地耕过耙过整理平顺后,放上水,撒上一层早已晾干砸碎的农家肥,再耙一次,再放上水,看着四面地埂不渗水,如一面镜子了,把家中在稻草中孵出嫩芽的稻种撒在菜地的泥水中。稻种在泥水中生根长叶,细细的叶子渐渐地长出水面,到小满节割麦子的时候,就长成一拃来长的秧苗。麦子割了,村民们把麦田耕了耙了,撒上农家肥,放上水,再和泥耙平如一面镜子,插上秧苗,麦田又变成了秧畦。清水河畔的村民们就这样在河水两岸有限的生命之田里年复一年、日复一日地劳作着,他们把麦田变成秧畦,又把秧畦变成麦田,把育秧苗的菜地称为"秧母畦",把"秧母畦"中培育的秧苗称为"秧子"。

  嘴闲的城里人问村民们,你们是啥时候开始在清水河畔种麦插秧的?他们会说,先大人手里就在这里种麦插秧的。再问,不干点其他的啥事情,还要这样一辈子种麦插秧下去吗?要是前十几年他们会说,早就不想种麦插秧了。一年忙到头,收的麦子稻子才卖几百块钱,乡上还要收这税那费,还不如在县城修房子打工。在县城打工一年下来挣好几千哩,一个月挣的钱买粮食,一年四季吃不完,就那点地谁愿意种种去,啥钱不要。现在村民们可不这样回答,他们把为数不多的土地看得金贵,也不随意让给别人务作了,都在自家精心务作着,同时每家每户把地界都分得清清楚楚。因为县上的南河坝开发区已经快要和村西头连成一片,村西头被县上征收的几十亩秧畦听说已经卖到好几十万元一亩。村民们还有话说哩,他们振振有词地说:最近的电视看了吗?电视上播的大地方的秧畦里有化工厂流出来的毒水,种出来的是毒大米,吃了得癌症哩。还有买回来的挂面吃起来滑溜溜的,刚开始还觉得新奇好吃,后来才听说麦子面里掺有滑石粉,那是刷墙用的。再和真正的麦子面对比着吃,粮食的味道和口感就是不一样啊,哪有滑腻腻的感觉?哪还不把人吃得得病?家里的这点秧畦给谁也不卖,自己务作,上的是自家的农家肥,放的是南山沟的清泉水,种出的蔬菜麦子稻子吃起来可口放心。吃着不放心的吃食,老早得病了,老早见阎王爷去了,把地卖了,有多少钱都是闲的。

  德顺的一支喇叭筒兰花烟还未抽完,清水河上空已经云开雾散。南山顶上乳白色的云雾此刻变成一团团棉花似的白云,湛蓝湛蓝的天空从云团中显露出来,金色的阳光透过云层照射在南山顶的山尖尖上。德顺高兴地从台阶上站起来,自言自语地说:"今天又是一个好天气,再过半个月就要割麦子,秧母畦里的秧子可不敢耽搁,秧子耽搁了,今年的插秧就有麻烦了。"德顺给厨房里忙着煮猪食的老伴说:"老婆子,我去秧母畦看看。"

  "你先去吧,我喂了猪也来。"老婆子在厨房里回答。

  德顺拿着锄头走出自家木架子房的院门,来到村中间通往上坪秧畦的路上。村子里大多数秧畦和秧母畦都在上坪,到上坪去要走村子中间大路,再向右一拐,过一条小沟才能到达。村子中间的大路是乡上去年帮着用水泥铺了的,大路旁边是同样水泥衬砌的水渠,水渠里流淌着从南山沟引来的碧绿清澈的沟水。村民们种植着麦子和稻子的生命之田,就是靠着南山沟这碧绿清澈的沟水浇灌着、滋养着。早晨的清水湾村空气湿漉漉的,鼻息中还品尝着清早浓重的草青气味,好似苦涩又似清香。雨雾散过之后,村子中间几丛平时翠绿的竹林,此刻显得越发是黛青色的了,高大的柿子树、核桃树、白杨树以及橘子树、桂花树、枇杷树越发显得枝繁叶茂,村民们新修的水泥小楼和仅有的几栋老木架子房全部掩映在青枝绿叶中。德顺走出村子时回身望了一下,觉得自己生活了快一辈子的村子,好像是一幅张贴在谁家厅房里的画一样,难怪城里人每到星期天都要来村子里来转一下,或者背上干粮去南山沟里游玩,清水湾村好看得很哩!德顺自言自语地说。德顺踩着石头过了碧水潺潺的南山沟,来到上坪的秧畦地里。这是一片由三道坎、长有一公里的梯田组成的块块秧畦,大约有二百多亩,村民们百分之六十的秧畦都在这里,平时浇灌用的是南山沟的沟水,遇上天气大旱,南山沟的沟水干涸了,就把清水河的河水用电灌抽上来浇灌。

有一年夏天,天气大旱,南山沟的沟水干涸了,清水河畔的电灌坏了,正值插秧用水的关键时节啊!村民们找村干部说事论理,村干部反映到乡政府,乡政府又反映到县上水电局,乡上的包村干部说水电局派技术员马上来修理。过了几天,包村干部陪着技术员来看了,说是电灌的叶轮坏了,县上还没有,要到兰州订购,十天以后才能来。村民们在焦急的等待中割了麦子,打了麦子,又耕好了秧畦,焦急地等待着电灌修好后和泥插秧。十天过去了不见技术员来修,十五天过去了还是不见技术员来修。村民们眼看着芒种节快要过去,再不播种下半年的收成就要耽搁了,急急忙忙种了苞谷,秧母畦里青绿的秧子长得有两拃长,全部拔了喂了牲口。那一年年底,乡上的包村干部来村里收农业税费,在村子中间的打麦场上开会时,被村民们大骂了一顿。高中刚毕业的世平高考落榜,正好一肚子的怨气无处发泄,就数他骂得最凶,把乡上的包村干部骂跑了,连村主任德顺一起挨了骂。那一年全村一万多元的农业税费乡上再没有收缴,也再没有人过问。第二年开春,德顺在老婆的百般数落下,编了个偏头痛的谎,再不愿意当村主任,给包村干部说:"不敢动脑筋,不敢受气,要不头要痛得炸开。"而且装出痛苦万分的样子。包村干部看他确实不想当村主任,就再也没有来找他,村主任一直空着。过了两年,村里的各项税费全免了,再不收了,但村主任不能空着,村里年轻的文书就当了村主任。那年头跑烂腿挨骂受气的村干部谁当呢!不像现在村干部争着当。现在的村干部不仅领着补助,权还大得很。村民们生娃办户口村干部要签字,领退耕还林补助、粮食补助、低保补助、医疗保险补助村干部要签字,到年底了,村干部忙得不亦乐乎。这都不是关键的,关键的是县城的干部要在村里修房子买地基村干部要签字,还有开发商要搞开发需要买秧畦更需要村干部的签字,这两个签字的权力可是说不清楚的,村民们对现在的村干部在背后说着难听的话哩。

德顺边走边思忖着,他倒不羡慕现在村干部有多大的权力,也不希望自己得到一些不义之财,更不希望村民在背后骂自己,现在就好,清清闲闲地种着自己的两亩秧畦。自己当村干部的那几年,领着乡上的干部去各家各户"催粮要款,刮宫流产",可把德顺害苦了,没有少挨村民们的骂,自己编了偏头痛的谎,才把套在嘴上的笼头挣脱。但让德顺百思不得其解的是,自从电灌坏了没有插上秧子的两三年,村里每年一万多元的税费竟然一分钱没收,三年近四万元哩,那么大的一笔钱说收不来就不收了,那以前收的钱乡上县上用到哪里去了?现在收不上了,亏空又在哪里补呢?十几年前的四万元那是一笔大钱哩。自己当干部的那几年,为了收税费挨了村民不少骂,说自己是乡政府的狗腿子,是给日本鬼子领路的狗汉奸。现在倒好,税费早就不收了,反过来给村民们发钱,发着发着村民们又不高兴了,怨气更大了,道听途说些村干部们不三不四的议论,背地里骂村干部是贪官,是吃鱼不吐鱼骨的吃人贼。这上面的政策怎么是婴儿的胖脸,说笑就笑说哭就哭呢?德顺想到这里咧嘴一笑,村民们过去骂我是乡上的狗腿子、日本鬼子的狗汉奸都没啥,只要没有人骂过我是吃鱼不吐骨头的吃人贼就行了。管他连肉带骨头吃谁家的鱼,只要不吃我家的。好在浇灌上坪两百多亩秧畦的抽水机房里早在五年前安装了一台新电灌,村民们插秧播种再不管天旱下雨了。

二

德顺来到上坪自家秧畦的地埂上,先沿着两亩秧畦的地埂走了一圈,看着自己亲手种的麦子麦穗粗壮、颗粒饱满、浅绿色中泛着金黄,精神异常兴奋。他掐了一根粗壮的麦穗,在手掌心轻轻揉着,两只手轮换着吹去麦衣,看着饱满青绿的麦颗粒仔细数起来,数了半天才数清,八十七颗哩。俗话说:小麦六十,荞麦三十就满实满载了。看来还是优良品种好,不仅产量高,而且不管吃面条,还是蒸馍,口感都好。德顺把青绿色的麦颗粒放在嘴里咀嚼着,一股生奶的清香在他的口腔充溢着,舍不得往肚子里下咽。德顺抬头望了一眼丰收在望的麦子,心里一阵激动,眼睛都有点模糊了。

德顺磕磕绊绊沿着地埂来到麦田一角的秧母畦旁,这里才是他今天查看的重点。秧母畦有两米宽,十来米长,是在秧畦的一角专门留出的几厘地,年前种着大叶青菜,二月头上大叶青菜罢畦后,把地耕了耙了,上了猪圈里挖出来砸碎的猪粪。务作秧母畦是一个实实在在的技术活,地要细细翻耕三次,耙地时要耙得不能有细小的土坷垃,撒底肥时必须是砸得细碎的农家肥,地埂要夯砸得实实的,和泥时不能渗水,放上水后翻来覆去地和泥,脚踩在地里要像踩在海绵上一样,然后用专用的宽木耙耙得平平的,水放在地里就像是一面镜子,秧母畦就算置办好了。再等三五天,看着秧母畦确实不渗水了,把在竹笼的稻草中育出芽尖的稻种轻轻均匀地撒在秧母畦里,再经过一个月的精心呵护就长成了今天有一拃长的秧子。

德顺站在秧母畦的地埂边,看着一拃来长翠绿翠绿的秧苗在晨风中微微摇晃,好像是在欢迎养育它们的德顺似的,德顺满心的欣喜,满脸的高兴。德顺蹲在秧母畦的地埂上,仔细查看着青青的秧苗。秧苗长得密密匝匝的,均匀整齐而青翠碧绿,猛一看好像是在地里铺了一层厚厚的绿地毯,但在绿地毯上又长出了好几株高出秧苗许多,又酷似秧苗的青草,那就是和秧子伴生在一起的稗子。稗子也同样结籽,但是结的籽像粟米粒的样子,人吃了容易得胆结石。稗子在幼苗时和秧子长得一模一样,只有像德顺这样的务农老把式才分得清。稗子长得已经比秧子高了,是拔掉它们的好机会,德顺开始在秧母畦的地埂上摇摇晃晃地来回走着拔稗子。老伴提着笼子来到秧畦地埂边上掐猪草,猪草多得很,什么"猪凉面"啊、"猪葡挞"啊、"酸酸蔓"啊等等,以及一些叫不上名字的鲜草,长满了地埂旁的土坎,老伴使劲地掐着、拉扯着,不一会儿鲜嫩的猪草就实实地装满了一大笼子。德顺拔完秧母畦里的稗子,又改开不远处的水口,给秧母畦放满水。看着秧子被水淹得只冒出绿叶尖尖,德顺满意地笑了,对在土坎边掐猪草的老伴说:"老婆子,今年的秧子我务作得最好,好些人家的秧子都被前段时间的黑霜冻死了,今年的秧子肯定又紧张得很哩。"

"再紧张也要把自家的秧畦栽满。不能随便给别人,特别是不能给世平狗杂种。那年为乡上收税的事把你骂狠了,你可不要忘记了,我现在想起来都气愤。"老伴站起身来看着德顺说。

"那年他骂我咋忘记了呢?那是我代乡上的包村干部受过哩。天大旱,抽水机坏了,插不上秧子,秧畦种了玉米,我也有气哩,不要说世平那二杆子。这几年世平对我们好着哩。骂就骂了,声音风吹走了,好多年了还记啥子气呢?"德顺望了一眼老伴说。

"你真是个没记性的东西。"老伴嗔怪地骂了一声德顺,又蹲下身掐猪草。德顺突然想起世平家的秧畦就在坎上,秧母畦里的秧子到底长得咋样?德顺看了一眼老伴走出秧畦,顺着地埂走到坎上世平家秧畦边秧母畦的地埂上。只见秧母畦里的秧子稀稀拉拉要死不活的,只有一两寸长,地里有好长时间没有放水了,裂着一指宽的口子。世平是看着自家秧母畦里的秧子没指望了,连水都懒得放了。看来世平家今年插秧要靠别人家的秧子,他家的秧子肯定是前一段时间突然来的黑霜打死了,看来今年全村都没有多余的秧子。

三

世平让德顺两口子还给说准了,他正站在自家秧母畦的地埂上苦愁着眉眼,看着长得稀稀拉拉、要死不活的秧子发着愁哩。看来自家的一亩五分秧畦要插秧子,梅花在家里置办的秧母畦长出的秧子是靠不住了。世平的媳妇梅花是个泼辣能干快言快语的农村妇女,农忙时在家里干着农活,在自家的秧畦里除草、放水、撒化肥、打农药等零碎农活都是梅花干的,农闲时跟着世平在县城修房子打小工。就连置办秧母畦育秧子的农活都是梅花干的,但梅花终究育秧子的技术不行,经验不够,眼看着就要割麦插秧,自家秧母畦里的秧子出现了耽搁。梅花又是个藏不住话的女人,吃饭时在世平面前唠叨,晚上睡觉时也动不动跟世平生气:"眼看就要割麦插秧,秧子成那样子,你也不嫌丢人,你急不急啊?"

"我为啥不急?我急哩。你本事大得很,把秧子还务作死了。"世平扯着被子盖住自己的身体说。

"我本事不大,家里的秧畦是谁经管的?置办秧母畦育秧子的时候,你给城里人修房子打房顶,忙得顾不过来,秧母畦我置办了,秧子我育了,还怪我呢?"梅花又抓住被角把被子扯过来盖在自己身上,侧过身去气呼呼地说。

"就是要怪你,不怪你还怪谁?"世平见梅花把大半个被子扯了过去,就转过身体,胸膛贴上梅花的后背,手伸进被窝里在梅花的胳肢窝使劲抓痒着说:"就是要怪你,就是要怪你!"梅花忍不住"哈哈哈"大笑着,猛一转身,钻进了世平的怀里。

第二天早上,世平给一起在县城修房子干活的同伴打了电话,说:"一星期没休息了,乏了,要休息一天,你们先干着。"世平说的也是实话,自己连续在县城的建筑工地上砌了一星期砖,腰酸背痛的应该休息一天,何况马上要割麦插秧了,上坪秧畦的小麦也黄了,秧母畦里的秧子长得到底咋样,也应该去看看。世平吃完早饭来到上坪自家秧畦的地埂上,先沿着地埂走了一圈。看着快要成熟的麦子,心中一阵高兴。自己对秧畦里的庄稼基本没有管,就是女人梅花在务作,除了耕地耙地栽种的时候,平时在县城干活连地边也很少来。现在世平看着绿中泛着金黄、麦穗粗大、颗粒饱满、丰收在望的麦子自言自语说:"这女人还攒劲得很哩!"当世平沿着地埂来到秧母畦旁边,看到秧母畦里要死不活、稀稀拉拉的秧子时,心中有些发愁了。心想,到底是女人家,干这些置办秧母畦育秧子的技术活不行。

去年置办秧母畦时,世平正忙着给人家修房子,浇筑楼房的圈梁和柱子。浇筑圈梁和柱子也是修楼房的关键技术活,圈梁和柱子的模板要支端正牢靠,浇筑时必须小心,不能让模板走形,浇筑时还要一次性浇筑,不能间断。世平是小包工头,带着村里几个年轻人承包的是县城私人的小楼房。房老板要求特别严格,世平一点也不敢马虎,在支圈梁柱子装模板和浇筑时一刻也不敢离开,等到把这些活干完,梅花已经把秧母畦办好,连稻种都育好了。幸好去年清明节后天气一直很平顺,没有出现黑霜,全村的秧子都育得很成功,长势都很旺,到插秧时节,秧子都长得快有一尺长。梅花看着自己第一次育秧子成功了很是高兴,洋洋自得地对世平说:"哼,没吃过羊肉,膻味还闻过哩。置办秧母畦育稻种有啥难的呢?今年不是成功了吗?明年你就不要管了。"可今年因为黑霜的原因,梅花育的秧子出现耽搁了。这件事也要怪自己,世平看着已经毫无希望的秧苗,不由得想着一月前的一幕。

梅花置办好秧母畦后,把已经育出嫩芽的稻种撒在秧母畦里。那几天天气异常的好,每天都是阳光明媚的,洒在秧母畦里的稻种眼看着嫩芽往高里长，三五天时间就看到秧母畦里绿茵茵的。那几天，世平承包的私人小楼房开始了浇筑圈梁柱子，世平见人手紧张，叫上梅花也一起干活。梅花在工地上整整忙了一星期，秧母畦里的水都是晚上收工后摸着黑去放的。也就是在梅花去县城干活的第三天，天气变了，变成阴天了，还下了两天的毛毛细雨，人也觉得冷飕飕的。世平梅花两口子不知道这就是黑霜，更不知道黑霜是秧母畦里秧子最害怕的杀手。干活的都是二十来岁的年轻人，只知道天气变了，有点冷了，哪里知道是黑霜呢？他们可能连黑霜这个名字都没有听说过。何况世平梅花两口子在城里修房是早出晚归，哪有和其他村民谈闲的时间。有些村民也在想，那两口子在城里挣大钱哩，忙得飞上天了，把那点秧子根本没当回事。秧子让黑霜杀死了，最多今年的秧畦不插秧了，那也值不了几个钱。在县城修房子可是挣大钱的，更何况给私人修楼房更是不能马虎的，秧子死就死了，就一季稻子嘛。这都是好点闲事的村民们的想法。其实，世平梅花两口子可不是这样想的，是很看重自家种的一亩多秧畦的。后来两口子才知道，来黑霜的时候，大家给秧子撒了一种防冻的农药，有个别的人家在家里还重新育了一次稻种，等黑霜过了，把新育的稻种又撒在秧母畦里，秧母畦里重新撒稻种，秧子就要长得矮一些，但不影响麦子割了插秧。

好几年前，世平家的这一亩多秧畦自己没有耕种，嫌麻烦又耽搁工夫，把秧畦交给隔壁的二胖耕种着。头两年麦子熟了，二胖扛过来两袋子白面，稻子割了，扛过来两袋子米，两家倒也乐意。过了两年，到年底了，二胖扛过来一袋子米、一袋子面，说："今年农药、种子、帮工也涨价了，你们不要多心。"世平和梅花倒也高兴，给二胖倒了酒，装了烟，二胖也没有说啥，吃了两支烟，喝了三杯酒起身走了。送二胖走出院门，世平回到厅房打开电视看起来，看完一套节目的电视剧后，世平把频道转到二套节目，二套正播放着新闻调查，只见电视里一位女记者在大片的稻田里采访一位割稻子的农民。女记者问：你们种的大米自己吃吗？农民指着连片的秧畦回答说：这些水里有上面化工厂流出来的毒水，长的这些稻子也有毒，我们不吃的，吃了会得癌症的。记者问：这些有毒的大米你们不吃，那卖到哪里去了？农民手指着远处的大城市说：卖到那里的大城市了。接着，电视节目主持人又介绍了全国各地土壤被严重污染、使许多粮食作物无法生长的现状，又报道了有些地方在制作挂面时掺进滑石粉和地沟油当成菜籽油卖的情况。让世平感到吃惊的是种毒大米所处的地方离这里不远，就几百公里，我们这里的许多货物就是从那里运来的。县城粮油门市部里堆积成山的大米白面、一桶桶的菜籽油，你能保证不是那里运来的吗？在县城大灶上吃的米饭不如自家的香，下的面条吃起来也是滑腻腻的，烧的清油也有一股特殊的气味。当晚，世平和梅花就商量，明年麦子割了，秧畦不给二胖租了，自己抽时间耕种，让全家老小吃着放心粮，假如是毒大米、滑石粉面粉、地沟油吃坏了身体，挣下多少钱都是闲的。

　　第二年麦黄时节，二胖割了麦子后就来打招呼，他再不租种秧畦了。世平放下城里的活路，专门卖了一台耕整机，和梅花一起把自家好几年没有耕种的秧畦耕了耙，耙了耕；从猪圈里背来猪粪倒进秧畦里，把一亩多秧畦置办得土层松软、平平展展的，单等和泥插秧。因为世平没有置办秧母畦，把秧子没有育下，要等到谁家的秧畦插完秧了，秧子有多余的，要过来凑够自家一亩五分秧畦够栽的秧子，自己才能和泥插秧。正好二胖有多余的秧子，过来给世平打招呼，又凑了其他三家剩余的秧子，世平家插秧就够了。世平找了几个南山沟半山村下来的帮工，一大早来到秧畦，放水的放水，和泥的和泥，耙畦的耙畦，背秧子的背秧子，插秧的插秧，忙了整整一天才插完秧。世平看着自己一身的泥水，看了一眼自己好几年没有亲手种的秧畦又亲手插上了秧子，偌大的秧畦泥水轻轻荡漾，新栽的秧苗翠青点点，心里一阵高兴。好几年没有下到秧畦的泥水里插秧了，在泥水里爬滚了一天觉得还很过瘾的。

四

　　世平站在自家秧畦的土坎边，看着上坪几百亩丰收在望的麦田和麦田旁边一小块一小块的秧母畦里碧绿的秧子，一股股似曾相识的庄稼快要成熟的诱人气息夹杂着青草香味和土腥味扑面而来，心里感慨万千。近十几年来，自己一直在县城里包活，地里的庄稼活几乎没有干了。前几年因为包工忙不过来,还因为做庄稼不划算,是贴本的生意,把自家肥沃的秧畦随便租给别人种,视珍贵的土地为累赘而不屑一顾,现在看来土地是何等地重要。再不把自家的秧畦种好,就有可能吃毒大米、假面粉和地沟油。可是今年的秧子被黑霜冻坏了,自家的秧畦插秧要向别人要秧子或者买秧子。今年的秧子全村都很紧张,向谁要呢?谁家给你卖呢?世平思忖着,眼睛向坎上坎下十几块大大小小的秧母畦望去,只见块块秧母畦里都是青绿一片,长势最好的还是德顺叔家的秧子。德顺叔家的秧母畦里的秧子叶子长得胖势,长得比别人家的还要高出半拃来。世平还发现德顺叔家的秧母畦是最大的,德顺叔自家的秧畦肯定栽不完,还要剩下好些哩。要是把德顺叔家剩下的秧子要来,或者是买过来,自家的一亩多秧畦也就够栽了。可是德顺叔肯给吗?他愿意卖给自己吗?如果德顺叔愿意,就会把剩余的秧子送给自己,还说啥钱呢?世平看着德顺家秧母畦里青青的秧苗,想起自己十多年前骂德顺的一幕。

十五年前世平高中毕业,因学习太差,高考时名落孙山。看着那些有希望上大学的同学们兴高采烈的样子,自己窝着一肚子气回到村子里务作庄稼,把自己所有的怨气和愤懑全都通过汗水挥洒在自家的秧畦里,跟着年迈的父母亲种麦割麦,插秧拌稻子。还好,清水河对岸村子里同样高考名落孙山的女同学梅花没有忘记自己。梅花在县城打着小工,有时闲了来找世平玩耍。世平知道,梅花是想和自己谈恋爱。梅花主动说:"世平,你看我们清水河上下多好啊,有秧畦,出产多,离县城近又好挣钱,我哪里也不去,我们是隔河两岸的,又是同学,我们两个结婚吧。"世平当然高兴,没有费多少周折两人就结了婚,结婚不到一年,梅花又撺掇着分了家。农村的家没有啥分的,给世平分了一亩多秧畦。刚分到秧畦的那一年,天气大旱,南山沟的沟水干涸,河边的电灌坏了,等着县上、乡上修理,一直没人管,下半年就种了一季苞谷。年底村主任德顺和乡上的包村干部召集村民开会,安排收税费的事情,村民们不答应了,会场闹得一窝蜂。就数世平闹得最凶:"电灌修理了半年没有修好,狗球的钱。"世平也确实生气,自己刚分的秧畦却因为没有水无法插秧,种了一季苞谷。

"政府的皇粮国税,咋样都该缴。"德顺对世平说。

"德顺叔,电灌坏了政府咋不修？"世平反问德顺。

"找了,人家不是没有零件吗,要去买吗？"德顺有些语塞,解释说。

"咋买了半年都没有买来？德顺叔你不要当乡政府的狗腿子了。"世平指着德顺的鼻子大声说。

旁边几个年轻人也跟着起哄说:"德顺叔,你是得了乡政府的好处,你是在当吃人贼哩。"

德顺听了这话,气得七窍冒烟。自己跟着乡政府的包村干部跑烂腿,啥报酬没有还被自己的下辈们骂成是吃人贼,大骂世平:"我日你家先人,我吃了谁家的啥了？这个跑烂腿的村委主任我不当了,谁愿当就当去。"说着扔下乡上的包村干部走了,村民大会开了个不欢而散。来年村里的事德顺也不管了,连续两年乡上也再没有收税,第三年税费全免了,全国都不收了。世平觉得种地割麦插秧麻烦得很,务庄稼又是贴本的生意,两口子把秧畦租给二胖,在县城专门打工。世平砌砖码墙,梅花和砂浆绑钢筋。连续干了没几年,世平掌握了修水泥楼房的技术,带着村里的几个年轻人当起了小包工头。要不是前两年看到电视里毒大米、假面粉和地沟油的报道,自己家的秧畦还会是二胖做着。可是,这秧畦要回来才做了两年,今年就遇上黑霜,自家秧母畦的秧子被杀死,眼看着割麦了,自己却无秧子可插。世平站在德顺家秧母畦地埂上,看着长势旺盛的青青秧苗,叹息着离开了,自言自语说:"先把麦子割了再说,麦子割了再想秧子的办法。"

五

前几天还黄中泛绿的麦子,说黄就一下子黄了,割麦插秧的大忙季节转眼就到了。清水河两岸的村子割麦子仍然用镰刀割,割倒麦子后捆成捆子,人背着或用架子车拉着运回打麦场,再用打麦机脱粒。前几年乡政府推广过小型的割麦机,但是割麦机割倒麦子后还要捆麦捆子,好些麦穗掉在麦茬子地里,收拾起来更加费工费力又费时,还不如手工用镰刀割方便快捷,两台小型割麦机扔在打麦场的墙角,成了一堆废铁。村里秧畦多人手少的人家忙不过来,每到夏收夏种大忙季节,家在南山沟半山村的亲戚就来川坝村帮忙,没有亲戚的半山村村民在村里其他人的介绍下,下山到清水河畔来割麦子,吃了喝了,临走还挣几个小工钱,再进城买点油盐酱醋等零碎。因为南山沟半山村的夏收夏种要比沿河川坝村迟半个多月哩,川坝沿河的麦子割完,秧子插完,刚好山上的夏收夏种就开始了。半山村的夏收夏种要来得缓慢一些,清水河两岸川坝村的夏收夏种就紧急多了。麦子割了马上就要插秧,插秧前要把秧畦置办好。先把麦茬子用镰刀收拢在一起,点火烧了,再耕地,耕完地撒上早已准备好的农家肥,翻耕一道后耙平,然后放满水和泥。和泥时要用犁头在泥水里反复犁几遍,再用大木耙来回耙好几遍,要把原来秧畦里犁头犁起的泥水沟耙平,地里不渗水了,秧畦里的水像一面镜子一样平了,才可以插秧。若干年以前,耕地、耙地、翻地、和泥都是用两头牛拉的犁头来完成的,是个相当辛苦而又充满技术含量的农活,在村子里能干给秧畦和泥的人就那么三五个。插秧前秧畦的泥和不好,秧畦就会凹凸不平,秧畦就会渗水。你想想呀,长稻子主要靠水,秧畦里连水都停不住,怎么能长秧子呢?稻子就不会结穗,秧子就会长成一把草。

前几年农机门市部出售有耕整机,这种小型耕整机在秧畦里耕地和泥耙地都行,而且速度较快,经济宽裕点的几家农户都买了,村子里村民之间或是帮忙或是掏点柴油钱互相使用着,川坝沿河原来村民们赖以生存的耕牛被牛贩子买去,宰杀后成了县城酒楼里餐桌上的美味。但个别的村民还在使用着耕牛,他们不是借不来或者租不来省时又省力的耕整机,只是对耕整机"突突突"吵人的轰鸣声和柴油机烟熏呛人的味道有一种本能的厌恶。这些个别的村民,宁愿手扶着犁头跟在牛屁股后面,在秧畦淹及膝盖的泥水里来回犁地耙地和泥,牛蹄子溅起的泥水和牛尾巴甩起来的泥巴,使犁地的人变成了一个泥人、水人,但是他们愿意,在泥水中跟在牛屁股后面唱着幺牛回牛的歌儿,尽管十分辛苦,但觉得畅快。满身泥水的耕牛来回耕乏了,放一个响屁,撒一泡大尿,拉一团大粪,他们都感到异常的兴奋,他们闻到的不是臭味,而是泥水味和土腥味混合在一起的一种独特味道,闻着这种独特的味道,眼前仿佛出现了一片金黄的快要成熟的稻子,那味道仿佛是快要成熟的稻子散发出来的诱人的芳香。这些仍然用着耕牛犁地的村民,用现在一句时髦的话说,就是与耕牛有着一种割不断的情感联系,是村民们对自己心灵和精神的执着坚守。你把这些文绉绉的话讲给村民们听,他们根本听不懂。他们会说:"耕整机耙畦、和泥、插的秧子长的稻子,碾出来的米吃起来不香,有股柴油味道。大黄牛耙的畦、和的泥、插的秧子,长出来的大米吃起来香得很哩。"村民说得很自信,不管你信不信。南山沟半山村的土地全部挂在山间陡坡,耕整机自然用不成,家家户户养着耕牛。川坝沿河夏收夏种开始后,半山村的村民下山除了帮工挣点油盐钱外,有个别的村民赶着自己家的耕牛,来川坝村专门给那些不愿意使用耕整机的村民犁地耙地和泥,挣双份钱。德顺就是继续使用大黄牛耕地的村民之一。

　　四五天时间,村子里的麦子眼看着割结束了。德顺找来三位南山沟半山村来的帮工,头天割了麦子,第二天就在村里的打麦场上打了,第三天,金黄色的麦粒晾晒了满满一院子。成熟的麦子收进屋子后就要考虑耕地、耙地、和泥、起秧子和插秧的事。今年的秧子遭了黑霜,村里其他人的秧子可能都紧巴巴的,就德顺家的秧子不仅长势好,而且秧母畦的面积也大,秧子肯定是绰绰有余的。秧子的事让德顺有点洋洋得意,现在关键的是使用耕牛置办秧畦的事,用耕牛置办的秧畦种出来的大米吃起来香。前几年,南山沟半山村的年轻人王贵,打听到清水河两岸的有些村民不愿意用耕整机和泥插秧,川坝人又嫌耕牛喂养麻烦大价钱卖给牛贩子的消息后,每到割麦插秧的大忙季节,就赶着自家的两条耕牛下山挣双份钱,德顺家的两亩秧畦以往都是王贵帮着置办的,今年半山村的王贵没有来。一打听才知道,王贵家的两头大骟牛前一星期被牛贩子偷去,杀了卖给县城的酒楼,王贵守在公安局,公安局正在查哩。德顺听了心里一阵难受,口里骂道:"这些天杀的牛贩子,下一辈子要变牲口。"骂归骂,骂解决不了耕地的问题,现在当务之急是解决耕地和泥的问题,如果找不到耕牛的话,看来今年非要用耕整机了,用谁家的耕整机呢?德顺决定明天早上晾晒好麦子后,去上坪先看看,看谁家的秧子先插完了,再决定用谁家的耕整机,时间不等人啊!

六

　　世平两口子看着自家秧畦里的麦子头天发黄,第二天就泛白了,就商量着城里的活路先停上几天,把家里秧畦的麦子割了插上秧子后再开工。以往给私人修房子连续停几天工,东家是会不高兴的,现在农村是紧耕紧种的大忙季节,东家倒是通情达理的。东家对世平说:"现在正是割麦插秧的大忙季节,你们先回去收割庄稼,收割完了抓紧给我干。"

　　"那谢谢东家,家里割麦插秧也就几天时间,农活干完了,我们抓紧给你修房。新麦子晒干了,打成面粉也给你送一袋子新麦子面,你们也尝尝新鲜,新麦面香得很。"世平高兴地对东家说。

　　"那太好了,新麦子面吃起来香甜得很哩,我们好多年都没有吃过新麦面了。吃的净是面粉仓库的陈面粉,哪有新麦面香?你们快去快回吧。"东家两口子满脸笑容地说。

　　世平晚上停了修房的活路,带着自己的五个小工回到村里,准备第二天打早就开始割麦,下午打麦,第三天用耕整机耕地、耙地、和泥,把秧子插上。秧子从哪里来呢?世平已经想好了,就用德顺叔的。当年为乡上收税费的事自己骂过德顺叔,德顺叔到底给不给呢?世平想,德顺叔会给秧子的,怎么个给法,世平自有办法。

　　世平从工地上带来的五个小工都是南山沟半山村跟着世平干活的精壮小伙子,他们在世平的工地上打小工挣钱已有两三年时间,不管是干农活还是在工地上搬砖活浆都是一把得劲的好劳力。世平把他们带回家后,梅花做了一顿丰盛的晚餐,世平又找来两瓶好酒,六七个人吃着喝着,喝着吃着,都高兴地说:"世平哥的那点麦子,半天就割完了。"

　　梅花说:"还要耕地插秧呢!"

　　"梅花嫂子,你不用操心,耕地插秧也半天就完了,你把饭给我们做好就行了。"几个小伙子兴高采烈地说。

　　"这几天就辛苦你们了,麦子割了给你们做新麦子面蒸馍吃,那可香得很哩!"梅花笑着说。

世平梅花两口子陪着准备割麦插秧的几个小伙子看了一会儿电视,世平对他们说:"明天天不亮就要起床割麦,早点睡吧。起床迟了,太阳太大干不成活。"几个小伙子都点头称是,世平关了电视,安排他们去睡觉。

两口子看着小伙子们睡觉了,梅花就去厨房准备明天的早饭,都是干活的小伙子,要吃饱才行哩。明天的早饭是吃白面蒸馍喝油茶,吃了不易饿又耐渴。世平来到院子里准备着明天割麦子的镰刀,镰刀是新买的带锯齿直角形的,镰刀木把都是楔好的,用起来比原来的弯月形镰刀顺手轻便,不用磨就很锋利。世平把新买的五把镰刀从厅房里拿出来,整齐地放在台阶边上。又从厅房隔壁的睡房里找出两盘麻绳,用手捋着,一节节盘好,放在镰刀旁边。这些麻绳是明天背麦子、往架子车上捆绑麦捆子用的。世平下了台阶走到院子墙角,抱过来三四捆去年的稻草放在水池边,用水桶浇上水。世平思忖着,这些稻草明天捆麦捆子大概够了。他把稻草翻过来又浇了一次水。世平放下水桶,抬头看看天,夜空深蓝深蓝的,繁密的星星在巨大的夜幕上明亮地闪烁着。世平掏出手机看看时间,哎呀,已经快十二点了,得赶紧睡觉。他三两步走进亮着灯的厨房,只见案板上放满了刚蒸出来的白花花的馒头,梅花正在刷锅。

世平走过去取过一个馒头,掰下半块吃起来,说:"这馒头真香哩。"

"香了就好,明天早上让小伙子们多吃些,干活好有劲。"梅花边刷着锅边说。

"已经十二点了,早点睡吧,明天还要早起床哩。"世平吃完半块馒头说。

"你先去睡吧,我洗了锅就来。"世平不等梅花就去睡觉了。过了一会儿,梅花也来睡觉,梅花睡下后说:"割麦插秧你高兴得很,麦子割了打了,插秧咋办?你连秧子都没有,你怄气的时候还没到哩。"

"梅花,你放心,秧子我都想好了,就用德顺叔的,不用他家的用谁的呢?别人家的自家都不一定够用,就德顺叔家的秧子又多又好。"世平侧过身子看着平躺着的梅花说。

"当年你骂过人家德顺叔,气得人家连村主任都不当了,人家现在还把秧子送给你,你想啥呢?"梅花觉得世平是异想天开,侧脸盯着世平说。

"我自有让德顺叔把秧子给我的办法。"世平有点得意地说。

"你有啥子办法？"梅花问道。

"我自有办法,现在不给你说。"世平得意地摸着梅花滑溜溜的肩膀说。

"不说算了,看你咋办。明天还要早起哩,赶紧睡觉。"梅花说着侧过身去,脊背对着世平睡了。世平觉得没趣,但又觉得梅花说得很对,明天还要早起哩,赶紧睡吧。于是也侧过身体,脊背对着梅花的脊背睡了。

第二天早上天麻麻亮的时候,院子里燕子、麻雀"叽叽喳喳"的吵架声把梅花惊醒了。梅花用手背揉揉眼睛朝窗外一看,隔着窗帘天空透着朦朦胧胧的亮色。她急忙用拳头戳了一下世平的后背,说:"天亮了,赶紧起床。"说着也不管世平起不起床,自己先麻利地穿好衣服,下床踩着凉鞋走出门去。梅花上了厕所,在院子里水池旁的水龙头上洗了手和脸,就去厨房准备早饭,好在馒头是昨晚蒸好的,油茶的佐料也是做好的,面也是昨晚炒熟的,只要在电炉子的钢精锅里烧开水,把炒面和佐料拌在里面就行了。梅花在厨房里忙乎的时候,世平也起床了。世平上了厕所洗了脸,去二楼的房间里叫醒了干活的五个小伙子。五个小伙子依次下楼上了厕所洗了脸,在客厅里吃了早点,拿上镰刀、麻绳、稻草,跟着世平精神饱满地去了上坪的秧畦里割麦子。梅花收拾着碗筷,有这五个帮忙割麦插秧的小伙子,她就不去秧畦里干活,专门在家里给干活的人做饭。

尽管是阳历五月底麦子成熟的季节,天气已经很炎热,但早晨天气还是异常地凉爽舒服,微微的晨风吹送着成熟麦子的醉人芳香,跟在世平身后的几个小伙子十分兴奋,步履轻盈地走在去上坪秧畦的地埂上。世平边走边张望着上坪已经成熟的几百亩麦子,有几家人来得还要早,三三两两散在麦田里已经割着麦子,大多数的村民才从家里出来,急匆匆地往麦田里走着。世平带着五个小伙子走进自家的麦田,沿地埂散开,弯下腰割起麦子来。随着镰刀"嚓嚓嚓"的响声,一丛丛的麦子倒在五个小伙子的身后。世平专门捆麦捆子,捆了几捆后,直起身体望望几百亩麦田,几乎每一块地里都有割麦子的人,都是一家一家的有老有小,就自己地里割麦子的是五个精壮的小伙子,世平得意地笑了。他又扭头看看坎下德顺家的麦田,地里的麦子已经割了,世平知道那是昨天割的,是半山村来的两个帮工帮忙割的,现在德顺叔可能在准备着打麦子。最叫世平赏心悦目的是德顺叔麦田旁边那一小块秧母畦,秧母畦里长势旺盛的秧子翠绿翠绿的,看起来格外养眼,在一片黄中泛白的麦田中显得格外醒目。世平回身看了一眼自家的秧母畦,秧子稀稀拉拉半死不活的,像秃子头上的头发,要插秧根本用不成。世平有点沮丧,心情有点郁闷,没有秧子怎么能插秧呢?插不了秧子,秧畦就要种玉米,秧畦种成玉米,村里人会笑话哩。但不一会儿,世平脸上又露出一丝得意的神情,世平看着眼前德顺叔家绿油油的秧子,心里打着嘀咕。德顺叔家的秧子长得好,自家又用不完,要想办法把德顺叔剩余的秧子插在自家的秧畦里才行哩。自己去德顺叔家讨要或者出钱买,要是德顺叔不答应了咋办呢?何况自己以前还骂过德顺叔?要想一个既要让德顺叔高兴又要让德顺叔心甘情愿地把剩余的秧子给我的万全之策才行哩。世平突然觉得自己有主意了,这个主意还好得很哩,不过不能给别人说,就是给梅花都不能说。德顺叔明天可能要准备着耕地、耙畦的事,但是王贵的两头大骟牛被牛贩子偷去,杀了卖给县城的酒楼,公安局的警察正在追查着,他再找谁的牛给他耕地呢?今天上午割完麦子后,下午打麦,明天早上就耕地耙地,明天还要来早一些,要赶在德顺叔之前来才行哩。

  世平心里揣着别人不知道的秘密,兴奋地指挥着五个精壮的小伙子在秧畦里割着麦子。上午十点不到,世平家的一亩多麦子就割完了,五六个小伙子背的背,用架子车拉的拉,不到十二点,几十捆麦子全部运到了打麦场。下午时分,世平带着五个小伙子在打麦场里又忙了两个小时,麦捆子变成了六麻袋颗粒饱满的金灿灿的麦子,六个人一人一麻袋背回家,全部摊晒在水泥台阶上。吃毕晚饭,五个小伙子在客厅看着电视,梅花在收拾着厨房,世平擦洗着在墙角放了一年的耕整机。世平找了一条旧毛巾把耕整机擦拭得干干净净,用扳手紧了紧几个松动的螺丝和油管,最后觉得没问题了,就加上柴油和水。世平找来摇把,插进耕整机中,使劲摇了几下,没有响,只是烟筒里冒了几股黑烟。一个小伙子从客厅里出来,说:"世平哥,你行不行,要不我帮你摇?"

"行哩,你看电视吧,我能摇响。"世平连忙直起身回答。世平长长嘘了一口气,又摇起耕整机来,他使劲多摇了几下,耕整机终于"砰砰砰"地响了,烟筒里冒着呛人的黑烟,耕整机响亮的声音传得很远。梅花收拾完厨房,看到耕整机被发动着了,高兴地来到世平身旁,一起看着"砰砰砰"地响着的耕整机。梅花想,明天就要耕地耙地、准备插秧了,耕整机不修好咋行哩,可是秧子在哪里呢?梅花抬眼瞅着世平。世平回看了一眼梅花,神神秘秘地咧嘴笑了一下,蹲下身体关了耕整机的油门,耕整机慢慢地熄火了。世平笑着对梅花说:"明天要准备着耕地插秧,要起床更早些才行哩,早点睡吧。"

七

第二天,又是燕子、麻雀"叽叽喳喳"吵架的时候,天蒙蒙亮了。这次是世平先醒了,他使劲推了一下梅花,说:"赶紧起床,天大亮了。"说着自己一骨碌翻身下床。世平套上短袖衫子,穿上裤子,登上塑料拖鞋,看了一眼梅花,见梅花侧睡着还未动弹,就俯下身体揪揪梅花的耳朵,说:"今天要耕地插秧哩,你咋还不起床呢?"

"插啥秧子呢?插谁的秧子?自家连秧子都没有,要等别人家的秧子插完了,人家有剩下的我们才插哩,你急个啥?"梅花好像没有睡醒似的嘴里嘟囔着说。

"我今天就要耕地、耙畦、和泥、插秧,你不要管有没有秧子,我自有办法。你懒瞌睡多得很,赶紧起床准备早饭。"世平说着在梅花的屁股上"啪"地拍了一巴掌,转身出门去叫醒二楼睡觉的几个小伙子。

梅花口里嘟囔着说:"这个二杆子,不晓得轻重,把人打得生疼。"但她不敢怠慢耕地插秧的事,在夏收夏种的大忙季节,除了把已经成熟的麦子收回家外,耕地插秧就是最重要的事情了。尽管梅花也在为秧子的事发愁,但麦子割了耕地耙畦也是必不可少的。地耕了,粪撒上了,再耙平了,先等一等,等有了秧子了,再放水和泥插秧也行。梅花是了解自己的丈夫的,世平还是一个很有办法的人,头脑精灵着哩。在县城打工包工十几年,啥难肠事没有遇上过,几十把秧子哪能把他难住。世平说他自有办法,他就有他的办法。梅花想到这里一阵兴奋,一骨碌爬起身,穿好衣裤出了睡房,连厕所都没有去,先进厨房忙碌去了。

世平起床后叫醒五个帮忙的小伙子,他们依次上了厕所,在院子水池边的水龙头上洗漱完毕,坐在台阶的凳子上抽着烟,等着梅花的早饭。梅花做的早饭也快,白面馒头是前天蒸好的,只是放在蒸笼里再热一下,炒面和调料也是提前做好的,只要钢精锅里的水开了,炒面和调料放在里面轻轻一搅拌就可以吃了。梅花把热好的馒头和煮好的面茶端上桌子后,又十分麻利地用新鲜黄瓜和鲜嫩清脆的莴笋拌了两个凉菜,端上了桌子。世平和几个小伙子吃着香喷喷的馒头,喝着溜香的面茶,把凉拌黄瓜和莴笋吃得脆响。世平还不时地抬起头眯着笑眼看看梅花,好像有啥话要说的,但一脸的神秘,终究啥也没说。梅花也没有再问,只是站在桌子旁随时给几个小伙子舀着饭,看着他们狼吞虎咽的样子,傻傻地笑着。世平他们吃完饭,拿上几把镰刀,发动着院子里的耕整机,"突突突"地出了院门。

初夏的早晨,火红的太阳已照在西南山梁的尖尖上,天上没有一丝云彩,简直就是一碧如洗,丝丝晨风吹过,天气也是阵阵的凉爽。上坪几百亩秧畦里的麦子已全部收割完毕,空气里弥漫着一股股麦草的香甜气息。村民们麦子割完了,都在打麦场里忙碌着,他们要把收割的麦子打了,晒在自家的水泥台阶或是房顶上,再反过来耙畦插秧。世平他们来到上坪时,几百亩割过麦子的秧畦一片宁静,只有三五个村民在自家地里割着麦秆,有两家的已经把收拢在一起的麦秆点燃,缕缕青烟在晨风中袅袅上升,有时还传来几声"噼里啪啦"的麦秆炸响声。世平他们来到自家的秧畦里,沿着地埂转了一圈,又俯下身体看了一会儿自家秧母畦里的秧子,秧子像秃子头上的头发这里几十苗,那里一撮撮的,而且黄不拉几要死不活,这哪里是要插的秧子,这样的秧子是绝对长不出白花花的大米的。世平站起身,看看坎下德顺叔的秧畦,秧畦里麦子前几天就割完了,白晃晃的麦茬地里已经堆着好几堆粪堆。秧畦旁边是一小块长着青油油旺盛秧子的秧母畦,世平望着那青青的秧苗,心中一阵激动。德顺叔喜欢用南山沟半山村王贵的两头大骟牛耕地、耙畦、和泥、插秧,不用又快又省力的耕整机,说是用了耕整机,秧畦里长出的大米吃起来有股柴油味道,这种说法干脆是他的心病,是一种不愿丢弃过去的顽固思想在作怪。王贵的两头大骟牛被牛贩子偷去杀了卖给县城的酒楼,公安局正在查,案子还没有破,再哪有牛给你德顺叔耙畦插秧呢?今年全村的人都要用耕整机哩,你德顺叔能例外?你德顺叔还日怪得很,别人都吃不出来柴油味道,就你吃出柴油味来了,你德顺叔是狐狸转世的?德顺叔啊,你就不要再顽固不化了,活人哪能让尿憋死的。你家那么多长势旺盛的秧子,自己家是用不完的,你要让谁用呢?我早想给你说秧子的事情,就是因为过去收税费的事骂过你,不好开口啊。即使开口了,也怕你拒绝,你一口拒绝了,我再有啥办法呢?我就先斩后奏了。

  世平主意打定,安排五个小伙子去坎下德顺叔的秧畦里刮麦秆、烧麦秆,自己开着耕整机来到德顺家的秧畦里耕起地来。不一会儿,德顺家的秧畦里,几个小伙子割麦秆的割麦秆,烧麦秆的烧麦秆,世平开着耕整机已经沿着地埂来回耕了好几回,翻起了潮湿的土壤,小土碎块灌进世平的鞋子中,有一种痒酥酥的感觉,世平一阵高兴,猛地加大了油门。此刻,在德顺家的秧畦里,麦秆燃烧的青烟在微风中歪歪扭扭地向一碧如洗的蓝天飘去,麦秆"噼里啪啦"的炸响声和耕整机"突突突"的轰鸣声汇合在一起,在清晨的田野中传出很远、很远。

八

  德顺起床后抬头看看天气,觉得今天是个晒麦子的好天气,就和老伴一起打扫台阶和院子。把院子和台阶都打扫干净了,要把昨天晒在台阶上的麦子晒到院子里去一些,院子大,晒在院子里的麦子摊得要薄一些,晒三四个结实的大太阳,麦子就可以装柜子。把全部的新麦子都晾晒在台阶和院子的水泥地上时,德顺已累得气喘吁吁,他坐在台阶上吃完老伴端上来的早饭,两手把嘴一抹,又卷了一支喇叭筒旱烟香喷喷地抽着。亮晃晃的太阳已经从房顶上高大的柿子树树叶缝隙倾斜下来,把大半个院子里摊开晾晒的新麦子照得金光闪闪,从房子东边山墙旁边斜刺着照进的阳光把台阶照得透亮,在空中飞舞的细碎的草屑都看得一清二楚。德顺嘴里抽出的青烟和飞舞的草屑纠缠在一起,在金色的阳光中徘徊缭绕,像是一幅变幻莫测的水墨画,时常改变着自己的模样,真是好看极了。德顺看着变幻着的水墨画,看着身旁在金色阳光下闪着金光的颗颗麦粒,想着心事。劳累了半年、期盼了半年的新麦子算是收到家里了,为了在秋天把金灿灿的稻子收回家,能吃上白花花、香喷喷的新大米饭,赶紧把秧子插在秧畦里才行啊!眼看就到芒种了,在芒种前插上秧子最好。芒种后几天也行,就要看秋后的天气。如果秋后天气好,气温高,稻子的收成不会受到影响。如果秋后阴雨多,气温上不去,芒种后插的秧子长出的稻子空壳多,影响收成。不要小看芒种前后几天的工夫,关系大得很哩。眼下麦子割了也打了,秧畦的粪也运到地里了,秧母畦里的秧子也不用操心,长势是全村最好的,看样子我那两亩秧畦还用不完,用不完也好,多余富裕多吉祥啊!前几天,河对岸来了两个人要买秧子,我没有答应,自己家的秧畦都没有栽秧哩,他们就想拿点钱买走秧子,那咋行呢?干脆是丧门星上门,有点福气都让他们带跑了。再说了,自己村子里秧子也是遭了黑霜的,有些人家秧子也很紧张。但是,自家村里人是不会在主人家未插秧前去要秧子的,主人家的秧畦插完后,有了剩余的秧子,缺秧子的人家才开口要或者买剩余秧子的。

　　一般来讲,秧子不够时,那可金贵得很。大家的秧子都务作得好了,都剩余了,那秧子就是牲口的好草料。自家村子的秧畦还没有开始插秧哩,怎么把可能剩余的秧子卖给外村人呢?自家的秧子剩余了,自家村里谁家秧子不够了,只要张个腔,心里只要乐意,那还用掏钱买吗?果不其然,南山沟半山村王贵的两头大骟牛耕地耙畦插秧的事就放黄了,天杀的牛贩子,不仅偷了王贵的两头大骟牛,还把牛杀了卖给酒楼当肉吃了,多可惜的两头大骟牛!两头牛套在一起耙畦和泥,那简直就是一台力大无比的推土机,耕的地又深,和的泥又均匀,脚踩在泥水里面就好像踩在细碎的海绵里面,秧子插在里面最容易长根,秧子最容易换苗返青。现在,王贵还在公安局里守着破案,听说两个牛贩子跑到大山背后去了,公安局正在追查。两头牛的案子半个月了都没有破,那人命案咋破呢?哎呀,今年插秧只有用耕整机了,耕整机冒出的油烟味,我闻着就头晕,长出的稻子就没有呛人的油烟味？牛贩子要是公安局抓到了真该千刀万剐。

村子中央打麦场的打麦机不时地传来"突突突"的轰鸣声,亮晃晃、热烘烘的太阳晒得德顺浑身燥热起来。德顺从台阶的凳子上站起身,伸开胳膊仰起头,大大地伸了个懒腰,还长长地打了一个哈欠,好像马上解了连日来割麦打麦的困乏,一下子觉得清爽精神了。他给正在院子里翻晒着麦颗粒的老伴打了招呼就出门去了,他要到上坪去看看,看看有没有人家开始耕地耙畦了。再过六天就是芒种,插秧也就是这三五天的事,今年没有王贵和他的两头大骟牛来帮忙,只有用耕整机,用谁家的耕整机要早点谋算才行,人家用结束了自己才张腔用哩。自家两亩秧畦的秧子总不能放到芒种节过后去插,一定要在芒种节前插上才是啊！要不然村里人会笑话我哩,连二杆子世平都会笑话我:德顺叔还算什么务农的好把式,秧子都插到芒种节后面去了,八月十五就等着收一把稻草和空稻子壳吧。

德顺来到上坪的地坎边,放眼望去,几百亩已经收割了麦子的秧畦里,麦茬子在太阳的照耀下闪着银光,一畦畦的麦田亮晃晃的格外耀眼,空气中流动着隐隐约约的雾气,又好像不是雾气,是一股股清澈透明的碧水在流动。已经收割了麦子的秧畦里没有几个人,老远望去好像在刮麦秆子。突然,一缕缕烧麦秆子的焦煳味道传进了德顺的鼻孔,他又抬眼向远处长长梯田的坎下望去,自家的秧畦就在那里哩。不看不要紧,一看德顺大吃一惊,只见五六个人在自家的秧畦里正忙乎着哩,刮麦秆的刮麦秆,烧麦秆的烧麦秆,还有一个人正开着耕整机耕着自家的秧畦哩,烧麦秆的烟味就是从那里飘过来的。这时,"突突突"的耕整机声音不时地传进德顺的耳朵,他们是谁呢？他们是要抢种我的秧畦吗？真是无法无天。德顺三步并作两步向位于梯田尽头的自家秧畦跑去,一边跑一边还气呼呼地自言自语着:大白天的抢种我的秧畦,简直是无法无天了！

"你们是谁？谁让你们抢种我家的秧畦呢？"德顺还未跑进自家的秧畦,老远就气喘吁吁地大声喊叫。

"德顺叔啊！我是世平啊。"世平停下耕整机,望着老远跑来的德顺,大声回答。

"世平你咋给我耕地呢？说也不说一下，谁叫你耕地的？"德顺走近看清是世平，理直气壮地问道。

"德顺叔，我早上想着耕我家的秧畦哩。我又想了一下，先把你家的秧畦耕了，把秧子先插上。王贵的牛被牛贩子杀了，你又没有耕整机，没有人给你帮忙，你正着急哩。我请了几个帮忙的小伙子，先把你的秧子插上了，再说我家秧畦插秧的事。我家连秧子都还没有哩。"世平站在秧畦里微笑着说，看着德顺叔的脸色由阴转晴了，又发动着耕整机"突突突"地耕开地了。德顺看着两亩秧畦马上就要耕完，耕完了就可以放水耙畦和泥，泥只要和好了，在秧母畦里起秧子、秧畦里插秧子就容易了。

原来如此啊！这二杆子世平在帮我耕地哩，耕了还要帮着耙畦、和泥、插秧哩。德顺一下子高兴了，自己操心了好几天的难肠事，想不到有人给自己解决了。前几年骂过我的二杆子世平咋变得有见识了？德顺也不想那么多了，只要我的秧畦插上秧子，不管他世平耍什么鬼八卦。德顺看着世平已经耕完了地，把耕整机停在秧畦地埂边，就大声说："世平，我去改水。"

"德顺叔，你赶紧去改水，水放满了就耙畦和泥。"世平在秧畦的那一头大声回答。

不一会儿，清澈的渠水"哗啦啦"地流进了已经耕过的秧畦，流水在凹凸不平的土坷垃中流淌着，发出了"咕咕咕"的流水声。世平掏出香烟递给德顺一支，说："德顺叔，秧畦里的水很快就放满了，你领着他们几个去秧母畦起秧子吧。我开着耕整机耙畦和泥，耕整机快得很，一会儿秧畦就置办好了，我们争取在吃晌午饭前把你家的秧子插完。"

"好好好，我带他们去起秧子。"德顺连忙答应着，领着五个帮忙的小伙子去秧母畦起秧子。世平又发动着耕整机走进秧畦没膝的泥水中，来来回回耙畦和泥，耕整机的刀铧溅起的泥水落得世平满身都是，有好几点泥水还溅落在世平的头上脸上，不一会儿，老远看去世平就像是一个泥人。

德顺领着五个帮忙的小伙子在秧母畦里起着秧子。育在秧母畦里的秧子长大后就要起出来，起秧子时，两只手要从秧子的根部使劲抓住，连泥巴抓上来，不能损伤了秧子的细根，然后在水里涮去泥巴，用稻草捆成小把,插秧子时再一小把一小把均匀地扔在秧畦里。德顺和五个小伙子在秧母畦里起着秧子,涮秧子溅起的泥水声"哗哗"作响,青青秧苗的叶尖尖刺得小腿周围麻酥酥的,秧母畦里温凉的泥水在小腿周围荡漾着,大太阳晒着,倒显得不那么热。

  德顺腰杆有点酸了,他直起身子,伸展了一下腰杆,又转身看了一眼正开着耕整机耙畦和泥的世平。只见世平扶着耕整机,两条腿吃力地在泥水里走着,浑身都是耕整机溅起的泥水,老远看去像是一个泥人。在秧畦里耙畦、和泥的活路可是最累人的,身体弱的人根本干不了。德顺已有好几年都没有在秧畦里耙畦和泥了,都是王贵带着他的两头大骟牛来干的,秧子插完了,要给王贵好几百元钱哩。这世平图个啥哩?人家的耕整机,又是五六个人给我帮着干活,要是付钱得付多少呢?

  突然,德顺心中猛地醒悟了,哎呀,世平不是说了吗,他家连秧子都没有,他家的秧子呢?他的秧母畦不是也在坎上吗?是叫黑霜给杀死了。我要再看看去。德顺想着走出自家的秧母畦,来到坎上世平家的秧母畦地埂边。这是啥子秧子啊,根本栽不成,难怪世平说自家连秧子都没有,看来是被黑霜杀坏了,幸亏自己没有答应来买秧子的外村人,要不就把自己难住了。给世平工钱,世平肯定不要,剩余的秧子给他不是人情两清了吗。德顺望着已经和好泥的秧畦里镜子般平静的泥水,心中一阵轻松。他跑下土坎,和世平他们一起把起好的秧子一把一把均匀地扔在秧畦的泥水里,然后又一字形排开,在平如镜面的秧畦里插着秧子,他们双手飞快地分解着秧苗,飞快在泥水里一撮撮地插着,插秧溅起的泥水声此起彼伏着,"哗哗啦啦"地像急促的琴声一样好听。

  不到晌午时分,德顺的两亩秧畦就插完了秧子。德顺、世平他们坐在地埂上休息着。德顺高兴地看着自家已经插了秧子的两亩秧畦,刚才还是一汪泥水的秧畦,现在是翠青点点、一片青绿。微风吹过,青青的秧苗尖尖在泥水里一漾一漾的,泥水中画出了小小的水纹。

  "世平啊!今年太感谢你了。我付你工钱你肯定不要。我想了,你家的秧子让黑霜杀死了,插秧没有秧子,我剩下的秧子,人家要买哩,我不卖了,就送给你吧。"德顺瞅着一身泥水的世平说。

"德顺叔啊!我给你帮忙是应该的。王贵的牛也没了,你从今以后就用我的耕整机耕地,我不要你的钱。以前我骂过你,你再不要记气,以前年轻气盛的不懂事。秧子的事我早想给你说,但不好意思,总觉得以前骂过你,对不起你,总想着要帮一下你。你现在把剩余的秧子给我了,我和梅花要感谢你哩。"世平说着掏出自己的香烟递给德顺一支,帮德顺点燃,自己也点上一支,笑嘻嘻地看着德顺。

"你这个鬼滑头还鬼得很哩。"德顺抽了一口烟,望着满身泥水的世平笑嘻嘻地说。两人对视了一下哈哈大笑起来。

世平已经给梅花打了电话,让梅花把中午饭送到地里来。因为世平给梅花说下午就要给自家插秧。梅花不信,说:"哪里来的秧子,你又不是孙悟空会变,还变出了秧子不成?"

"我就是孙悟空,我已经变出秧子了,你不信的话,来了就知道了。"世平又望了一眼德顺,两人抽着香烟又哈哈大笑起来。世平心想,要让梅花也来个意想不到的高兴才好哩。

写于 2014 年 5 月

回家,回家

中午十二点,冯超一家三口终于坐在宽敞明亮的波音飞机里了,五岁的儿子坐在妈妈的怀里新奇地问这问那,机舱里传来了乘务员温柔的声音:"各位旅客请注意,飞机马上起飞了——"不一会儿,飞机便轻轻滑进跑道。正当冯超把儿子按进妻子郑玲的怀中,提醒注意安全时,自己觉得一阵恍惚。他抬眼往窗外一看,飞机直冲云霄,五岁的儿子更加兴奋不已,趴在窗口欢呼雀跃。五年没有回家了,现在终于踏上归途,明天就要回到西北内陆省那个小县城旁的村子里了。冯超望着机窗外的蓝天白云,不禁浮想联翩。

冯超来到南方海边这个处于改革开放前沿的大城市已经快十五年了,在这十五年中,他饱尝了这个被夸耀为引领全国经济大潮的热土海滨城市的生存艰辛。十五年前,冯超毕业于西北内陆省份一个中等城市的二本高校。那时,地处西北内陆的这座城市被南方海边的那座海滨城市的热土炙烤着,好像凭空增添了许多温度。人们只要一说起这个城市,就像喝了几杯酒,兴奋着,脸上放着光,言谈举止中充满着羡慕和向往,恨不得马上抛弃妻子儿女,告别亲朋好友,登上飞机,一冲云霄,加入到那座海滨城市的滚滚人流中,去奋斗,去拼搏,来实现自己的人生梦想。冯超所在的这所二本学校更是这样,临近毕业的大学生们对未来充满幻想和希望,寝室里、草坪上、林荫道下到处都是谈论未来的学子,而且对南方的海滨城市充满向往之情,好像他们的事业就在那里,他们的理想就在那里,他们的希望就在那里,他们的成功之路也在那里,好像只有到了那里才能够施展自己的雄才大略。那时,大学毕业生回到家乡后,政府还负责分配工作。尽管冯超和他的同学们在一起议论那座南方海滨城市时激动不已,但到了决定是去实现梦想、还是回到家乡过安稳日子的关键时刻，许多同学在父母亲的劝说下退却了。冯超班上几十个同学大多数回到了家乡，听从家乡政府人事部门的分配，在县乡机关事业单位中当一名工作人员。只有冯超和为数不多的几个同学义无反顾地去了南方海滨城市。有所不同的是，其他几个男同学都是一个人去的，而冯超则是和大学同学，也是他女朋友的郑玲一起去的。冯超的女朋友郑玲是冯超家乡的邻县考来的，是这个西北内陆省地处最南边的地级市管辖的相邻的两个县，在全省来说是老乡，就连说话的腔调也被边塞市的同学说是一个县来的。郑玲表面看起来是一个典型的小家碧玉型的女子，她个子不高，长着秀气的红扑扑的鹅蛋脸，经常抱着几本已经磨去边角的厚厚的英语书，在校园里走来走去，一副兴高采烈、满脸充满希望和憧憬的样子。刚上大学时由于不在一个系，两人还不认识。

两个月以后的一天中午，郑玲接到同班另一个县考来的同学的通知，说要郑玲晚上在计算机系的会议室参加老乡会，完了还要举办联欢会，郑玲不假思索地答应了。心想，参加老乡会好啊，可以认识许多不认识的同学。说起是老乡会，其实就是一个地级市六县一区来的同学，分布全校十个系，聚集在一起有百十人哩。郑玲去了才知道，同乡会的发起人就是邻县考到计算机系的一个名叫冯超的高大帅气、脸上白净、讲话声音洪亮的男同学。冯超等同学们到齐后，就宣布会议开始，会议内容其实很简单，冯超首先讲了成立同乡会的意义，接着每人发了一张填写个人地址和联络方式的表格，填完表后，就举手表决选举同乡会会长、副会长，冯超被选为会长。冯超在主席台上讲话时，郑玲目不转睛地盯着冯超。冯超的白净帅气、洪亮的嗓音，以及在举手投足间流露出来的热情，深深地感染了郑玲，郑玲有点心动，有点晕眩。而此时，冯超不经意的一瞥让郑玲心如惊鸿，脸上一阵羞涩，郑玲赶紧低下了头。就是这么不经意的一瞥，郑玲羞涩的低头，让冯超记下了秀气文静的郑玲。当冯超再一次把目光投向郑玲时，郑玲也正含情脉脉地注视着冯超。当两人的目光再一次相遇时，在明亮的日光灯光中荡起了迷离的晕环。联欢会开始了，冯超主动走过去邀请郑玲。刚开始郑玲还有点紧张，跳起舞来放不开脚步，头也不敢抬，手心里沁出微微的湿汗。冯超也有点拘谨，眼睛看着郑玲的耳朵，身体有点僵硬，他轻轻一低头，郑玲的头发丝微微拂在冯超的下巴上，冯超全身一阵阵酥痒。同时，一阵阵醉人的芳香从郑玲身上传出来，钻入冯超的鼻孔，冯超一阵阵地眩晕，一阵阵地心花怒放。联欢会结束后，两人在明亮的月光下兴高采烈地说了许多话，都有一种心花怒放的感觉。冯超把郑玲一直送到外语系女生宿舍楼下，两人才恋恋不舍地分手。现在，冯超回想起来，上了四年大学，自己最大的收获就是郑玲。

经不起冯超的鼓动，不顾父母的反对，表面看起来文静秀气的郑玲却做出了让没有谈恋爱的同学们都想不到的决定，义无反顾地跟着冯超一起去了南方的海滨城市。面临毕业后职业的选择，谈恋爱的同学们几乎全部泪水涟涟地各奔东西、劳燕分飞，因为，他们选择了现实和安逸，抛弃了爱情。而冯超和郑玲却为了梦想和希望，在前途未知的情况下去南方海滨城市打拼。这要多大的勇气和胆识啊！这难道就是爱情的魅力和力量吗？整整十五年的奋斗，冯超和郑玲终于在南方这个火热的海滨城市扎下根来。

刚来时，郑玲因为学的是英语专业，很快在一所初级中学找了一个当英语教师的工作，工资虽不高，但比起内陆家乡县的教师工资来，要高出两三倍，而且很稳定，郑玲对当老师也很感兴趣，所以一直干到了现在。冯超却不同，他是学电子信息专业的，这类公司正好在这个海滨城市如雨后春笋般蓬勃兴起，而且待遇又好。冯超却好像永不满足似的，六年换了四个公司，到第七年上终于以自己的业务实力被一家世界知名、中国著名、当地最有名的电子科技公司招聘，待遇翻了两番，各种保险和待遇也随之正规起来。更为重要的是冯超在这个电子科技公司工作的第四年，公司为了鼓励技术骨干、留住技术骨干，在一处比较高档的住宅小区按揭了一批公寓楼，冯超也被公司管理层列入进驻公寓楼的名单。于是，冯超和郑玲商量，拿出自己存款的百分之八十交了按揭款，两口子终于住进了一套一百平方米的公寓楼。家稳则心安，冯超和郑玲趁搬新家的机会，在一家中档酒店请了五桌同事和朋友，聚了一下餐，算是在当地举办了婚礼。年底过春节期间，在父亲和亲戚们的张罗下，在家乡县城的酒楼里办了几十桌酒席,小两口算是正式举行了婚礼。当年年底,郑玲就生了一个宝贝儿子,冯超高兴得整天合不拢嘴,同事们也用羡慕不已的口气祝贺:"冯超啊!别人双喜临门都不错了,你是三喜临门啊!你要在五星级酒店请客才行!"冯超只有装作高兴地应承下来,但心里却想:客是要请的,三星级酒店就不错了。郑玲生孩子后,向学校请了一年的产假,但还是忙不过来,冯超在公司里是不敢耽搁的,因为稍一松劲或疏忽,后起之秀就会赶上来,甚至超过自己。冯超想把自己的母亲叫过来帮忙,但一想到母亲出身农村,不太识字,过来后出行不太方便,再说在老家还要照顾年迈的父亲,有时还要看管哥哥的两个孩子。因为,哥哥和嫂子也很忙,除了在家里务作两亩秧畦外,一年四季都在县城打工。这时,冯超就和郑玲商量,让郑玲出面把千里之外的岳母请来。郑玲的母亲原来是家乡县城一所小学的退休教师,郑玲的父亲在五年前因一次意外的车祸不幸去世,郑玲哥哥的儿子在家乡县城上的是一所寄宿制学校,一星期回家一次,郑玲的母亲正好赋闲在家,平时和小区的退休大妈、老太太们跳跳健身操、打打太极拳。冯超想:岳母过来帮忙带孩子是最好的人选。但是,冯超不敢给岳母打电话,因为郑玲的母亲还在为十五年前女儿不听话,放着稳定的工作不干,一心一意跟着冯超这个农家小伙子跑到南方海滨城市打拼而耿耿于怀哩。冯超就让郑玲打电话,郑玲想,十多年了,妈妈不应该计较了,再怄多大的气,女儿总是妈妈身上掉下来的肉。何况冯超现在是令人羡慕的大公司白领,年薪十多万,100平方米的房子也买下了,她还有什么不满意的,再不满意生米也煮成熟饭了,再不满意女儿也是娘身上掉下来的肉。果然,郑玲一打电话,妈妈爽快地答应了。郑玲在电话里假装生气地说:"妈妈,我要坐月子了,你管不管?"

"我咋不管呢?谁叫你是我身上掉下来的肉呢?我还以为你不给我打电话呢?"郑玲的妈妈接到电话后急切地说。

"那你收拾一下衣服,过几天就过来。"郑玲望着冯超"吃吃吃"地笑着说。

"你现在就订机票,我明天下午就过来。"郑玲的妈妈在电话那头说,好像比冯超郑玲两口子还要着急。冯超马上在网上订了第二天的机票,郑玲的妈妈第二天下午就飞过来了。这几年来幸亏郑玲的妈妈,她简直成了冯超一家三口的保姆,一天也离不开,离开一会儿,家里就乱套了。郑玲产假结束后就在学校正常上班了,冯超也丝毫没有耽搁公司里的事务,而且连续两次升职加薪。儿子也在岳母的呵护下蹦蹦跳跳地长大了,进了幼儿园,一晃已经五岁,一家四口其乐融融,温暖幸福至极。冯超知道,这一切都要感谢岳母。冯超下班后,吃完岳母做的可口舒服的饭菜,望着为自己的儿子、为这个在人生地不熟的海滨城市打拼十年才建立起来的小家庭里而忙碌的背影,禁不住有点感动,眼睛有点湿润起来。他不禁想起远在千里之外,地处西北小县城旁边村子里的父亲母亲,父母亲也已经年迈了,特别是母亲年龄比岳母还要大两岁,全家的家务还要她操持着、忙碌着,而且一忙就腰痛,有时痛得直不起腰来。父亲也经常在电话里嚷着:"你们五年都没有回家了,我们死了咋办?孙子都五岁了,面都没见过,以后还认不认?"

每当这时,冯超就赶紧把电话递给儿子,让儿子在电话里叫爷爷,儿子也很懂事,在电话里用普通话大声地叫着:"爷爷,爷爷,到我们这里来玩。我们这里好玩得很哩。"爷爷则永远问孙子吃的是啥饭?有肉吃吗?孙子正好吃完肯德基回来,就大声回答说:"我们吃的是肯德基,可香啦。"

"肯德基是啥子鸡,你就那么爱吃。你奶奶喂了十几个下蛋的鸡哩,你回家后,杀几只给你吃。"爷爷在电话里给未见过面的孙子说。完了,儿子还要和奶奶大声说几句,才把手机递到冯超手里。

"今年过年一定要回家,你们的啥子鬼单位,一年四季都在忙,人忙坏了,挣下钱了有啥用呢?"父亲在电话里仍然大声说。

"今年给领导多请几天假,争取回家过年。"冯超在电话里小声说。

"啥子争取,一定回家过年!"父亲说完就把电话挂了,而且口气是不容置疑的。冯超所在的是国际性大公司,管理制度非常严格,一般来讲,过年即使放假,也必须按时按点离开岗位或者回来上班,无特殊情况决不能随意请假。还好,就在前几天,工作之余冯超在和自己的业务主管闲聊,说到回家过年时,业务主管说:"我今年不回家,替你顶班。"冯超顿时感激极了,他拉着主管的手说:"太感谢你了,我们的家乡有一种特别好吃的土特产,我回来时一定给你带些过来。"

"什么土特产？"主管疑惑地问。

"给你也说不清楚,到时候就知道了。"业务主管是香港过来的,就是给他说冯超家乡的那种土特产也理解不了,冯超故意卖了个关子。因此,冯超才有了七天回家过年的时间。郑玲那边是不需要请假的,正好是寒假。岳母也有好几年没有回家看望一下儿子和孙子,正好也想回去一下。当冯超把回家过年的消息告诉父亲时,父亲十分高兴,在电话里说:"这就好了,你娃大人三个回家过年,在亲戚家走走,我也有面子了嘛。还有一件事给你提前说一下,这几年县城的楼房都修到我们村子里了,你前几年寄回的钱,我和你哥在原来的地基上修了两层楼房,按现在的价格算都增值几倍。我和你妈年纪也大了,给你们两弟兄把房子的事说清楚。"

"爸爸,我是无所谓的。"冯超迟疑了一会儿说。

"怎么无所谓,还有郑玲哩,修房的钱大多数是你的,不过,你哥哥多吃了些苦,房子就一人一半。你哥的一半就由他去管,你的一半我给你管。你有啥意见？"父亲在电话里说。

"怎么办都行,我没有意见。"冯超在电话里又说。

"那就这样定了,回来再当面说。"父亲说完就把电话挂了。

冯超两口子商量,腊月二十八到蜀都机场,在蜀都住一晚上,搭第二天的早班车,腊月二十九下午就到家了,如果腊月二十九蜀都再无发往家乡县城的班车,就在当地租一辆出租车赶回家。让冯超没有想到的是,他们一家刚走出机场大厅,举目寻找开往市区的出租车时,不远处一个身穿呢子黑大衣、身体微胖的青年男子在大声叫他："冯超,冯超,你不认识我了？"

冯超定睛一看,原来是高中同学张强。"张强,张强,我咋不认识你了。你在这里干啥？"冯超连忙回答。

"我从北京返回刚下飞机,你是要回家过年吗？正好有接我的车,就我一个,我们一路回家。"张强使劲握着冯超的手说。

"那好,那好,你我才是有缘人哩。"冯超说着把张强介绍给郑玲。"这是张强,高中同学,我们县城的大老板。"

"嫂子前几年回来时见过,比以前年轻漂亮了。"张强握住郑玲的手说。

"老了,老了,感谢你的夸奖。"郑玲连忙笑着说。

冯超和张强说着来到广场停车处,张强一招手,一辆银灰色的宝马轿车无声地滑在身旁。这让冯超吃惊不小,冯超所在公司的老总们坐的好像才是宝马轿车。冯超听说过张强好像开着什么矿,挣了不少钱,但是也不至于买一百多万的宝马车。

"这车是你的?"冯超有点惊奇地问。

"夏天才买的。"张强轻描淡写地说着,把郑玲和儿子让在前座,自己和冯超坐在后座。并说:"我们老同学好几年都没有见面了,听说你在那边挣下大钱,我们好好聊聊。"

"我挣下什么大钱呢,你都买下宝马车了,说明你挣下大钱了,我要沾你的光哩。"冯超连忙说。在和张强的闲聊中,知道了张强在县上开矿业公司,经营稀有金属矿石,挣下大钱,这次去北京是给两个北京的朋友拜年。让冯超不解的是,张强竟然去北京给朋友拜年,张强在北京的这两位朋友可能是干大事的,有可能是一言九鼎的高官,是足以让张强发财并与张强有着非同一般关系的人。冯超所处的公司是国际性私人公司,看重的是个人才能,人际关系比较简单,逢年过节管理层和员工之间也只是在手机上互致祝福,从来没有听说哪个人要去千里之外给谁谁拜年。在年关之际,张强却去了北京给两个朋友拜年,就足以让冯超对张强刮目相看了。

宝马轿车在蜀都平原的高速公路上高速平稳地行驶着,沃野平畴飞快地向后退去。太阳落山的时候,车子驶进蜀北山区,山势先是远远的、缓缓的,随着车子的飞驰,山峦变得越来越高大,山谷变得越来越狭窄,山势变得越来越陡峭,最后变得近在眼前,好像一开车门头就要撞在山崖上。冯超知道,这是车子已经驶到流经家乡县城、流经家乡村旁的清水河畔了,自己一家很快就要回家了,很快就要和五年没有见面的父母亲、哥哥嫂子及侄儿们见面了。冯超大老远就望见夹在南北两座山之间灯火辉煌的县城,县城比五年前大多了,南河坝的秧田里矗立着闪烁着霓虹灯的座座高楼,冯超的家就在高楼下面南山脚下的村子里。宝马轿车驶过闪着霓虹灯的清水河大桥,驶进南河坝新修的高楼里,再拐过两个弯,稳稳停在一座新修的二层小楼的院子门前。张强率先下车大声在院门前喊道:"冯叔叔,我把你儿子接回来了。"话音未落,冯超的父母亲、哥哥嫂嫂和侄儿们从院门拥了出来。冯超的父亲拉住张强的手说:"太感谢你了,进屋和冯超一起吃晚饭。"

"不了,一家人还在等着我哩。"张强转过身又握住冯超的手说,"冯超,这几天你就好好在家过年,走走亲戚,正月初三我请同学们聚餐,到时候我联系你。"说着坐进宝马轿车一溜烟走了。

冯超一家三口在父母亲、哥嫂侄儿们的簇拥下走进院门,坐进了灯火通明的宽敞客厅。郑玲带着儿子,先认了爷爷奶奶,后认了伯伯和大妈,再认了两位小哥哥,儿子显得很胆怯的样子。称呼爷爷和奶奶时全无在电话里的大声咋呼,紧紧拉着郑玲的手,偏着头仔细辨认着,好像在说:今天怎么突然冒出了这么多从来没有见过的亲人?

冯超在车上给父亲打过电话,一家三口晚上就要到家,冯超的母亲特意做了木耳、洋芋、黄花、菠菜臊子面,因为不知道冯超他们到家的具体时间,家里的人吃过晚饭后,冯超母亲就把臊子汤热在液化气炉子上。等到冯超一家三口洗漱完毕,母亲已经把热气腾腾的臊子面端上了饭桌,一股股浓郁奇特的饭香直钻入冯超的鼻孔,多香啊!冯超一下子吃了两大碗,郑玲和儿子也一个劲地直呼饭香。冯超本来吃饱了,母亲又给他端来半碗饭,而且还多舀了些臊子。母亲望着冯超说:"香就多吃些。"冯超接住饭碗,望着母亲花白的头发和恳切的目光,嗓子眼一阵哽咽,热泪从眼角流了下来,他赶紧端起饭碗吃起来。母亲做的饭好香啊!他好久都没有吃到这么香的臊子面了。

吃过晚饭,大家陪着冯超一家坐着看电视,父母亲及哥嫂逗着冯超的儿子玩了一会儿,儿子就赖在郑玲的身上打起盹来。爷爷奶奶见孙子瞌睡了,就对冯超说:"坐了一天的车了,困乏了,早点睡觉。"冯超的母亲跟着郑玲上了二楼,安排郑玲和孙子睡觉去了,哥嫂和侄儿们也走了。冯超没有起身,他看着母亲和郑玲抱着儿子上了二楼,又陪着父亲坐了一会儿,把一集抗日打鬼子的电视剧看完了,在父亲的催促下才去二楼早已准备好的卧室里睡觉。卧室里靠墙放有两张床,妻子郑玲和儿子已在靠东面的床上睡着了,妻子侧身睡着,很安详的样子。儿子在妻子的臂弯里仰躺着,睡得很甜蜜的样子,笑眯眯的,嘴角微微翕动着,好像还在喃喃呓语着。冯超看着娘两个熟睡的样子,不忍心打扰他们,轻轻地退出来,回到一楼的客厅洗了脚,又回到二楼卧室,轻手轻脚地睡在西头的空床上。床上铺的盖的都是新的,被子里散发着淡淡的肥皂香味,褥子软乎乎的,这些都是母亲亲手缝制的,睡在里面多么舒服!有一种睡在蓝天白云下的田野上,舒展着身姿、大放宽心的感觉!在那边时,经常想到回家,有几次梦里都回家了,只是在刚到家门口时梦就醒了,醒来了还遗憾好一阵子。现在是真正回到家里了,回家的感觉多么好啊!冯超想着想着迷迷糊糊地睡着了。

因为搭了高中同学张强的便车,冯超一家三口便早一天回家,第二天早上因坐车困乏睡了懒觉,十点才起床。洗漱完毕,母亲已将早已做好的早点端了上来,早点是放有炒鸡蛋核桃仁的面茶和白乎乎的蒸馍。喝着温热的面茶,嚼着香味奇异的炒鸡蛋核桃仁,吃着白乎乎的散发着独特麦子香味的蒸馍,那感觉真是舒服极了,即使是在冯超供职的那个海滨城市五星级酒店里的饭菜也吃不出这样的香味。父亲和哥哥在擦洗着明天供奉先祖神像的供桌、香炉,收拾着腊月三十上坟用的香、火纸、鞭炮等,郑玲也系上围裙去厨房帮着母亲和嫂嫂和面、蒸馍、包包子,儿子不一会儿就和两个小哥哥玩耍熟了,跑到院子外边放鞭炮去了。

冯超闲来无事,走出院门后才把新修的楼房仔细看了一遍。家里的这座房子连院子面积有近一亩地大,五年前冯超回家结婚时,只修了一层。第二年,父亲打来电话说:房子前面的秧畦县上开发修家属楼了,一平方米卖到三千元,我们把二楼也修起来。父亲的意思很清楚,是要冯超寄钱回来修房子。实际上,家里修房子对冯超来说,无任何意义。但是,冯超为了不扫父亲修房子的兴,就把每年公司发的月奖、季度奖、半年奖没有告诉郑玲,而是寄给了父亲。一方面是应付一下父亲,再一方面是能添补多少算多少,没想到四五年下来竟有近十万之多,第二层楼房也修起来了,两层楼有三百多平方米。本来八年前修一层时,冯超就寄回了近五万元钱,为寄钱的事,冯超还和郑玲闹了好长时间的不愉快。当时修房造价较低,修一层楼房花了近六万元钱。按前后修房的造价,家里的这栋房子一共花了二十万元钱,按现在的市场价值,如果加上地基,至少值一百五十万元左右。真是无心插柳柳成荫,家里修的房子算是投资了绩优股,回报可能比最有投资价值的股票还要高。冯超望着家里的这栋房子思忖着,难怪父亲要我回家,一方面是确实应该回一趟家了,五年没有回过家了,五岁的孙子爷爷奶奶没有见过。另一方面是把房子给我们两弟兄分开。分开就分开吧,分开也是应该的,分开了谁是谁的就清楚了。俗话说:小的时候是一个炕上睡的亲弟兄,长大了、结婚了就是两家人。按父亲的分房意见,哥哥是沾了大便宜的,沾就沾吧,如果哥哥今后有困难我还可以帮助他。两个侄儿将来上学、成家,甚至立业都有可能需要帮助,哥哥和嫂子是地里种庄稼、县城修楼房打工的农民,他们有什么办法,能把全家吃饭温饱解决就不错了。"噼里啪啦"一阵鞭炮声响,侄儿和儿子们在院子大门口放鞭炮的声音,让冯超回过神来。他望着眼前几十栋近几年修起的楼房,感慨万千。这里曾经是一大片秧畦,夏天的时候,麦浪翻滚,蝶舞蜂飞;秋天的时候,稻穗金黄,蛐蛐吟唱;记忆中的景象已经一去不复返了。

  第二天就是腊月三十。父亲和哥哥早早起床后,开始打扫房前屋后和院子,冯超被郑玲推醒,说:"赶紧干活去,回家来就知道睡懒觉呀?"冯超赶紧起床,穿了件羊毛衫,去院子拿起扫帚打扫院子,父亲不让他打扫,夺过扫帚,说:"天冷得很,你穿得太少,再去睡一会儿。等早饭吃完了就敬先人、上坟。"老家确实要冷一些,冯超供职的南方海滨城市,冬天穿一件羊毛衫都嫌热,此刻冯超已经冷得瑟瑟发抖。看着父亲爱怜的眼神,冯超心头一阵发热,仿佛又回到二十年前。在冯超上高中的时候,父亲根本不让冯超干农活,每逢收麦子、割稻子的大忙季节,父亲都不让冯超下地干活,要冯超一门心思学习,将来一定要考上大学,而且很坚决、很执拗。冯超也算争气,考上了大学,在大学里还谈了一个漂亮的媳妇,去了南方著名的海滨城市就业,而这座城市因为涌动着经济改革的大潮在电视里面经常露脸,让父亲很有了一回面子。现在冯超又从父亲的眼神里看到了当年的坚决、执拗。冯超只好把扫帚递给父亲,冷飕飕地跑上二楼的卧室,见郑玲已穿戴整齐,对着镜子整理头发,便又钻进了郑玲刚才睡过的热乎乎的被窝。

"你怎么又回来了？"郑玲很惊讶地问。

"爸爸不让我干活,让我多睡一会儿。"冯超在被窝里回答。

"你爸才宠惯你,我如果睡懒觉,你爸爸就要数落了。"郑玲说。

"爸爸和妈妈才不哩,只要我们回来,他们都高兴坏了。"冯超在被窝里转动着身子说。

"那你睡着,我帮妈妈做早点去。"郑玲说着转身瞅了一眼冯超走出了房门。

"回家真是太好了!"冯超自言自语着,把被子蒙在头上又迷迷糊糊地睡着了。不知过了多长时间,冯超觉得有人在捏他的鼻子,揪他的耳朵。冯超蒙蒙眬眬地睁开眼睛。只见郑玲和儿子站在床边,捏他的鼻子,揪他的耳朵的是儿子,郑玲站在旁边"嘿嘿嘿"地嬉笑着。郑玲看见冯超醒了,就说:"爱睡懒觉的瞌睡虫,早点都做好了,专等你哩,吃完了要上坟、敬先人哩,快起床吧。"

吃完早饭是敬先人、上坟。父亲带着全家人恭恭敬敬地站在厅房正中悬挂的先祖的画像前鞠躬、磕头、上香、化纸,口里念念有词。那意思是感谢先祖庇荫,才有了我们的幸福今天。冯超看着父亲十分虔诚的样子,心中一阵感动。敬完先祖,父亲又带全家男性去南山坡给老太爷、老太婆及爷爷、婆婆上坟。两座合葬墓显然是整修过的,看起来比别人家的焕然一新。照例是父亲带着大家鞠躬、磕头、上香、化纸,临走时放了好几串鞭炮。下午时分,母亲、嫂子及郑玲在厨房里忙着晚上的饺子,其他人无事可干,坐在客厅看着电视,电视里反复播放着晚上文艺晚会的预告,过年的气息已经很浓了。冯超闲来无事,正想出去转转,突然手机信息的铃声响了,而且接连来了七八条信息,全是南方海滨城市和自己一起工作的同事、朋友祝福新年的信息。这倒提醒了冯超,也要给同事、朋友发发信息哩。于是冯超回到二楼卧室,仰躺在床上,连着给同事、朋友发了几十条祝福新年的信息,还给公司里平时两个能说两句知心话的女同事发了信息,当然发的是很普通的祝福新年的话语。晚上吃完饺子,全家人迫不及待地看春节文艺晚会,父母亲及哥嫂侄儿们看得特别认真,妻子郑玲和儿子也被所谓的笑星惹得哈哈大笑。冯超却觉得那些插诨打科的节目实在低俗,看着看着觉得百无聊赖。他突然想起回家已经两三天了,还有一件十分重要的事情未办,那就是给父母亲及哥嫂们拜年的礼钱还没有给。冯超和郑玲回家之前是商量好的,回家啥东西也不买,拜年给礼钱,需要什么让自己买,但是给多少两口子商量了半天,最后确定给父母亲每人三千元,给哥嫂每人一千元,给两个侄儿每人两百元。现在全家人都在,不是拜年的好机会吗!冯超拉了拉郑玲的袖口,给郑玲耳语了几句,郑玲点点头出去了,不一会儿拿了几个红包进来递给冯超。

　　冯超站起来咳嗽了一声,说:"爸爸、妈妈,今晚是大年三十,我也好几年没有回家了,这几千元钱算是给二老拜年了。"冯超说着把两个装有三千元的红包放在父亲的手中。父亲先是一愣,看看手中的红包,就明白是怎么回事了,看看冯超说:"我有吃有穿,身体也好好的,要这些钱干啥?"说着把红包塞在郑玲手中。郑玲侧头看看冯超,走过去坐在婆婆身边,说:"爸爸、妈妈,我和冯超在外地,几年才回来一次,平时也照顾不上你们,这几千元钱算不了什么,是我们的心意。"郑玲说着把红包放在婆婆手中。母亲看了看儿媳妇,又看了看坐在对面的冯超,说:"你们在那边也不容易,要买房子又要过日子,我们也帮不上,只愿你们顺顺当当就行了。这钱算存我们这里,你们需要时开腔。"母亲说着用手背擦去了挂在眼角的泪珠。冯超看着父母亲花白的头发,已经苍老的面孔,眼泪也快要流下来了,但他强忍住了。冯超站起来走到哥嫂面前,把两个红包放在哥哥手中,说:"哥哥、嫂嫂,这些年你们也辛苦了,这两千元钱算是给你们拜个年。"哥哥看了一眼嫂嫂,接住了红包。冯超蹲下身子把两个小红包塞在两个侄儿手中,说:"这是给你们的压岁钱,要听话,好好念书。"嫂嫂连忙给两个儿子说:"快谢谢小叔叔。"两个侄儿扭捏着说:"谢谢小叔叔。"冯超摸了摸两个小侄儿的头,说:"不用谢,将来好好念书。"就坐回了原来的座位。拜年结束,但气氛却不一样了,都在静静地看着电视,好像没有给礼钱之前快乐的气氛了,好像都各揣着心事似的,神情显得凝重。这时,冯超嫂嫂站起来走出去,一会儿又进来了,蹲在冯超儿子身旁,把一撮卷着的钱塞进冯超儿子的口袋,说:"给小侄儿也给点压岁钱。"儿子求救似的看看郑玲,叫了声:"妈妈!"郑玲忙说:"还不谢谢大妈妈?"儿子转过身望着大妈妈,说:"谢谢大妈妈。"

电视看着看着,瞌睡就来了。儿子最先趴在郑玲的腿上睡着了,冯超眼睛也打起架来,一看时间才过十一点,父母、哥嫂和两个侄儿看得正起劲。冯超站起来说:"我们先去睡觉,爸妈也早点休息。"说着从郑玲怀中抱起儿子上二楼睡觉去了。郑玲给儿子脱衣服时从口袋里掏出嫂嫂给的卷着的皱巴巴的压岁钱,展开一看,是一百元钱。郑玲瞅了一眼冯超,把钱扔在床头柜上,冯超望着郑玲苦笑了一下,两口子一夜无话。

大年初一按农村风俗,是哪里也不能去的,只能窝在家里。大年初二就是走亲戚的日子,整个村子处在浓烈的过年的气氛中。冯超因为好几年都没有回家了,父亲安排他要去两个叔叔家和一个姑姑家拜年。两个叔叔就住在本村,上午就去了。吃毕中午饭,冯超一家三口走着去三公里外河对面村子的姑姑家拜年。姑姑家准备了丰盛的晚餐,两个表弟又硬要给表哥敬酒,把不胜酒力的冯超给喝醉了,还硬逼着郑玲也喝了两杯白酒,还说表嫂不喝酒不让回家,一直闹腾到晚上十一点,才由喝酒少一点的表弟开着小面包把他们送回家。

正月初三,冯超睡到上午九点还没有清醒,头还有点发蒙。他隐隐约约地听到,郑玲和母亲在议论他,郑玲说:"啥时候了还在睡,我去叫一下。"母亲却说:"昨晚喝酒了,让他睡去吧。"冯超听罢索性把身体往被子里一缩,眼睛又闭上了。干脆就再睡一会儿,眼睛闭着,但进入不了睡觉的状态,大脑却越来越清醒。冯超索性睁开眼睛,看着雪白的天花板,盘算起回家的日程来。因为公司对职工管理特别严格,必须按期返回公司上班,这也正是正规的国际性大公司的特点。冯超请的是七天假,腊月二十八到正月初四是七天,正月初五是星期天,所以他必须在正月初五前赶回去,星期一早上八点准时在公司上班。因此,冯超在回家之前就预订了正月初五晚上九点钟的返程机票。他是计算好的,正月初五早上七点从县城坐到蜀都的长途班车,下午四五点到蜀都,再搭不到一个小时的出租车到蜀都机场,九点上飞机,晚上十一点左右就可以回到海滨城市的家中,如果顺利,丝毫不影响第二天早上八点到公司上班。明天就是初四了,后天早上又要走了,冯超内心有点恋恋不舍起来。回到生养自己二十多年的老家,吃饭睡觉作息可以率性而为,感觉全身心有种前所未有的轻松感,这应该才是生活的本真啊!过去一二十年的打拼,不就是在那边得到了一个立足之地吗?不就是在亲戚同学面前得到了一句"哎呀,是大城市里人,攒劲得很啊!"的赞誉,而稍稍满足一下虚荣心吗?其中的酸甜苦辣能为外人道吗?如果当年不去闯荡,自己就是家乡县城或者乡镇机关事业单位的一个小职员,这样的选择现在回想起来也未尝不是一种人生。出去了也许最终还要回来,老家父母亲的惦念、亲人们的笑脸才是自己精神的家园,要不怎么回老家了会有十分舒服快乐的感觉呢?如果将来可能还要回来,父亲说的把家里的房子分一下也是十分必要的。但是今天已经正月初三,父亲还没有说分房的事情,而且一点分房的迹象都没有,他也是知道我后天一早是要走的。修房子的地基是家里的,修房子的钱我掏了三分之二,两层楼十二间房两弟兄一人一半,哥哥可是沾了大便宜的,他不会不同意吧!假如哥哥有意见,父亲应该提前给我说一下,好有商量的余地。正当冯超胡思乱想的时候,手机的音乐铃声响了,冯超一接,原来是张强。

"冯超,你后天要走,今天下午我们老同学聚一下,我已经联系了十几位哩。"张强在手机里大声说。

"那好吧,在什么地方?"冯超在电话里故作犹豫地问。

"下午四点在帝豪大酒店。"张强在电话里回答。

"帝豪大酒店在什么地方?"冯超问。

"新开业的,给你说了你也不知道,到时候我来接你。"张强在电话里很豪爽地说。这么个山区小县城竟然还有"帝豪大酒店"?冯超苦笑着起床穿衣服。

下午四点整,冯超正翻看着手机上的信息,院门外响起了汽车喇叭声。冯超连忙走出院门,只见张强开的宝马轿车停在门外,张强在车窗里向他挥手,冯超连忙上车。这时,郑玲也站在院子门口,张强大声说:"嫂子,我们一起聚餐去。"

"你们老同学聚餐我去干什么,你们不要把冯超灌醉了。"郑玲大声说。

"你放心好了,保证不让冯超喝醉。"张强说着掉转车头,加大油门一溜烟走了。

张强边开车边说:"嫂子不来才好哩,我还请了两位女同学,其中一位就是曾经对你有意思的同桌,嫂子来了我们怎么说话呢?"

"张强,你胡闹啥哩?你们又想取笑我,其实当时哪有那意思。"冯超假装生气着说,心里却甜丝丝的。那位高中时的女同学,其实挺可爱的,只不过是自己上大学后遇上了郑玲,如果不上大学或者大学毕业后回到家乡,那位女同学极有可能成为自己的妻子哩。

"有没有意思,你心里最清楚,到时候见面了再说。"张强笑嘻嘻地说着,把宝马车开得飞快。冯超有点哭笑不得,高中上学时,自己正好和一位女同学同桌,女同学纯朴可爱,自己对她有点好感,女同学对自己也有好感,较之于其他女同学接触多一点。高中毕业后冯超考上了大学,这位女同学只上了本地的一所师范学校。第一年冯超还接到过这位女同学的一封信,冯超也没有回,也就再没有联系了。前几年,冯超和同学们会餐时,这位女同学也参加了,他们两人就成了同学开玩笑的活靶子。有一个男同学趁着酒兴,开玩笑说的话出了格,害得这位女同学中途负气退场了。

宝马车窜出南河坝开发区几十栋新修的楼房群,跃上清水河大桥,向右一拐,驶上滨河路,几分钟就到了帝豪大酒店。冯超钻出车门,抬头仔细看了看帝豪大酒店。原来所谓的帝豪大酒店只不过是一座很普通的四层楼房,一块巨大的写有帝豪大酒店的广告牌矗立在楼顶,牌子太大和楼房不成比例,远处看去像是给楼房戴了一顶帽子。这就是帝豪大酒店?冯超心中正在纳闷,张强已经停好车,走了过来,说:"老同学,不怕你笑话,这个酒店是我办的,夏天才开张,生意还不错。"

"张强,你可真行,你以前开矿,现在又开酒店,挣下大钱了。"冯超拍着张强的肩膀说。

"挣了一点钱,但比起你还差远了。你在那边干大事哩,干的是正事。我算个啥,我在山沟的小县城里胡整哩。"张强笑着说。张强的话叫冯超心里有点不高兴,冯超除了在那边扎下根,有了一套一百平方米的住房外,可是一无所有。不过,张强也算说了两句真心话,是把自己当朋友着哩。两人说话间来到一个大包间,只见大包间里已经来了七八位同学,有些是前几年见过面的,还有两位有十多年没见过面了,冯超和他们一一握手,不过张强所说的两个女同学还没有来。大家闲聊了一会儿,包间的门被推开了,进来的就是两位女同学,其中一位是冯超的同桌。两位女同学很大方地过来和冯超握手,冯超倒有点扭扭捏捏的,同桌女同学和冯超握手时,使了一下劲,说:"老同学在大城市发财,把我们都忘记了。"

"没有,没有!怎么能忘记老同学呢?"冯超连忙回应道。

"冯超说得对极了,把我们这些男同学可以忘记,女同桌怎么能忘记呢?"张强连忙插科打诨。

"张强你乱说啥哩。"说者无心而听者有意。冯超知道自己说漏嘴了,红着脸辩解。

"张强,你再乱说我可要走了。"女同桌也辩解着说。

"不说了,不说了,再说就罚我喝酒。人都到齐,大家入席吧。"张强招呼着。大家把冯超让在主席的位置,其余的人依次坐开,十七八个人坐了满满一桌子。张强坐在席尾的位置,冯超让张强坐上来,张强说:"我这辈子就是伺候人的命,坐在门口招呼大家方便。"冯超也再不坚持。等凉菜上齐了,张强安排服务员抬上一件五粮液,拿上一条中华烟,这叫冯超吃惊不小,一件就是六瓶五粮液,是自己半月的工资,尽管张强开矿、办酒店挣下了钱,对同学们也无所他求,仅仅过年团聚而已,何以如此大方,这一桌饭吃下来,至少要一万元钱,这是冯超在公司里一月的薪酬。

冯超思忖间,张强发话了:"今天是正月初三,邀请同学们在此小聚,特别是老同学冯超在海滨市干大事,已有好几年没有回家了,趁过年的机会叙叙旧。"

"张老板,像这样小聚的档次和排场在同学中也只有你。"一位外号叫王胖官的同学抽着中华烟指着张强说。"冯超老同学你面子真大。"

"感谢,感谢!同学们如果有机会到到滨海市去,我一定高档次接待。"冯超连忙说。

"酒是大家喝,难道冯超把一件酒都喝了?"张强接着说。"冯超,我忘记介绍了,王胖官前年就是国土局的副局长了,我的命在人家手里捏着哩。刘瘦猴去年当了教育局副局长了,子女上学的事就靠他。孙鬼精当了发改局副局长了,发展上项目挣钱就去找他。其他同学都吃着旱涝保收的财政饭,就我是社会散货。"

"同学们都干攒劲了,我应该向你们学习。"冯超扫视了一眼,真诚地说。

"今天的酒场就是为你而设,喝酒的规矩你也知道,闲话不说,会餐开始前,上网碰杯。"王胖官迫不及待地端着酒杯说。大家都说:"好,上网碰杯。"除两位女同学喝葡萄酒外,其余男同学端起盛有五粮液的酒杯轻轻碰了下桌边,一饮而尽。大家边吃边喝,张强督促服务员酒斟得快,十分钟不到,三杯通大道的酒就喝完了。张强刚要说话,王胖官站起来说:"现在开始敬酒,冯超老同学,你是今天的主客,我们沾了你的光才喝了好酒,每人给你敬三杯。"

冯超其实喝酒不行,酒量不大,远不是同学们的对手。他工作的那个城市和公司极少这样十几个人在一起整件喝酒的,即使喝了也是愿意喝的喝,不愿意喝的不勉强,喝的也是不醉人的低度酒。因此冯超三杯下肚,已经感到有点天晕地转。听到王胖官说给他要敬酒,而且一次三杯,他连忙摇摇晃晃地站起来,诚惶诚恐地说:"三杯不敢当,每人一杯我都要醉,今天确实感谢各位。"说着端起一杯酒一饮而尽。大家边吃边敬,边敬边聊,冯超一气工夫喝了十几杯,脸涨得通红,头已经天晕地转的,心里却十分清楚,几次想站起来,身体却不听指挥。轮到同桌女同学敬酒了,冯超连忙端着酒杯强撑着站起来,女同桌走过来站在冯超的身边小声说:"冯超,你已经醉了,你抿一下就行了。"

"到底是当年的同桌,一满杯要全喝了才行。"王胖官听见了女同桌的话,站起来大声说。

冯超摇摇晃晃地站着,女同桌站在自己的身旁,看着自己,而且眼神中带着幽怨和深情。恍惚间,冯超觉得女同学二十年前曾经的举手投足、一颦一笑,仿佛如在眼前,心中顿时泛起了一阵阵温暖的激流,十多年来在南方海滨城市打拼所遭遇的酸甜苦辣一起涌上心头。他没想到同学们都在给他敬酒,而且还嫌喝得太少,喝醉了大家才高兴。当然,这是一种对待朋友、显示真诚的特殊方式。只有当年的女同桌让他抿一下就行了,意思是让自己少喝一点,这又是一种显示真诚的方式。冯超面对当年的女同桌不知是感激还是酒醉了,眼泪都快要流出来。他用蒙眬的醉眼深情地看了一下站在身旁的女同桌,又侧脸同样深情地看了一眼其他同学,语无伦次地说:"其他同学敬的酒要喝,女同桌敬的酒十杯都要喝。今天我太高兴,同学们到海滨市去,我也用五粮液招待。"说着端起酒杯又一饮而尽,酒喝进口里,酒杯掉在地板上,人趴倒在桌子上不省人事了。

冯超醒来时已是第二天上午,自己是什么时候回来的,是谁把他送回来的,他都不知道。他只恍惚记得昨天晚上张强请去聚餐,同学们都给自己敬酒,把自己敬醉了,特别是喝了最后一杯女同桌敬的酒后就醉得啥也不知道了。他想坐起来,却感到头很重,浑身瘫软,躺在被窝里眼睛又迷糊起来。这时房门被"吱呀"一声推开,冯超侧头一看是郑玲进来了。

"同学在一起就猛喝呢?昨晚是你的同学把你背回来的。身体喝坏咋办?"郑玲坐在床边,抚摸着冯超的头说。

"同学请我,给我敬酒,是看得起我,我不喝能行吗?"冯超捏住郑玲的手说。

"不会是你常说的那位女同桌也给你敬了好几杯吧?"郑玲假装生气,故意拉长声音说。

"人家才不哩,还说让我少喝些哩。"冯超实话实说。

"少喝些还喝醉了,女同桌敬的酒喝起来香,肯定比男同学敬的还多,喝的也多。"郑玲嗔怪着说。

"你乱说些什么呀?女人家心眼就是小。"冯超也假装生气说。

"我心眼还小?你知道不知道?明天早上就要返回,身体喝坏了,还走不走?已经十点了,你赶紧起床吧,妈给你把稀饭都快煮好了。"郑玲说着站起来走出门去。

经郑玲这么一说,把冯超给提醒了。明天就是正月初五,按农村的说法是出行的好日子。根据自己的往返计划,明天搭县城的早班车,下午到达蜀都机场,再乘晚上到海滨市的飞机,后天早上八点准时到公司上班哩,飞机票是订好的。班车票虽然也预约了,但明天出行的人肯定多,县城车站随意性大,要把明天的车票拿到手才行。冯超不敢再睡了,他连忙起床刷牙洗脸,吃了妈妈早已煮好的稀饭,就去县城车站买车票。

全家人都知道冯超一家三口明天一早要返回海滨市,大人们心情有些凝重,孩子们倒还显得很高兴似的,特别是冯超的五岁儿子,手里拿着玩具汽车在水泥地板上推着跑着,口里还念念有词:"明天要坐小汽车回家了,明天要坐飞机回家了。"冯超听着儿子的话心里很不是味道,一来自己还没有买下小车,房子买下了,才有个买车的计划;二来儿子看来不认同西北小县城农村的这个家,海滨市高楼上的那个家才是他的家。吃毕晚饭,父亲打了声招呼就出去了,郑玲帮着母亲收拾碗筷,冯超看一会儿电视,都是一些很浅薄的娱乐节目,觉得没意思,就去二楼卧室收拾一下明天一早要带的东西。不一会儿,郑玲收拾完碗筷后也来到二楼卧室收拾东西,冯超见郑玲来了就坐在床边发起呆来。五年没有回家了,好像昨天才回家今天又要走的感觉,冯超有点恋恋不舍起来。海滨市高楼上的那个家尽管是耗费了自己十多年的心血和汗水垒起来的,此刻却变得遥远而不可及,而且变得有点陌生起来,眼前的这栋小二层楼房尽管是自己无意之中背着郑玲资助家中修建起来的,因为背靠着青翠的南山,眼前不远处又是清澈流淌的清水河,此刻却变得无比亲切,这里毕竟是冯超青少年时期朝夕相处的乐园!这里才是自己真正的家,但是明天一早因为事业、或者说是因为生计却要离开,冯超不禁有点百感交集。

"冯超,你在吗?你到厅房里来。"父亲不知何时回家了,在院子里喊着。

"爸爸,我在哩。"冯超连忙回答,下楼进了厅房,只见两个叔叔也在厅房里坐着。冯超知道自己明天要走,看来今晚要召开家庭会议商量分房子的事,而且请来了二叔和三叔。冯超连忙给两个叔叔装烟倒茶,不一会儿哥哥和嫂嫂也进来了。父亲说:"冯超,你去把郑玲也叫来。"

"没有必要,不叫她了。"冯超看着父亲说。

"那不行,一家人的事,你一个人不能做主。"父亲提高声音说。冯超走出厅房,在院子里喊着:"郑玲,你下来,爸爸叫你哩。"郑玲在楼上答应着,不一会儿牵着儿子来到厅房坐在冯超旁边,儿子坐在冯超的怀里,有些不解地看着几个爷爷和大伯大妈一本正经的样子。

父亲见大家都坐定,就说:"明天一早冯超郑玲他们就要走了,我年纪也大了,这几年家里也和顺,大家齐心协力修起了这栋楼房,冯超郑玲两口子也不容易,在海滨市买了房子。今晚把你们的两位叔叔也请来,就是一起商量分房子的事,让他们当个证人。"父亲停顿了一下,看了一眼冯超两弟兄和他的两个弟弟。接着说:"修房子的地基是家里的,也是大家的,修房子的钱有三分之二是冯超这几年寄来的,其余三分之一是家里的,老大也出了一部分。房子如何分,我的意见是这样的,两层十二间,依院子中间为界,两弟兄每人上下共六间,正好一人一半。表面看起来,是冯超吃了点亏,但是你哥哥这几年在家里修房子时也吃了苦,一人一半最合适。我已请人写好了分房协议,如果没有意见,你们两弟兄就签字,你们两位叔叔当个证人,和我都要签字。房子分开后,冯超的一份暂时由我们老两口经管。"父亲说完,从上衣口袋里掏出写好的协议,展开放在桌子上,抬头看了一眼两个儿子、两个儿媳妇,又侧头看了一眼两个年老的弟弟。两位老弟低头闷声抽烟,没有吭气。父亲见半天没有人说话,就说:"冯超,你先说,你同意不同意这样分房?"

"我同意这样分房,虽然我多出了些钱,但这十几年来我一直在外,爸爸妈妈也照顾不上,哥哥和嫂子辛苦了。房子这几年我也不住,就由爸爸妈妈住,哥哥需要也可以住。"冯超抬起头语重心长地说。

"郑玲有啥意见?"父亲问郑玲。

这时,郑玲正在纳闷。冯超十几年来竟然背着她往家里寄了十几万元钱,家里还修起了房子,而且按当地的现行价涨了好几倍,这家伙还有点发财的运气哩,一半就一半吧。听到爸爸叫她发表意见,连忙说:"爸爸,我听冯超和你的。"两位叔叔看着郑玲抿嘴一笑,意思是只要冯超两口子没有意见,分房还有啥说的呢?

"老大表态吧!"父亲看着老大两口子说。哥哥先看了看冯超两口子,又看了看两位叔叔和父母亲,最后侧头瞅了两眼自己的媳妇,媳妇的脸黑着。

"我也同意爸爸的分房意见。"哥哥半天了才嗫嚅着说。

"老大媳妇也表个态。"父亲看着老大媳妇说。老大媳妇的脸黑着,半天没有吭气。两位叔叔觉得老大媳妇可能有啥意见,其中一位说:"老大媳妇,你有意见就说。我觉得你爸爸的分房意见是公平的,冯超两口子态度也很诚恳,你也应该同意。"

老大媳妇仍然没有吭气,面朝着墙,脸还是黑着。

父亲见老大媳妇半天不说话,还黑着脸,显然是对自己策划已久的分房意见不满,心里就有点窝火,分房本来是偏向他们的,还有啥不满的?

"有意见也说话,没有意见也说话。"父亲厉声说。

此时,老大媳妇转过头来,脸涨得通红,同样厉声说道:"我不同意这样分房。"

"你有啥不同意的,到底谁说了算?"父亲大吃一惊,大声反问。

"就是不同意!就是不同意!"老大媳妇同样大声说。

父亲气喘吁吁地站起来,要训斥老大媳妇,被两位弟兄劝说着又坐下了。其中一位说:"老大媳妇,你有啥不同意见就说出来吧。"

"你们这样分房是不公平的,是偏心老二一家子的。要分也只能分一楼的一半,二楼全部是我们的。修房时我们两口子累死累活的,修好了谁说是要分的。修房时是用了老二的一些钱,那算是借的,过几年我们还了就行了,二楼不能分。"老大媳妇涨红着脸,气呼呼地说。

原来这样!老大媳妇的想法是在场的任何人都没有想到的,也是想不到的,说的话猛一听似有道理,但仔细一琢磨简直是胡搅蛮缠。冯超心中一阵怒火,平时看起来不声不响的嫂嫂,竟然有如此心机!刚要站起来反驳,却被郑玲拉住了衣角,儿子在郑玲的怀中扭头惊恐地看着大人争吵。父亲生气极了,他也没有想到大儿媳竟然说出这样不讲道理的话来,是我说了算,还是她说了算!

"简直不讲道理,胡搅蛮缠。我说了算,我还是一家之长。冯超先签字,完了两个叔叔签,最后老大签。"父亲说着把协议和笔塞在冯超的手中,冯超毫不犹豫地签上了自己的名字,把笔和协议递给了两位叔叔,两位叔叔也觉得房分得公平,老大媳妇有点不讲道理,也毫不犹豫地签上了自己的名字。父亲把协议和笔又塞在老大的手中,厉声说道:"签字。"

老大拿着协议和笔,侧眼看了看媳妇,媳妇气呼呼地喘着粗气,心想,你也太不讲道理了。便趴在桌子上签字,正签着,媳妇一把扯过协议撕得粉碎,接着又一掌掀翻了签字用的桌子,口里还嚷着:"我让你们签字,我让你们签字,不在家里住,将来回家不回家都不一定,还要分家里的房子,看谁不讲道理。"桌子上的茶杯摔在地板上,茶水和茶叶溅了坐在对面冯超一家子一身,儿子在郑玲怀中吓得大哭起来:"妈妈,妈妈,我要回家,我要回家!"

父亲气得浑身发抖,大声骂道:"你这个不讲道理的野婆娘,你给我滚!"

"我滚就滚。"大儿媳妇大声哭叫着,跑出院子摔门而去,老大连忙大声喊着,追了出去。

郑玲抱着吓哭了的儿子向二楼走去,边走边说:"乖孩子不哭,乖孩子不哭了,爸爸妈妈明天就带你回家,还要坐高高的飞机,不哭了,不哭了。"

父亲气得坐在椅子上起不来,母亲流着眼泪说:"这是造的啥孽啊!"两位叔叔说了一些劝说的话也走了。冯超陪着父母亲坐了一会儿,看着父母痛苦的神情,心里难受极了,默默地说:"爸爸妈妈,如果嫂嫂执意不同意,房子就不要分了,我也可以不要家里的房子。"

"那怎么能行?你的就是你的,分给你了,你再送给他们都行。"父亲喘着粗气说。

"孩子,你去睡吧,明天早上还要坐车哩。"母亲流着眼泪说。冯超站起来说:"你们也早点睡吧。"说完便上楼去了。冯超推开卧室门,只见郑玲蜷缩在被窝里,儿子也在郑玲的怀中睡着了,冯超关了电灯和衣躺在床边。

"冯超,你这么多年来背着我干的好事,回家过年就过了一肚子气。"郑玲在黑暗中说。

"我没想到嫂嫂是这样一个不讲道理的人。"冯超在黑暗中回答。

"你知道吗,你过去给家里的十几万元钱,现在升值成近百万了,她认为我们在海滨就不回来了,她想一个人占了。"郑玲小声说。

"哎,只要家里不要闹矛盾,房子不要都行。"冯超也小声说。

"那才不行,该我的就是我的。"郑玲提到嗓门厉声说。冯超再不吭气了。他想着晚上分房的事，真正要分下了能有啥用呢？儿子还有可能回来住吗？自己和郑玲已经在那个城市扎下根了，衣食住行都与那个城市息息相关、无法割舍了。十五年了，街上栽植的香樟树都已有水桶样粗，移动了就不一定能活，何况人。即使房分了自己也不一定回来住。不住有啥用呢，按现行价处理给哥哥，这有可能吗？两个人在县城打工，日子本来就过得紧巴巴的，还要供两个孩子上学，自己给父母亲寄的零用钱，父母亲都悄悄地给了他们。这些冯超都没有给郑玲说，要是郑玲知道，那郑玲就更不依了。嫂嫂摔门跑出去，哥哥也跟着跑出去，是撵嫂嫂去了。听母亲说，嫂嫂在家里一生气就跑回娘家几天不回来，哥哥要去接，要去赔情道歉才黑着脸回家。这次跑回娘家，不知啥时候才能回来。

  哥哥和嫂嫂经人介绍开始谈恋爱时，还叫冯超感动过一回哩。那是冯超在外打工的第二年回家过春节，那时同学们都没有结婚，过年期间男女同学在一起昏天黑地地喝酒，特别是男同学在女同学面前谁不想逞能？谁不想在女同学面前挣扎着攒劲呢？喝着喝着就喝大了，喝着喝着就醉得不省人事、回不了家了。有一次，冯超喝醉了，还是哥哥把他背上三轮车，扶回家的。回家后，冯超又吐了个天翻地覆，哥哥给他捶着背，未过门的嫂嫂给他端来了茶水，他抬起蒙眬的醉眼，看了一眼未过门的嫂嫂，泪水都快要出来了，端起不烫也不冷的茶水，一口气喝干了，未过门的嫂嫂赶紧添上水，双手端起来，递给冯超……可现在，现在就因为几间对自己毫无用处的房子，就因为它值点钱，兄弟姐妹之间情同手足的感情如断墙轰然倒塌。这叫冯超忧伤极了，与其这样还不如回到过去没有长大、没有娶妻生子的年代，还不如不修房子。冯超想着想着，后半夜才迷迷糊糊地睡着。

  第二天天未亮，母亲叫醒了冯超一家三口，儿子还迷迷糊糊的，一听妈妈说要回家，马上清醒了。他们吃了母亲做的核桃油茶白蒸馍早点，冯超提着大旅行包，郑玲抱着儿子，口里说着："儿子，我们要回家了，我们要回家了！"走出了院门。好远了，冯超回头望了望，猛然一阵心酸，只见父母亲蹒跚着跟在后面，还不时地抬头看看他们。走着走着，院门和两层小楼越来越模糊。他又回过头来，望了望不远处的县城汽车站，只见汽车站已经灯火通明，出行的人很多，熙熙攘攘的。今天是正月初五，正月初五是出行的好日子。冯超站住了,他要等等走在后面的年迈的父母亲。他本想劝他们回去,但一想到今天是出行的好日子,就不想劝了,让他们在这还寒气逼人的早春的早晨也出去走走,也许今天的出行是一个不错的兆头哩。等父母亲走近了,冯超一只手提着硕大的旅行包,另一只手挽住了母亲的胳膊。于是,一家老小五口一起向灯火通明、熙熙攘攘的汽车站走去。

写于 2013 年 12 月

看儿子去

一

宝贵已经是六十好几的半老汉了，如果是当着干部领着国家工资的人，已退休好几年，享着清福，在县城的小公园里遛鸟、转悠，或者跟在老太婆的屁股后面扭腰伸胳膊踢腿。但是宝贵不行，他家在清水湾村，他和老伴还种着一亩秧畦和五分菜地，一天到晚忙得不亦乐乎，六十多岁的宝贵在农村还是一个强劳力哩。宝贵的老伴翠莲也才六十过一点，身体又好，家里做饭洗锅，衣服铺盖的缝缝洗洗，家中养鸡喂猪的家务活，宝贵从来就没有操过心。翠莲还是老伴宝贵务作秧畦菜地的好帮手，除了耕地撒种等一些力气和技术活，锄草、点种、放水、打农药等零碎活都是两个人一起干。

老两口生有一儿一女。儿子十年前考上师专，师专毕业又考上市里啥单位的公务员，现在在两百公里外的市里工作。儿子几年前已经结婚，媳妇是另一个单位的，两人是师专的同学，孙子已经三岁，在上幼儿园。儿子也时不时回来看看父母亲。但是，最近半年来，好像工作忙得很，头天从市里开着自己买的车回来，第二天中午必须返回去。宝贵听儿子说：市里单位在搞啥教育活动，迟到一次就要给处分。宝贵左思右想，觉得也好，年轻人不多干点工作咋行哩。前一两年，儿子时不时开着自己新买的车回来。宝贵想：这才怪得很，今年就忙得很，过清明节都说忙得很，回来不了。女儿嫁在与县城一河之隔的南河村，前些年县里把南河村的土地全部征收了，几年时间建成南河坝开发区，修起许多家属楼，县里许多干部职工在南河坝开发区买了房子。家属楼里的房子有些亮着灯，有些从来没有亮过,亮灯的说明住着人,没有亮过灯的就没有住人。十几栋家属楼至少一半的房子没有亮过灯。前几年很红火的建筑场面,去年以来变得有点稀稀拉拉,变得不景气了。宝贵的女儿女婿没有地种,女婿桂全开着一辆绿色的出租车在县城拉人跑出租,一天从早跑到黑,除去费用每月也就挣三千元钱左右。宝贵的女儿海香在南河坝开发区街道旁租房开个小饭馆,专门卖当地人吃早点的面皮子。前几年吃的人还多,去年以来,人客少了,卖得半死不活的,除去房租费,加上自家四个人吃早点,收入所剩无几。

宝贵老两口住着三间木架子房加一个大院子,显得空当当的。在菜地里忙了一整天回到家后,翠莲在电炉子上下两碗酸菜面条,一人一碗吃了,洗了碗筷,就无事可干。翠莲爱去隔壁邻居家串门,猪食鸡食倒进木槽里,灶房收拾停当就出去了。宝贵不爱出去闲游,于是打开电视机把电视上的几十个频道翻来覆去看,看得睡着了,遥控器掉在地上,电视机的声音又把他惊醒,拾起遥控器再翻来覆去把所有的频道看一遍,看见有打仗的电视剧就停下来,仔细地看起来,一直到老婆子闲游回来,才起身洗脚睡觉。但是,白天宝贵和老伴翠莲却忙得不亦乐乎,他们种着一亩秧畦、五分菜地。一亩秧畦务作好的话要收两千斤大米小麦哩。宝贵是村子里最会务作庄稼的人,不管是秧畦还是菜地,不管是正在生长的青苗,还是收割完庄稼和蔬菜等待播种的空闲地,地里边不说,就是地埂和沟渠都收拾得干干净净、光鲜亮堂、寸草不生。这天,宝贵吃完早饭就在自家的菜地里忙碌着,大叶青菜长得碧绿旺盛,蒜苗正抽着蒜薹,菠菜长着手掌大墨绿色的叶子,浅绿色的莴笋长出两拃长,根茎已经长到小锄把粗,就连在土里藏了一冬天的大葱也冒出一拃长灰绿色的叶管儿。但是菜地里的各种小草也从土皮上冒出叶芽尖尖。春风节了,地里春气旺得很,两天不锄草,草就长出来。宝贵吃完翠莲做的早饭,就去菜地里锄草,老伴收拾锅灶,喂了猪鸡,也来到菜地里锄草。两口子昨晚商量,给菜地再锄一次草,放一次春水,然后挖一些菜拿到县城去卖。春天的菜水相对来说少,只要有卖相,可以卖个好价钱。老两口也知道,几分地的菜,卖不了多少钱,但能卖多少是多少。老两口在菜地里头也不抬地忙碌着,村子里静悄悄的,大家都在忙碌着。年龄大一些的,家里走不脱的女人们,在菜地里锄草间苗。有手艺的有力气的,在县城南河坝开发区建筑工地上忙碌着,不知不觉到了太阳暖洋洋的中午。

在县城一年四季打工挣钱的小包工头大狗,骑着摩托车回家吃晌午饭,看到宝贵老两口在地里忙乎着,停下摩托车,打趣着说:"宝贵叔,翠莲姑姑啊,你们务作的秧畦和菜园子比我家的院子都亮堂。看看我家务作的那点地,草比麦苗深,村子里人背后都在说我哩,我都想跳到河里淹死算了。"宝贵笑着说:"你跳到河里淹死了,城里修房子大把大把的钱谁挣呢?要不,我给你干一天农活,你把打一天工挣的钱给我。"宝贵知道,大狗在县城南河坝开发区带着三四个小工砌墙码砖贴地板,一天最少挣两三百元,活路多的一年挣三四万哩,根本没把自家的一亩三分地放在心上,随便务作着,杂草长得比庄稼深。大狗看到坎上宝贵叔务作的光鲜亮堂的秧畦,又看到坎下自家草比庄稼深的秧畦,心中有些愧疚,才和宝贵开玩笑的。宝贵知道大狗和自己开玩笑,自己也就和大狗开着玩笑。大狗看着在地里忙着的宝贵,"嘿嘿嘿"笑着,因为他知道,自己一把砖刀,一辆摩托,早出晚归,一年毫无成本就可挣回三四万。你宝贵叔一年四季在地里忙,打下的大米小麦包括蔬菜全卖了也就四五千元钱,也就我的十分之一,如果除去买种子、农药啥的,剩下的就三四千元钱。大狗大大咧咧地大声回答:"宝贵叔,好啊,你明天给我家地里锄草,我给你发工资啊。"说完发动着摩托车"突突突"地走了。

大狗心想,宝贵叔才拉不下脸面给我锄草哩,人家儿子海文在市里当着大官哩。宝贵从地里站起来望着大狗的背影大声说:"好呀,明天开始我给你家的地里锄草,你挣的钱给我。"宝贵心想,你大狗是啥人我还不知道,钱看得比啥都重要,账算得比谁都清。我给你干一天农活,你能给我两三百元吗?你就是让我给你干,我还不干哩!你开玩笑,我也和你开玩笑。我儿子、媳妇在市里工作着,全村人都在羡慕我哩。我能给你大狗干活?我怕丢人哩。翠莲见宝贵和大狗开着玩笑,也提起锄草的小锄头,直起身子笑眯眯地听着两人说话。翠莲见大狗骑着摩托车走了,转脸对宝贵说:"老汉,大狗是在和你开玩笑哩,可不能当真,人家年轻人在城里挣着大钱,我们老婆子老汉务作好这点秧畦和菜地,卖点小钱,让娃们吃点放心粮、放心菜就行了。"宝贵侧脸瞅了一眼翠莲,嗔怪着说:"你这个傻瓜老婆子,你当我是瓜的,大狗是在笑话我们老婆子老汉哩,人家每天骑着摩托车去城里挣大钱,你一天待在黄土地里,脸朝黄土背朝天的能挣个啥钱?"翠莲好像恍然大悟似的,看着宝贵说:"这个大狗,挣钱挣得疯了,拿我们老婆子老汉开啥玩笑哩。"宝贵自言自语地说:钱挣得烧包了,真像一条疯狗,乱咬人哩。翠莲仰头望望晴朗的蓝天,对宝贵说:"老汉,晌午了,做饭吃去。"宝贵回答说:"吃完晌午饭再锄草,锄了草就放它一水,长上两三天挖些拿到城里去卖。清明节看儿子回来不回来,如果不回来,就把最好的挖些,收拾干净,再装些米面到市里看儿子、孙子去。"翠莲说:"好啊,我也很想孙子了。"宝贵老两口一说到儿子孙子就兴高采烈的,全村还没有在市里工作的年轻人哩,儿子儿媳就是老两口的骄傲,是村子里百十户人家谁也比不过的。老两口走出菜地,在秧畦边的水渠里洗了手,提着小锄头回家做饭去了。

二

宝贵的儿子海文十年前陇州师专中文专业毕业。海文参加高考时,语文、历史考了高分,数学、英语不行,拉下了总分,师大取不上,只有被师专录取。现在想来,师专录取了还好,离家近不说,学校还有补助,学费生活费硬是宝贵两口子在五分菜地里刨挖出来的。海文到师专中文科学习后,再也不学中学课堂上伤透脑筋的数学、英语,专门学习自己爱学的语文。海文在师专中文科读书时,可以说是如鱼得水,他不光各门功课在班上名列前茅,而且经常写些诗歌散文去参加由中文科的老师组织的文学沙龙,作品常常登载在学校的校刊上,有些还登载在市报的副刊上,未毕业就小有文名。海文师专毕业后,其他的同学按当时的分配政策,全部分配到乡下中学任教,而海文却被县城初级中学的校长硬要着分配去了县城初级中学。原来,校长给海文当过语文老师,还当过海文的班主任,对海文的文学创作才能很是欣赏,他自己也是文学爱好者,真是惺惺相惜,海文直接去了县城初中当语文教师。海文在学校里带着三个初中平行班的语文课,上课批改作业忙得不亦乐乎,特别是批改学生作文很是认真,给有些学生的批语写了半页纸,许多不爱学语文的学生都爱学语文课了。海文业余时间还写些诗歌和散文,把自己觉得好的选几首拿到校长面前,请自己的老师提意见。校长认真地读了海文的作品,提了修改意见,海文根据老师提的意见做了修改,选自己觉得好的稿子向市报副刊投稿,市报副刊很快就登载了。海文就接着投,一年下来市报副刊登载十几篇,有两篇还被省报副刊转载。

一天下午课余时间,海文拿着一张登载有自己一篇散文的市报让校长看,因为这篇散文校长修改过,修改后显得更有意境。校长看完文章后,突然被报纸下方的招考通知吸引住了。原来市委组织部要在全市范围内招考工作人员,而且特别注明,擅长写作者优先。校长看完通知后,抬眼瞅着海文说:"你看到报纸上的招考通知了吗?"海文说:"啥招考通知?"校长把报纸递给海文说:"报纸上登载的市委组织部招考工作人员的通知,注明擅长写作的优先哩。"海文接过报纸仔细一看,在报纸副刊版的右下角,真的登载有组织部招考工作人员的通知,我怎么就没有看到呢?海文抬起头,歉意地对校长笑着说:"我还没有发现哩。"校长笑着说:"你只注意你写的文章。"海文又歉意地笑笑。校长收住自己的笑容,认真地说:"这是一个难得的机会,你应该报名参加招考。"海文望着校长有点激动的神情,心中没有底,说:"教育局让不让去?我能不能考上?"校长说:"教育局长那里算我的,我去给他说。能不能考上是你的。"校长停顿了一下,眼睛盯着海文,说:"你一定能考上。"海文犹豫着说:"我觉得当老师也挺好的。"校长郑重地说:"我没有说教师这个职业不好,但要最好。你年轻,要往高处走,参加这次招考又有自己的优势,这是一次绝佳的机会,好机会抓住了可以改变命运,但是好机会放过了就再也没有了。"海文盯着老师闪亮的眼睛,坚定地说:"我去报考。"海文拿着校长从教育局开来的介绍信,去县委组织部报名,领来报名审批表,表填好,学校盖了公章,校长又拿着去教育局盖了公章,海文拿着表交到县委组织部。组织部的一名工作人员头也不抬地说:"表要报到市委组织部审查,如果审查没问题就通知你,大概半个月以后,等着吧。"海文说声谢谢,走出办公室,回到学校。

在等待通知的过程中，海文专心致志地给学生们上着语文课，而且课讲得更细心、更有耐心。特别是讲到文学作品时，讲得更有感情，就连听课的学生都被他感染了，听得比以往认真，有时教室里简直是鸦雀无声。海文望着教室里几十双亮晶晶的大眼睛都在望着自己，真想把审批表从组织部要回来，不参加招考了，他真不想离开站了不到两年的讲台。但也是自己老师的校长讲了："当老师也好，要走得更高些、更远些才行啊！自己有优势，不能放过这次绝佳的好机会。"是呀，校长说得对，这是一次绝佳的机会，自己有擅长写作的特长，也许会考上。何况市委组织部是啥单位呀，是全市的中枢神经，掌管着全市县级干部的提拔调动啊！海文想着想着，心里激动得有点战栗。有了动力，海文的积极性就被调动起来了，他找来报考通知上开列的参考书籍，像复习高考那样认真复习着。半个月后，县委组织部通知，市委组织部审查过关，马上去市委组织部参加考试，海文当天搭了去市里的最后一辆班车，到市里时天都黑了。考试是在市委办公楼的一间小会议室里举行的，参加考试的有二十个全市各县来的年轻人，招考三人，前六名进入面试。考试结束后，参加考试的人员各回各县。

一个星期后的一天上午，海文刚上完第一节语文课，校长跑来叫自己。到校长室后，校长神秘地说："县委组织部来电话了，你说你考上了没有？"海文望着校长激动得按捺不住的神情，使劲点点头。校长说："不仅进入面试，还是第二名，让你明天去市里面试。"海文第二天上午赶到市里，下午就在市委组织部的小会议室里参加面试。面试是单兵教练，主考官是三个人，一位年纪大些，坐在中间，两个年纪轻些的坐在两旁。年纪大些的问海文："小任同志，你为什么要报考市委组织部的工作人员？"海文略加思考，说："尊敬的考官，我是一名中学语文教师，我很爱当老师。但是，我觉得，作为一个年轻人，在机会允许的情况下，还可以走得更高些、更远些，去更有利于发挥自己特长的地方工作。当然，这次如果取不上，我会毫无怨言地回到学校，当好一名合格的教师。"年纪大些的主考官面带笑容地左右看看两位年轻主考官，两位年轻主考官没有说话，只是报以赞许的眼神。年纪大的主考官转过头来，微笑地望着海文，过了一会儿才说："小任同志，你在市报上常发表文章，有很好的写作能力，我们早就注意你了。

通过考试,看出你的理论知识也不错。今天面试,你的回答也是很真诚的。现在我宣布,你被正式招考为市委组织部的工作人员。"说着带头鼓起掌来,两旁年轻些的主考官和坐在两边的几位工作人员也跟着鼓起掌来。海文到市委组织部上了一星期班才知道,年纪大些的是部长,年纪轻些的两位是副部长。组织部的工作忙,刚招考进去的工作人员更忙。海文在秘书科长的安排下,写简报、写总结、写汇报、写典型材料,还给部长写了几次讲话,有时还到各县搞调研或者考察干部。好像转眼之间,三四年过去了。

有一次,部长在办公室门口碰上了海文,态度和蔼地说:"小任啊,你材料写得不错,文字功底好,在材料的归纳总结方面下点功夫就更好了。部长把需要修改的材料交给海文,让他再好好修改一下。海文受宠若惊地接过材料,回到办公室认真地修改着。海文想,部长安排修改材料的事,平时是给科长安排的,然后由科长转交给我,今天部长直接给自己安排修改材料还是第一次。过了几天,部长到县乡搞基层党组织调研,点名让海文一起去。在有关县乡跑了一星期回来后,海文写了一篇调研材料,请部长过目后,以部长的名义登载在市报上。又过了三个月,海文被任命为副科级组织员,同期招考进来的其他两个工作人员还是干事。

海文在组织部干事的岗位上解决了人生的重大问题,和一位师专同班女同学结了婚。这位女同学家在市里,父亲是市里一个单位的领导,母亲是市里一所小学的教师,女同学师专毕业后没有当老师,直接分进父亲的单位。海文刚到市里上班吃毕晚饭在街上闲逛时,突然听到一个银铃似的声音叫他:"任海文,你怎么到市里来了?"海文觉得脸前一亮,原来是师专女同学叶玉兰。海文见女同学这么热情地打招呼,略微思索一下,开玩笑说:"市里是全市人民的,我怎么就不能来市里了?"海文觉得自己是市委组织部的干部,说话也平添几分底气。当叶玉兰得知海文招考到市委组织部工作时,眼睛更是一亮,抬头望着海文说:"哎呀,是大领导了,怕是把我这个平民百姓忘记了哩?"海文侧脸望着玉兰白净秀丽的脸庞说:"咱们的班花,全班男生的偶像,献殷勤都来不及哩,咋忘了呢?你忘了我还差不多。"叶玉兰假装生气,说:"我咋忘记了你呢?忘记了就不和你打招呼了。"两人在天黑之前转了好几条街。天气热了,海文在一家衣服店里看上了一件短袖衫,叶玉兰抢先付了钱。两人分手后,海文看着手中的短袖衫,心中有些感慨。师专上学时,两人出身不一样,一个是鲜亮秀丽的城市姑娘,一个是土生土长的农村娃,不在一个活动圈子。但是,秀丽活泼的叶玉兰是海文的心中偶像、梦中情人,两人说话的机会都很少,农村出身且自尊心很强的海文对叶玉兰是敬而远之的。

可现在……从那天起,叶玉兰每到星期天就主动联系海文,海文只要有时间就陪着叶玉兰转街玩耍,两人不知不觉地谈起恋爱来。有一次还跟着去了叶玉兰家,叶玉兰的父母亲很和蔼地接纳了海文,还在叶玉兰家吃了晚饭。年底时两人在叶玉兰父亲的一套装修好的空房子里结了婚,第二年十月份叶玉兰生下了一个八斤重的男孩,叶玉兰父母亲高兴得嘴都合不上。叶玉兰的母亲再过两年就要退休,学校调进许多年轻教师,有些连课都排不上,就索性给校长打了声招呼,不来上班,在家里专门照顾小外孙,现在小外孙已经上幼儿园小班。海文也感到有点春风得意,自己提拔了,儿子看着也长大了,家里的事自己也不用操心,一门心思扑在工作上。去年底又被抽调到教育活动督查组,听说抽调的干部是提拔对象。督查工作开始后,到县乡督查、写汇报材料,忙得团团转。今年过年海文带着玉兰和儿子,腊月三十下午才回家,初五上午就走了。惹得老父亲很不高兴,连院门都没有出去送一下。老母亲跟着来到小车旁,流着眼泪看着儿子、儿媳和孙子坐车走了。玉兰和儿子在车上说说笑笑的,海文看着母亲在车窗外向自己招手,心里一阵酸楚,眼泪不由自主流了下来。

前几天,父亲给海文打来电话,说:"清明节了,你们回来一下。"海文不在市里,在另外一个县跟着领导检查工作。海文在电话里说:"爸爸,有啥事吗?"宝贵听了儿子的话很生气,说:"一定要有事了才回家吗?"说着把电话挂了。海文当时就愣住了,爸爸是怎么啦?我不是忙得走不开嘛!

三

春天的太阳越来越暖和,晒得人懒洋洋的。前两天下了一场绵绵的春雨,清水河也似乎涨了许多,一冬天都是清澈见底的,这几天有点浑浊不清,在滨河路上锻炼身体的人说是天堂里的雪花神水来了。清水河边一棵棵的柳树长出了鹅黄的嫩芽,远处望去好似一团团浅绿色的烟雾。路旁、地埂边以及眼前山坡上的各种蒿草也长出了灰绿色的嫩芽,这些嫩芽有些是看得见的,有些还深埋在干枯的蒿草枝叶中,但蒿草清香的气息已经在早晨湿润的空气中弥漫着。清水湾村也在春天的早晨慢慢清醒过来,先是村子里好几丛竹林越来越清晰起来,竹林里飞出飞进的鸟儿"叽叽喳喳"的叫声,吵醒了竹林旁边屋子里睡觉的人家。高大的柿子树、核桃树伸展着光秃秃的树枝,长在村子周围,它们才开始发芽,枝头冒出浅绿色的芽尖尖,在远处是看不见的,只有到树下仔细看,才看见树枝上一团团的鹅黄嫩绿。天大亮了,笼罩在村子周围几百亩秧畦菜地上面的一层薄薄的乳白色雾气慢慢散尽,一畦畦碧绿的麦苗和一畦畦青青的豌豆苗、灰绿色的蒜苗、浅绿色的莴笋、墨绿色的大叶青菜、散发着奇异香味的翠绿的芹菜,还有好几畦已经开放得耀眼的油菜花清晰地呈现在村民们的眼前。这时,村子上空升起袅袅的炊烟,村民们在做着早饭。吃毕早饭后,年轻有手艺的村民骑着摩托车,去五里外的县城南河坝开发区打工挣大钱去了,年纪大一点的或者是没有手艺的村民,在自家的麦田菜地里锄草、施肥、放春水。翠莲给宝贵做的早饭是热的昨晚的剩米饭,是和昨天晚上剩下的猪肋巴瘦肉炖青菜一起热的,还未热好,肉菜浓烈的香味已经扑鼻而来。翠莲给宝贵舀了一大碗,递给在台阶饭桌旁抽烟等饭吃的宝贵,宝贵扔掉手中的烟头,头也不抬地接过饭碗吃起来。翠莲把剩下的热米饭舀了一小碗,坐在厨房的门槛上吃着。宝贵吃饭快,三刨两咽就把一大碗吃完了。宝贵把碗筷往桌子上一放,两只手轮换着把嘴一擦,就去厅房里。不一会儿,宝贵提着半袋子化肥,肩上扛着放水用的锄头,走出厅房。宝贵看着翠莲还在吃饭,就说:"你也吃快点,我先走了。"翠莲嘴里吃着饭说:"我吃得慢,还要洗碗喂猪哩,你先走吧。"宝贵今天要给秧畦里的麦苗撒化肥,撒完化肥后,还要给麦苗放水。

前一晌,宝贵和翠莲在自家的菜地里忙碌了好几天。先是给过了冬的蔬菜锄草、松土、培土、上农家肥。然后,在空闲的地埂地边种上了南瓜和扁豆,最后放水。春天太阳好,菜地里上的是农家肥,又放了一水,五分菜地里种的豌豆尖、莴笋、大叶青菜、大白菜、蒜苗，还有散发着奇异香味的芹菜，眼看着在生长，一天一个样。宝贵翠莲老两口根据蔬菜生长的快慢，每天挖两大蛇皮袋子蔬菜，搭上城里拉人的三轮车去东坝菜市场卖掉。宝贵的蔬菜新鲜，收拾得干干净净，宝贵卖菜时还理直气壮地说他的菜不上化肥，专门上的是农家肥。宝贵说的是事实，买菜的人也相信，都抢着买宝贵的菜，不到一个小时菜就卖完了。下午时分，宝贵老两口又蹲在菜地里挖菜，把挖出来的菜按类别洗干净，捆扎得整整齐齐，放在水渠旁，第二天早上又搭着三轮车去东坝菜市场卖菜……老两口一连忙了六七天，看到菜地里的几样菜卖得不多了，才休息一天。其实，在地里忙惯了的庄稼人，哪里闲得住？翠莲在家里洗着两口子这几天挖菜弄脏了的衣服，宝贵背着手去了种着麦子的一亩秧畦。宝贵站在秧畦里的空隙间，青青的麦苗已经长得盖过脚腕子，又粗又壮，长得快的开始怀胎，再过半个月就要抽穗了。宝贵看着喜人的麦苗，自言自语地说："该给麦子撒化肥放水了，这道化肥和水重要得很哩。"宝贵说着走出秧畦，低头看着地埂上长出的杂草，思忖道：这几天忙着菜地里的事，秧畦里的麦苗都给忘了，地埂上长出一拃多长的杂草。宝贵便蹲在地埂上拔杂草，一直到了晌午才回家。翠莲问："你看一下秧畦，就去了半天？"宝贵说："地埂上的杂草长出来了，我拔草哩，秧畦里也该撒化肥放水了。"翠莲说："明天就撒化肥放水吧。"说着瞅了一眼宝贵，便去厨房做晌午饭。

宝贵提着半袋子化肥，肩上扛着放水的锄头来到自家的秧畦时，村子里干活的人群都出动了。在县城南河坝开发区挣大钱的年轻人，骑着摩托车向不远处的建筑工地飞驰而去，在秧畦和菜地里锄草放水的老年人和妇女们三三两两、说说笑笑地扛着锄头，来到散发着蔬菜和麦香味的田间地头。有两位青年妇女还和宝贵打着招呼，一位年纪稍大些的说："宝贵叔，你种的菜，这两天可卖了好价钱？"宝贵笑着说："价钱也不行。"另一位年纪轻些的说："宝贵叔，卖两三千元没问题吧。你们老两口不歇着还干啥哩？海文在市里当着大官，挣着大钱，你还不跟着享清福去，还在地里劳累啥呢？"宝贵笑着回答："海文当啥大官呢？挣啥大钱呢？房子都没有钱买，住的是他老丈人家的。"年纪大点的妇女接着说："听说海文媳妇是独生女,人家的爸爸又是大官,海文给人家当个上门女婿,房子还掏啥钱哩。"年纪轻些的妇女说:"管他当不当上门女婿呢,把房子哄骗来再说,儿子还不是你的儿子?孙子还不是你的孙子?"两个嘴闲的青年妇女说完笑哈哈地走了。宝贵望着她们的背影愣在地边。他最记恨、最不愿意听到的话,让她们给说出来了。宝贵想,这几天菜卖了两三千元钱是事实,可是谁说海文要给市里的叶家当上门女婿呢?从来没有说过呀,就是海文和玉兰结婚的时候也没有说呀!真是两个好说闲话嘴贱的坏女人!

宝贵提着蛇皮袋子,走到秧畦里,开始撒着粟米粒大小的化肥。只不过粟米粒是金黄色的,化肥是白色的,化肥在手里捏的时间长了,就有点融化沾手的感觉。宝贵摆动着胳膊,很均匀地在麦田里撒着化肥。撒化肥和种麦时撒麦种一样,是一个很得要领的技术活,不得要领的话,种子撒得不均匀,麦苗出苗也不均匀,不仅影响产量,还要受到其他村民的耻笑。化肥撒得不均匀,秧畦的麦苗就像是秃子的头,有些地方长得旺盛,有些地方长得矮小发黄。宝贵化肥撒得很慢,一亩地的麦子,宝贵撒了好长时间。撒完化肥马上就要放水,时间长了就会烧坏麦苗。宝贵把剩下的化肥放在地埂上,给对面地埂上拔草的翠莲打声招呼,就去南山沟的水渠里改水。不大一会儿,南山沟清澈的沟水流进了长满青绿麦苗的秧畦里。放秧畦水是漫灌,只要水改进秧畦,就不用管,在水口那一头的地埂上等着就行了。宝贵看着沟水"咕咕"地流进麦田,苗壮的麦苗好像高兴得摇头晃脑似的,宝贵觉得清凉的沟水仿佛流进自己干涸的嗓子,浸润着自己的心田,舒服的感觉使他长长嘘了一口气。宝贵在秧畦周围的地埂上转了一圈,看看那里的地埂是否被走路的人踏矮了,如果矮了就用锄头培培土。宝贵看着地埂没有啥问题,就放倒锄头把,叫过来翠莲,一起坐在锄头把上,等着水慢慢地流过来。

宝贵点了一支自己在村西头小卖部里买来的便宜香烟,慢悠悠地抽起来,若有所思地吐着乳白色的烟雾。他侧脸看了一眼翠莲,老伴明显地老了,脸上的皱纹明显地多起来,自己六十五,老伴也应该六十三了,老伴跟着自己做了一辈子的庄稼,吃了一辈子的苦。女儿出嫁了,儿子也在市里工作。这两年在地里干活就是他们两个,一个给一个搭着伴,一个陪伴着一个,特别是当宝贵一个人在菜地干活时,干着干着好像丢了魂似的,干得没精打采的,有时老早就从地里回去了。翠莲问:"你咋这么早就回来呢?"宝贵叹息着回答:"我一个人在地里没啥意思的。"翠莲就嗔怪说:"地里有鬼哩,害怕哩!"宝贵刚才坐在锄把上的时候,还要把翠莲从秧畦那头叫过来坐在一起,这是过去没有的事情啊!这是怎么啦?宝贵又侧脸看看老伴,回味着刚才那两个女人说的话,一种沉重绵远的忧伤在宝贵的心里涌动着,一种孤独害怕的情绪包裹着他。宝贵吸一口烟,悲伤地说:"翠莲啊,我们这么辛苦,给谁干呢?"翠莲一下子愣住了,这老汉是咋了?侧脸看了一眼宝贵,说:"给自己干哩,难道还给别人干呢?"宝贵又叹着气说:"给自己干,自己身边连个人都没有啊!"翠莲接住说:"你这个老背时的,我知道你又想儿子了,想了就去市里看去,别唉声叹气的。"翠莲说着站起来看着宝贵说:"看你没出息的样子。"说着扶着锄头弓着身体站起来,在仄仄的地埂上蹒跚着脚步,又去对面的地埂边拔草了。

宝贵见翠莲不理睬自己,听了自己说的话,还埋怨自己,心中油然生出一股莫名的怨恨之气,自言自语说:"这个死老婆子,光晓得吃,啥都不懂。"宝贵侧过脸,看了一眼在地埂上蹒跚地走着的翠莲,一股怜惜之情又从心中升起。老婆子忽然间好像老多了,过去翠莲在地埂上走路,腿脚灵便得很,是跳跃式的,干活也麻利得很,锄草、割麦甚至插秧,胳膊也轻松自如,有时还笑着数落宝贵干活太慢,柔慢得很,像是猴子踏地上的蛐虫哩,像是姑娘家在绣花哩。宝贵知道,那是翠莲干活乏了,有点累了,想寻点乐哩,是和自己开玩笑哩。宝贵也回应道:"你这个死老婆子,懂得啥种庄稼,种蔬菜种庄稼就要像猴子踏地上的蛐虫,就要像姑娘家绣花,要出力流汗,细细相端务作才行,人哄地了,地就会哄人。你看大狗家的地,土疙瘩比锄头大,草比麦苗深。"翠莲也笑着说:"死老汉,你还有完没完,我随口说说的,你做了一辈子庄稼还攒劲得很,人家大狗还没看在眼里哩,人家在南河坝开发区当大工,挣着大钱哩。"宝贵听了翠莲的话,就暂时无话可说。但是,大狗两口子在南河坝开发区一门心思挣钱,把眼前捏一把土可以流油的肥沃秧畦务作得草比庄稼深,宝贵的心里总不是滋味。你大狗终究是农人,两亩秧畦又费不了多少工夫,把秧畦做好了,再去城里打工挣钱也未尝不可。何况现在电视里播着什么毒大米，掺假的麦子面，还有农药打多了吃坏人的蔬菜啥的，街上吃的东西都不敢买了，这多叫人担心，自己亲手种的蔬菜大米白面，吃着也放心，这个二杆子大狗还糟蹋着笑话我哩。在市里工作的儿子一家三口就一直吃着从家里带过去的大米白面，有时把地里的蔬菜也带过去。儿媳玉兰打过电话说自家种的大米白面吃起来味道就是不一样。宝贵想，单凭这一点都要把自家的秧畦和菜地种好。刚才，老婆子数落自己没出息，说自己想儿子，算是说到自己的心坎上了。刚才两个嘴闲的坏女人说儿子给人家当倒插门女婿，这是哪有的事？儿子结婚前也没有说过，结婚后更没有说过，就连孙子都跟着我们姓任哩，只不过是住着他叶家的房子，孙子快三岁了，他外婆带着。不过话又说回来，儿子在市里的啥子部工作着，听人家说还厉害得很哩，人不能太厉害了，太厉害了不好，还忙得不行，一年四季除了过年，娃大人回来几天就走了，平时就很少回家，不知道忙啥哩。前天给海文打电话，清明节了，娃大人回来两天。儿子还说在县上跟着领导检查工作哩，清明节回来不了。宝贵就有点生气，二话没说挂了电话。难怪人家说自己的儿子是倒插门女婿的闲话哩，即使不是倒插门女婿，一年四季很少回家，住着人家的房子，孙子是人家带着，和人家常来往着，和倒插门女婿有啥两样。宝贵越想越气，索性打定主意，儿子清明节不回来，娘老子去市里看儿子孙子，去了还要多住几天。就两百公里路，城里一天放着好几趟车，早上坐车中午就到。宝贵思忖着心情开朗起来，这时，他好像听到身后隐隐约约地响着"咕咕"的流水声，脊背后面好像有一股凉丝丝的气息在弥漫着。他急忙回头一看，只见清澈的流水快要漫上地埂。宝贵连忙站起来，望着秧畦那边地埂上拔草的翠莲，大声说："水要溢了，水要溢了。"说着连忙跑向秧畦旁边的水渠口子改水。

　　吃毕晚饭，翠莲收拾着碗筷，给猪和鸡在猪食桶里搅拌着吃食，宝贵吃着烟在院子里转悠着。突然，从隔壁院子里传来嘻嘻哈哈的说笑声，宝贵踮起脚尖往里一看，只见和自己年纪一般大的桂生老汉一家人刚吃完饭，桂生坐在台阶上神情自得地抽着香烟，儿子儿媳在收拾着饭桌，两个孙子在院子里打闹着。宝贵看着看着心中一阵悲哀，自家院子里冷冷清清的,要是儿子一家三口在家里该多好啊。他有点后悔,后悔当初没有阻拦儿子听校长的话,去市里考什么部的工作人员。

  这时,沉重的暮色已经降临整个清水湾村,房背后的竹林丛里时不时传来响亮的鸟叫声,深蓝色的天空上没有云彩,稀疏的星星眨着明亮的眼睛,宝贵抬头望着天空,自言自语地说:"清明要明,谷雨要淋。看来今年的清明节是一个好天气。"宝贵说着走进厅房看电视。好一会儿,翠莲在厨房里收拾停当才走进厅房。宝贵把后天去市里看儿子的想法给翠莲说了,翠莲快言快语地说:"不去咋行?你再不去,儿子真就是人家的儿子,明天准备带过去的米面蔬菜,后天让女婿开出租车送我们去市里,家里的猪鸡让海香照看几天。"海香是大女儿,是海文的姐姐,嫁在南河坝村,离这里不到五里路。宝贵高兴了,到底是自己的老婆子,连忙说:"好好,过两天就是清明节,我们明天准备一下,后天就去。"宝贵真想把翠莲拉过来亲一下,但怕翠莲骂自己老不正经,就忍住了,只是在翠莲的肩膀上轻轻拍了两下。

四

  海文接到姐姐打来的电话时,还在县上跟着领导检查工作。姐姐在电话里说:"海文,爸妈今早到市里来了,坐你姐夫的出租车,中午就到。"海文说:"我还在县上哩,咋不提前说一下?没有啥事的,来市里干什么?"海香说:"爸妈想儿子孙子了,你就赶紧回吧。"海文说:"今天上午事情结束,下午赶回市里。"海香说:"那你赶紧给玉兰说一下。"海文说:"好吧,我给玉兰打电话。"

  叶玉兰接到海文的电话后,心中也有点纳闷。海文的爸妈没有打招呼就来市里,还是头一回。过去来过两次,那是叫了几次才来的。今年过清明节突然过来要看儿子孙子?提前说都不说一下就过来了。如果要住几天,吃饭的问题倒还没有啥,住在哪里呢?不到八十平方米的房子,就两室一厅,暂时睡儿子的床,一两天可以,时间长了终究是不太方便呀!何况海文最近特别忙,自己也要上班,叶玉兰有点不太高兴了。但毕竟是海文的父母亲,又是自己的公公婆婆,玉兰在电话里给海文说:"知道了,知道了,我十一点接儿子回家做饭。"叶玉兰十一点不到就去幼儿园把儿子接出来,在街上买了两斤鲜面条,回家后做着下面用的臊子汤。一来臊子面做起来方便,臊子汤做好后,吃饭的人可以随来随吃。二来用臊子面招待客人也不失其体面。叶玉兰回家后在厨房里忙乎了近一个小时,刚把臊子汤做好,海文的姐夫桂全就打来电话。桂全说:"玉兰,我们到你们楼底下了。"叶玉兰说:"知道了,我饭都做好了。"说着挂了手机,来到五楼阳台往院子里一看。只见一辆草绿色的出租车停在院子里,海文的爸爸已经走出出租车,站在院子里抬头望着家属楼,海文的姐夫桂全正打开车门,往车外扶着海文的妈妈。叶玉兰觉得自己应该下楼去接一下公公婆婆,突然又觉得,煮饭的液化气炉子还燃着,就赶紧叫儿子:"远远,你爷爷奶奶来了,赶紧去院子接。"儿子听说爷爷奶奶来了,连忙高兴地"咚咚咚"跑下楼去。玉兰又怕儿子摔跤,高声说:"慢点,慢点。"话音未落,儿子下楼的脚步声,已经听不见了,好像已经到院子里了。玉兰返身回到厨房,看了一眼液化气炉子上烧着下面条用的水,锅底向上冒着小水泡,看样子马上要开了。玉兰把液化气火焰拧小些,又来到阳台看着院子里的客人。只见儿子很懂事地拉着奶奶的手,看着爷爷和他的姑父从出租车的后备箱里抬出两袋子米面和一大蛇皮袋子蔬菜。桂全扛一袋子米,父亲扛一袋子蔬菜,离开出租车,走向楼道,儿子牵着奶奶的手跟在后面。叶玉兰想,公公和婆婆是来过的,姐夫也是来过的,知道在几楼住。但是还是换了拖鞋走出房门,来到四楼楼道的转角处接他们。

随着沉重的脚步声临近,桂全扛着一袋子米走在前面,后面是扛着一袋子蔬菜的公公,再后面是牵着儿子手的婆婆。儿子首先看见了玉兰,高兴地大声说:"妈妈,我把爷爷奶奶和姑父接来了。"玉兰连忙回答:"远远攒劲得很。"玉兰让过扛着米袋子的姐夫,扶住公公扛的蔬菜袋子说:"爸爸,我来扛。"宝贵说:"你扛不动。"玉兰知道自己是扛不动的,就让在一边,让公公走过去,望着走在后面的翠莲,叫了一声:"妈!"翠莲高兴地答应着,挽住玉兰的胳膊一起向五楼的门口走去。公公和女婿桂全走进五楼的房门,将米袋子和蔬菜袋子放在沙发旁边,玉兰进门后马上闻到一股浓郁的新鲜蔬菜和生米的味道,突然想到液化气炉子还燃着,对远远说:"远远,带你爷爷奶奶去洗手间洗一下。"就急忙走进了厨房,幸好,液化气炉子上钢精锅里的水刚开,正是下面条的时候,叶玉兰抓起上午买来的鲜面条下到锅里。客厅里桂全对岳父说:"我下去把面袋子扛上来,你们先洗。"宝贵说:"那你去吧。"机灵的小孙子拉着宝贵的胳膊说:"爷爷,爷爷,洗脸去洗脸去。"宝贵跟着孙子走进了狭小的卫生间,远远挤在爷爷的前面,聪明伶俐地打开水龙头,扯下洗脸瓷盆前的毛巾递给爷爷,又把香皂塞在爷爷的手中,就跑出去了。宝贵把毛巾在水龙头上打湿,随便拧了一下,擦起脸来。顿时,一股混合着香皂气味清冷凉爽的气息,透过脸面和大脑向全身散发开来,坐车时晕乎乎的感觉没有了,大脑也清爽了,心中一阵兴奋。心想:到底是到儿子的家,来了就要多住几天。宝贵把毛巾拧干,又擦了一次脸,走出洗手间,对翠莲说:"你快去洗一下,洗了就清醒了。"翠莲说:"我坐车都坐得懵懵懂懂的。"孙子远远伶牙俐齿地说:"坐车晕了,才要用冷水洗哩,妈妈就是那样的,坐车回来,说晕了晕了,就跑到洗手间用冷水洗脸。"远远说着拉扯着奶奶去洗手间洗脸。宝贵高兴地对翠莲说:"别磨蹭了,快去洗吧。"说话间,桂全又扛着面袋子进门来,宝贵赶忙接着,轻轻放在客厅角落的米袋子和蔬菜袋子旁边。面袋子尽管是轻轻放下的,仍然扬起了一阵小小的面尘。宝贵对女婿说:"赶紧洗手脸去,洗了就吃饭。"宝贵扫视了一下客厅,说话的口气有了当家做主的感觉。

　　玉兰已经做好饭,先拿出酱醋瓶子和盛着盐、辣子油的小碗,又折返回厨房,一手端着一碗臊子面条走出厨房。玉兰看见客厅里弥漫着淡淡的面尘,鼻子里闻到一股客厅里少有的劣质香烟味和身体的汗腥味,心中一阵不悦,眉头轻轻一皱,但脸上带着笑容,嘴里甜甜地叫着:"爸爸,饭熟了,吃饭。"玉兰说着把饭碗放在客厅的桌子上。宝贵看了一眼桌子上香气扑鼻热气腾腾的臊子面,高兴地大声说:"你们洗快一点,吃饭了。"孙子远远拉着奶奶走出洗手间,坐在饭桌前,大声说:"爷爷,吃饭,奶奶,吃饭。"说着机灵地分发着筷子。玉兰又端出两碗饭放在桌子上,瞅瞅公公和婆婆,说:"我也不大会做饭,不知味道咋样。"宝贵往碗里调了油盐酱醋,把面条用筷子翻翻,吃了一口,连忙说:"香得很,香得很。"翠莲翻着面条说:

"闻着香得很。"玉兰笑着说:"香就好,香了就多吃点。"桂全半晌才从卫生间出来,玉兰笑着又说:"姐夫赶紧吃饭。"桂全答应着坐在饭桌前吃起饭来。正吃饭间,玉兰的电话响了,趴在桌子上吃着饭的远远抢着拿起电话,看到电话屏幕上显示着爸爸的头像,大声说:"妈妈,是爸爸的电话。"玉兰说:"爸爸的电话就赶紧接。"远远接着电话说:"爸爸,爷爷、奶奶、还有姑父都在,正在吃饭哩,你啥时回来?"海文在电话里说:"吃的啥饭?"远远说:"妈妈做的臊子面,爷爷、奶奶说香得很哩。"海文说:"香得很就让爷爷奶奶多吃些,我三点就回来,晚上吃火锅。"远远挂了手机说:"爸爸说,他三点回来,晚上请爷爷奶奶和姑父去酒楼吃火锅。"宝贵听着孙子的话,十分高兴,心想:吃火锅就吃火锅吧,只要你海文回来就好,我就高兴。侧头看看正在吃饭的翠莲和女婿,桂全好像没有听见远远说话似的,低头哧溜哧溜吃着面条。翠莲抬起头说:"火锅有啥好吃的,又辣又半生不熟的,玉兰做的臊子面吃起来香。"宝贵见玉兰笑眯眯系着围裙站在饭桌前,就低头吃起来饭来。玉兰心里笑笑,看着几个人在香喷喷地吃着臊子面,就转身去厨房下第二锅面。吃完饭,客厅里饭菜的香味和汗腥味混合在一起,有种热气腾腾的气氛。宝贵和桂全各自撕了餐巾纸擦了嘴,桂全从口袋里掏出一包黑兰州烟,给岳父递一支,帮着点燃,自己点燃一支,姑爷两人便吞云吐雾起来。不一会儿,客厅里烟气呛人、烟雾缭绕。翠莲帮着玉兰收拾了饭桌,又去厨房里想帮着玉兰洗碗,玉兰却说:"妈,你就歇着去吧,厨房这么小,挤不下两个人。"翠莲站在厨房门旁,看了一眼忙碌的玉兰,就回到烟雾缭绕的客厅。桂全抽着烟说:"我稍歇一会就回去哩。"宝贵抽了一口烟说:"回去也好,歇一会就走吧,路上慢一点。"

  玉兰在水龙头下冲洗着碗筷,突然一股呛人的烟味从客厅飘进厨房,被她吸进鼻孔,顿时一阵恶心反胃。玉兰偏头一看,公公和姐夫坐在沙发上正吞云吐雾地吸着烟哩,客厅里烟雾缭绕。玉兰心中一阵极大的不快,想走出去制止他们,又觉得不妥,就大声叫道:"远远,远远!"远远跑进厨房说:"妈妈,妈妈,有事吗?"玉兰忍住气小声说:"你给爷爷和姑父说,家里不准吃烟,吃烟有害健康。"远远跑出厨房大声说:"爷爷,姑父,妈妈说了,家里不准吃烟,吃烟有害健康。"宝贵和桂全听了远远的话,一下子愣住了,手里的香烟举在空中,是继续吃还是扔掉呢?一时不知所措。还是桂全反应快,马上从沙发上站起来,对厨房里忙碌的玉兰说:"玉兰,我走了,爸妈要回家时,给我打电话。"玉兰从厨房里出来,被烟草味呛得咳嗽了两声,连忙用手扇扇脸前的烟雾,说:"姐夫,明天再走。"桂全说:"家里忙得很,我下午赶回去。"宝贵说:"要走就早点走,路上慢一点。"桂全未等岳父说完,就打开房门,"腾腾腾"地跑下楼去。翠莲走过去要关门,玉兰挡住了,说:"让客厅里的烟味散一下,我一闻见烟味就咳嗽、头晕。"玉兰说着打开客厅的窗户,一股凉风吹进来,客厅里的烟雾打着转儿。玉兰低头看一眼客厅的地板,地板上满是泥水的印痕,两三团擦过嘴或者是擦过鼻涕的餐巾纸扔在废纸篓旁,玉兰心中一阵厌恶,皱着眉、黑着脸走进厨房。

　　翠莲明显地感到了玉兰的不快,侧脸狠狠地盯一眼宝贵。宝贵手里的烟还燃着,他连忙看着饭桌和茶几上是否放有烟灰缸,但看了几眼都没有发现。他把未抽完的香烟用指头掐灭,不顾烧痛捏在手中。宝贵看了一眼翠莲怨恨的眼色,刚到儿子家的那种兴奋顿时消失了,代之而起的是一阵阵心凉、一阵阵悲哀。玉兰皱着眉头去厨房收拾锅碗,收拾结束时感到有点想解小便,才想起忙了一上午连厕所还未上。玉兰解下身上的围裙,在洗手间洗洗手,打开厕所间的房门。突然一股恶臭味和尿骚味直冲玉兰的鼻孔,玉兰差点晕倒在厕所。玉兰定睛一看,厕所坐便器里一堆大便,白色坐便器周围留有淡黄色尿液的痕迹,旁边还扔着几团擦过屁股的卫生纸。玉兰猛然感到一阵剧烈的恶心呕吐,她连忙扭着头打开冲水开关,跑出厕所间,拉紧厕所门,打开洗脸间的水龙头,用凉水擦擦脸,把恶心呕吐的感觉强压下去,缓一口气,才走出洗脸间。翠莲看着玉兰的脸色苍白,连忙问:"玉兰,你怎么啦?"玉兰没有吭气,强忍着眼里的泪水,走进卧室,拿出自己的小包,叫出在小卧室玩耍的远远,对宝贵和翠莲说:"爸妈,海文再过一个小时就回来,我要把远远送到幼儿园,还要上班,你们在家里歇着。"玉兰说完,牵着儿子的手,打开房门,走出去,又转身"砰"的一声关上房门。

五

接到玉兰的电话时,海文坐的小车已经到了市郊。玉兰在电话里生气地大声说:"任海文,你回家看看,家里成啥样子了?地板上泥水满地不说,抽烟抽得乌烟瘴气不说,厕所变成屎尿坑了。"海文连忙问:"你说啥?你说啥?"玉兰已经挂了手机。海文对着手机"哼哼"了两声。坐在前排的领导扭过头对海文说:"任科长,下一星期乡,媳妇有意见了?"海文连忙向前俯着身体说:"是我的父母亲突然跑来看我,说要在市里过清明节。"领导问:"父母亲年龄多大?"海文说:"六十多岁。"领导说:"清明节要好好招待一下父母亲。"海文连忙回答说:"是,是。"说话间小车进入城区,师傅先送领导,再把海文送到住处。海文提着包上了五楼,敲着自家的房门,里面响着开锁的声音,半天却没有开门。海文才要掏钥匙,防盗门却打开了,只见父母亲沮丧着脸站在门内。海文叫道:"爸,妈。"宝贵和翠莲却没有吭声,只是闪在一旁看着海文进门。海文放下提包后又问:"玉兰和远远呢?"宝贵和翠莲还是没有吭声。海文回头看一眼父母亲,高声叫道:"玉兰,玉兰。"海文见没有人答应,就用询问的眼神看着父母亲。翠莲说:"玉兰和远远走了。"海文说:"让我早一点赶回来,她倒早走了。"宝贵想说话,嘴角动了动,没有说出来。翠莲犹豫一下说:"玉兰嫌我们把客厅弄脏了,嫌你爸爸和桂全抽烟,生气走了。"海文听了母亲的话,才想起玉兰给他打的电话。他低头看一眼客厅的地板,地板上有明显的泥水的脚印,吸吸鼻孔,客厅里有浓烈的烟味。海文又去卫生间,打开洗脸间的门后又打开厕所的门,一股大便的气味钻入海文的鼻孔。他走近坐便器一看,坐便器的瓷砖周围还有几点大便的痕迹,旁边扔着两团擦过屁股的卫生纸。海文明白是怎么回事了,父母亲和姐夫在家里解手用的都是一蹲了之很随便的茅坑,哪里用过用水冲的坐便器,肯定是谁解手忘记冲厕所了,难怪玉兰在电话里给自己发火哩,也真是难为他们。海文打开坐便器的冲水开关,用长钳子捡起卫生纸团,扔进坐便器中,扯一团卫生纸把坐便器擦干净,用拖把把厕所拖一遍,看着冲水结束,又压一次冲水开关,打开厕所的背窗,走出卫生间。海文低着头说:"你们上厕所,把厕所要冲干净呀。"宝贵看看翠莲说:"我们来了还没有上过厕所呀。"海文有点生气地说:"那就是姐夫,手解了都没有冲一下,卫生纸乱扔,弄得厕所里又脏又臭的,难怪玉兰生气了。"海文看一眼父母亲,去洗手间洗脸,翠莲跟在身后问:"中午饭吃了吗?"海文说:"中午饭在县上吃的。"

洗完脸,海文走进客厅,用拖把把客厅仔细拖了一遍,给父母亲又重新倒了一杯茶,坐在单人沙发上。海文看了一眼坐在对面双人沙发里日渐衰老的父母亲,一种潜藏在内心的柔情突然涌上心头。他突然想起中午吃饭结束时,县上的一位副部长顺手把饭桌上的一包中华烟塞在自己的手中。他站起身,取过放在茶几另一头的小皮包,翻出中华烟来,扯开取出一支递给父亲。又找出一个打火机,帮着父亲点燃,说:"你想抽就抽吧,这种烟好几十元钱一包哩。"宝贵犹犹豫豫地抽一口中华烟,而且抽得嘶嘶作响,显得很享受的样子。翠莲却说:"死老汉还抽烟哩,海文媳妇回来骂哩。"海文说:"爸爸你抽吧,我陪你抽,玉兰不在家,你尽管抽。"海文说着自己也点了一支烟。海文是不抽烟的,刚吸两口呛得咳嗽起来。他站起来走到窗户旁,又打开一扇窗子,一股凉风吹进来,吹得烟雾在客厅里打着圈儿。海文向窗外一望,不远处的蓝色公共厕所映入眼帘。海文说:"爸爸,妈,你们过来一下。"宝贵和翠莲走近窗户,海文指着窗外不远处的厕所说:"家里的厕所,你们上不惯,上厕所就到公共厕所去,上一次交一块钱。"宝贵说:"上厕所还要交钱?"海文说:"那可不?这里又不是清水湾。"父子母亲三人又坐回沙发,海文见父亲一支烟抽完,又取一支递给父亲。宝贵迟迟疑疑地接住说:"这一支烟好几元哩,顶我吃一包烟哩。"海文说:"你抽吧,我又没有掏钱,是人家给的。"宝贵突然想起看的审判贪官的电视,把海文递来的烟又轻轻放在桌子上,盯了一眼海文,说:"人家送东西可是不能随便要的。"海文拿起桌上的烟又递在父亲手中,给父亲点燃,自己又点一支,笑着说:"这是中午吃饭时剩下的烟,人家硬塞在我手中的。玉兰不让我吃烟,今天我陪你吃。"海文说着又被烟味呛得咳嗽了两声。翠莲说:"还是玉兰说得对,海文你不吃烟的好。你爸爸这个死老汉,吃了几十年的烟,一身的臭烟味。"翠莲说着盯一眼宝贵。宝贵说:"我都一辈子了,不吃烟再干啥呢?"宝贵说着很舒坦地把手中的中华烟嘶嘶嘶地连抽了好几口,说:"中华烟到底好,吃着香,不烧口。"海文看着父亲得意的样子,心中也高兴起来,刚才的不快也烟消云散、一扫而光。海文看着父亲说:"晚上我们去外面的馆子里吃饭,炒几个好菜,我陪你喝几杯好酒。"宝贵说:"玉兰和远远呢?"海文说:"不管他们,随他们咋办去。"宝贵心里一阵不安,侧脸看一眼翠莲,翠莲接着说:"那咋行呢?晚上馆子里吃饭,要把玉兰和远远叫来。"海文想,叫也不会来,不如不叫。就说:"你们不要操心他们,他们吃好的去了。"父子三人有一搭没一搭地说着话,宝贵和翠莲看着电视想着心事,海文却迷迷糊糊地在沙发上睡着了。

海文被一阵阵的凉意惊醒,他从沙发上坐起来,揉揉眼睛,回家时脱掉的外套不知何时被父母亲披在自己身上,但是父母亲却不见了。海文心中一阵不安,他们去哪里了?他们是不是到外面上公共厕所去了?海文连忙走到窗前向窗外的公共厕所望去,只见厕所旁边,父亲和母亲正在看着街上的人流与车流,父亲的手好像一挥一挥的,在给母亲指着什么。海文拿过手机一看时间,已经五点了,不如让他们不要上楼了,晚饭吃完,顺便在街上再转一下。海文从柜子里翻出一瓶五粮液酒,装在一个黑塑料袋中提着下楼。海文刚走出院子不远,就看见往回返的父母亲。海文说:"已经五点了,我们吃饭去,吃完饭在街上转一下。"宝贵说:"也好,在楼房里坐着闷得很。"

宝贵和翠莲跟着海文躲闪着街上的汽车、摩托车,过了两条街道,来到一个行车较少,街道两旁有好几家餐馆的街道。海文在街道上看了几眼,选了一家干净卫生的餐馆走进去。海文问迎上来的服务员:"有包间吗?"服务员说:"有。"三人就跟着服务员去了包间。海文点了两个荤菜、三个素菜、一个酸菜粉丝汤。翠莲看着海文说:"把玉兰、远远也叫一下。"海文想,叫也不来,不如不叫,桂全把厕所弄得那个样子,自己也觉得恶心,不要说玉兰。海文看着母亲说:"不叫他们了,他们有好饭吃。"翠莲看一眼宝贵,宝贵没有说话。菜上齐了,海文打开五粮液,给父亲倒一塑料杯,给自己也倒一满杯,给母亲倒了小半杯,因为他知道,母亲在割麦拌稻子的大忙季节里乏了是能喝两碗泡酒的。海文端起杯子说:"爸爸妈妈,清明节了,我给你们敬一杯酒。"说着自己先喝一口。宝贵瞅儿子一眼,端起塑料杯也喝一口,翠莲则端着杯子皱着眉头抿一小口。海文见父母亲放下杯子,就说:"吃菜吃菜,不吃就凉了。"说着自己夹了一口菜。宝贵和翠莲也拿起筷子吃起菜来。三人吃着喝着,一会儿工夫,宝贵和海文杯子里的酒喝完了。海文拿起酒瓶又给父亲倒了半塑料杯,给自己也倒了半塑料杯。翠莲看着海文给父亲倒酒,就说:"给你爸爸少倒些,喝醉咋办?"宝贵瞪了一眼翠莲说:"我啥时候喝醉过,这点酒能把我喝醉?"说着端起杯子说:"海文,来,你陪我喝。"说着又喝一大口,海文也跟着喝一口。宝贵吃一口菜,说:"海文,你在市里工作,过节回不了家,我们过来看看你,没想到把你的媳妇撵跑了,我们不该来啊,可我和你妈想看看你和远远。"宝贵说着嗓子有点哽咽。

海文没想到父亲会说这种话,心里也激动起来。说:"你们该来看我呀,我是你们的儿子,怎么不该来?"翠莲说:"是你爸爸想你,我叫他来的。"海文看着母亲说:"来了好,来了就多住几天。"宝贵说:"我想啊,你工作忙,要把公家的事干好,昧良心的事情不要干。村子里的人都夸奖你呢,大狗都在说糟蹋我的话哩,但是我心里高兴。明天上午我和你妈坐班车回去,中午你就把玉兰和远远接回家。"海文急忙说:"那咋行呢?你们住两天再走。"宝贵说:"家里还有鸡猪要喂食哩,你姐姐家也忙得很,不能拖累她。把玉兰接回家,不能吵架,有啥话要好好说。"海文看着日渐衰老的父母亲,心中一阵忧伤,脸也涨得通红,眼睛里也噙着泪水。翠莲看着海文说:"玉兰也太过分了,我们刚来时都好好的,刚吃完饭就不对了,生气走了,就是桂全忘记冲厕所嘛。"海文看着母亲,眼眶里的泪水终于流了出来。嘘一口气,慢吞吞地说:"桂全不冲厕所,卫生纸到处撂。玉兰上厕所时,恶心得饭都差点吐了。"翠莲看一眼宝贵,说:"唉,原来是这么回事,那桂全也不是故意的,是解了手忘记冲水。"海文说:"我知道姐夫不是故意的,那是在家里时的习惯。"三人吃着菜喝着酒,大半瓶子五粮液喝完了,只不过绝大多数是宝贵和海文父子俩喝的,翠莲只是象征地喝一点儿。宝贵对海文说:"这种酒喝着舒服着哩,不烧口,嗓子不辣。"海文说:"这五粮液酒一千元钱一瓶哩,是最好的酒。"宝贵看着桌上的空酒瓶,心想,这酒咋这么贵呀？这是我这一辈子喝的最好的酒,他大狗喝过吗？还会吹牛皮得很。但转念一想,儿子没有当官,是哪里来的好酒呢？不会是别人送的吧,这么贵重的东西怎么能随便要人家的呢？宝贵看一眼儿子说:"这么贵的酒是别人送的？送的可不能要。"海文笑着说:"我一个副科级干事,是给领导跑腿的,谁给我送啊！这酒是我们招待上面领导时喝剩下的,我就拿回家了。"宝贵说:"反正你要记住,干着公事,别人家的东西不能随便要,要靠本事吃饭。"海文笑着说:"爸爸,我知道,你放心吧。"

三人走出餐馆时,苍茫的暮色笼罩了整个山城,西边山头上火红的晚霞映红了半个天空。餐馆门前的街道上橘黄色的路灯已经亮了,映照着街道两旁香樟树油光发亮的叶子。街上过往的小汽车也打开了车灯,猛一看好像是一条条闪亮的光线在流动。宝贵站在街道旁抬头看看天,自言自语地说:清明要晴,谷雨要淋,明天是一个好天气啊！海文回身望望父母亲,手指着不远处新修的滨江公园说:"爸爸妈妈,街那边新修了滨江公园,人也多,晚上热闹得很哩,我们去转一下。"宝贵和翠莲沿着海文手指的方向望去,在江边的一片空地里,新栽着许多已经长出树叶的风景树,还有一块块的绿色的草地,树木和草地间还有新修的亭台楼阁,几个巨大的灯柱,把公园照得通亮,许多人在里面跳舞唱歌哩。宝贵回身看一眼翠莲,说:"老婆子,走,我们也过一把城市里人的瘾去。"翠莲说:"去就去。"海文看着父母亲兴奋的神情,高兴地笑了,转过身带着父母亲去了滨江公园。

六

三人在滨江公园里沿着公园的走廊走了好几圈,海文有点累,问父亲说:"早点回去休息。"宝贵却说:"再转一会儿,再转一会儿。"公园里倒是很热闹,灯光也很亮,走廊边上宽阔的江面哗哗流淌的江水,在灯光的照耀下显得波光粼粼。公园里有好几摊子跳集体舞的队伍,一摊子和一摊子用的曲子不一样,跳的舞也不一样。但是,宝贵发现了一个现象,在跳舞的人群中,男人很少,以中年妇女居多,就连一摊子跳交谊舞的队伍里,男人们也不多,有好些是女的搂在一起跳哩。男人晚上都干啥去了？宝贵问海文,海文说:"好些人在喝酒打麻将哩。"宝贵说:"打麻将有啥意思呢?我们村麻将打得有离婚的、喝老鼠药的哩,你可不能打麻将。"海文说:"我哪有时间打麻将哩,我看见打麻将就烦得不行。"宝贵说:"那就好,玉兰也不能打。"海文说:"玉兰也不打。看见打麻将就头痛。"宝贵说:"那就好,打麻将可是害人害己的。"三人一直转到跳舞的人群要散摊子才往回走。翠莲说:"这个死老汉,我都瞌睡了还不走。"海文说:"爸爸想转就让多转一会儿。"宝贵责怪翠莲说:"这么远来了,我就要多转一会儿。"海文说:"明天再到几条街上转一下。"宝贵没有吭声。

　　三人走到街上的公共厕所旁时,上了厕所才走进海文住的家属楼中。海文给父亲母亲倒了洗脚水,看着他们洗脚,又找来自己和玉兰的拖鞋,让两人穿上。宝贵去年来时睡在沙发上,沙发搬倒拆开就是沙发床,还宽展得很,睡两人没有问题,睡着还很舒服。但是,今晚海文脚都洗了却没有布置沙发床的意思。宝贵看看海文,海文知道父亲的意思,说:"今天晚上,你和妈妈就睡在我们的大床上,我睡远远的小床。"宝贵急忙说:"那咋行呢?我和你妈睡沙发床就行。"翠莲接着说:"我们睡大床,弄脏被褥玉兰更不高兴了。"海文说:"玉兰不会不高兴的,她有些小脾气,还是听我的话的。"宝贵嗔怪说:"听你的话哩,还生气走了。"海文笑笑,拉着父亲走进厕所,教了坐便器的使用方法。宝贵说:"坐着解手,我才不行,晚上我不起夜,明早我去街上的公共厕所解手。"海文看着父母亲在大床上睡下,又扯扯被子的角边,拉灭电灯,才回到儿子远远的小床上睡下。儿子的小床短一些,海文一伸腿,脚就在被子外边,他把腿缩回来,蜷着身体侧身睡下。

　　宝贵和翠莲老两口睡在儿子儿媳的大床上,怎么也睡不着。被子上散发出来的浓烈的香皂味道,只要一呼吸就钻入他们的鼻孔,刺激得两人的大脑神经越来越兴奋,刚开始还觉得好闻,不一会儿就觉得有点憋闷。宝贵觉得还是没有家里木架子房里睡着舒服自在,尽管家里的床上充满着土腥味和汗腥味,但睡着很畅快、很踏实,现在总觉得睡在半空中,总觉得虚晃晃的感觉。家属楼不远处就是大街,半夜了还不时地传进来一阵阵的汽车喇叭声。特别当宝贵听到几声粗壮高亢的汽车喇叭声时,楼房都好像摇晃了几下,他知道那是加长的重车经过街道。宝贵爬起身来,走下床去,轻手轻脚地打开卧室的背窗。这时,一股凉风吹进来,空气也新鲜了些,两人才舒服些。宝贵摸黑重新睡下,对翠莲说:"翠莲啊,我们明天早上吃毕饭坐班车回去吧,这里住着也不方便,碍着海文和玉兰哩。"翠莲也睡不着,在闭着眼睛想心事。她听到宝贵叫她,转过侧睡着的身体,拉拉被子,说:"我也是这么想的,我们回去了,玉兰和远远也就回来了。"宝贵说:"只要他们两口子好,我们两把老骨头咋办都行哩。"翠莲说:"你可不要回家了再说想儿子。"宝贵说:"不说了,不说了,回去就再不来了。"翠莲说:"儿子和媳妇是城市里人了,特别是媳妇,人家是城里长大的,和我们住不到一起,吃喝拉撒的,啥也不方便。"宝贵转一下身,说:"就是啊,我们是乡里人,是农民,在这楼房里咋住得惯呢?我看还是我们家的老木架子房住着舒服敞亮啊!明天我们就走吧。"翠莲说:"明天吃毕早饭再给海文说。"两人说着说着,眼皮打起架来,不知不觉睡着了。

　　几声粗壮的喇叭声把宝贵惊醒,楼房好像摇晃了几下。宝贵侧脸看看睡在身旁的翠莲,翠莲睡得正香哩。宝贵坐起身来,又侧脸看看窗外,隔着窗帘隐约可以看到,天空已经有点鱼肚白,街上的汽车喇叭声也一阵紧似一阵。宝贵自言自语说:"天亮了,该起床了。"宝贵打开床头柜上的台灯,转身推推身旁的翠莲,说:"天亮了,起床。"翠莲转过身子,说:"才睡着,这么快就天亮了。"宝贵说:"你看一下窗子外面。"说着穿好衣裤,走出卧室。宝贵摸索着打开客厅电灯的开关,去了洗手间,拧开水龙头,用凉水擦了两把脸,顿时觉得清醒多了。他又拧开身旁厕所的门,走进去想要小便。当他揭开坐便器的盖子,撩起衣襟解裤带时,突然想起女婿桂全,想起玉兰昨天摔门而走的一幕,又盖好坐便器的盖子,退出卫生间。宝贵走回客厅,拉开窗帘,窗外天已经大亮。宝贵坐在沙发上,点了一支昨天海文拿回来的中华烟抽起来,自言自语说:"价钱贵的烟吃起来就是不一样。"才吃两口,翠莲起床从卧室里走出来,看着宝贵吃烟,就责怪说:"老烟鬼,人家房子里不让吃烟,你大清早就吃。"宝贵说:"玉兰又不在,我吃一支有啥不行的。你快去洗脸,洗了我们下楼去上厕所。"翠莲两手收拢着头发走进洗手间。宝贵在客厅里香喷喷地吸着中华烟,等着翠莲洗完脸后去楼下的公共厕所解手。不一会儿,翠莲从洗手间出来,两人便打开房门,走出去又轻轻关上,下楼去了。

　　公共厕所就在离家属楼不远的大街边上。当宝贵和翠莲走到门口的交费处时,才发现上厕所的人很多。他们交了两元钱,收费的一个和宝贵年龄差不多大的老头从门洞里递出两沓卫生纸。宝贵接住纸,给翠莲一沓,两人分别进了左右两边的男女厕所。宝贵解手快,他走出男厕所后,翠莲还没有出来,就在厕所外边等翠莲。宝贵发现到公共厕所解手来的人一个接一个,都是从附近的楼房里走出来的男男女女,有些人还边走边揉着眼睛,好像还未睡醒的样子,有些女的披头散发的,边走边用手收拢着头发。宝贵看着来解手的人想,这些人家里都有厕所,为啥非要花钱来公共厕所解手呢?宝贵进而又想,给收钱的老头做了个好营生哩。正思忖间,翠莲从厕所出来了。翠莲看到宝贵看着上厕所的人发呆,就说:"死老汉,你发啥呆呢?"宝贵回过神说:"这城里人就是不一样,清早起床不在家里上厕所,非要花钱跑老远上公共厕所,给收钱的老头做个好事。"翠莲回身看一眼正在给上厕所的人收钱递纸的老头,对宝贵说:"你羡慕了吧,等再过两年,让你儿子也给你找一个在厕所门口收钱的营生。"宝贵说:"我才不干哩,我闲转着也不干那营生。"两人离开公共厕所,觉得马上回去,海文可能还在睡觉,就商量着在附近转一会儿再回去。

　　其实,在宝贵和翠莲起床后洗脸时,海文就醒来了。只不过海文没有起床,他躺在床上想着心事,盘算着今天的行动计划。今天是清明节,早上吃完早点,就带着父母亲去新修的南山公园转一圈,有可能的话把玉兰和远远也叫上一起去,如果玉兰不去的话,把远远一定要带上。中午饭在山上的农家乐吃。明天还要放一天假,上午去街上转一下,吃毕中午饭就让父母亲坐班车回家。后天就要上班,想让父母亲多住几天,家里也极不方便。再说他们也说了,今天就要走,昨天刚来今天就回家,村里人笑话我这个当儿子的哩。海文打定主意,翻身起床。海文上完厕所洗漱完毕,才在客厅坐下,就响起了敲门声。海文起身打开门一看,是父母回来了。海文说:"厕所在家里上,跑那么远干啥呢?"宝贵坐在沙发上说:"你那厕所我上不惯。"翠莲说:"外边的好些人都在公共厕所上哩。"海文说:"那些人是怕家里有臭味。"宝贵说:"难怪,玉兰不回家了?"海文说:"你们也不要责怪玉兰,玉兰其实好着哩,是个很懂事的媳妇。"翠莲接住话说:"我们没有说玉兰不好。"海文听了母亲的话有点哭笑不得,看一眼手机上的时间,笑着说:"已经快九点了,吃早点去,吃完早点,我带你们到南山公园转一圈。宝贵瞅一眼翠莲,对海文说:"我和你妈昨晚商量了,早上吃了早饭坐班车回去。家里的鸡猪你姐姐照看我们还不放心哩,她也忙得很。"海文连忙说:"那咋行呢,我都想好了,等会儿把玉兰和远远叫来,一起去南山公园转哩,明天中午坐班车回家。"翠莲看了眼儿子说:"我和你爸说好了,早点吃完就走。我们走了,你把远远和玉兰叫上去南山公园玩。"海文见父母亲口气坚决,心中不免有点伤感,他们一定要走,实际是要自己把玉兰和远远叫回来。海文便说:"咱们吃了早点再说。"宝贵和翠莲才要起身,海文的电话响起来,海文看了一眼来电显示,说:"是姐夫的电话。"宝贵疑惑地看一眼翠莲,说:"桂全这么早打电话干啥呢?他昨天气走玉兰,今天是不是又出啥事了?"海文接着电话,只是说:"知道,知道,我马上过来。"翠莲看着海文焦急的神情,连忙问:"桂全怎么啦?桂全怎么啦?"海文挂了手机说:"海文刚到市医院里,昨天晚上大狗从县城回家,骑的摩托车和大车撞了,腿摔断了,他天不亮就送过来了。今天放假,值班医生少,大狗现在还没有人管呢,让我过去给医院里说一下。"宝贵说:"这个背时大狗,前天还在糟蹋我哩。你赶紧给医院里说一下行不行?"海文说:"我们先去医院,去了再说。"海文想,前一星期,他正好跟着科长去医院考察了两个副县级后备干部。考察结束时,医院王院长还说:小任啊,有啥事尽管说,我一定帮忙。说完又觉得不对,又连忙笑着说:但愿在医院里没有啥事。海文觉得院长话说得有意思,是啊,谁愿意天天有事找医院院长呢?海文想:但愿没事,今天却有事了,我去打个招呼,他怎么不给面子呢?三个人急急忙忙下楼,去了市医院。

七

大狗是昨天晚上在县城南河坝开发区干完活,骑着摩托车回家时,在快要进村子的拐弯处撞上大车的。幸好大车开得慢,大狗的摩托车撞上大车后,连人带车滚下了两层楼高的土坎。送到县医院后,初步诊断除大腿摔断外,其他的地方都是皮外伤。大狗的媳妇怕县医院治疗误事,就和大狗的兄弟二狗商量,叫上桂全,天不亮开着出租车送大狗到市医院治疗。当桂全开车拉着大狗赶到市医院时,医院正好上班,二狗和大狗媳妇搀扶着大狗进了医院急诊室时,才知道是清明节,医院里也放假,只有一个值班大夫和几个护士在忙碌着。二狗急急忙忙走进医疗室叫来值班大夫,值班大夫走过来一看,见是县里医院处理过的,就说:"你们等一会儿吧。"就走了。这时,大狗腿痛得头上冒出了汗珠,还不时地呻吟着。等了一会儿,不见大夫来。大狗说:"我痛得很,你们去叫一下医生。"二狗又跑过去叫大夫,大夫正在给其他两个病人检查,大夫说:"再等一会儿,这里完了就过去。"二狗不敢多说,过来对大狗说:"人家正在忙,忙完就过来。"旁边站着的桂全说:"我给海文打个电话,让他给院长说说看行不行。"大狗痛得哭丧着脸,连忙对桂全说:"你赶紧给海文兄弟说说,让他帮帮忙。"桂全才给海文打了电话。

　　海文住的家属楼离医院不远,三个人走得快,不到十分钟就到了市医院急诊室。只见大狗脸上有些擦伤,腿上打着绷带,躺在椅子上小声叫唤着。大狗看见海文来了,连忙侧着身体说:"海文兄弟,痛死我了,你赶紧给医院大夫说说,半天了都没人管的。"大狗说完又"哎哟哎哟"地叫唤起来。宝贵和翠莲看着大狗痛苦的样子,都抬头看着海文。宝贵说:"你能给院长说说吗?"海文若有所思地说:"我给院长打个电话试试。"海文说着走到楼道的僻静处,打通了王院长的电话,海文在电话里说:"王院长啊你好啊,我组织部小任,有事要打扰你。"王院长说:"组织部任科长啊你好,有啥事尽管说。"海文说:"我有个亲戚骑摩托车摔伤了,现在在急诊室,麻烦你给关照一下。"王院长说:"好好,我马上过来。"海文打完电话走过来说:"院长马上过来,他亲自安排。"大狗连忙说:"海文兄弟到底是自己人,自己人当官才给自己人帮忙办事哩。"海文谦虚地笑着说:"我就是一个干事,不是啥官,只不过认识王院长。"宝贵和翠莲也安抚着大狗说:"这下好了,你不要怕了。"

　　说话间,王院长带着两位大夫走进急诊室,其中一位就是海文他们考察的后备干部。海文连忙握住王院长的手,说:"王院长麻烦了,王院长麻烦了。"王院长笑着说:"任科长打个电话就行了,怎么亲自来了?"海文指着躺在椅子上的大狗,说:"这是我的一位堂兄,骑摩托车摔伤了,请你关照一下。"王院长说:"好的,好的。"又转身对身后的两位医生说:"快去先安排病房住院检查,然后办住院手续。"大夫领着二狗、桂全从值班室里找出一台专用轮椅,把大狗扶上轮椅,推出急诊室,向住院大楼走去。王院长一直陪着海文他们把大狗送到护士已经安排好的病房躺下,两位大夫开始检查大狗的伤情,才对海文说:"任科长,你就回吧,这里你就不用操心了。"海文连忙握住王院长的手说:"王院长啊,感谢感谢。"王院长笑着说:"我们感谢你才对哩。"说着转身走了。大夫检查完毕,让二狗跟着他去医疗室,安排住院事宜。大狗躺在病床上,好像痛得不那么厉害了。他看一眼海文,又瞅瞅宝贵和翠莲,有点惭愧地说:"海文兄弟,这回我不知道怎么感谢你呢。你还不知道,我前天在家里还说宝贵叔的怪话哩,真是对不起你。"海文有意问宝贵:"爸爸,大狗哥说的啥怪话?"宝贵说:"大狗说你在市里当大官哩,让我不要做庄稼了,跟着你享福哩。"海文看了一眼大狗笑着说:"我是啥子大官呀,是给人家跑腿写材料的干事。"大狗说:"不是大官,把管几百人的院长都叫来了。"说完大家都看着海文笑起来,宝贵和翠莲笑得最开心。老两口不知道海文具体干的啥工作,海文给他们也只说自己是给领导写材料跑腿的干事,现在看来这个干事是很有能耐的,要不能一个电话把院长就叫来呢?这时,一种异样的情绪从宝贵心中升腾起来。宝贵觉得儿子好像突然间长大了,突然间变得很有气魄和本事了,从今以后,对儿子要刮目相看哩。这时,海文突然转过身来,对宝贵和翠莲说:"我都饿了,我们该吃早点了。"宝贵给大狗打了招呼,要他好好养伤。海文又塞给大狗媳妇两百元钱,大狗媳妇谦让着,大狗说着感激的话。桂全也要返回去,跟着海文他们一起走出病房。

  几个人吃完早点,宝贵说要坐桂全的车返回去,海文觉得车也方便,没有再说话。回就回吧,在这里住着确实也不方便,只是盼咐桂全开车慢一点。海文看着父母亲坐进出租车,桂全开着出租车徐徐驶入车水马龙的街道后,掏出手机,拨通了玉兰的电话。既然父母亲走了,他要把妻子和儿子叫上去南山公园过清明节,中午和晚上都在山上的农家乐里吃饭,顺便给玉兰道两句歉,两口子也要理解万岁嘛。

宝贵坐在女婿桂全的出租车里,心情异常兴奋。尽管在儿子的家中只住了一晚上,而且媳妇玉兰也生气走了,但是他看到了儿子令他高兴的一面。看来儿子公家的事干得有本事了,有出息了,再不能拖儿子的后腿了,趁着自己和翠莲还不老,把家里的秧畦和菜地种好,把家里的鸡呀猪呀喂好,给儿子当好后勤,让他们多吃些放心粮、放心菜、放心肉,儿子真正当上官了,还要给村子里办大事哩。宝贵越想越高兴,越想越兴奋,他转过脸对桂全说:"你把车开快一点,我们早一点回家。"翠莲从后排向前俯着身子说:"你疯了,要桂全开快车,急啥呢?"说话间,车子已经驶出市区,正在往新修的高速公路上驶去。宝贵笑着转脸看一眼身后的翠莲,心里说:只要上了高速公路,你想让车子慢下来都不行啦!

写于 2014 年 2 月

意外祸事

在清水河北岸高高的草坡山后面,时常传来隐隐约约"轰隆隆"的雷声,村里人刚开始还以为是天上打雷要下雨了,后来仔细一观察,大晴天也在隐隐约约"轰隆隆"地响。村民们望着遥远的草坡山,纳闷了好长时间。又过了两个月,去两百公里外的市里打工回来的人说:山那面还有一条叫黑水河的河流,比咱们的清水河还要大,省城来的人在那里修电站哩,那隐隐约约的雷声是修电站的工人在开山炸石头,听说修的电站在全省都是数一数二的大电站。

十几年前,罗桂生中考落榜后,就跟随自己在县城修房包活的表叔打工,先是卸水泥、活水泥沙浆,往建筑工地用手推车运送砖块。有时帮着表叔计计工、算算账,工地上缺人手的时候再骑上摩托车,去附近村子找干活的人,倒是从大老板手里包小活路挣点辛苦钱的表叔的一个好帮手。由于桂生人机灵,好向大工师傅们请教,又有脸窝子,不到两三年时间就成了码砖砌墙、放线定点的大工师傅了。

好几年前,桂生的表叔从大老板手里包到一个在离县城一百多公里的高山村修几间教室的二手活,表叔嫌远,成本高,挣不了多少钱,就转包给了桂生。桂生是第一次单独包活,他找了五六个自己村子里在城里打工的年轻人,租了一辆柳州五菱面包车就去了修学校的高山村。偏远的高山村只有五六十户人家,强壮劳动力大都出外打工了,村支书既负责着村里的事情,又当着代课老师,是个表面看起来很实在,内心却很机敏的中年人。他看到二十年前修的土墙土顶子的教室再不修,下大雨了就要倒塌出事,王支书找了乡政府,又找了县教育局,才报上了项目。王支书看到桂生带着五个小伙子来高山村修学校,十分高兴,连忙把桂生他们安顿在自己家里住，又把在县城酒楼打工的女儿小燕叫回来，给桂生他们做饭。不过桂生和王支书是提前讲好的，五间教室最多两个月时间修好，住宿的钱怎么给？伙食费怎么办？小燕的工钱怎么开？两人大体说了个定额。王支书尽管说："钱的事情好说，只要把学校给我们修好，我们白服务都行。"但是桂生却不同意，他坚决要和王支书把价钱讲好。因为桂生从王支书很热情地安排住宿和生活的态度上发现，王支书是想从他们身上挣一点钱，所以，桂生非讲清楚不可。这一点是桂生从当小包工头的表叔那里学来的，只要不是帮忙，事先必须把价钱讲清楚。

但是，王支书还有一个小心思桂生没有发现。王支书的女儿小燕初中毕业三四年了，一直在县城的酒楼饭馆打工，没有谈下对象，如能在离县城不远的清水湾村的这几个小伙子里谈一个对象也不错。清水湾村是全县自然条件最好的川坝村，只要勤快了，吃穿不愁。不像这高山村，说是高山村庄，要不是县上帮扶，连吃水烧柴都很困难。如能嫁到清水湾村，王支书对女儿也放心了。当然，他看上的是桂生。一方面，王支书发现桂生在五六个人里是领头的，才二十出头，但诚实稳重，办起事来很有章法。另一方面，王支书很随意地在其他两个年龄大些的人身上就打听到桂生还没有对象。

小燕个子不高，胖乎乎的，圆圆的脸上白里透红，浓密的头发在脑后很随意地扎着，人很精神，干活麻利痛快。到底是县城酒楼里打过工的，是见过世面的，刚来第二天就和桂生他们混熟了。小燕不仅饭菜做得可口，而且择菜洗锅洗碗打扫房间，甚至是剁柴都很麻利，里里外外是一把好手。小燕把厨房收拾停当了，大热的天，还给桂生他们干活的工地上提去了开水，泡好了茶水。有时看到桂生他们干活忙不过来时，跑过去帮着铲几铁锨水泥砂浆。时间不长，桂生已经暗暗地喜欢上这个活泼开朗又能干的山里姑娘了。

"我打工的那家县城中街的酒楼你知道吧？我不想回来，爸爸一定要我回来给你们做饭。"小燕铲着砂浆说。

"知道的，我还陪着修房老板吃过几次饭哩！"桂生兴高采烈地说。其实他在吹牛，县城中街酒楼是比较高档的饭馆，就是他的表叔那样包二手活甚至三手活的小老板,也很少在那里吃过饭。

"我怎么没有见过你呢?"小燕停下手中的活路,偏着红扑扑的圆脸蛋惊奇地问。

"我来酒楼吃饭时,你正在厨房里择菜洗碗哩,当然发现不了我。"桂生哄骗着小燕说。

"噢,差不多哩。我在厨房里帮厨的时候多,很少去房间里端菜。端菜的都是不会干活的那些小姑娘。"小燕望着桂生若有所思地说。

"你也学会了炒几样菜,你做的饭菜香着哩!"桂生觉得哄了小燕,心中有点愧疚,就表扬着小燕。

"我学会炒好几种菜哩,酒楼有时客人多,大师傅炒菜炒乏了,我就上去炒几样,端上桌子后,客人还说香得很。"小燕洋洋得意地说。"原来你们也哄客人哩,客人知道了,不闹事才怪哩。"桂生手里忙活着,嘴里应答着。

"啊呀,差点还忘记了,酒楼里就有你们清水湾村打工的两个女子哩,给我说几次了,让我去你们村耍哩,说你们那里好得很。"小燕使劲铲了一锹水泥灰浆说。

"我们村当然好啊,房子全部是水泥楼房,照明做饭全部用电,村子里长满了柿子树、核桃树、枇杷树和竹子,院子里还有桃树、橘子树、桂花树、葡萄,清水河边还有好些柳树和白杨树,村子前面还有一畦畦蔬菜地和秧畦,去县城的柏油路就在村子西头,要想进城耍去,骑上摩托车五分钟就到了。你们村的学校修完了,我带你去我们村耍。"桂生停住手中的砖刀,眼睛盯着小燕,高兴地说了许多话。连桂生也觉得奇怪,怎么给小燕一气说了好多话哩,而且越说心中越感到愉悦。小燕白里透红的脸庞上几缕头发在阳光下闪着金黄色的光泽,小巧的鼻尖上沁出细小的汗珠,小燕的圆脸桂生也觉得朦胧起来。小燕觉得桂生的眼神有点不对,自己心里也突然悸动了一下,白里透红的脸颊有点发烧,没有回答桂生,只是莞尔一笑,看了一眼桂生。

"小燕,你嫁到我们清水湾村去?"桂生找来修学校的大工桂保看出了两人的端倪,对小燕开玩笑说。小燕狠狠地盯了一眼桂宝,大声说:"你们清水湾村只要有攒劲小伙子,我就去。"说着扔下手中的铁锹,说了声:"我要给你们做晚饭去了。"说着快步走了。

学校修到中途的时候,桂生要去县城购买建筑材料,临走时桂生问小燕买不买啥东西,小燕说:"给我买一双有颜色的运动鞋,我干活时好穿。"小燕说了鞋的码数,桂生高兴地答应着。桂生到县城后,先找了表叔,把修学校的情况给表叔作了汇报,表叔没有时间去高山村现场看,就把修学校的关键注意事项又对桂生进行了叮嘱,桂生一一答应着,然后去了建材市场,桂生选购好建筑材料后,去了体育用具专卖店。专卖店里各式各样的女式运动鞋很多,价格便宜的、贵的都有,桂生一咬牙花六百元钱买了一双蓝黄相间的女式运动鞋。心里甜蜜蜜地说:这双鞋就送给她了。

桂生坐着拉建筑材料的小货车回到高山村,建筑材料都没有卸,就急忙拿着新买的运动鞋去找小燕。由于桂生事先给小燕打了电话的,小燕正在厨房里做饭。

"小燕,运动鞋买来了,你看合适不合适?"桂生把运动鞋递给小燕说。

"哎呀,蹊跷得很哩,你买的这双鞋正好是前两个月我去专卖店看上的,标价八百元哩,我打工才挣多少钱,没舍得买。太贵了,我哪有钱给你呢?"小燕一只手擦着脸上的汗珠,一只手拿着运动鞋仔细看着,有点吃惊地说。

"我送你的……"桂生有点不好意思地说。

"你送我这么贵的鞋做啥哩?"小燕偏着脸嗔怪地说。

"我送你鞋……"桂生涨红着脸还未说完,小燕害羞地急忙说:"不说了,不说了。赶紧卸货去,卸完车吃完饭再说。"说完把桂生推出了烟雾缭绕的厨房。

不到两个月时间,高山村的六间砖混结构高大敞亮的教室修好了,和以前低矮破烂的土坯房相比,判若两个天地。桂生他们清理了建筑垃圾,把新修的学校打扫得亮亮堂堂,收拾好工具,结清了王支书的房费和小燕的饭钱,租了一辆面包车准备回家。但王支书和小燕死活不让走,一定要招待他们吃毕晚饭再走。因为要回家,小燕的晚饭做得早。小燕炒了好几个热菜,王支书拿出在乡中学当老师的儿子带回来的两瓶酒,说:"你们来高山村修学校两个月了,尽管是挣钱来的,这大热的天,也吃了不少苦,修的教室质量又好。开学了,孩子们就可以在新教室里上课了,我代表全村的老百姓,给你们敬杯酒。"桂生一听这话,二话没说,端起酒杯就喝了。桂保几个见桂生痛快地喝了,也端起酒杯喝了。小燕也在热情地劝着吃菜,酒过三巡,气氛就热闹起来。桂保起哄说:"小燕也给我们敬杯酒。"

"敬就敬,先从你开始,每人两杯。"小燕大方地提着酒瓶站起来说。

"先给桂生敬,先从桂生开始。"桂保辩解说。

"先从你开始,把桂生放在最后。"小燕争辩说。

"最后敬的人喝四杯。"桂保见说不过小燕,就看着桂生笑嘻嘻地说。

"四杯就四杯,给你先敬。"桂生盯着桂保说。小燕倒了满满两杯酒,给桂保端了过去。

在小燕给桂保敬酒的时候,王支书站起来对桂生说:"你过来一下,我给你说个事。"桂生不知道王支书要给他说啥事,就跟了过去。一直跟到卧室里,王支书才转过身,说:"桂生,你来我们这里修学校两个月了,我也看了,你是个能干聪明的小伙子,小燕给我也说了你给她买鞋的事。小燕的妈前几年去世了,你们那里条件又好,小燕如能嫁给你,我就放心了。如果你是真心,我今天就答应你。"王支书说得语重心长。

"王支书……王叔叔,我怎么不是真心呢?我是真心的啊!"桂生连忙说。

"如果你是真心的,我把房钱和饭钱就退给你。算我给你帮忙。"王支书从衣袋里掏出桂生上午付给他的钱,塞在桂生的手中。桂生激动地拿着一沓子钱,想退回去又觉得不对,便毫不犹豫地装在自己的口袋中,眼泪都快要出来了,声音坚定却有点哽咽地说:"王叔叔,我桂生是真心喜欢小燕的!"说着头也不回地走出卧室。

第二年冬天,桂生和小燕结了婚。在桂生的表叔那里一起打工的小伙子,休息闲聊或者是一起喝酒时,就和桂生开玩笑,问桂生在修学校时是怎样把支书家那么精灵的女儿弄到手的?桂生笑而不答。问得狠了,就说是给小燕买了一双六百元的运动鞋,就哄来了。同伴们不相信,又逼着问,桂生不吭气。

桂生和小燕结婚一晃六七年,结婚第二年生的儿子上了村里的小学。

桂生在县城表叔的工程队里干活,还是当着个小工头,表叔付给桂生的工资要比其他大工高。小燕在家里带小孩,经管着父母亲分过来的六分秧畦和两分菜地。前年,两口子拆掉两间老木架子房,修起了三层水泥楼房,还置办了几样新家具。去年把不到六岁的儿子送进了村里的小学校,有时高山村的王支书也来清水湾村桂生家住两天,两口子的日子过得有滋有味。

开春,表叔找上门来对桂生说:"灾后重建结束了,县城的活路不好包了,活路少了,包活路的人多,没有关系包不来。"

"该花的钱要花一点,该走的关系要走一下才行哩。"桂生给表叔点了一支烟说。

"桂生啊,你说的我知道,今年好像该花的钱也花不出去,该送的情也送不出去,人家也不理不睬的,小活路也包不来。"表叔叹息着说。

"那咋办?在家歇一年也好呢。"桂生也叹息起来。

"在家歇着,哪有钱用?"表叔若有所思地望着对面光秃秃而陡峭的北山,望着北山后面更远处朦朦胧胧的草坡说。桂生也吸着烟,望着对面起伏的山峦。这时在山峦的背后又好像隐隐约约地传来"轰隆隆"的雷声,好像还接连不断的。

"草坡山背后的黑河在修一座大电站哩,修了两三年了,还没有修好,听说那里缺干活的人,我想去碰碰运气,看能不能包点小活路。就是有点远了,来回不方便。"表叔吸着烟说。

"只要有钱挣,远一点也没啥。你去联系,联系好了,我通知干活的人。"桂生看了一眼表叔说。

"也只有这样。"表叔说着站起来走了。一直到夏天来临,都没有表叔在黑河那边电站工地上包到活路的消息。好在桂生的大工手艺好,找他干活的人不少。桂生就在县城建筑工地打着零工,也一直打听着表叔包活路的消息。一直到了入秋,表叔才打来电话说:从一个老板手里包到了修职工宿舍的活,让桂生组织十五个干活的人赶紧过来。桂生接了表叔的电话后,有点迟疑起来。现在都入秋了,有效干活时间就是三个月左右,还有两三百里的路途,这一去回家就应该过年了。当桂生和小燕商量时,小燕却说:"表叔叫你,你要去哩。这几年不是你表叔带你,这房子咋修得起来哩?

儿子也可以上学了,割稻子的事我一个人办,种麦的事租台耕整机也就种了。家里的事你就不要操心。你在那里干活一定要注意安全,记住,不要多喝酒。"桂生望着小燕仍然是白里透红、胖乎乎的圆脸,心里有些激动,忍不住在小燕的圆脸上抚摸了一把。中秋节没有过,桂生带着十几个清水湾村的大工小工们坐上班车去黑河那边的电站工地打工。

秋天开学后,小燕带着儿子去村子东头的小学校报名上一年级。刚开始,报名的老师不同意报名,嫌儿子的年纪太小,还不到六岁嘛。小燕又去找了在小学校当老师的亲戚,说了半天好话才报上名。小燕在电话里把儿子报名上学的事给桂生还说了好长时间。桂生的意思是,儿子还小,如果报不上名,明年上学也不迟。小燕却说:有两个老师亲戚的孩子刚五岁就在上学哩。桂生说:报上名了就好,不要说别人,都是亲戚邻居的,把自己的儿子管紧点,不要让放学了乱跑。小燕说:家里的事你不要操心,你要注意身体。小燕还想说,桂生却不耐烦地说:手机没电了,再不要说了。说着就挂了机子。

中秋节过后,村子前边、沿清水河畔一畦畦的稻子渐渐地成熟了。先是稻穗和稻叶绿中泛黄,过不了一星期时间全部变成金黄色的。这时,天气也慢慢地晴开了,天空湛蓝湛蓝的,一碧如洗,明亮的阳光像慈祥母亲的大手抚摸在人们的脸颊上,感觉舒服极了。村民们按捺不住内心的激动,时不时地走到自家的秧畦地埂上欣赏一番务作了半年才丰收在望的沉甸甸的稻穗。男人们在家的,就三天两头去秧畦地埂上转转,有时蹲在地埂上,扯过一根稻穗细细看看,摘下几颗稻粒儿放在口中嚼嚼,尝一下米颗粒的面水咋样,一副不急不忙的样子。男人们出外打工的,在家的女人们就有点沉不住气,看着金黄色的秧畦里沉甸甸的稻穗,一天往自家地里跑两三趟,摇摇晃晃地站在地埂上,眼睛随便一扫又跑回来。碰上一个在地界上看稻子的男人就大声问:"他二叔,这稻子啥时候割?"男人也不正面回答,说:"你看着我家割稻子的时候就割。"

"你这块二杆子,我等于没有问,我还不如问我家的猪娃子去。"女人嗔怪着笑骂道,沿着秧畦的地埂摇晃着身体跑回家喂猪去了。

国庆节假期是收割稻子的最好时节。在县城中学上学的学生们放假了,回家帮助家里收割稻子,在县城或者附近打工的男人们也休息几天回家收割稻子。桂生在村子对面大山后面的黑河电站工地上和他表叔修房子,他给小燕打电话过来说:"前几天一直在下雨,把工程进度耽搁下了,这几天天气晴开,正是赶进度的好时候。割稻子的事你就请人吧。"

小燕不待桂生说完就说:"家里割稻子的事情你就不要管了,文书从乡上要来了割稻机,只要出点钱,一亩秧畦不到一个小时就割完了。"

"那好,我就不回来了。往家里盘稻子时,你让他们帮一下忙,多给一点钱。"桂生在电话里说。

"家里的事情,你不要操心,干活时要注意身体。"小燕在电话里说,等到桂生在电话那头说:"知道了,知道了!"小燕才挂了机子。

村民们收割稻子的方法还是人工和机械相结合。人多的家庭还是用镰刀割、拌桶拌,这样割稻子的好处是割得干净,即使是倒伏在地里的稻子也能干净地收割回来。劳力紧张的家庭就租用乡上给村里配发的割稻机。村上的割稻机由村文书经管着,是按割稻子的时间付汽油钱和人工费的。吃毕晚饭,小燕牵着儿子去了村文书家。村文书正好在院子里,两手油污,拾掇着割稻机。小燕给村文书说了割稻子的事,村文书很痛快地说:"我才把机子调试好,明天早上就从你家开张。"

第二天早上,天空湛蓝湛蓝的,金色的阳光照在东山顶上。小燕早早带着儿子来到村前清水河畔自家的秧畦旁边,手里拿了一包香烟等着村文书他们。不一会儿,村文书和他的两个帮手开着割稻机"砰砰砰"地过来了。村文书把割稻机开进秧畦,在两个帮手的协助下很快就割起来。一位帮手负责把割稻机割下的稻子颗粒装进麻袋,另一位帮手负责把脱去稻子颗粒的稻草捆成草捆子,码在地埂上,小燕和儿子跟在割稻机后面捡拾遗漏的稻穗。这时,用镰刀割稻子的人家也陆续来到自己家的秧畦里割起稻子来,男人放下背在背上直径一米多宽、半人高的拌桶,用粗壮的大手攥起一把还带有露水、但已经成熟了的稻子使劲拌起来,"砰——砰——砰——"拌稻子的声音传得很远,而且很有节奏。村文书的割稻机就是快,不到一个小时,小燕家的一亩秧畦就割完了。村文书又帮着小燕把五麻袋稻子用三轮车拉回家,散摊在宽敞的台阶上。临走时还说:"我们耕整机也有了,过几天种麦时,你打声招呼,快得很,一会儿就完事,桂生没必要回来。"小燕连忙答应道:"好,好!"

小燕送村文书他们走出院门,回过身来用手背擦着额头上的汗水,把几缕散沾在脸颊上的头发拢在耳后,看着长长的台阶上摊着的金灿灿的稻子,心中欣喜着、高兴着。今年的稻子丰收了,收了满满五麻袋湿稻子,晾干后打七八百斤净米没问题,高山村的爸爸和哥哥弟弟们也有米吃了。这时,太阳已经升到一竹竿高,阳光把小燕家长长的台阶全部晒到了,摊晒在台阶上的稻子在阳光的照耀下,飘着一层淡淡的水蒸气,五颜六色的,好看极了。小燕痴痴地看了一阵儿,拿起木杷翻搅着稻子,翻搅后稻子上面的水蒸气慢慢地消失了。过一会儿,五颜六色的水蒸气又出现了,小燕又翻搅一次。

儿子在洒满金色阳光的院子里玩耍着,院子里的葡萄架上、院墙上攀着丝瓜蔓儿,丝瓜叶子和丝瓜青绿中泛着金黄,好几只的蝴蝶和蜂儿在翩翩起舞。小燕翻搅着晾晒在台阶上的稻子,觉得有点累,就打起盹来。不知过了多久,隐隐约约的雷声把小燕惊醒了。她睁眼一看,太阳已经晒到台阶正中了,对面北山背后草坡的山峦变得十分清晰,山峦上还飘浮着几朵棉花似的云朵,儿子也趁自己打盹的空隙跑出去玩耍了。小燕眼盯着远处山峦上的云朵,支起耳朵仔细听,好像雷声又没有了。桂生说过:那是黑河那边修大电站放炮传过来的声音。小燕总有点不相信,那么远那么高的山挡着,放炮的声音怎么能传得过来呢?如果真是山那边放炮的声音,那就是桂生他们休息吃中午饭的时候了。听他们讲:收工的时候才放炮哩。小燕一想到这儿,就有点兴奋。她站起来,快步走向卧室,拿起床头柜上的手机拨了过去。

"桂生,桂生,我是小燕。"小燕对着手机大声说。

"我听见了,我们刚收工,准备吃午饭哩。你呢?你做的啥饭?"桂生在电话里反问小燕。

"我还没做饭哩。今天上午把稻子割了,是文书他们用割稻机割的,是他们帮着用三轮车拉回来的,满满五麻袋哩,都摊晒在台阶上。"小燕急切地说。

"那好，那好。给文书他们把钱给了。再过半个月种麦的时候，我走得开的话就回来一下。"桂生在电话的那头说。

"文书说，他们把种麦的耕整机从乡上要来了，种麦时，他们过来种。你就不回来了，路又那么远，难得来回跑，还要花钱。"小燕对着电话说。

"也好，就让文书他们种，但是一定要把钱给了。把儿子管好，还有啥事吗？"桂生在电话的那头问。

"你回来了给文书他们付钱。儿子你放心，上学时我还接送哩。你一定要注意身体，多吃些饭。"小燕又叮嘱道，她听到那边桂生不耐烦地说："知道了，知道了。"才挂了手机。这时，儿子欢快地从院门外跑进来，大声说："妈妈，我饿了，我饿了。"小燕也感觉到有点饿了，可不是吗，太阳都快正中了。对儿子说："我下鸡蛋西红柿面条去，一会儿就熟了。"急忙向厨房走去。

霜降节后不几天，文书用耕整机把小燕家的麦子种上了。小燕对文书说："等桂生年底回来付钱。"文书说："啥时给都行。"说着开着耕整机又给别人家种麦去了。麦子种在地里，农村进入了农闲时节，有泥工、瓦工、木工等手艺的人去县城早出晚归干零活，家里走得脱的女人们跟着有手艺的男人们打小工。在冬腊月里如果不脱帮，挣万把元钱没问题。小燕却不行，一方面是新修的三层楼房白天没有人不行，另一方面，学校在村子东头，离家还有一截子路，不到六岁的儿子小燕还不放心，每天上学放学必须要接送一下，即使小燕临时有事，也要打电话委托给接孩子的其他人照看。冬月出头，进入腊月，村里准备过年的气息已经流露出来，在县城打工的男人女人们，今天买回点粉条、海带等过年吃的东西，明天买回一件打折的衣服或者裤子，小燕和她们翻看着、谈论着，嘴里赞赏着，心里却不是滋味。

小燕已经有好长时间没有在县城里转一下，或者是买一点什么东西了，桂生打工走了快三个多月，留下的两千元钱还放在床头柜子里。晚上，小燕安顿儿子睡了，自己和衣躺在床头上，眼睛盯着对面大衣柜上镜子里的自己，想着心事。桂生要到年底才能回来，按时间来说，出去了近四个月，如果顺利的话挣两万块钱没问题。可年底了，要买过年的东西都贵了，粉条、海带什么的趁早买下也好,再给儿子买一套衣服裤子,桂生和自己也要买一两件过年的新衣服穿才对呢,还有老家山村里的父亲……小燕看着镜子里的自己,脸还是圆乎乎、胖乎乎的,皮肤也好,白里透红,就是头发长了,天天梳起来也麻烦,很随意地扎在后面。

前几年嫁到清水湾村的菊红前几天给接儿子的小燕说:"小燕,你的皮肤咋那么好,脸圆圆的,胖乎乎的,把长头发剪了,随便烫一下,再染点红色,和邓丽君没有两样。"菊红和小燕是山上一个村子的,两人早就认识,不过菊红一直在外边打工,嫁到清水湾村后才真正熟悉起来。菊红穿着新潮,经常是紧身肉色的连袜裤,黑色的短裤,上衣也经常是奇形怪状、五颜六色的,瘦黑脸,还经常变换着奇形怪状的发型,有些村民在背后说菊红的闲话。小燕望着穿衣镜里头发乱蓬蓬的自己,思忖道:明天去县城转一下,看着买一点东西回来,把头发也剪一下,烫一下,等桂生回来,好新鲜新鲜。

第二天,小燕把儿子送进学校后,就在公路边搭了一辆面包车进城了。她先去副食市场买了粉条、海带,还买了五斤干带鱼,干带鱼用油炸了,桂生最爱下酒吃。又去服装一条街转了好长时间,想给自己买一套衣服,但看上的都很贵,舍不得买,心里说:等桂生回来了一起买吧。只给儿子买了一套衣服。小燕最后来到一家装饰敞亮的发艺城,当她推开明亮的玻璃时,一位很机灵的理发师迎接了她。

"你是剪一下,还是要烫一下?"理发师很热情地问。

"剪短一点,还要烫一下,得多少钱?"小燕在县城打工时就在这里剪过头发,剪之前要问清价格。

"我们这里贵的有三四百的,你就做一个最便宜的,八十元钱。"理发师会做生意,给小燕建议道。

"八十就八十吧,要快一点才行。"小燕说。理发师看了一眼墙上的钟说:"剪了要洗,洗了要烫,至少要一个小时。"小燕看看墙上的钟,一个小时的话就十二点了,自己理发,儿子中午怎么办?她突然想到了菊红。菊红家的房子就在离学校不远的路口,让她帮忙接到她家吃中午饭吧。小燕掏出手机给菊红打了电话,菊红在电话里满口答应,还在电话里和小燕开玩笑说:要理成个大美女才能回来!小燕"嘿嘿"笑着,挂了手机,放心地坐在理发椅上等着理发师剪头发。

小燕理完发回到家已经快一点了,菊红打来电话说:"儿子在她家已经吃过饭了,吃的是面条,小燕你也过来吃。"小燕说:"我就不过去了,在家里随便做一口吃了就行了。"菊红在电话里说:"那不行,饭都做下了,你不来就是看不起我。"菊红在电话里说得热情洋溢、慷慨激昂,小燕不得不去。

菊红家在离学校门口不远的路口,由于离学校近,而且很当道,菊红就在房子的后墙挖了一个门洞,开了一个门市部,卖些零食、冰棍,附带些烟酒等商品,实际上赚的是学生口袋里的零用钱。小燕和菊红尽管是同一个村里人,互相也知道,但是不太熟悉,小燕到菊红的家里都没有去过。就是儿子今年秋天上学后,小燕要接送儿子,从菊红门市部前路过,儿子吵闹着要吃零食,小燕也买过几回,两人才算真正熟悉起来,菊红多次要小燕来家里耍,小燕都以各种理由推脱了。因为小燕总觉得,菊红在学校门口摆卖零食的门市部哄小孩子的钱,让小孩子天天闹着家长要买零食的钱,心里不怎么舒服。今天只有去了,一方面是自己的儿子在人家屋里吃了中午饭,另一方面是犟不过菊红的热情。小燕一走进菊红家的院子,心里的不舒服就被菊红的热情融化掉了。

"小燕,快坐下,理发烫发了,你的脸又白,比邓丽君还要漂亮。你儿子在后面和我儿子耍着哩,我就给你下面去。"菊红穿着花哨,拉着小燕的手说。

"我丑得很,你才漂亮哩,打扮得像大城市里来的。"小燕赶紧表扬说。

"啥大城市里来的,我们都是高山上来的。"菊红大声说着,转身给小燕下面去了。小燕穿过厅房来到后院,只见自己的儿子和菊红的儿子在院子里玩耍着。儿子见妈妈来了,叫了一声"妈妈!"又玩去了。小燕转身回到厅房,发现厅房两边的房子都开着门。小燕侧脸一看,两边的房子里都摆着麻将机。原来菊红家除了开门市部外,还开着打麻将的摊子哩。一个瘦长脸,留着小胡子,梳着油光背头的青年男人口里叼着烟,在打扫卫生。那是菊红的男人,小燕是见过的。菊红男人向小燕咧嘴笑一下,小燕也咧嘴笑了一下,算是打过招呼了。小燕走出厅房,来到厨房,面条已经下熟了。小燕从菊红手里接过饭碗和筷子,坐在台阶的凳子上吃起来,菊红拿起台阶上的扫帚,也帮着男人打扫打麻将的屋子。这时,院子进来四个年轻人,有两个是本村的,还有两个小燕不认识。其中一个偏头瞅了一眼小燕,大声说:"老板娘,我们上班来了。"

"欢迎,欢迎,房子刚打扫干净,这么早就来了,一天不打麻将手痒得很。"菊红赶紧从屋子里迎接这几个打麻将的人,和他们开着玩笑。

"怎么?不欢迎我们。"其中一个小燕不认识的说。

"不欢迎财神,欢迎谁呢?"菊红和他们打情骂俏着,让自己的男人从门市部里拿了四包香烟,又提了一壶开水,安排来人打麻将去了。小燕刚洗完吃饭的碗筷,又进来三个要打牌的年轻女人,都是小燕认识的本村人。菊红又安排这几个女人打牌去了,因为三缺一,菊红也就上桌子了。小燕看下午上学的时间快到了,就送儿子去了学校,路过菊红的门市部时,又进去给菊红打招呼。但菊红死活不让走,说:"你走啥呢?桂生又不在家,你回去又没事。"小燕说:"我又不打麻将,我给你也帮不上忙。"

"我知道你会打一点的,你在酒楼打过工,看也看会了。"菊红边打着牌边说。小燕没有吭气,坐在旁边的凳子上看菊红她们打牌。其实,小燕是会打牌的,就是在酒楼打工时看会的,有时打牌的客人去上厕所或者去室外接电话,小燕顶着打牌,还赢过几把哩。这都是七八年前的事了,让小燕没有想到的是,打麻将这种城里有钱的闲人才干的事,在农村也盛行开了,而且菊红还开了麻将摊子。不过菊红她们打的小,一圈下来就是五六十元钱。小燕正在纳闷,外面有人叫菊红买东西。菊红站起来,不由分说拉着小燕说:"快来,你顶上。"就出去了。小燕不想打,但经不住其他三人的劝说,也就只好顶着打起来。刚开始,小燕还有点生疏,打着打着就熟练了,而且还连赢了几把。其中一个女人说:"还不会打哩,哄我们哩。"

"我真的不太会打哩。"小燕有点不好意思地说。

"生手就是爱赢,手硬得很,我们要输钱了。"另一个女人叹气着说。小燕有点不想打了,就叫菊红赶紧过来。菊红半天才过来,说:"你打得好哩,接着打,我还要卖东西哩。"说着又走了。小燕只有硬着头皮继续打。打牌时间过得很快,好像是一会儿的时间,隔壁学校的放学铃就响了。其中一个女人把眼前的牌猛地一推,站起来说:"今天让小燕这个新手赢了,该回家做饭去了,明天再打。"其他两个女人也站起来说:"小燕,明天我们再打。"这时,菊红急急忙忙进来问:"谁赢了?谁赢了?"

"小燕赢了,该她付桌子费。"说着三个女人都走了。小燕数了数赢的钱,竟然有四百五十元哩。她把钱塞在菊红的手中说:"我帮你打的,钱全部给你。"

"那怎么行哩,钱是你赢的,我只收桌子费就行了。"菊红说着抽出一张一百元的票子,把其余的钱塞进了小燕的裤袋里。小燕又要掏钱,被菊红按住了手。菊红说:"幸亏你没走,你走了,我连这一百元钱都没有了,明天继续来。"小燕一手牵着放学的儿子,一手捏着裤袋里的几百元钱,心中美滋滋的。要是这么挣钱,还真不错哩。

第二天刚吃完中午饭,菊红把电话打过来。菊红说:"小燕,你快来,她们几个又来了,让叫你哩。"

"我不想打了,我还有事哩。"小燕有点犹豫。

"你有啥事呢?来吧,说不定还要赢哩。你不来,我的钱也挣不到,就算你给我帮忙吧。"菊红语气恳切地说。小燕心肠好,收拾了碗筷,装了昨天赢的三百元钱,牵着儿子去了。到了菊红家门口,儿子蹦跳着去了学校。小燕进了菊红的院子,只见昨天打牌的三个女人正等着自己哩,小燕二话没说就和她们打开了。打到五点多时,小燕把昨天赢的钱输完,还借了菊红的四百元钱。回到家,小燕有点后悔,她觉得,今天不应该去打麻将,钱输了不说,还耽搁了工夫,房子背后蔬菜地里的冬水也没放,啥时候把菊红的钱还了,就再也不打麻将了。第三天早上小燕把儿子安顿到学校后,去了房背后的蔬菜地里除草、放水。还不到十一点,小燕坐在台阶上歇息,电话响了,是菊红。菊红在电话里说:"昨天让你输了好几百,我心里都难受。"

"输了就输了,我啥时候把借的钱还了。"小燕在电话里给菊红说。

"我啥时候要你还钱了?我想着要你把钱赢回来。今天我另外找了几个人,你和她们打,一定会赢。"菊红振振有词地说。小燕想:把输的四百元钱赢回来也好,今天赢了,就再不打了。下午又去了菊红家打牌。打了一下午,又输了四百元,钱还是借菊红的。菊红看着小燕有些沮丧,说:"怕啥呢?你家老公在外面挣钱哩,输了的还要赢回来。"小燕没有吭气。她想小便一下,便急忙向院门外的厕所走去。厕所的门关着,她刚要推门,里面有两个女人说话的声音。一个说:"一下午才赢了那女人一百多元钱,划不来。"另一个说:"菊红叫我时,我也不想来,她说让我们联合打牌,就赢那女人钱哩。"小燕没有听完就完全明白了,原来菊红是做了个陷阱让她跳哩。小燕气愤极了,脸涨得通红,她真想跑到小卖部里把菊红大骂一顿。是个啥东西,简直就是个骗子。小燕又转念一想:不过几百元钱,和她吵一架还坏了我的名声。小燕一把拉过在小卖部旁观望的儿子,快步往家里走去。儿子嘴里还吵闹着要买零食吃,小燕一巴掌重重打在儿子的屁股上,气愤地说:"你再要零食吃,看我打烂你的嘴。"儿子边走边号啕大哭着。晚上,小燕给菊红打了电话:"菊红,你再也不要叫我打麻将了,过几天我还你的钱。"菊红还想在电话里说什么,小燕挂了电话,心里却难受着。她愣了一会儿,又拨了桂生的电话,桂生电话还开着哩,小燕有点欣慰。

"小燕,有啥事吗?"小燕还未开口,桂生先说话了。

"没有啥事,就是想给你打个电话,活路快做完了吗?"小燕说。

"活路今年做不完,我们腊月二十左右收工,再过半个月就回来了。"桂生在电话里说。

"那我把过年该准备的准备着,你回来后杀猪。"小燕说。

"也好,儿子睡了吗?你让儿子接个电话。"桂生说。

"儿子哪里睡哩,正在偷听我们说话哩。"小燕说着把电话交给儿子。

"爸爸,爸爸,我今天闹着要妈妈买零食吃,妈妈打了我一顿,我再也不要了。"儿子对着电话大声说。小燕哭笑不得,夺过儿子手中的电话对桂生说:"他在菊红门市部前又吵又闹的,把我气坏了。你早点睡吧,注意身体。"桂生在电话里说:"知道了,知道了。"

"知道了就好。"小燕挂了电话,安顿儿子睡下,自己和衣躺着。她想着这几天去菊红家打麻将差点上当的事,心里像吃了苍蝇似的难受,她不想让桂生知道这件事,桂生知道了肯定要发火骂自己。

不几天,小学校放寒假了,儿子再不去学校了。小燕拆洗着床铺被褥,打扫着三层楼房,又去了两次县城,买回了准备过年的东西。腊月二十还未到,桂生带着去黑河电站打工的人们回来了。桂生这次回家没有像以往回家那样兴高采烈,而是闷闷不乐的样子。小燕一问,才知道打了三个多月工,没有领到工钱。修电站的公司没有贷到款,大老板没有结到账,桂生的表叔自然也没有拿到钱。桂生就和表叔商量,让表叔借钱给每人发了两千元。表叔说:"先回家过年。年过了,再去要钱,钱要来了,就发给大家。"小燕听着桂生说打工的钱,突然想起自己打麻将借菊红的钱。自己手头还有千把元钱,还菊红的钱没问题,但现在桂生没有领到工钱,菊红的钱年过了再说吧,何况,是菊红骗我去她家打麻将的。真不想还她的钱,这个当面一套、背后害人的烂婊子。小燕在心里狠狠地骂着菊红。小燕对桂生说:"工钱没领也没什么,当在银行里存着哩。干下活了,老板少不了我们的。我们明天把猪杀了照样过年。"

"好,我们明天杀年猪。"桂生把儿子抱起来,用满是胡楂的嘴巴亲着儿子的脸。儿子被胡子扎得嗷嗷直叫,从桂生的怀里挣扎着往下窜。

第二天早上,桂生请来杀猪匠,背来大圆汤桶,在院子的墙角支起烧水的大锅,在锅里倒满冷水,点燃柴火。不一会儿,院子里就变得热气腾腾。两个杀猪师傅再加上桂生一家忙了大半天,到下午时分才收拾停当。小燕炒了两盘新鲜的猪肝,桂生又翻出前几年表叔拿来的一瓶好酒,三个人高高兴兴地吃着、喝着、聊着。

"桂生,这几年你一直在打工,挣下钱了。"杀猪师傅喝完一杯酒说。

"前几年是挣了一点钱,都用在修房子上。现在还欠一点钱哩。"桂生喝了一杯酒说。

"这房子也要几十万哩,桂生你也不容易啊!"杀猪师傅又喝了一杯酒说。

"挣钱哪有容易的。县城的钱已经不好挣了。我们去黑河电站那边干了三个多月活,一分钱都没领到。"桂生连喝两杯酒,气哼哼地说。

"哎呀,农民挣点钱不容易啊!"杀猪匠也发着感慨。

"老哥,不说了,越说越生气。喝酒,喝酒。"桂生给两位杀猪师傅不停地劝着喝酒吃菜。不一会儿,一瓶酒就底朝天了。

这时,院门"咯吱"一声响了,只见菊红男人走了进来。桂生心里一惊,涨红着脸大声问道:"你来做啥?"

"我来要账,难道不能来吗?"菊红男人理直气壮地说着,走上台阶。

"我欠着你啥钱了?"桂生涨红着脸反问。

"你女人打麻将欠的钱。怎么?想赖账吗?"菊红男人气汹汹地反问。

桂生一听,火冒三丈,自己打工的钱没有要回来,别人反过来要账了,还是打麻将欠的钱。桂生气急了,借着酒劲,一掌把菊红的男人推下了台阶,滚倒在院子里的地上。在厨房里忙乎的小燕听到吵闹声,赶紧跑出来,一看原来是菊红的男人在和桂生吵架,一下子明白了。她连忙拉住桂生的胳膊,劝着桂生。菊红的男人气极了,从地上爬起来,拿起杀猪桌子上剔骨用的小刀子,冲到桂生面前,一下子刺进了桂生的肚子。

桂生觉得肚子上一阵疼痛,大声说:"你竟敢用刀子戳我。"话未说完,一屁股坐在台阶下面的水泥地上。

杀猪师傅和小燕顿时惊呆了,菊红的男人竟敢动刀子!小燕轻轻揭起桂生穿的棉衣和毛衣,只见桂生的肚皮上被戳了一个大指头粗的口子,鲜红的血正从里面流出来,小燕一把压住桂生的伤口。杀猪师傅连忙跑出去叫面包车了,菊红男人看闯下祸了,急急忙忙、慌慌张张地跑出了院门。桂生的儿子,刚开始还不明白大人们在闹什么,看到爸爸的肚子上流出了血,好像明白了什么,才大声哭起来。

小燕一手抱着桂生的头,一手压着桂生肚皮上的伤口,伤心极了,泪流满面地哭着说:"桂生啊,是我的不对呀,我怎么鬼迷心窍了,跑到他家打麻将去了,没想到菊红两口子是这样的人!"

桂生躺在小燕的怀里,忧伤地看着小燕,叹息着说:"小燕啊!我不在家,你怎么和他们黏上了。菊红是啥人?前几年在外面干着见不得人的事。菊红男人是啥人?过去在县城偷盗建筑工地上的东西坐过监狱的。"

"我知道了!我知道了!桂生啊,我对不起你。车来了,我们赶紧先去医院,"小燕伤心地哭着说。这时,院子外响起了汽车喇叭声,是送桂生去医院的面包车来了。小燕把桂生的头往怀里抱了抱,桂生满是胡子的脸颊靠在小燕的脸上。小燕的脸被桂生脸上的胡子扎痛了,头轻轻一偏,两人凄惨地对视着,微微一笑。

写于2014年3月

想起逝去的亲人

一

三十多年前,我在省城上学。那时刚刚恢复高考没两年,学校的许多事情百废待兴。我们所在的这所高校"文革"中被撤销,"文革"结束后才恢复招生,校舍较为简陋,又地处黄河岸边。冬天的时候,河风吹来,呼呼直响,天气特别冷。宿舍里是三架铁管焊制的高低床,没有暖气,寝室里烧的是有烟煤铸铁炉子,半夜里火就灭了,冷得睡不着觉,在床上翻来覆去打转身,摇晃得高低床"咯吱咯吱"直响,又害怕吵醒宿舍的同伴,只有蜷缩着身体强忍着。在十分寒冷的一天晚上,我在冰冷的床上哆嗦了好长时间终于睡着了,不一会儿就做起梦来,梦见五六年前在南山沟砍柴背柴的一幕。

那时,我们在初中或者高中读书,每到星期天就要和伙伴们去村子后面的南山沟砍柴背柴。为了全家的大人小孩吃一口饱饭,大人们为了多收一颗庄稼,都在庄稼地里没日没夜地忙碌着,拾掇烧火做饭用的柴火这种不太要紧的活路就水到渠成、自然而然地落在初中或者高中上学的子女们身上。要知道,那时的学制短,小学五年,高中初中四年,我和同伴们十三四岁初中毕业,十五六岁高中毕业,在这样的年龄就要承担起全家五六口甚至六七口人烧火做饭用的柴火,当时生活的艰辛就可想而知了。在我的记忆中,好像不用大人安排,大人也没有安排过。每到星期天的早上,天还是朦朦胧胧的不太亮,在县城高中读书和在村子里初中读书的同伴们,怀揣着头天晚上做饭时在灶台锅眼的火灰中烧熟的砖块苞谷面馍,一根背柴用的麻绳一圈圈系在腰里,一把头天晚上磨好的杀刀(一种砍柴用的弯形小砍刀)插在腰间的麻绳中,一个叫唤着一个,一个等待着一个,攒够五六个或者六七个人时，特别是等来一个十五六岁的高中同伴时，就向南山沟出发了。边走边"嘎嘣嘎嘣"地吃着脆干香甜的砖块馍。边走边一个追撵着一个，谁的馍是白面做的，更香，就抢着吃。还不时地互相叫骂着，你把我戳一拳，我把你杵一捶，互相追赶着、跳跃着，一路奔跑着，伴着南山沟清澈鸣溅的沟水，充满着欢声笑语。现在想起来，那时的情景，我们就像一群被一个猎人带着去山中狩猎的猎狗，伴着猎狗脖子上的响铃，"叮叮铃铃"地行进在南山沟崎岖的山路上。那时的南山沟以及南山沟两面的大山简直就是动植物的乐园，从山脚到山顶全部是长着各种粗细大小不一的阔叶林和针叶林树木。进入山沟，映入眼帘的就是苍翠和碧绿，山雀、鹧鸪、黄鹂、布谷、山喜鹊、啄木鸟、野鸡、锦鸡以及许多叫不上名的鸟儿在树林的枝叶间，在庞大葱茏的藤蔓植物丛中飞出飞进，啁啾鸣叫，放声歌唱着。清澈见底漫及膝盖的沟水在硕大的沟石和干净的沙砾间流淌着，那飞翠溅玉般的声音，似弹奏着美妙的琴弦，时而舒缓，时而激越。我们就是在这种优美的环境中为家中烧火做饭砍柴背柴的。我至今认识许多树木，叫得上它们的名字，并对树木的特性有着比较浓厚的兴趣。也认识一些鸟儿，一听见鸟叫，就比较兴奋，有些也能说出鸟儿的名字。现在回想起来，那种情景，那种感觉，恍如甜美的梦境，令人心驰神往。

砍柴背柴是一项十分艰苦的劳动。我们在时常去砍柴的山坡上散开，年龄大一点的同伴就上山砍那些烧起来火硬肯燃、有手腕粗的"大叶子"柴，年龄小一些的同伴就在半山腰的小树林中砍那些细一些的"小叶子"柴、"黄栌"柴。大约两个小时后，山顶上年龄大一些的同伴的柴捆子就从山沟中滚了下来。年龄小一些的同伴也砍够了自己够背的柴捆子。我们背上捆好的柴捆子，走过一道不长的下坡，跨过沟水，再爬上一段不长的陡坡，来到大槐树底下一个供人歇脚的地方。这个地方比较宽展，路两旁是一段石头砌成的断墙，是过去的人们专门砌成矮墙供人歇脚的。我们十分吃力地背着与自己年龄很不相称的柴捆子，在崎岖的山路上艰难地迈着脚步，豆大的汗水从头发里、额头上、脸颊两旁直流下来，只要走到大槐树底下歇脚的地方就可以缓口气。同时，等着年龄小一些的同伴们也过来歇气，歇好气后一起往家里走。因为，他们砍柴要慢一些，还要等待年龄大一点的同伴们捆好自己的柴捆子后,帮着绾背柴捆子的绳子。我把柴捆子背到大槐树底下的短石墙上后,脱开身子,背靠在两人围抱的大槐树树干上,长长地出了一口气,看着其他的同伴们背着柴捆子在崎岖的山路上蹒跚摇晃着走过来,脸上汗水如珠,充满着痛苦,全然没有了早上刚出发时的欢欣和快乐。等到六七个背柴的同伴都在大槐树底下的矮墙两旁到齐了,歇着气,喝着用废弃的饮料瓶盛的清凉的沟水,吃着香甜干脆的"砖块馍",为准备往家里背柴的身体充电。如果谁拿了白面馒头,我们就一人掐一小块尝一下,然后把自己的"砖块馍"掰一小块交给人家吃。吃着"砖块馍",喝着清凉的沟水,评论着谁砍的是烧火做饭最好的"大叶子"、"小叶子"、"黄栌",谁砍的柴是烧火做饭不肯着火的"麻柳"、"马桑"。砍"马桑"、"麻柳"柴的同伴大概是才开始背柴的,对烧柴的树木还不太了解,因为这两种柴长在山脚,易于砍伐。这时砍柴背柴时的艰辛痛苦就烟消云散了,欢乐和兴奋又回到我们身边。吃饱喝足后,我们又吃力地背着柴捆子,在崎岖的山路上艰辛痛苦地迈着蹒跚的脚步往家里走。从我有本事背柴到高中毕业乃至出外上学才停止背柴。

  我之所以不厌其烦地写这件事,是背柴这件事太让我记忆犹新难以忘怀了。在背柴的过程中,大槐树底下歇脚的短矮石墙以及两人合抱的大槐树经常让我魂牵梦绕,特别是那棵枝叶茂盛葱茏的大槐树会时不时来到我的梦中,梦见自己乏了累了还舒服地靠在那棵高坎路旁的大槐树上……在三十年前一个寒冷冬天的后半夜,在省城读书的我,睡在摇晃的铁架床上又梦见去南山沟背柴,在大槐树底下的短矮石墙上歇息,舒服地靠在两人合抱的枝叶茂盛的大槐树树干上。但是,我刚靠上大槐树的树干,大槐树猛然一摇晃,连着庞大的树根从地面上崩裂开来,倒向路边的深沟。我一声惊叫,猛然从铁架床上爬了起来,铁架子床也猛一摇晃。当我知道在床上做了一个噩梦时,浑身惊出了一身冷汗。同宿舍的同学被我惊醒,他们连忙问我:你怎么啦?你怎么啦?我说:我梦见自己从高坎上掉下去了。我当时睡在铁架床的上铺,睡在下铺的同学说:没事的,那是我睡觉翻身时把铁架床摇晃的缘故,好好睡吧!同学们都"呼呼"睡去,我却睡不着,猛然翻根倒下掉入山沟的大槐树惊人的一幕在眼前不时地浮现着。连续好几天,我都在闷闷不乐地反思着叫我惊出一身冷汗的梦,但百思不得其解。

大概十天之后,我收到父亲从千里之外的家乡寄来的一封信。信中说:爷爷在十天前的后半夜因哮喘病去世了,去世前还在叫着我的名字。因省城离家乡太远,当时要坐三天的班车才能回家,就没有通知我,现在爷爷已经安葬,让我好好读书,不要悲伤。啊,原来这样!十天前的后半夜,我被噩梦惊醒的时候,就是爷爷呼唤着我的名字去世的时候。爷爷在去世的那一时刻,还在牵挂着我,他的灵魂从千里之外的家乡瞬间飞到我的身边,惊醒了我。爷爷是在告知我,他要走了,他要到另外一个世界去了,是在提醒和叮咛我,让我在千里之外的省城多多保重。我顿时觉得眼前一阵晕眩,心中阵阵难受,嗓子眼一阵哽咽,泪水经不住"哗啦啦"地流了下来。我在无尽绵延的悲伤中独自一人来到黄河岸边的大堤上,在凛冽的寒风中号啕大哭起来。我明白了,爷爷不仅是我砍柴背柴困乏了歇脚背靠的大槐树,而且是生活道路上乏了累了歇息靠背的大槐树,也是我的心灵和精神依赖的大槐树。现在大槐树连根倒向深沟,我的内心惶恐极了。过去,我从不相信人去世了还有灵魂的说法,现在,我相信了。

爷爷是典型的农民,他经历了国民党统治的农村凋敝苦难的时期,也经历了建国后中国农村风风雨雨的年代。但他有一个信念:那就是当农民的一定要踏实勤奋,要吃苦耐劳,种庄稼决不能投机取巧,人哄地,地就会哄人。做人也一样,要正直刚强,诚实守信,绝不做损人利己的事。上世纪六七十年代是颠倒是非、混淆黑白的年代,农村一些道德品质败坏的所谓"积极分子"经常利用各种运动来陷害他人,甚至动手打人骂人。村子里有位给人看病的老先生,经常弓着腰背着手,给村子里头痛脑热的大人小孩看病,而且还能看一些在县城医院看不好的疑难杂症,在全村人的心目中有很高的威望。从我记事开始,我就体弱多病,有个头痛脑热什么的,就是这位老先生给我看的。有时是爷爷背着我去老先生家看病,有时是爷爷带个话,老先生来到我家。老先生看病有个特点,就是把脉结束后,先来一段安慰人的话。他喜笑颜开地说:你有啥病哩,啥病也没有。我给你开两样草药,吃两回就好了。他开的方子都是两三样不值钱的草药,是偏方。给我看病开药也一样,也多是一两样或者两三样偏方草药,山坡水渠边就有,根本不用花钱。当时爷爷每年要千方百计煮一缸红谷子高粱泡酒,专门和关系好的老哥小弟们一起喝。只要老先生一来,爷爷就打发婆婆去煮泡酒。不一会儿,婆婆就端来一壶煮好的热气腾腾的泡酒,两人你一碗我一碗地喝起来,喝着喝着醉意来了,老先生叫一声"老哥",爷爷叫一声"兄弟",两人海阔天空吹起牛来,好像说的都是很久以前上南坪赶烟厂、下四川赶中坝场的事情,说着说着两人便哈哈大笑起来。上世纪六七十年代,"文革"开始后,每村都要揪出两个"坏人"供村民们批斗。老先生作为"富农分子"被揪了出来,在几个生产队轮流批斗。村里人在革命的狂热魔棒驱使下,完全忘记了老先生过去给大人小孩看病救命的恩惠,有些村民可以说是翻脸不认人,在一个生产队批斗时,老先生被一位他救过命的半吊子扇了两个耳光。轮到我们队里批斗时,爷爷很是担心,怕村里的半吊子们打老先生。爷爷便在开批斗会之前找了当队长的侄儿子,说:晚上谁要是打老先生,我就不认你这个侄儿。当队长的侄儿看着爷爷愤怒的样子,说:老叔,我听你的,把老先生打坏了,我们有病了谁看哩?晚上批斗老先生时,为了让县上来的驻队干部看,队长只是虚张声势地喊了半天所谓打倒"老先生"的口号,老先生三言两语地检讨了自己的"罪行",批斗会很快就结束了,没有人动老先生一根指头。爷爷赶紧跑到会场中心,把老先生扶上我家的热炕头,婆婆端来一壶煮好的泡酒,让老先生喝,老先生喝着热烫烫的泡酒激动地说:我活了一辈子了,还是老哥最仁义。当时,我不知道仁义是啥意思,现在我懂了,讲仁义的人就是道德品质最高尚的人。

我家住在白水江畔一个树木葱茏、风景秀丽的村庄。我们在村里的小学校读完小学初中后,就得去县城中学读书。我们村距离县城只有五里路,拿上干粮后早出晚归,春天、夏天、秋天的日子最好过而且舒心,最难过的是冬天。冬天的早晨,天不亮就要起床,用木勺舀出缸里的冷水胡乱洗一下脸,把头天晚上烧好的"砖块馍"塞进黄帆布书包里,摸黑去叫一起上学的同伴,在鸡鸣狗吠中走出村子。白水江上有一座走起来摇摇晃晃的铁索桥,过桥时,手抓着冰冷的铁索,听着桥底下"哗啦啦"的河水声,摇摇晃晃中走过铁索桥,一路说笑着向已经亮着点点灯火的县城走去。也不知是什么原因,我们的手都冻肿了,肿得像刚从蒸笼里取出来的蒸馍,手背上的肉皮都变成紫色的,不痛,就是痒得不行。痒了就要抓搔,有些地方还抓搔破了。我们就利用废弃的罐头盒作了暖手炉,临走时往暖手炉里放几块烧着的火灶子(燃着的木炭),提着冒着烟的暖手炉去上学。这种办法还好,那年,我们的手没有被冻坏。有一天,由于头天晚上要疯了,睡得很迟,第二天早起床时天已大亮。我连忙胡乱用冰冷的水擦了两把脸,背上书包撒腿就跑。当走上摇摇晃晃的铁索桥,手扶住冰冷的铁索时,才想起忘记了暖手的火炉,摸了一下书包,连馍都忘记拿了,这怎么办呢?如果折返回去拿馍馍和暖手炉,那今天一定要迟到了。我焦急地扭头望了望模糊的村庄,只见一个模糊的身影从村子里跑出来,奔跑呼唤着我的名字。我大声回应着:爷爷,爷爷!爷爷终于来到我身旁,把一大块馍馍塞进了我的书包,把冒着烟的暖手炉递给我,说:没有馍吃,咋读书呢?手冻坏了咋写字呢?我望着爷爷冻得发青的脸庞,心中一阵激动,我猛然一扭身,向不远处的县城跑去。

  我上高中那年还是春季开学。春季在县城上高中后,时间不长天气就热起来了,县城家庭条件好的孩子都穿上了好看轻松的毛衣或者是毛背心。农村来的学生哪有毛衣或者是毛背心穿呢?大热天了,仍然穿着冬天的厚棉衣。个别县城的干部子弟还耻笑穿着破棉袄的农村同学。我在无意中向爷爷说了这件事,表达了想要一件毛背心的意思。爷爷赶紧去城里门市部问了,一件八元钱哩。爷爷哪有那么多的钱呢!爷爷对我说:明年春天一定给你买一件。冬天里,村民们在南山脚下修建"大寨田",爷爷便在上工的间隙,在山坡的草丛中冒着被批斗的危险,捡了一冬天的桐子,晚上偷偷地在家里砸出桐子里的桐子仁,两三毛钱一斤偷偷地卖给了县城的农副特产门市部,大概就卖了十几元钱。第二年春天来临时,给我买了一件黑色的纯羊毛背心。近四十年过去了,这件毛背心仍然被我保存着,每年收拾旧衣物时,我都要翻着看看,我看着毛背心,仿佛就看到爷爷矫健的身影站在我面前。爷爷已经去世三十年了,去世时我没有在身边,我在遥远的省城求学,这是我最为遗憾的事情。因为,爷爷临去世时在呼唤着我的名字,可以想象,他是多么希望我站在他的身旁,拉着我的手,看着他闭上眼睛,走向阴阳两隔的另一个世界。我想,这也是他最为遗憾的事情,爷爷带着深深的遗憾在走向另一个世界的同时,因为不甘心,因为还在深深地牵挂着我,所以爷爷的灵魂在离开躯体的瞬间不远千里来到我的身边,将我惊醒,叫我刻骨铭心。

二

　　婆婆是二十年前的冬天去世的,去世时已经八十四岁。那天我正好在家中,她是在我的怀中慢慢闭上眼睛,微笑着安详平静地去世的。当时四岁的儿子也在身旁玩耍着,他看着婆婆安详平静地睡着的样子,天真地对爷爷奶奶说:老太睡着了,老太睡着了。我听着儿子天真无邪的话语,望着怀中已经去世的婆婆安静祥和而又满是皱纹的脸,眼泪如奔涌的泉水流了出来。头一天,我家居住的平房小院子中,阳光灿烂,温暖如春。在小院墙角晒太阳的婆婆说:我有点不舒服,让我扶她去床上休息。我连忙搀扶着她坐在床边,轻轻扶着她睡下,并盖上了被子。我问她:是不是感冒了?她说:就是有点不舒服,睡一觉就好了。我想:婆婆八十多岁了,有点不舒服是正常的。父母亲又找了点感冒的药让婆婆喝了,婆婆就睡了。晚上吃晚饭时,父亲搀扶着婆婆下床,仅仅吃了几口母亲煮的稀饭,在客厅看了一会儿电视就去睡觉了,婆婆是因为身体有点不舒服坐不住了。

　　平时婆婆是爱看电视的,她虽然大字不识一个,但对有些言情剧看得津津有味。有时看着看着还自言自语说:那个男的咋么么坏,把个那么好的媳妇说不要就不要了。前几年有一天晚上,十点多了,父亲母亲要去睡觉,婆婆眼睛还盯着电视机屏幕,父亲对婆婆说:早点睡觉去。婆婆答应着,但是没有起身。眼睛还盯着电视机。这时,电视台预报要演播吕思清演奏的小提琴协奏曲《梁山伯与祝英台》,我多么想听这首传颂千古的爱情绝唱曲子啊!今晚还是吕思清现场整支曲子演播。我高兴极了,稍微调小了音量,对婆婆说:婆婆,下来还有好看的电视哩,我们看完了再去睡觉。婆婆在椅子上动动身子,说:好啊。我知道我是在欺骗婆婆,或者说是在和婆婆开玩笑,她一个八十岁的农民老太婆怎么能听得懂小提琴协奏曲《梁山伯与祝英台》呢?我想,有一个人在这夜深人静的时候,陪伴着我一起欣赏这支名曲,是多么美妙的事情啊!哪怕是不懂音乐的婆婆,只要静静地坐在我身边就行了。在北京的某个音乐厅里,由著名指挥家陈燮阳指挥,北京爱乐乐团演奏,著名青年小提琴演奏家吕思清独奏的《梁山伯与祝英台》,随着一位金发女郎从长笛里吹出的表现阳光明媚、春暖花开乐曲的传出,吕思清的演奏就正式开始了,乐曲时而舒缓、时而激越、时而悲愤、时而抒情。乐曲演奏了半个小时才结束,乐队和吕思清都退场了,电视节目已转换成了广告,我仍然沉浸在乐曲所表现的压抑愤懑、昂扬激越的情感之中,半天回不过神来。我瞅瞅婆婆,说:婆婆,曲子完了,去睡觉吧。婆婆瞅瞅我,说:唉,这个曲子长得很哩,声音一会儿高,一会儿矮,一会儿慢,一会儿快,一会儿在用笛子、三弦,一会儿在用琵琶、镲鼓的,太长了,那个打拍子的人都打得烦躁了,打得生气了,脚在台子上乱蹬哩。我听了婆婆的高论哭笑不得,搀扶着婆婆,说:婆婆,你说得很对,去睡觉吧。

那天晚上,婆婆或许因有点感冒,身体不舒服,早早要去睡觉,父母亲搀扶着婆婆去睡觉了,睡觉前又喝了一点感冒药。第二天早上,叫婆婆早上起床吃饭时,婆婆说:我乏得很,不想起床,饭也不想吃。父母亲帮助婆婆穿好衣服,扶着坐起来,斜着身子躺在床上。父亲看婆婆感冒比昨天有点加重,就让我请来了县中医院的大夫。大夫的父亲与我家是世交,他仔细把了婆婆的脉,说:我先开点中药让吃吃,明天再看。我赶紧拿着处方去中医院抓药,我发现,处方中开有大剂量的人参,我突然想起婆婆在多年前得重感冒,差点去世的一幕。

那时,我刚参加工作,农村生产责任制刚开始实行,爷爷在刚分到的土地里忙得团团转。认为农村人得了感冒,坚持两天就会好的,不值得大惊小怪。婆婆感冒很重了,还在坚持着干活。一天下午,我下班回家,家里悄无声息,推开睡房门,只见婆婆睡在土炕上,身体上盖着被子,一动不动的。我连忙推推,说:婆婆,你怎么啦?婆婆半天了才挣扎着转过身体,气若游丝地说:娃,我动弹不了了,怕不行了,你快去叫一下你爷爷。我听了婆婆有气无力的话语,心中猛然难受起来。我没有去叫在半山上辛勤劳作的爷爷,而是一气猛跑,跑到大队医疗站请与我家有世交的老中医先生,我找见老先生,上气不接下气地说:老爷爷,我婆有病了,在炕上睡着哩,她说自己不行了。我话未说完,眼泪禁不住从眼眶扑簌簌地滚落下来。老先生爷爷连忙拿上听诊器,跟着我一路小跑来到我家。老先生爷爷先摸摸婆婆的额头,又把听诊器插进婆婆的胸间,仔细听听,然后轻轻拉起婆婆的手,在手腕处把起脉来。婆婆上气不接下气地说:老兄弟,我浑身一点劲都没有,这回怕是熬不过了。老先生爷爷说:老嫂子,你不会死的,我开两服药吃了,明天就会好的。我跟着老先生爷爷在村医疗站开了处方,抓了中药。在抓药的过程中,我发现处方中开有人参。我听人说过,人参是救命的中药,就是快要死去的人,喝了人参汤都要多活几天。我连忙对老先生爷爷说:能不能把人参多抓点,把最好的抓上?老先生爷爷说:最好的是红参,那贵得很啊!我连忙说:我今天刚领了工资,把最好的红参抓上,多抓点。我清楚地记得,老先生爷爷从一个很隐秘的墙角翻出一个小木箱,用腰间的钥匙打开锁着的小木箱盖子,取出三根比指头稍粗的深红色的红参,用戥子称了称,放在三服抓好的药中。又取出一根毛茸茸的圆柱体,在小铡刀上切下了六张圆片,分别放在三服中药中。老先生说:这是鹿茸。药水喝完了,红参和鹿茸不能倒掉,要捡出来吃了,回去就煮药,下午喝一道,晚上喝一道,睡觉前再喝一道。三服中药是二十七元钱,我当时的月工资不到三十元钱。我提着中药拔腿就跑,隐隐约约地听到老先生自言自语地说:老嫂子得的可能是伤寒,这么贵的药,应该没啥问题。我听出了老先生的担忧,心中又难受起来,眼泪又禁不住扑簌簌地流了下来,我跑得更猛了。我跑回家后,赶紧烧火熬药,不一会儿,把熬好的一大碗中药端在炕头,扶着婆婆耷拉的头,用调羹一勺一勺地让婆婆喝着,喝了好半天,婆婆也歇了几气,才将一碗药喝完。晚上,婆婆喝了一次药,前半夜,我和爷爷又服侍着婆婆喝了一次药,喝完了,婆婆有气无力地说:我身上有点热气了。婆婆把老先生开的三服中药连着吃了五六天,把药渣里的红参和鹿茸也捡出来吃了,婆婆的身体一天天好起来,十天之后竟能下地干活了。由此,我也知道了老先生以及人参和鹿茸的神奇。

今天,中医大夫在婆婆的处方中又加了人参,联想到十多年前的一幕,我的心情不由得沉重起来。我对大夫说:能不能换成红参,剂量再大些?大夫说:可以。就又改了一次处方。我赶紧抓回药,交给母亲去熬。母亲说:要把红参单独熬疗效更好。母亲就熬药去了。我又来到婆婆睡觉的房子,婆婆侧身在床上躺着,看见我进来了,动了动身子说:你过来抱我一下,我想转一下身子。我连忙走过去,坐在床边,轻轻抱住婆婆的头,好让她转一下身体。一会儿了,婆婆没有动。我低头一看,婆婆的眼睛微微闭着,满是皱纹的脸一片安详的神态。我心里一惊,连忙用手指轻轻拨拨婆婆的眼皮,眼角一动不动,身体也瘫软下来。我心中一阵难受,婆婆在我的怀中安详平静地去世了。这时,四岁的儿子在门口玩耍,我让儿子去叫给婆婆熬药的爷爷奶奶。也许儿子看到我异样的神情,跑进来看了一眼在我怀中已经去世的婆婆,又跑出去,在院子里大声叫道:爷爷奶奶,爷爷奶奶,老太睡着了,老太睡着了。以至于婆婆的丧事都办结束了,婆婆的身体连同漆黑的棺材被亲朋好友们送到老家的祖坟,埋入一人深的黄土坑中,嘴闲的人有意问儿子:你老太不在了,到老高的山上去了。儿子手里玩着微型玩具车,嘴里还说:老太睡着了,老太睡着了。

爷爷去世时七十三岁,婆婆去世时八十四岁,应验了民间俗语说的:七十三、八十四,阎王爷叫着商量事。我也发现在这两个年龄段去世的老年人相对较多,这也说明民间对人生无常是有着规律性的发现的,是人类繁衍的历史进程中经验和规律的总结,但是至今我还没有看到对这个民间俗语有何科学的解释。七十三、八十四,阎王爷叫着商量事,是婆婆年老之后常常唠叨在嘴边的话,特别是当她听到比她年轻的人去世时,就唠叨得更厉害了:年龄比我小的都死了,我咋不死哩,我这是有罪哩,老天爷不让我死,是罪还没有受够哩,我前世的罪还深着哩。婆婆对死亡的理解是,人到了该去世的时候就要去世,不能赖在世间,去世了就是去享福去了。这也是婆婆安详平静地在我怀中不知不觉、毫无痛苦地离开人世的原因,正如天真幼稚的儿子所言:老太是睡着了。是的,婆婆睡着了,只不过是永远地睡在漆黑的棺材里了。

婆婆是一字不识的农村妇女,在家里不仅要操持家务,还要和爷爷一起耕作务农,在八十四年的人生历程中尝尽了酸甜苦辣,但对生活却永远持有一种达观的心态。在我的脑海中,始终没有她因什么事而极度愤怒或者是喜极而泣的记忆,永远都是她笑眯眯的印象。在我读小学的时候,她给我讲了一件关于读书的事,叫我至今记忆犹新。建国前,当时的同姓家族或者两三个有亲戚关系的临近家族,为了教育自己的后代,要联合聘请一名教书先生办一个私塾,专门给同一家族或临近的几个家族的后代教书识字,将来好有出息。我们太爷辈的几个有亲戚关系的家族就聘请了一位以严厉出名的张姓教书先生。这位张先生教着村子里几个家族的十几个学生,学生大小不一,有的八九岁,有的十七八岁,他们在四合院的厅房里跟着张先生学《三字经》。婆婆那时三十来岁吧,她每天在隔壁的厨房给张先生早中晚做三顿饭,在做饭的同时仔细地听着张先生给学生们教的口歌儿。刚开始她听不懂,听了三四天后她记下了张先生给学生们教的口歌儿了,张先生教的是"人之初,性本善,性相近,习相远,苟不教,性乃迁。"后来还记下了"蔡伦纸,蒙恬笔"什么的。但是婆婆不知道是啥意思,只记下了口歌儿。婆婆说:张先生教的课好像唱的山歌一样,她边做饭口里还哼唱着哩。到了第五天上午,张先生吃完饭就到厅房里去教他的学生去了,婆婆在厨房里洗锅洗碗。好半天了,婆婆没有听见张先生给学生们教三字经口歌儿,只听见厅房里传出"啪啪啪"打人的声音,还时不时地传出沙哑的叫唤声。婆婆走到厅房门前一看,只见婆婆一个十五六岁的堂侄被其他两个学生压趴在条凳上,裤子脱至膝盖处,亮着两个屁股蛋儿。严厉的张先生手里拿着两寸宽、三尺长的竹板正使劲抽打着婆婆堂侄的屁股,堂侄不敢大声叫唤,只是疼痛难忍地小声叫唤着。婆婆想,堂侄可能是背不下去三字经口歌儿了,教训一下也无妨,于是婆婆回到厨房继续洗锅洗碗。锅碗洗完了,张先生还在抽打着堂侄,而且边打边问:是谁在打你?堂侄哭着说:是先生在打我!张先生又猛抽两下堂侄,说:到底谁在打你?堂侄好像醒悟了,直着嗓子哭着说:是我背不下去三字经口歌儿,是自己打自己。张先生大声说:这就对了,是自己打自己,不是我打你。说着又猛抽了两竹板,堂侄这次是放开嗓子大声哭叫起来,声音极其痛苦。婆婆听不下去了,跑过去一看,只见屁股上鲜血乱溅,两个扯胳膊的学生都不忍心看,将头扭在一边。婆婆走过去一把夺过张先生打人的竹片,生气地说:你当先生的,哪有这样打学生的,你教的不就是"人之初,性本善,性相近,习相远"嘛,他不会背三字经口歌儿,我给你背。说完一把拉起堂侄,提起裤子。堂侄被打得直不起腰来。张先生没想到一个大字不识的农村妇女竟然会阻挡他打学生,还要替学生背三字经,气急败坏地说:你两个都给我滚出去!婆婆趁机拉着路都走不稳的堂侄走出了厅房。这位堂侄再也不来读书了,跟着父亲上山背柴去了,还说上山背柴比念书舒服。张先生办的私塾因严重体罚学生而远近闻名,教的十几个学生,都被他打过,好几个都打得受不了而跑了,开春办的私塾,割麦子的时候就停了。农忙的时候,学生要帮助家里割麦子,麦子割完了,因为害怕张先生的体罚就索性不来上学,张先生无学生可教,也只好走了。叫婆婆百思不得其解的是,张先生教的三字经口歌儿,自己都记下了,专门念书的娃们怎么就读不会呢?念不会也就算了,张先生为啥要那么厉害地打学生呢?念书多好,日不晒雨不淋的,堂侄还说没有上山背柴舒服,上山背柴那可是最苦的活路。婆婆讲完故事后问我:你把课本上的口歌儿背得下吗?我说:我背得下。婆婆又问:背不下时,老师打不打?我回答说:不打。婆婆若有所思地说:噢,那就好。我知道,婆婆是怕我在学校背不下课文时挨老师打。

妻子怀上儿子时,婆婆已经八十岁了,老得直不起腰,腰腿经常疼痛难忍,走路要靠拐杖。她看到妻子日益隆起的肚子,很是高兴。常常对妻子说:要是怀个儿子就好了。妻子假装生气地说:婆,你咋说这种话?你我是女的,就不好了?婆婆说:好是好,生个儿子最好。妻子说:你都八十岁了,还真会说话。春天来了,院子里的小花园里花团锦簇,白水江边绿柳如烟。时间不长,春天的水果也上市了,先是一笼子一笼子的樱桃在叫卖着,过后就是一笼子一笼子香甜的瓢子和野刺莓上市了。

有一天,妻子对我说:我想吃樱桃,你去街上买一点回来。我理直气壮地说:你才好吃,你自己去买。妻子生气地说:我大肚子的,咋去买哩?妻子生气走了。第二天早上,吃早点了,找不见婆婆。我吃完早点才要去找,只见婆婆拄着拐杖,蹒跚着脚步回来了,手里还端着个大洋瓷碗。我连忙问:婆婆,早上你去哪里了?我们多操心!婆婆神秘地笑着说:我给你媳妇买樱桃去哩,她怀孕着,想吃点酸酸甜甜的东西,吃了对肚子里的娃有好处哩。你爸爸给我的零花钱我一分都没有花,过两天瓢子、野刺莓上市了,我每天给她买。我猛然醒悟了,妻子怀孕着,很想吃点春天的水果,吃了春天的水果对肚子里成长的婴儿还很有好处。我对此竟然一无所知,还数落妻子好吃。我连忙搀扶着婆婆大声对屋子里的妻子说:哎呀,婆婆给你买樱桃来了。妻子连忙走出来接住装樱桃的大洋瓷碗,高兴地说:婆婆,谢谢你。婆婆高兴地笑了,对妻子说:你挺着大肚子去街上买吃的,多不方便啊。过一段时间,我还要给你买瓢子、野刺莓哩,那ست更好吃。妻子高兴地边吃边说:谢谢婆婆,谢谢婆婆。若干年后,妻子还在数落我:你真是个傻瓜,我怀着儿子,想吃点春天的水果,你还说我好吃,要不是婆婆给我买樱桃、瓢子吃,养下个傻瓜了咋办?我为此懊悔了好长时间,对怀孕方面的知识不仅不懂,还责怪妻子好吃。再者妻子挺着大肚子,去街上买自己想吃的樱桃、瓢子,多不雅观。我真是个傻瓜。

儿子出生后,婆婆最爱盯着婴儿胖嘟嘟、粉乎乎的脸蛋看,看着看着,就自言自语地笑眯着眼说:哎呦,曾孙都有了,我该死了。妻子生气地说:婆婆,你乱说啥哩,你还要帮着往大里抱哩。婆婆说:我路都走不动了,哪有本事抱小娃哩。妻子让婆婆坐稳,就将包好的婴儿轻轻放在婆婆的怀中。婆婆抱着婴儿笑眯着眼,有一句没一句地跟婴儿说着话。儿子刚出月不久,对外面的世界充满着好奇,两只乌黑的眼珠子转来转去,有时紧紧盯着婆婆满是皱纹的脸一动不动的。婆婆就拿腔作调地看着婴儿说:你净看我做啥呢?我的这张老脸又黑又丑,把娃吓着了,我也快入土了,不要嫌弃我,我抱一天是一天,哪一天你想让我抱还抱不了哩。有一天,婆婆跟婴儿说着话,突然叫妻子说:快来看,娃会笑了,娃会笑了哩。妻子赶紧跑过去一看,只见儿子胖乎乎的小嘴一努一努的,还笑出了两个小酒窝。妻子说:儿子是会笑了哩,婆婆,在给你笑哩。婆婆笑眯着眼盯着婴儿说:你笑啥哩,你看着我笑,说明我还要多活几年哩。妻子说:婆婆,你还要活十年哩,你还要把曾孙抱大哩。婆婆就对妻子说:小孩看着老年人笑,老年人就要多活几年,这是先大人传下来的口歌儿,我多活几年也好呀。从此以后,只要婆婆抱住儿子,儿子就甜甜地笑起来,婆婆逗着说:你笑啥哩,你笑就是不让我入土,多抱两年你嘛。儿子胖乎乎的圆脸笑得更甜了。儿子长到两三岁时调皮可爱,最爱和婆婆捉迷藏。儿子动不动就把婆婆的拐杖藏起来了,婆婆就弓着腰、蹒跚着脚步在屋子里、院子里到处找,找不见时就大声叫着儿子的名字,因为她知道是儿子把拐杖藏起来了,儿子跑出来,在婆婆面前弓着要、蹒跚着脚步,模仿婆婆走路的样子,惹得我们哈哈大笑。妻子假装着训斥儿子一顿,儿子就赶紧把藏在什么地的拐杖找出来,递给婆婆。婆婆就自言自语地说:我活得人嫌鬼不爱的,连小娃们都嫌弃我了,这老天爷就是不让我入土嘛。妻子说:婆婆,你又在乱说哩。婆婆说:我没有乱说,我是该入土了,这老天爷不要命嘛。婆婆的声调里充满了平静和坦然,甚至给人一种出门在外时间长了多么想要回家的感觉。婆婆八十四岁的那年冬天在我的怀里安详平静地故去,后来连同漆黑的棺材埋入南山坡的黄土坑中。四岁的儿子却说:老太没有死,是睡着了。我突然幡然醒悟,儿子说得对呀。

多少年来,我只要一想起婆婆,一低头,就仿佛看见婆婆在我怀中安详平静地躺着,她没有故去,而是静静地睡着。更叫我回味无穷的是婆婆对人生和死亡的看法,在她老来的时候,口里经常唠叨着我该入土了,我该死了,阎王爷怎么不收我之类的在常人看来是极不吉利的话,但在她看来却是自自然然很随意的话。年纪大了随时都要故去入土,是很自然的事情,就像涌动的河水总是向着低处的沟渠不断流淌一样自然而然。婆婆面对死亡,没有惊慌恐惧,只有安详和坦然。我在想,婆婆这种对死亡超脱的人生境界是从哪里来的呢?只有在漫长而苦难的人生长河中自我感悟而来。我接着想,在我们七八十岁面对随时而来的亡故时,能否具有婆婆那样安详和坦然的人生境界呢?

三

岳母病逝转眼已经五年,但她清俊忧郁的神情时时在我的眼前浮现。二十六年前,岳母站在厨房门前对我那不经意的一瞥,犹如一盏人生路上的明灯,在我的脑海深处或明或暗地闪亮着。而现在,怨恨和痛楚的感情在我的内心时时交织着,稍微一深思就有一种喘不过气的感觉。因为,我对岳母有一种别样的感情。

那是五年前夏天的一个后半夜,妻弟在在夜深人静中敲响了我们家居住的防盗门。妻弟在门外说:大姐,妈全身痛得很,叫你哩。我和妻子知道,身患癌症的岳母后半夜里全身疼痛难忍,是叫妻子去做全身按摩,以减少痛苦。其实妻子哪会按摩,只能在岳母的身体上这里揉揉、那里捏捏,在一定程度上减轻岳母的痛楚。同时,岳母只要看到女儿坐在身边,全身的疼痛也好像减轻了许多,精神也好多了。这个过程已经持续了三四个月。岳母睡前要吃止痛药,后半夜,人一醒来,药效就过了,全身又疼痛起来,呼唤着妻子的名字,妻弟只好骑着摩托车赶来叫他大姐。妻子听到弟弟的叫声,毫不犹豫地穿起衣服出门走了。

我躺在床上睡不着觉,听着渐渐远去的摩托车声音,体验着夏天里最难熬的闷热,脑海里突然闪现了一个不祥的念头,岳母怕是熬不过这几天了。果不其然,第二天早上八点左右,妻子打来电话说:妈不行了,你快过来吧!我连忙赶过去,进门一看,岳母静静地躺在病床上,原来高大的身躯因病魔的折磨变得瘦小了,身上盖着薄薄的被单,清俊端庄的脸庞上依然充满着忧郁,只不过是脸色变得灰白了,妻子及两个弟妹在一旁哭泣着。是的,岳母已经故去了。我看了一眼岳母颧骨高耸的脸庞,心中一阵酸楚。说实话,我已经半个月没有正面见过岳母了,我每次来看她,都不敢进她的病房,有时只是在门缝里悄悄地看一眼,我很害怕看见她那越来越瘦弱的身躯和忧郁怨恨的眼神。妻子有时责怪我,说:来了就到病房里看一下。我说:我就不到病房里去了,我心里很难受,也很害怕。妻子在病房里给岳母说了,岳母说:不进来也好,我病得变形了,变得难看了,我死了就更害怕了。我望着被病魔折磨得失去了人样子、静静躺在病床上已经故去的岳母,悲伤的泪水如泉水般涌了出来。我和妻子已结婚近二十多年,在与岳母交往的二十年间的往事如电影拷贝般在我的眼前闪现起来。

我和妻子是中学同学,家也离得不远。但那时候谈对象还比较保守,何况我是一个性格内向、思想保守的人,经月老牵线后,我们俩才谈起对象来。妻子家在离县城十里路的白水江畔,我永远记得第一次去妻子家的情景。

在秋天一个天气晴朗、阳光明媚的中午,我骑着自行车,自行车后货架上坐着我未来的妻子,沿白水江沿岸的公路来到妻子家的村旁,在妻子的带领下走上一道比较陡的路,再沿着逼仄的村巷拐了几道弯,才到了妻子家当时简陋的院子里,房子是很旧很旧的木架子房,但台阶上和屋子里打扫得整洁卫生。我跟着妻子走进院子时,岳母站在厨房门口,一只脚放在厨房的门槛上,好像要出去,又不想出去的样子,又好像是站在那里专门迎接我的。岳母见我走到院子里了,便主动和我打招呼:来了?我连忙有点紧张地回答:姨姨,我来了。岳母抿嘴笑了一下,算是答应了,然后转身回到厨房里去了。我和妻子在妻子的卧室里说着现在想起来毫无用处的悄悄话,厨房里传来"当当当"的剁猪食的声音。

我对妻子说:你不帮你妈剁猪食去?妻子说:妈不让我剁猪食,让我陪着你说话。我笑着说:你陪我说啥话呢?妻子调皮地说:你想说啥话,我就陪你说啥话。我就和妻子有一搭没一搭地说着闲话,有时说的是上中学的时候男生和女生连话都不敢说的事,有时说的是男生往女生的桌子仓里放青蛙和蜈蚣的事,或者坐在后边的男生把坐在前边女生的辫子夹在桌缝中的事,有时说的是我们各自当老师的学校学生或者老师之间发生的有趣的事,我们说着说着就笑出声来。这时,妻子就伸出无名指,放在嘴边,"嘘"地轻轻一吹,那意思是不能大声笑。妻子说:妈妈说过,男女在一起大声开玩笑,没有教养的。你大声笑,妈妈会不高兴的。这时厨房里早已没有了剁猪食的声音,飘出来了浓烈的煮猪食的气味。妻子去了厨房好一阵才回来,我说:咋这么长时间?妻子说:帮妈往猪食桶里舀猪食哩。妈问你爱吃啥,她给你做。我第一次来妻子家,在未来的岳母面前怎么能说自己爱吃啥不爱吃啥呢?我说:我啥都爱吃。妻子说:你这是啥话,饭的样数多得很,啥都给你做。妈做的荞麦面洋芋丝大葱卷馍香得很,我让她给你做。

我年近八十的婆婆过去有时也做荞麦面洋芋丝卷馍哩,那可确实香得很哩。在艰苦的年代里,那可是最好的招待客人的饭菜,但是做起来十分费事,而且在锅里摊荞麦面薄饼可是个很得要领的技术活。近几年来,婆婆老了,已经做不动了,我近几年来也很少吃荞麦面卷馍了。一听妻子说岳母要做荞麦面卷馍,口里的涎水都快要流出来了。妻子说:想吃了吧,我让妈给我们做去。我连忙说:那太麻烦了,你可不要说是我爱吃的!妻子做着鬼脸说:我就说是你爱吃的,你好吃！妻子说着就去厨房了。

那天,岳母在厨房里整整忙了一下午,妻子有时和我在隔壁屋子里说一会儿话,有时跑到厨房里给岳母帮一会儿忙。一阵阵荞麦面稍带焦煳的清香味不时地飘进我的鼻孔,我的内心也时不时地产生一阵阵甜美的感觉。当秋日舒适的阳光落下西山的时候,当西山头上倾泻出的一缕缕火红的霞光,把房背后两棵高大的柿子树映照得彤红的时候,妻子来到屋里叫我吃饭。妻子说:饿坏了吧,做这种饭就是麻烦。我说:饿了也好,好多吃几个。我随妻子来到吃饭的厨房。这是白水江畔农村典型的厨房,房子宽敞高大,有利于通风透气,高大的弯形的灶台砌在厨房后门处,吃饭的方桌放在厨房前门亮堂处。岳父在边远乡上工作,半个月才能回一次家,妻子弟弟妹妹在县城上学,吃饭的只有我及未来的妻子和未来的岳母。岳母把摊得很薄的荞麦面饼子和炒好的大葱洋芋丝端上桌子,一阵阵浓浓的饭香钻入我的鼻孔,我确实是有点饿了。妻子卷了一个卷馍递在我手中,我三五口就吃完了。妻子放下自己吃着的卷馍,又卷了一个递在我的手中。岳母和妻子的第一个卷馍还没有吃完的时候,我把第二个卷馍又吃完了。妻子有点异样地瞅了我一眼,又侧脸看了一眼岳母,笑着说:你咋像个猪八戒,这么香的卷馍,你吃出味道了吗?我连忙说:香得很,香得很哩！我侧脸看了一眼岳母,岳母笑眯着眼,低头吃着卷饼。刚坐上桌子时,我还有点拘束,因为毕竟是第一次来见未来的岳母。岳母说:香了就多吃几个,自己给自己卷。这时,我有点不拘束了,自己卷了一个吃起来。第三个卷馍吃完时,我肚子就饱了,小心地喝了一口烫口的小米稀饭。岳母吃完第一个卷馍后,又开始卷第二个,她卷得慢,卷得很认真,不仅卷得紧实,而且一点菜都没有露出来。岳母卷好后,双手递给我,说:爱吃就多吃一个。我连忙接住岳母递给我的卷馍,说:姨姨,我已经吃饱了。岳母笑着说:小伙子家的,要吃饱才行,不能装客人。我内心受到了鼓舞,又把第四个卷馍狼吞虎咽地吃完了,还喝了一碗小米稀饭,我的肚子吃得胀胀的。

吃完饭,我和妻子要返回十里之外的县城,岳母把多做的卷馍装在塑料袋里,递给妻子带到县城,让在县城念书的弟弟妹妹吃。我推起自行车和妻子走出院门,岳母也跟到院子门口。我回头看了一眼岳母,说:姨姨,我们走了。岳母回答说:骑自行车慢点,下个星期天再来。我高兴地回望了一眼岳母,岳母的脸庞是清俊而端庄的,眼神又是慈祥而充满爱意的。我兴高采烈地推着自行车,走进了来时走过的拐来拐去的村巷,后面跟着我未来的妻子。在苍茫的暮色中,我蹬着自行车向着彤红的晚霞映照着的县城飞快地驰去,自行车后货架上坐着我未来的妻子。我心情愉快地问妻子:你妈对我印象咋样?妻子在后货架上笑着说:我妈说你像个女子家的。我连忙说:我满脸胡子,又能吃饭,怎么像个女子家的?妻子说:我妈说,你面相像个女子家的。我说:面相像个女子家的不好吗?妻子说:我妈过去是村子里的赤脚医生,看了很多医药方面的书哩,还懂得看相。妈说了,女人面相的男人心肠好。我连忙问妻子:那你觉得我呢?妻子"咯咯咯"地笑着说:你的心肠也好啊!我高兴极了,猛蹬着自行车,飞快地向霞光映照着的县城驰去。

春节前夕,我和妻子结了婚,过年的时候,我陪着妻子回娘家走亲戚。春节期间,天气还比较冷,天大亮后,我就起床了,我推推妻子,让她也早点起床,妻子翻了个身,说:我回家来了要多睡一会儿。我起床后,来到院子里,发现岳母早已起床,已经把院子、台阶打扫得干干净净,正在打扫厨房哩。大早上的,我不能袖手旁观地没事干,我来到厨房,担起两只铁皮桶去白水江边担水。那时妻子娘家的村子里还没有自来水,吃的水要到一公里外的白水江边担水,担上水后还要走一段上坡路,来回十多分钟,很是吃力。

当我气喘吁吁地担着一担水回到院子时,突然听到岳母和妻子在我和妻子睡觉的屋子里争吵的声音。岳母生气地说:天都大亮了,你为啥还不起床?妻子嘟嘟囔囔着说:我回家了就要多睡会儿。岳母仍然生气地说:在婆婆家也这么睡懒觉吗? 妻子也好像生气地说:我睡个懒觉有啥不行的,我又不是旧社会的媳妇。岳母提高了嗓门说:不管是新社会还是旧社会,当媳妇的不能睡懒觉,要早点起来多干点家务才行,对公公婆婆孝顺才行,结婚时我给你叮嘱的,你难道忘了吗? 妻子懒洋洋地说:妈呀,我没有忘记,我在公公婆婆家勤快得很哩,回家了,想多睡一会儿。岳母严厉地说:赶紧起床!妻子不耐烦地说:好,好,我就起床,我就起床!岳母从屋子里出来,看见我担着水回来了,高兴地说:村子里担水的路不好走,又是上坡,歇着担。我担着满满两桶水一鼓作气走上台阶,走进厨房,把两桶水倒进水缸,又精神百倍地去白水江边担水了。

吃毕早饭,我和妻子走了几家亲戚,回来后,妻子就帮着岳母做中午饭。中午饭还未吃完,岳母在饭桌上当着岳父和弟妹的面,对妻子语重心长地说:你现在结婚了,是人家的人了,有自己的家了,没啥事了,不能随便往娘家跑,要照顾好公公婆婆和兄弟姐妹,你们下午就回去吧,我们这里又没啥事的。妻子听完,眼泪像断了线的珠子从嘴巴上滚落下来。母亲既然这样说了,我和妻子还有啥说的呢?妻子默默地帮着岳母收拾了饭桌上的碗筷,洗了锅碗,收拾整齐厨房的其他用具,去屋子里取了回娘家时带的小包,跟在我推着的自行车后面,又走进了拐来拐去的村巷。刚要拐出村巷时,岳母提着个塑料袋追了出来,一直跟着我们走出村子里的下坡路,来到白水江边的公路上。岳母把塑料袋塞给妻子,说:这是我蒸的馍,让亲家们尝一下。妻子说:妈,天冷得很,你就回去吧。岳母说:你们骑车子慢一点。我答应着跨上了自行车,妻子慢跑两步,轻轻一跳,坐上了自行车后货架。我迎着"呼呼"的冷风使劲蹬着自行车,不经意间回头望了一眼,只见岳母还站在路口望着我们,我赶紧回过头来,眼睛一阵模糊。这时,妻子在我的背上砸了两拳头,带着哭腔说:都是你,在娘家多住一晚上都不行。在自己家里长到二十多岁,突然变成别人家的人了,真是冤枉。妻子说着又在我的背上砸了两拳。我没有开腔,我能说什么呢?我已经从岳母的言行中强烈地感受到了人生的责任和担当。我迎着冷飕飕的西北风,使劲骑着自行车,向着县城那个刚建立起来的小家奔去。

过了几年,岳父调进县城工作,弟妹们也都在县城工作或者念书。但在县城没有房子住,五六口人挤在单位分配的贫民窟般的两间破房子里。不说生活如何艰辛,如何不方便,就说别人问住在啥地方,回答起来也是一件极其伤面子的事情,岳父可是一个在乡镇机关工作了三四十年的老干部,可到头来还居住在难以启齿的两间无法形容的破房子里。岳父和岳母就商量着在县城修房子的事,修房子也一直是他们的心愿,但苦于没有攒下的钱,他们两人常常在议论和岳父一样工资收入、一样多的子女的人家,人家怎么能够修起一栋砖房,自己就不行。一家人就是岳父一个人的工资,我们只能力所能及地帮助一下。在县城修房子是多么艰难的一件事情啊!拿出仅有的一点存款买了地基,就啥钱都没有了。第二年到处借钱、欠钱,自己吃了不少苦,修起了一层六间砖房,岳母累得身体瘦了一圈,苍白的脸色没有一点光气,给人一种疲惫之感。在一个星期天的下午,我和妻子去了岳母家,岳父和弟妹们都不在。妻子和岳母说了一会儿话,岳母说:你们爱吃荞面卷馍,我下午给你们做。妻子说:现在都是电炊,荞面卷馍都不好做了。岳母说:我把煤炭炉子生着做。岳母说着就去生煤炭炉子。岳母在妻子的帮助下又忙了一下午,摊了几十张荞麦面薄饼,炒了一大盘洋芋丝大葱,我们美美地吃了一顿。吃饭间,我发现岳母的身体比以前孱弱了,脸上毫无血色。吃完饭在回家的路上,妻子才告诉我:岳母有点便血,已经好几天了,县医院里看了,可能是痔疮。我说:那不一定哩,要到市医院检查一下才行哩。妻子说:下星期我要上课,没有时间,课上完了去。我说:不一定你去,让你妹妹陪着去也行。妻子说:妈的心思是修房子欠下账了,舍不得花钱。我说:你把钱掏上。妻子说:我知道。过了两天,妻子把看病的钱交给了岳母,妻子的妹妹陪着去了市医院检查身体。可是,岳母去市医院看病的第二天就回来了,妻子跑过去问妹妹,妹妹说:随便检查了一下,大夫说先按痔疮治,我说再做一次仔细检查,妈不干,非要回来哩。妻子对妹妹说:妈那是怕花钱。过了一个月吧,岳母的便血有点加重,妻子带着岳母又去了市医院,大夫进行了详细的检查。结果出来了,是中晚期直肠癌,必须马上动手术。手术后常常叹息不已,叹息自己一辈子从没有做过昧良心的事,年轻当赤脚医生的时候,给村里人看病接生,随叫随到,从未打过折扣,自己却得了残害身体的不治之症。常常在妻子面前怨恨自己,不应该因省钱而耽误了检查身体。

  岳母是个洁身自好的人,就是亲友小辈们来看望她,也从不说自己的病情,也不让家里说,她觉得自己的病难以启齿。岳母也是个性格坚强的人,尽管叹息自己,怨恨自己,但从未见她掉过一滴眼泪。在病榻上躺了一年半时间,岳母去世了,岳母去世时正是大热天,县城离村子有十里路,从村子到坟上还有一段崎岖的陡路,我为岳母的挖坟送丧有点担忧。上午张贴了讣告,中午商量着办丧事的事。下午晚饭时分突然涌进了二三十个精壮汉子,有些我面熟,有些我不认识,有二三十岁的,有四五十岁的,有的把岳母叫大妈、有的叫大姐、有的叫大婆。其中一个叫黑脸包的汉子说:大妈去世了,我们现在才知道,我们大人说了,我们都是大妈当赤脚医生时接生的,大妈和我们的亲妈一样,我们要把大妈体体面面地送上山。这二三十个精壮汉子在大热天挖坟的挖坟、背石头的背石头。送丧的那天,他们把装有岳母的棺材抬上汽车,在村口又把棺材抬下汽车,用龙杠拴住棺材,飞快地抬上了村子背后的坟地。那火热的又有点压抑的气氛叫我感动了好长时间。

  岳母去世后我们十分伤心,特别是妻子时常叹气不已。妻子怨恨自己说:妈吃了一辈子的苦,生活才有起色就去世了,至少应该再活十年。再者,妈是为儿女们修房子累病的,还舍不得钱治病。第一次去市医院给岳母检查身体,自己应该请假陪着去,一定认真做一次检查,当时检查出来了,也许还来得及治疗。这是妻子常常不能原谅自己的事情,这种发自内心的悔恨和痛楚将会陪伴她一生。我则对岳母的为人处世有着深刻的认识。刚结婚那时候,岳母教育妻子的话语,在当时来说,不仅妻子有些冤屈,连我都有点想不通。现在我已年过半百,回味一下过去岳母的话语和做法,再结合我的人生体验,那简直是金口玉言,那是在任何书籍中学不到的。是细微有心的岳母在艰苦的生活经验中历练出来的人生感悟。岳母那明镜似的心灵洞察着人间世事,教育女儿作为人妻应该怎样做。因为在我们的身旁经常发生着因子女婚姻、钱财、房子而引发的各种矛盾,甚至双方父母参与其中而大打出手,有些刚结婚就离婚,为此我甚为感慨。岳母啊!我多么想再吃一顿你亲手做的荞麦面洋芋丝大葱卷馍。可惜的是,永远吃不到了。

四

  我十四五岁上高中时,表叔来我家走亲戚。来时带着两个小姑娘,姐姐大概有十岁左右,妹妹有七八岁的样子。她们按说就是我的两个小表妹,是那种没有血缘关系但却有着很亲的亲戚关系的表姊妹。我依稀记得我表叔家有一个表弟,两个表妹,特别是两个表妹还很小的呀,但是几年不见就长成半大的小姑娘了。两个小表妹穿着天蓝色碎花小棉袄,头上扎着两只小羊角辫子,走起路来两只小羊角辫子一摇一晃的,有点蹦蹦跳跳的感觉。秀气的脸庞上白里透红,脸颊上留下一道细细的汗水的痕迹。那是两位小表妹走路走热了,流出了汗水的缘故。可不是吗,正好又是正月间春天来临,阳光明媚的时候,表叔家的村子离我们家的村子有十里路哩,表叔也不可能背着她们走,半大的小姑娘怎么能背着走呢,她们一定是和表叔一起走过来的,她们不走热才怪哩。刚来时,表叔对两个小表妹说:你们和哥哥们耍去,不要害怕。说着就和父亲去厅房里说话了。我是大小伙子,不屑于和两个半大的小表妹玩耍,我还要干些家里的杂务活,比如担水、劈柴啊。噢,对了,那天表叔和表妹们来了,母亲是让我去村子里唯一买有压面机的人家里去压面的,母亲是要给表叔和两位小表妹做臊子机器面吃哩。当时压面机是要靠人力转动铁轮子压面的,不像现在电动机带动铁轮子,那铁轮子重得很,压两斤面我都要出两身汗的,但是,我还是高兴地端着盛着雪白的小麦面的盆子去压面了。我有两个和两个小表妹年纪差不多大的弟弟,就让他们和她们玩耍去吧。

刚开始两个小表妹还有点拘束,不一会儿,他们几个就耍熟了。他们蹦蹦跳跳地跳了一会儿绳,转动着的绳子拍打得院子里的尘土在阳光下纷纷扬扬地飞舞着,他们四个人两人一组轮换着跳绳、扯绳,跳得四个人脸上又沁出了细微的汗珠。跳绳累了,两个弟弟又找出彩色的玻璃珠子在地上玩打洞,这种游戏好像专属于男生,女生不参与。两个小弟弟手里拿着彩色的玻璃珠子,单膝跪在地上,脸也伏在地上,一只眼睛半眯着,另一只眼睛瞄准前面的小土洞,将手里的玻璃珠子猛地弹出去,谁进得洞多,谁弹得最远,谁就是赢家。两个小表妹跟在两个弟弟的屁股后面,也俯下身体做着瞄准的样子,欢呼雀跃着,当玻璃珠子被弟弟们弹进洞时,她们就高兴地说:进了,进了!当玻璃珠子被弟弟们弹偏了时,她们就惋惜地说:阿么弹偏了呢?阿么弹偏了呢?弹玻璃珠子打洞的游戏玩乏味了,弟弟们就又在潮湿的墙角下挖出了细长的蚯蚓,捉给鸡圈里的小鸡吃。两个小表妹不敢捉蚯蚓,只是在旁边有趣地看着小鸡吃蚯蚓……三十多年过去了,我很清晰地记得那天的景象。正午的农家院子里风和日丽、春光融融,几个年龄相仿的少男少女在院子里毫无拘束地玩耍着,开心地打闹着。特别是两个秀气活泼的小表妹,像两只美丽的蝴蝶飞来飞去,又像两朵在枝头含苞待放的山茶花,在微风中摇头摆脑、晃来晃去。现在回想起来,那才是一种诗意盈盈的感觉。

时间如白驹过隙,倏忽间十余年的岁月就过去了。在这十余年的岁月里,我经历了求学、参加工作、谈对象、结婚生子等人生旅途中最为关键的环节。之所以说这些人生不可避免的经历是关键环节,因为在三十年前的当时来说,有些东西是自己无法选择的,有些不如意的事情只要稍微一留心就是可以避免的,但是前提是自己或者身旁的人必须是十分真诚的有心之人。现在想起当年的一些事情来,我时常啧啧不已。最没有人生经验的时候,却必须要对人生的关键环节做出选择和判断。这也许是人生之所以丰富多彩、悲苦哀乐的缘由。在这十余年间,表叔家的两个小表妹好像在我的视线里消失了似的,在我的脑海里淡漠了。突然有一天,表叔来到我家,身后跟着两个如花似玉的大姑娘,走近了,两个姑娘同时叫了我声"哥哥",我心里才如梦初醒般醒悟。当年两个含苞待放和小弟弟们在地上玩耍的小姑娘,猛然间长成两个风姿绰约的大姑娘。我连忙应答着,个子大一点的是姐姐,个子小一点的当然是妹妹了。姐姐从我的怀中抱去了不到一岁的儿子,和妹妹逗着玩,惹得儿子"咯咯咯"大声笑着。我望着两位如花似玉的表妹,心中发着感慨。也许是工作太忙碌的原因,也许是我正经历着人生最为关键的环节的时候,也许是人事纷繁、内心比较焦虑的原因,反正我把两个小表妹给淡忘了。表叔来我家,是告诉父亲,大表妹已经二十岁了,已经到了谈婚论嫁的时候。小表妹考上成州师范了。父亲给表叔说:大女子说对象要看重人品,小女子考上师范是好事,学费的事情不要操心,我们帮你拿。表叔家是农民,家中不太宽裕。吃毕晚饭,表叔和两个表妹高兴地走了。又是几年过去了,大表妹也结婚了。小表妹师范毕业后在县城一所初级中学当老师,又几经周折和我弟弟结婚,我们成了真正的一家人。家里家外,表妹只要见我就亲切地叫我哥哥,时常逗着她的小侄儿,我儿子也和她追上追下地调皮玩耍。我望着弟弟和小表妹幸福的神情和轻盈的背影,心里甜丝丝的。

有一天,我和我的一个同事去另外一个单位办事,路过表妹工作的学校门口。在学校门口正好遇上表妹和她的同事放学后走出校门,表妹看见我,老远就和我打着招呼,亲切地叫着我哥哥。等表妹她们走远了,同事惊奇地问我:你还有这么漂亮的一个妹妹,我们咋不知道? 我说:不是亲妹妹,是表妹,是我弟弟的媳妇,在这里当初中英语教师。同事又问:是不是姓张,去年才从乡下中学调来的? 我说:就是的。同事连忙激动地说:我女儿就在这里初二读书,每天回家都说新来了位英语教师,年轻得很,课教得好,人又热情漂亮,简直就是她的偶像了,原来是你的弟妹!我的心里又甜丝丝的,我的同事在我的面前赞扬我的表妹,心里能不高兴吗? 但是我的表妹,我的兄弟媳妇怎么又成了弟妹了呢? 弟弟的妹妹难道不是我的妹妹吗,表妹和妹妹还是大有区别的。

我问同事:兄弟媳妇就是兄弟媳妇,怎么成了弟弟的妹妹? 你乱说啥呢?同事看我有些不解,就笑着说:我们老家那里,把过了门的兄弟媳妇叫弟妹。我说:我是第一次听说这种称呼的。同事解释说:我们那里,同辈之间,只要是关系好的,都是这样称呼的。我望着远去的表妹和她的同事们说说笑笑、兴高采烈的背影,忽然间理解了。弟弟的媳妇就是弟弟的妹妹啊!是最亲最亲的妹妹啊!我们含蓄了,内敛了,不能把弟妹这个亲切的称呼当作日常用语。而在同事的老家那个相对偏远的乡村,仍然当作日常用语,民风之淳朴可见一斑。弟妹,弟弟媳妇就是弟弟的妹妹,这是一个多么温馨、亲切而富有传统文化含义的称谓,我的内心尽管十分认同,但怎么能叫得出口呢? 噢! 对了,我的同事说表妹长得漂亮,到底怎么漂亮的? 表妹身高大概有一米六三的样子,身材苗条适中,鸭蛋形的脸庞上长着圆中稍尖的下巴,挺直的鼻子小巧玲珑,秀气的嘴巴绯红绯红的,可不是涂口红的颜色,是自然的红色,抿嘴一笑,嘴角上马上呈现出两个甜甜的酒窝,一双明亮的大眼睛上长着一对细密醒目的眉毛,一头乌黑的头发蓬松着,在脑后辫着一个粗辫子,秀美的脸庞白里透红,近看像一朵烂漫盛开的桃花。我和同事碰上表妹的那天,正好是五一节后一个初夏的上午,那天阳光明媚、艳阳高照,表妹穿着一身天蓝色紧身连衣裙,一见面就给人一种光彩照人、自然秀美的感觉。难怪同事看见表妹很亲切地叫了我一声哥哥时那么惊奇。

我是一个性格内向、口齿木讷的人,一般不口头评论谁长得好看漂亮,见了年轻漂亮的女士,心存敬意和感叹即可。我觉得,男人当着面评论女士如何漂亮,是一种不稳重、轻浮的表现。在当下的社会交流中,不管男女老少,不管任何场合,互相戏称"美女"已成为时尚,这种时尚的含金量到底有多高,我看值得商榷。在我的文学作品中也没有直接描写女主人公如何漂亮的文字,一般都是侧面描写,让读者自己感受即可。我的同事说我有个漂亮的表妹,一方面是真心赞叹,另一方面是与我戏言。表妹已经香消玉殒好几年了,我觉得在这里描写一下表妹的漂亮也是应该的。但是,回头看一下我的文字,显得很苍白无力,文字描写的表妹与我脑海中的表妹相去甚远。

快乐而又紧张的日子过得快,我的儿子小学毕业升入了表妹教书的中学,弟弟和表妹也有了一个如花似玉的小女儿。表妹和我妻子商量,不要把儿子放在她的班,放在另一个同事的班,这样对儿子学习有好处,平时她关照好就行了。我和妻子欣然同意。但是,每一个星期天表妹都要带着小侄女来到我家,给儿子辅导一下英语,看单词记下了没有,语法学会了没有,作业做了没有,有没有不懂的课文。因此,儿子的英语成绩在初中、在高中,乃至在大学都是名列前茅的。又过了两年,弟弟调入市里的单位。次年,表妹托人帮忙调入了市里的新闻单位从事新闻写作。我平时爱读文学作品,也抽时间写一点散文评论之类的文章在市报副刊登载。一天,市里的表妹给妻子打来电话,说:单位上的同事都在议论哥哥的文章哩,我给他们说了,他就是我的哥哥,他们不信,说姓都不一样。他们还说,你有这么攒劲的哥哥,写稿子就不怕了。我今后稿子写好后,让哥哥给我修改哩!妻子说:行哩,稿子写好后从网上发来,让他给你改。我当时公事正忙得不亦乐乎,哪有时间和心思给表妹看稿子,妻子好像也说过两次,我根本无暇顾及。但是,我比较关注市报,时常发现表妹的新闻稿登载在市报上。

俗话说:天有不测风云,人有旦夕祸福。一个月前,表妹说自己的身体不舒服。在市医院检查后,大夫建议到西安或成都去详细检查。弟弟便陪着表妹去西安检查身体。一星期后,弟弟给妻子打来电话,哭着说:医院检查后确诊,表妹得的是一种罕见的癌症,她本人还不知道,医生说要马上手术,你和大哥过来帮忙,我一个人没有办法。我和妻子二话没说,第二天就赶往西安。赶到西安的医院时,表妹已经进入手术室,我和妻子及弟弟等待在手术室外面,一直到了晚上,手术才结束。我看着推出手术室的表妹,眼睛紧闭着,脸色苍白。看着手术大夫给弟弟说话时凝重的神情,我心中一阵难受。大概十天过后,手术的危险期过了,表妹在弟弟的搀扶下可以下床走动了,就催着让我回家,还说:哥哥单位忙得很,不要因为我耽搁了工作。我因单位工作繁忙,再者也已无事可干,就返回县上,妻子留下来在医院伺候表妹。临走时来到病房和表妹道别,我还未说话,表妹却说:哥哥,你放心走吧,医生说了,我的病没有啥,再住一个月院就好了,年过了就可以上班了。给爸爸妈妈也说一下,叫他们不要操心,保重好自己的身体。我还有啥说的呢?我使劲点点头,说了声:那我走了。我强忍着泪水慢步退出病房,当我快步走到走廊的尽头,再回望一眼表妹住院的病房时,两颗豆大的泪珠从眼角流向脸颊,我赶紧一把擦掉。表妹还不知道她得病的严重程度,她对生活还充满着无尽的希望。一个多月后,妻子打来电话说:表妹的病情基本得到控制,年前可以回家。我问妻子:她现在知道自己得的啥病吗?妻子说:没有告诉她,她现在还不知道。我说:那就好,不能告诉她。妻子说:是医院的医生安排的,如果本人知道自己得的病了,精神就不行了。我说:现在精神怎么样? 妻子说:现在好着哩。前几天,这家医院里的大夫和护士们开展爱岗敬业演讲比赛,护士长知道表妹是记者时,让她写了演讲稿。还说:要是哥哥在这里,改一下就更好了。昨天医院里的演讲,护士长还得了二等奖哩。今天表妹高兴得很哩。我连忙说:那就好,那就好!接近年关的时候,妻子陪着表妹和弟弟回到家中。我去看望表妹,表面看来,表妹的病已经好了,和身体健康的人无异,只不过脸色还是很苍白。表妹说:这一次得病住院,幸亏大姐照顾,我这辈子是报答不上了。我说:你说的这是啥话,照顾你是应该的。

年过了,表妹继续在家休养着,吃着从西安医院里捎来的特效药。春暖花开的时候,表妹还去单位转了两回。单位的领导说:你就在家好好养病,不要还想着工作,养好病就是你的工作。表妹见领导说得诚恳,也就再没有去单位。在家里辅导十岁女儿的作业。有远方的亲友来看望她,为了不使她劳累,弟弟要把饭安顿在外边饭馆,但表妹不同意,说:这么远的来看我,怎么能在外边吃饭呢?她忙碌了整整一下午,做了十几个菜。吃饭时还时不时问:香不香,盐味怎么样?亲戚们吃着饭,笑在脸上,苦在心里。深秋的时候,表妹的病情有点恶化,弟弟和另一个弟媳妇陪着去西安复查,这一去又住进了医院,而且随着天气越来越冷,从西安传递来的信息越来越坏。进入腊月的时候,弟弟带着哭腔打来电话说:大夫说了,表妹的有效生存时间就是一个月左右,还是回家去吧,要去世就去世在家里吧。你过来接一下我们。我强忍住泪水,把实情告诉了年迈的父母亲,父母亲老泪纵横,半天了才说:也好,要去世就去世在家里吧,你去接回来算了,让娃在家里再过一回年吧。第二天我赶到西安时已是晚上,我叫上在西安上大学的儿子,踏着街上泥泞的雪水,来到表妹住院的病房,表妹刚刚睡着,弟弟说:就让她去睡吧,明天上午出院,你们去休息。我和儿子看了一眼睡着的表妹,就回到了宾馆。我和儿子睡在宾馆的床上,半夜睡不着觉,表妹苍白的脸色时时在我的眼前浮现,这次把表妹接回去,时间不长表妹就要离开我们,离开人世了,表妹才三十多岁呀!我叫了声儿子的名字,说:你还没有睡呀?儿子说:我睡不着。我就将她姑姑不久于人世的实情告诉了儿子,也应该告诉他,他已经二十岁了。儿子半天没有吭声,我正要问他,儿子突然抽泣了起来,话不成语地说:人生咋是这样的呢?大大(指表妹,儿子应叫姑姑)这么年轻就要去世了,将来妹妹咋办呢?我强忍着嗓子里的哽咽说:生老病死是人生的规律。儿子抽泣着说:生老病死是自然规律,也不应该是年轻的大大啊!对于儿子的疑问我无言以对。儿子仍然在哭泣着,好一会儿才睡着,传来轻微的鼾声。我也不知何时迷迷糊糊地睡着了。第二天早上,我和儿子到了医院,弟弟已将出院手续办妥。表妹在床上躺着,看着我和儿子来了,嘴角微微一笑,脸上明显消瘦了,气力明显不足了。表妹叫着儿子的名字说:你要好好上学,将来当一个有本事的人。儿子说:大大,我一定好好学习,你先回家养病,我寒假了回来看你。表妹高兴地说:好,我在家里等着你。儿子也高兴地说:好啊,大大,你等着我,我回来了陪你说话。表妹上车时还和医生打着招呼,医生说:你先回家过年,年过了再来检查。表妹躺在车子的靠背上,气息很弱地说:谢谢大夫了,我年过了还来哩。大夫招手说:好的,好的,我等着你。大夫的话还未说完就转过身去,我看见两颗泪珠已经从医生眼镜镜片后面滚落下来。在返回的车上,伺候表妹的弟媳悄悄告诉我:到现在,表妹都不知道她自己已无力回天的病情。前天当大夫告诉她,先回家休息一段时间,年过了再来治疗时,她竟然欣然同意。还给伺候她的嫂嫂说,回去了,要把卧室的窗帘换了,原来的颜色太深、太暗,换一个浅色的、亮丽一些的。还说:等自己病好了,把房子也要换一下,换一套高层的,明亮一点的。还说:前年买了一件很好看的棉衣,有病了还没有穿过,就是纽扣的颜色有点不好看,回去了,把纽扣换了,过年的时候穿。昨天晚上还在跟女儿打电话说:自己明天就回来了,回来就要检查作业了。弟媳是噙着满眼的泪水说这番话的,我也愈加心情沉重,无比忧伤起来,表妹对自己病情的严重性还不清楚,还对生活充满着无限的希望啊!把病危的表妹接回家后先在附近医院住着,病情越来越严重。年关了,又把表妹接回家中,表妹当时已经无法起床了,在亲戚朋友的轮流伺候下,一直到正月十五过了,就慢慢地有点昏迷了,嘴里有时说着旁人听不懂的话。

一天下午,在表妹身旁伺候的妻子和弟媳从病房出来哭着说:表妹不行了,表妹不行了!我连忙走进房间,只见表妹静静地躺在床上,被子底下的身体明显地小了。突然间,表妹一直苍白的脸色,有了异样的红润,秀美的脸庞宛如院子里正在盛开的桃花,只不过眼前的这朵桃花好像正在凋零、飘落,最后飘落在院子旁边"哗哗"流淌的水渠里,桃花也随着清澈碧绿的流水飘然而去,在水中打了几个滚,瞬间便不见影迹了。自从将表妹从西安接回家后,我没有再见一面,不是我不想见,而是不敢见,我害怕看见她那被病魔折磨着的秀丽脸庞,但是我见到了她回光返照的那一刻。此时,我的心中倒没有了忧伤和痛苦,我觉得年轻漂亮的表妹去了一个任何人都要去的地方,与其说在去与不去的痛苦中折磨,还不如早早地去,表妹是早早地去了人生终究要去的地方,不过是去得太早了。

五

宇宙是无限的,人类是宇宙中微小的生命,而且人类的生命是有时间限制的。如果说人类繁衍不息的历史进程是浩瀚无穷的蓝天的话,那么一个人的人生经历就是蓝天上闪烁的星星。明亮的星星每天晚上都要陨落无数颗,何况渺小的人呢?人们常说,要把握自己的命运。命运到底能不能由自己掌控,我对此有所怀疑。人生无常啊!人类的生老病死是谁也改变不了的自然法则,如果能把握人生的话,就不会留下许许多多无尽的遗憾了,就如我几十年来相继去世的四位亲人。

爷爷是带着对我没有见面的深深遗憾去世的,同样,爷爷去世时我没有在他的身边,我也心存万分的遗憾。婆婆是在我的怀中坦然安详地去世的,婆婆认为人该入土时就要入土,因此,我面对她,内心也同样坦然安详。岳母是带着深深的怨恨去世的,她怨恨自己为了省钱而忽视了自己的身体,她怨恨自己一生秉持道德良心,却得了自认为是难以启齿的病而过早地离开人世,同样,妻子也在深深地怨恨自己没有陪母亲去医院检查身体而耽误了病情。表妹是带着对生活无尽的希望而离开人世的,她没有想到自己将要离开人世,即使到了生命的尽头,但是活着的人却倍感痛惜。让一个正释放着青春气息的美丽女子离开人世,这难道就是上苍的旨意?如果是的话,这太不公平了!三十年来,相继去世的四位亲人,就像是在我记忆的蓝天上陨落的四颗明亮的星星。和天上陨落的星星不一样的是,天上的星星陨落了,就再也看不见了。但是,这四颗星星却在我的脑海里时常闪烁着,有时还显得格外地明亮。

写于2014年4月

后　记

　　几十年来我对文学的爱好一直痴心不改。不管是过去繁忙的工作间隙,还是现在相对闲暇的环境,阅读文学书籍一直是我的挚爱。有了阅读就尝试着开始写作,回首一看,竟然写了一百多篇。在文学圈子朋友们的鼓励下,我将二十多年来创作的小说汇集起来,这就是呈现在读者面前的小说集《柿子红了》。

　　文学创作既是费神的脑力劳动,又是艰苦的体力劳动,前提必须是阅读大量的文学作品,没有阅读就没有创作,阅读的目的就是汲取精华,不断丰富自己,为自己的精神绿地输送营养。于是,我在别人的闲暇娱乐和不屑中坚持着阅读和写作,享受着读书和写作带来的愉悦和快乐。每有作品刊登,我总是拿着散发着墨香的报刊再仔细阅读,内心油然生发出一种别样的成就感。有的朋友读了我的作品,说写得太温馨,太美好,是唯美主义的,社会现实不是这样。我说,人性的本真就是美好的,人类最美好的情感是我这支拙笔远远不能完全抒写出来的。有些朋友读了我的作品,说我写得太现实,对现实社会的反映过于深刻,将可能对我有所影响。我说,这是对我的夸奖,现实社会已经发生或将要发生的生活现象是极其复杂的,是永远无法预料的,即使是最优秀的作家也不可能完全抒写出来。我写的是我认为有可能发生或已经发生的社会现象,反映的仅仅是皮毛,何谈深刻之有。当然,不管是唯美也好,现实也好,我都要感激这些朋友,感谢他们读了我的作品,而且读出了作品中我通过文学的形式对社会现实的认知和情感表达。我自知,在文学的道路上仍然是个蹒跚学步者,有志而才疏。但是,我将继续努力学习,矢志不渝,痴心不改,在文学创作的道路上继续走下去。由于本人学识浅陋,文字水平不高,作品中的谬误在所难免,恳请读了这本小说集的朋友提出批评。

  这本小说集得以出版,是许多真诚的朋友和老师帮助支持的结果。在这里,我要感谢所有激励和支持过我的朋友,感谢许多在报刊上编发过我的稿件但未曾谋面、唤醒我对文学产生极大兴趣的老师,还要感谢为小说集的出版付出心血的敦煌文艺出版社的编辑。

宋 彬
2014 年 11 月 26 日